CE QU'UNE FEMME MÉRITE

JUDI FENNELL

MERJINN PRESS

Ce Qu'une Femme Mérite

Que se passe-t-il quand trois frères irrésistiblement sexy perdent un pari au poker contre leur sœur entreprenante ? Ils sont engagés pour son entreprise de nettoyage. Désormais, les Manley Maids sont à votre service. Satisfaction garantie. C'est ce que veut une femme...

Le chef d'entreprise Liam Manley n'a aucune patience pour les femmes comme Cassidy Davenport — ces femmes heureuses de dépenser l'argent d'un homme sans jamais penser à travailler. Mais pour honorer son pari, Liam doit non seulement tolérer cette mondaine vêtue de haute couture, mais aussi nettoyer derrière elle. Jusqu'à ce que le père de Cassidy lui coupe soudainement les vivres. Sans argent et sans maison à nettoyer pour Liam, Cassidy n'a d'autre choix que d'accepter une offre d'emploi — comme nouvelle femme de ménage de Liam...

Liam est impatient de lui donner une leçon sur le monde réel, mais finit par apprendre quelques leçons lui-même. Libérée de l'influence de son père, Cassidy peut enfin poursuivre sa propre vie, et montre à Liam à quel point elle peut être débrouillarde et déterminée. Sans parler de sa sensualité avec (ou sans) cette garde-robe de créateur.

Mais quand des étincelles jaillissent entre eux, s'agira-t-il d'un véritable amour... ou simplement d'une liaison compliquée de plus ?

Soirée entre mecs... Plus une

— Je crois, chers frères, que vous allez tous devoir être équipés d'uniformes de Manley Maids.

Liam Manley se mordit la langue à l'annonce de sa sœur Mac alors qu'elle posait sa main gagnante sur le tapis vert de la table de poker. Elle les avait bien eus, lui *et* ses frères.

Elle avait *bien* joué au poker. Qui savait qu'elle jouait même au poker?

Et ce pari... Quatre semaines de service de nettoyage gratuit pour son entreprise contre leurs maisons de vacances et leurs voitures de sport hors de prix. Pourquoi Liam avait-il l'impression de s'être fait avoir?

— Je ne porterai *pas* de tablier.

Bryan, le plus jeune des frères Manley, semblait si offensé que Liam dut se mordre la langue encore plus fort pour ne pas rire de lui. On aurait dit que Mac lui avait demandé de porter... eh bien... un tablier.

Sean, son frère cadet et compagnon de défaite, continuait d'empiler les jetons, évitant la quinte flush à l'as de Mac comme la peste tout en gardant le silence.

La bouche de Bryan était grande ouverte. D'une seconde à l'autre, son frère star de cinéma allait se mettre à bâiller comme un poisson. Où était un appareil photo quand on en avait besoin? Bry paierait n'importe quoi pour empêcher *cette* photo peu flatteuse de paraître dans la presse et Liam pourrait s'offrir un nouveau jacuzzi pour la maison qu'il rénovait — ou plutôt, qu'il venait de *finir* de rénover, ce qui signifiait qu'il avait du temps libre.

Pas de meilleur moment que maintenant pour commencer à payer ce pari ridicule.

— Quand veux-tu qu'on commence, Mac?

— J'ai des uniformes en plus, donc dès que vous aurez le temps.

Des uniformes en plus? Depuis quand avait-elle quoi que ce soit en plus quand il s'agissait de l'entreprise?

Il se passait quelque chose.

Il n'aurait jamais pensé que Mary-Alice Catherine aurait recours à des coups bas pour obtenir ce qu'elle voulait de ses frères aînés. Bon sang, quand ils étaient allés vivre chez Grand-mère après la mort de leurs parents dans un accident de voiture, ils s'étaient pratiquement bousculés pour s'occuper de leur petite sœur. Maintenant, il allait trébucher sur des balais, des serpillières et des aspirateurs. Beurk.

— Hé, est-ce que je peux faire ma propre maison?

C'était Bryan, cherchant n'importe quel angle pour s'en sortir gagnant.

— Tu priverais Monica de son travail pour te défiler? Vraiment?

C'était au tour de Mac d'ouvrir grand la bouche.

— Je ne me défile pas du tout.

Mais Bry n'avait pas l'air content.

— Tu peux aussi compter sur moi pour lundi. J'ai un mois entre deux projets et je cherchais justement quelque chose à faire.

Liam doutait fortement que le choix de Bryan serait de jouer les femmes de ménage, cependant. Ce n'était pas non plus celui de Liam. Néanmoins, il avait fait ce pari...

Et elle aussi.

Il finit sa bière puis rassembla les cartes, faisant glisser la main gagnante de Mac sur le tapis en dernier. Le regard de Bryan était fixé sur ces cartes tout du long. Sean gardait le sien sur les jetons. C'étaient probablement les jetons les plus méticuleusement empilés de l'histoire du jeu.

— Je ne savais pas que tu avais des hommes qui travaillaient pour toi, Mac.

Liam garda une voix égale. Contrôlée. Et s'il y avait la plus légère trace d'autre chose dans sa voix, eh bien, il serait d'accord pour que Mac suppose que c'était de la colère d'avoir perdu. Mais pourquoi Mac A) aurait-elle voulu jouer au poker avec eux si désespérément alors qu'elle ne pouvait pas se permettre de perdre de l'argent, et B) faire ce pari *et* gagner? Il y avait quelque chose de pourri au royaume des Manley.

— Qu... quoi?

Ouais, ce regard surpris dans ses yeux confirmait exactement ce qu'il pensait. Il n'y avait *pas* d'hommes employés par Manley Maids, donc ces uniformes n'étaient pas « en plus ». Elle les avait fait faire à l'avance. Pour eux.

Mac avait planifié tout ça. Sa victoire n'était pas un coup de chance. Il l'aurait appelée là-dessus s'il avait eu une preuve autre que son intuition, mais il n'en avait pas. Et Dieu savait qu'il ne pouvait pas toujours faire confiance à son intuition. Elle l'avait déjà trahi auparavant.

— Laisse tomber.

Il mélangea les cartes offensantes avec les quarante-sept autres, puis tapota le bord long du paquet sur la table.

— Je serai là lundi.

Et il utiliserait la monotonie sans réflexion du nettoyage pour trouver un moyen de rendre la pareille à sa sœur.

Et pas qu'un peu.

Chapitre Un

S'il y avait une chose que Cassidy Davenport détestait, c'était d'attendre. Et s'il y avait une chose que son père faisait le mieux, c'était de la faire attendre.

— Mais Deborah, je viens de lui parler.

Mon Dieu, elle devait passer par la secrétaire de direction de son père pour la moindre broutille, mais c'était ainsi que fonctionnait l'empire de Papa. Personne ne l'approchait sans passer par Deborah. Cette femme aurait sérieusement dû exiger le titre de PDG, car Cassidy doutait que son père prenne la moindre décision commerciale sans consulter d'abord Deborah Capshaw. Elle travaillait pour lui depuis près de trente ans et faisait tourner l'entreprise pendant que Papa *courait*.

Courait le jupon, pour être précis.

— Je suis désolée, Cassidy, mais il est en réunion et ne peut pas être dérangé. Je suis sûre que tu comprends.

Oh, Cassidy comprenait parfaitement. Elle se demandait quel âge avait celle-ci. Probablement blonde — la plupart des « réunions » de son père l'étaient — et sans doute titulaire d'un diplôme impressionnant. C'était le plus étrange. D'une manière ou d'une autre, Papa parvenait toujours à séduire la crème de Harvard et de Yale. On aurait pu penser que ces femmes auraient été plus avisées, mais il y avait quelque chose chez Mitchell Davenport qui faisait perdre la tête aux femmes.

Cassidy était sur le point de rejoindre leurs rangs.

Elle caressa le doux pelage de Titania, son bichon maltais. — D'accord, Deborah. Je comprends.

Elles savaient toutes les deux qu'elle ne comprenait *pas*. — Dis-lui de m'appeler quand il sera libre. *Et douché*, voulut-elle ajouter, mais Deborah ne méritait pas cette grossièreté. La pauvre devait déjà gérer ça quotidiennement.

Ou plutôt toutes les heures.

Cassidy mit fin à l'appel, puis frotta sa joue contre la tête douce du petit chien. Quand allait-elle accepter le fait que son père n'était là pour elle que lorsque cela lui rapportait quelque chose? Et la « réunion » dans son bureau lui rapportait bien plus qu'elle ne le ferait jamais.

Le déjeuner et, plus important encore, la conversation qu'elle voulait avoir avec lui allaient maintenant être écourtés.

Elle déposa Titania sur le sol et prit son iPad sur la table en verre devant le mur vitré qui donnait sur le lac miroitant douze étages en dessous de son appartement, le foisonnement de fleurs sauvages se reflétant sur toutes les surfaces.

Elle aurait adoré passer la journée à peindre, essayant de capturer cette scène. Les huiles qu'elle avait achetées la veille rendraient parfaitement le chatoiement du reflet des fleurs sur l'eau gris-bleu. Ses doigts la démangeaient de saisir ses pinceaux.

Cassidy ouvrit l'application du calendrier pour s'assurer qu'elle avait assez de temps aujourd'hui. Il n'y avait rien de pire que de se motiver pour se perdre dans son art seulement pour découvrir qu'elle avait d'autres engagements.

Ce qui était le cas. MANLEY MAIDS était inscrit pour 10h.

Ah oui. Aujourd'hui était le jour où Sharon, sa femme de ménage, devait former la nouvelle fille que le service envoyait, mais elle était partie en congé maternité plus tôt que prévu ce week-end.

Cassidy vérifia l'heure. Neuf heures cinquante-cinq.

Elle tapota le calendrier et reposa l'iPad sur la table. Rien de tel que de devoir introduire quelqu'un au monde Davenport qu'elle habitait. Au début, ils étaient impressionnés — Papa aimait faire dans le *tape-à-l'œil* en grand style, avec une bonne dose de *décadence* juste pour se faire bien voir, et il avait demandé à la décoratrice de se surpasser pour cet endroit.

Il fallait généralement moins d'une semaine à un nouveau venu pour voir au-delà du vernis et commencer avec les regards de pitié — ceux qu'elle devait prétendre ne pas voir parce qu'il n'avait aucun sens que quiconque plaigne quelqu'un qui menait une vie aussi fabuleuse que la sienne.

N'était-ce pas ce que Papa disait toujours?

En fait, Cassidy ne savait plus ce que Papa disait. Sans les e-mails, elle aurait rarement de ses nouvelles.

À dix heures précises, la sonnette retentit. Cassidy fit entrer Titania dans son enclos, rejeta ses vagues châtain par-dessus son épaule, ajusta les revers de son chemisier en soie beige, puis lissa la ceinture tressée à la taille de son pantalon en lin assorti. Elle allait tester la théorie de la semaine avec celui-ci.

Elle ouvrit la porte du vestibule de l'appartement. Il fallut moins d'une *seconde* au beau gosse en uniforme Manley Maids pour commencer avec les regards.

Seulement les siens n'étaient pas du genre compatissant. Ils n'étaient pas non plus lubriques, ce qui était une autre réaction à laquelle elle s'était habituée.

Non, si elle devait deviner, elle qualifierait son regard de colérique.

Cassidy Davenport se tenait devant lui en chair et en os.

Pantalon couleur chair, haut couleur chair, et suffisamment de boutons déboutonnés pour révéler beaucoup plus de chair.

Liam s'efforça de ne pas grogner. Mac lui avait assuré qu'elle ne serait pas là. Pas le lundi. Pourtant, elle était là.

Cassidy Davenport. Mondaine choyée dont la facture vestimentaire quotidienne était probablement supérieure à ce qu'un travailleur col bleu gagnait en une semaine — et il doutait qu'elle reconnaisse un travailleur col bleu même s'il venait lui mordre sa manucure ridiculement chère. Cette femme était frivole avec un grand F.

Il en avait fini avec la frivolité. Été là, fait ça, dépensé une fortune en vêtements de créateur et t-shirts incrustés de strass pour son ex, Rachel, qui s'accordaient avec les clous en diamant sur lesquels elle avait insisté.

La scène au Flannigan's Pub lui revint avec une clarté aveuglante. Rachel faisant une danse sur les genoux de ce satané frimeur de frat boy avec une ardoise plus longue que sa bite, une main dans le dos de son pantalon pendant qu'elle frottait sa poitrine sur le visage du gamin.

Liam était resté là, incrédule, regardant ses doigts habiles — qu'il croyait réservés à son seul plaisir — glisser le portefeuille de la poche du gamin dans la sienne, et personne à la table, encore moins le gamin, ne s'en était rendu compte. Une aspirante mondaine volant de l'argent parce que *lui* ne cédait pas à son obsession des chaussures et des sacs à main.

Il était sorti de l'endroit à reculons, la nausée au ventre face à la perte de ce qu'il croyait être son avenir, remettant en question tout ce qu'il pensait savoir, puis il était rentré chez lui dans un brouillard, la douleur et la désillusion éclipsant tout le reste.

Finalement, la colère s'était élevée comme un phénix des cendres de son amour, alors quand elle était arrivée plus tard avec ce nouveau sac Luis Vuitton qu'elle avait prétendu être une contrefaçon, il l'avait confrontée. Sur tout.

Rachel n'avait rien nié. Elle n'avait même pas essayé de le manipuler avec des larmes pour qu'il la reprenne quand il avait exigé sa clé — pour une fois. Il avait été presque aussi surpris par ça que par la scène du bar. Elle avait simplement haussé les épaules, la lui avait rendue, l'avait remercié pour le bon moment passé, et avait descendu son allée d'un pas nonchalant, brisant son cœur sous ces satanés Manolo Machin-chose qu'il lui avait achetés.

Non, les femmes comme Rachel — et Cassidy Davenport — ces femmes qui vivaient du travail acharné des hommes dans leur vie... il en avait fini avec elles. Il s'était fait avoir une fois, mais heureusement, pas au point de non-retour. Il avait retenu la leçon : rester loin des femmes exigeantes dont le physique était leur seul atout.

Il allait vraiment devoir travailler dur pour ce boulot. Et *pas* pour le garder.

— *Toi*, tu es la femme de ménage?

Liam grimaça. Il devait sûrement y avoir un meilleur terme, mais *déesse domestique* ne convenait pas vraiment, tandis que *gouvernante* évoquait l'image de la Famille Brady.

Il serra l'aspirateur et redressa les épaules. Ses pectoraux se contractèrent — de manière purement involontaire, bien sûr. — Euh, ouais. C'est moi.

Il n'avait pas besoin d'être diplômé — bien qu'il le soit — pour comprendre ce qu'elle pensait lorsque son regard le parcourut de la tête aux pieds. Mac ne dirigeait pas *ce genre* d'entreprise.

— Ils ne m'ont pas dit qu'ils envoyaient un homme.

— C'est un problème? Mon Dieu, faites qu'elle dise « Oui » pour qu'il puisse se tirer d'ici, parce qu'il ressentait soudain le besoin de nettoyer quelque chose — lui-même. Les femmes comme elle lui tapaient sur les nerfs, et pas dans le bon sens.

C'était le cas avant, mais que disait-on à propos de répéter les erreurs de l'histoire ? Liam n'avait aucune intention de faire ça.

— Eh bien, non. Je suppose que ce n'est pas un problème. Elle tapota l'un de ses ongles ridiculement chers sur ses lèvres étonnamment dépourvues de collagène. — Tu veux bien entrer ?

— Euh, ouais. Bien sûr. Mac le tuerait s'il disait non. C'était le premier contrat de sa petite sœur. C'est pour ça qu'elle l'avait choisi pour lui, avait-elle dit ; elle savait qu'il ne le perdrait pas pour elle.

Alors il ravala son préjugé inné contre les Cassidy et les Rachel de ce monde, et fit un pas dans le vestibule à côté d'elle.

Elle était plus petite qu'elle ne l'avait paru au premier abord quand ils étaient au même niveau.

Puis il jeta un coup d'œil autour de lui. Aucune chance qu'ils soient jamais au même niveau.

La *richesse* dégoulinait du lustre aux cristaux de la taille d'une poire. Elle se tissait à travers le tapis aux fils d'or, serpentait sur le sol en marbre, et parfumait l'air d'une touche de millions.

Liam avait de l'argent, mais ça… Même le petit chien frou-frou avait une cage dorée. C'était du niveau des Donald Trump et Conrad Hilton de ce monde.

Et des Mitchell Davenport. Le Trump-en-devenir avait transformé une petite entreprise de construction en une société de design et de gestion résidentielle et commerciale dans un laps de temps et avec un succès enviables. Mais il était important de se rappeler que rien de tout cela n'appartenait à Cassidy. Elle vivait de l'argent de *papa*.

Liam vérifia sa prise sur l'aspirateur et s'assura qu'aucun des produits de nettoyage n'était tombé du seau — tellement *pas* son genre habituel autour des belles femmes. Mais alors, Cassidy Davenport était plutôt le type de Bryan ou de leur joueur pro Jared que le sien ces jours-ci, surtout parce qu'il avait connu son genre avant — quand elles le regardaient de haut… sauf quand elles voulaient quelque chose de lui.

Il jeta un coup d'œil au nez de Cassidy. Parfaitement retroussé de cette façon rhinoplastique des riches, mais elle n'aurait jamais l'occasion de le regarder de haut. Il avait retenu la leçon, et les femmes comme elle, bien que pas à dix sous les douze — parce qu'elles augmentaient la mise à environ cent mille les douze — étaient tellement en dessous des femmes qui savaient faire leur chemin dans le monde que tout ce qu'il ressentait pour leur genre était de la colère face à une telle inutilité.

Mais il n'était pas là pour juger ; il était là pour nettoyer. Pendant quatre foutues semaines.

Il aurait dû se coucher à la dernière main. Accepter ses pertes et vivre avec. Mais les Manley ne baissaient pas les bras sans combattre. C'est ainsi qu'il avait fait sa propre fortune, bien qu'insignifiante comparée à cet endroit. Celui qu'il était censé nettoyer.

Il serra le manche de l'aspirateur et le planta devant lui. — Par où voulez-vous que je commence?

— Je suppose que la chambre est un bon endroit pour commencer.

Sérieusement? Pensait-elle vraiment qu'il tomberait dans le panneau? Était-elle en train de s'encanailler aujourd'hui? Fâchée contre son petit ami ou quelque chose comme ça? À la recherche d'un peu de piquant?

— Sharon commençait toujours par la chambre, puis elle travaillait vers l'extérieur. Elle disait que ça évitait que ce qu'elle avait déjà nettoyé ne soit à nouveau sali avant qu'elle ait fini. Ça me semble logique, mais si tu as une autre routine, ça me va. Fais comme tu veux.

Sharon. La femme de ménage. Celle qu'il était là pour remplacer.

Liam jeta un coup d'œil au seau de produits de nettoyage et à l'aspirateur comme s'il ne les avait jamais vus auparavant.

C'est vrai. Il était là pour faire le ménage, pas pour *jouer* à la maison.

Liam retint un rire. Comme si elle pouvait être intéressée par lui de cette façon. Il avait oublié qu'il portait le polo vert et le pantalon en coton qui constituaient l'uniforme de Manley Maid. Il ne se sentait pas très viril dedans, et avec l'ambiance qu'il ne captait *pas* de Cassidy Davenport, il ne devait probablement pas en avoir l'air non plus.

Il devrait être content. Il pourrait traverser ce cauchemar sans avoir à repousser une bombe de la haute société qui pensait s'amuser avec *le personnel*. Déjà vu, déjà fait, déjà arraché les T-shirts incrustés de *diamants*. Et aurait aimé pouvoir les déchiqueter, mais c'était lui qui avait été déchiqueté.

Il ajusta sa prise sur le seau, prit une profonde inspiration, et se dirigea vers la chambre de Cassidy Davenport. S'il n'était pas impliqué avec une femme, entrer dans sa chambre ne devrait pas être un gros problème. Et s'il ne pouvait même pas supporter d'être dans la même pièce que cette femme, sa chambre n'était qu'une pièce comme une autre.

Puis il vit la robe de chambre soyeuse bleu bébé jetée sur une chaise rembourrée. Un bout de dentelle noire dépassant du tiroir supérieur de la commode. Quelque chose de couleur pêche et mousseux gisant en un tas sous le banc fleuri au pied de son lit défait. Il avait atterri près d'une paire de chaussures.

Des chaussures noires.

Avec des talons très hauts.

Et des brides de cheville.

Dentelle noire. Nuisette pêche. Talons hauts. Du genre aiguille.

Cassidy le heurta par derrière.

Il avait appelé ça *une pièce comme une autre*? Il avait sérieusement besoin de se faire examiner la tête et de faire fermer son odorat parce que son parfum — toujours celui des millions mais cette fois avec une bonne dose de *femme* entre-lacée — l'enveloppait comme cette robe de soie avait embrassé ses courbes.

Et ces courbes, celles que sa chemise déboutonnée laissait deviner, étaient aussi généreuses et douces qu'il s'y attendait — sauf qu'il ne s'*attendait pas* à ce qu'elles soient généreuses et douces. La plupart des femmes de sa catégorie de revenus passaient sous le bistouri comme si c'était une sortie entre filles, mais les quelques nanosecondes où elle fut plaquée contre lui suffirent à Liam pour apprendre qu'elle n'avait pas souscrit à cette coutume sociale parti-culière.

Elle fit un bond en arrière. — Pourquoi tu t'es arrêté?

Parce que l'image d'elle dans ces talons et cette nuisette, toute enveloppée de soie, l'avait cloué sur place.

— Tu ne fais pas ton lit? La colère était toujours efficace pour dissiper la tension, sexuelle ou autre, et en ce moment, Liam savait sur laquelle il devait se concentrer. Ne pas se concentrer. Peu importe.

— J'avais oublié que tu venais.

Était-il nécessaire qu'elle utilise ce mot en particulier? Qu'est-ce qui n'allait *pas* chez lui? Il n'aimait même *pas* cette femme.

— Tu vas rester planté là pendant que je fais ça?

Ces quatre semaines allaient être vraiment longues et difficiles.

Il regrettait tellement d'avoir utilisé *ces* mots.

Et quand il vit l'expression sur son visage — aussi fugace fût-elle — il regretta d'avoir utilisé ce ton. Ce n'était pas sa faute s'il avait réagi ainsi à sa présence.

— Euh... non. Elle recula, ses yeux verts grands ouverts et — merde — larmoyants.

Bon sang, il aurait cru avoir tiré les leçons de son expérience avec les larmes des femmes. Rachel était passée maître dans l'art des jérémiades et lui, l'imbécile qu'il était, y avait cru. À chaque fois qu'elle en avait usé.

— Je suppose que je vais te laisser faire. Elle fit volte-face sur ses talons aiguilles sexy en diable et sortit de la chambre à grands pas, son pantalon moulant ses fesses ne laissant rien à l'imagination. Ce qui mit celle-ci en ébullition.

Liam jura entre ses dents et se retourna —

Pour fixer le lit défait et froissé, avec des draps qui avaient enveloppé ce derrière pulpeux, ces jambes interminables, et sa poitrine parfaitement naturelle, et Liam ne savait pas s'il tiendrait quatre *heures* dans cet endroit, encore moins quatre semaines.

Chapitre Deux

Cassidy avala le Pellegrino et blâma les bulles pour les larmes dans ses yeux. Elles n'étaient certainement pas causées par M. Manley Maid là-dedans. M. Grossier, Odieux, Macho Manley Maid qui s'attendait probablement à ce que chaque femme tombe à ses pieds pour un simple éclair d'intérêt de sa part.

Eh bien, elle avait vu cet intérêt — aussi fugace qu'il ait été — mais elle était toujours debout. Salaud.

Elle aurait pensé qu'il aurait été un peu plus gentil. Après tout, elle n'avait qu'un coup de fil à passer pour que son cul soit viré.

Cassidy fouilla pour trouver son téléphone portable et accéda à sa liste de contacts. Ouais, elle n'avait pas à supporter son attitude. Pour qui se prenait-il? Savait-il *qui* était son père?

Son doigt plana au-dessus du numéro de téléphone de Manley Maids pendant une seconde.

Deux.

Allait-elle *vraiment* utiliser le nom de son père pour exiger du respect? Sérieusement? Où était sa colonne vertébrale? Son sens de la fierté? Son estime de soi?

Cassidy posa le téléphone sur le comptoir.

Elle ne pouvait pas passer cet appel ; elle serait aussi mauvaise que son père. N'était-ce pas le but de ce déjeuner aujourd'hui? De se prouver qu'elle n'avait pas besoin de lui? Qu'elle avait son propre talent, ses propres compétences et qu'elle n'avait pas besoin de lui et de son poste inventé dans son entreprise pour subvenir à ses besoins?

Elle prit une profonde inspiration, n'attendant pas vraiment la conversation avec impatience. Ce serait une bataille. Papa s'attendait toujours à ce que tout le monde saute pour exécuter ses ordres, elle y compris.

Regarde où ça l'avait menée.

Cassidy entra dans le salon. D'accord, ce n'était pas un mauvais endroit où être, mais bien que ce soit une pièce immense et magnifique avec les meilleurs meubles et la meilleure vue que l'argent puisse acheter, un Steinway dans le coin, un système sonore digne d'un orchestre philharmonique, et suffisamment d'œuvres d'art pour nourrir un pays du tiers-monde, c'était toujours aussi vide et dépourvu de chaleur et de convivialité que n'importe lequel des autres penthouses au sommet du monde ou chambres d'hôtel ou dortoirs de pensionnat où Papa l'avait installée au fil des ans.

S'il l'avait laissée faire, elle aurait pu faire de cet endroit un foyer. Avec des touches de couleur et des bibelots personnels, et ce plaid crocheté qu'elle avait trouvé dans un marché aux puces à l'université et qu'elle avait gardé caché dans la malle en osier de son placard depuis, en attendant le jour où elle aurait sa propre maison.

Si elle n'obtenait pas ce déjeuner avec lui, ce jour arriverait plus tard que prévu.

Quelque chose se brisa dans sa chambre et M. Grossier jura. Cassidy se mordit la lèvre pour s'empêcher de sourire. Ce n'était pas vraiment drôle, mais ça lui apprendrait à être si grincheux. Normalement, sa chambre était impeccable quand Sharon arrivait, mais elle s'était davantage concentrée sur le déjeuner avec son père que sur le fait que quelqu'un de nouveau venait aujourd'hui.

Titania grogna et *cela* arracha un sourire à Cassidy. Elle prit la chienne de la taille d'une tasse à thé et lui caressa le toupet. — Chut, Titania. Je ne peux pas l'entendre jurer si tu commences à aboyer.

Titania lécha l'oreille de Cassidy, sa petite queue frôlant le côté de la poitrine de Cassidy, lui rappelant que trop bien ce que ses seins avaient ressenti pressés contre le dos dur et musclé du gars. Elle avait dû s'éloigner d'un bond pour l'empêcher de remarquer la réaction de son corps. Il était une phéromone géante d'une manière que Burton, le bras droit de son père et son rendez-vous semi-régulier depuis huit mois environ, n'était pas.

M. Maid jura à nouveau et Cassidy grimaça, attendant le bruit de casse. Heureusement, il ne vint pas, bien qu'honnêtement, il n'y avait rien dans cette pièce dont elle pleurerait la perte. Elle avait appris depuis longtemps à ne rien exposer de personnel qui n'était pas choisi par un designer, sinon Papa piquerait une crise. Tout devait être parfait pour son père. Tout. Y compris elle.

Elle tordit l'un des clous en diamant que son père lui avait offerts pour son anniversaire. Ceux qu'il avait achetés à Dubaï. Elle les avait vus quand Deborah avait déballé sa mallette, toutes deux pensant qu'ils étaient pour la *Saveur du Jour*, aucune d'entre elles n'étant certaine du nom de cette saveur puisqu'elle n'avait duré qu'un seul *jour*. Mais c'est tout ce que celle-là avait duré et Papa les lui avait donnés. Que dire du fait de recevoir les restes d'une bimbo ?

Cassidy soupira et remit Titania, l'animal de compagnie digne d'un concours canin, dans son parc. Elle devait parler à Papa ; cette vie dans une cage dorée était terminée. Elle avait presque trente ans et après que sa mère était partie, elle avait pratiquement été dans les limbes, attendant que sa vraie vie commence.

Eh bien, maintenant elle le pouvait et Papa allait devoir y faire face. Il ne pouvait pas parcourir le monde en jet et s'attendre à ce qu'elle reste assise ici, à se tourner les pouces ou à arranger des fleurs ou à rencontrer des femmes assez âgées pour être sa grand-mère dans un quelconque conseil d'administration caritatif pour discuter des sandwichs à servir pour le thé, en attendant le moment où il aurait besoin d'une hôtesse. "Directrice d'événements" était son titre officiel au sein de l'entreprise, mais il était aussi superficiel qu'elle l'avait été autrefois. Ce n'était pas une vie, et après vingt-neuf ans à être une poupée Barbie qu'il exposait quand l'humeur lui en prenait, elle en avait assez.

Pas que Papa comprendrait jamais pourquoi. Il penserait qu'elle était folle. Mais alors, sa vie n'avait pas été changée en étant témoin de la bataille d'un jeune garçon contre une maladie qui se moquait de la richesse de quelqu'un. Cela avait mis la vie dans une toute nouvelle perspective pour Cassidy et elle avait changé la sienne le jour où ils avaient enterré le pauvre Franklin.

Elle sortit de la poche de son pantalon le bordereau de dépôt de la banque pour le chèque de la galerie. Sa première vente, et maintenant qu'elle avait effectivement vendu une pièce de mobilier fait main — *sans* l'aide de Papa ou son nom attaché — Cassidy avait enfin la preuve et la détermination pour lui montrer qu'elle était plus qu'un joli minois.

Papa lui devait ce déjeuner, peu importe avec qui diable il avait "rendez-vous". Elle attrapa son sac à main et les clés de la Mercedes, et laissa une carte avec son numéro de téléphone sur le comptoir de la cuisine, puis se dirigea vers la chambre pour faire savoir à M. Grossier qu'il pouvait maintenant nettoyer sans avoir à souffrir de sa présence plus longtemps. Elle passa la tête dans sa chambre pour le lui dire.

Ce fut sa première erreur.

M. Manley Maid était penché, ce pantalon vert moulant étroitement le plus beau postérieur qu'elle ait vu depuis le dernier match de Coupe du Monde auquel elle avait assisté. Alors elle le fixa. Après tout, il était là, suppliant pratiquement d'être fixé.

Le fixer fut sa deuxième erreur.

— Tu as besoin de quelque chose? Il se leva et regarda par-dessus son épaule, et sa troisième erreur fut de prendre quelques nanosecondes de trop pour détacher son regard de son postérieur.

Quand elle le fit enfin, ce fut pour découvrir ses yeux bleus qui la transperçaient du regard. De magnifiques yeux bleus. Céruléens, comme le ciel qu'elle avait peint sur la commode bombée qu'elle avait vendue.

— Y a-t-il quelque chose que je puisse faire pour vous, Mademoiselle Davenport?

Elle ignora le léger sarcasme sur le *Mademoiselle* et remercia plutôt Dieu de ne pas avoir commis une quatrième erreur en lui disant exactement ce qu'il *pouvait* faire pour elle.

— Je sors, répondit-elle calmement, se forçant à ne pas s'éclaircir la gorge pour masquer son embarras. Ces cours de savoir-vivre suisses s'avéraient utiles. Il y a des produits de nettoyage supplémentaires dans le placard à linge du couloir, et si tu as d'autres questions, mon numéro de portable est sur l'îlot de la cuisine. Ferme bien en partant, s'il te plaît.

Elle se força à sourire chaleureusement et à se retourner lentement, avec l'inclinaison parfaite de la tête qui disait je-suis-totalement-en-contrôle, et sortit calmement par la porte d'entrée.

Avec son regard qui lui transperçait le dos tout du long.

Bon sang, cette femme pouvait allumer un feu en lui. Debout là, l'air si incroyablement cool, et pourtant si terriblement sexy dans cette tenue nude, la tête haute et ce regard insistant sur son derrière...

Il avait voulu se retourner et la confronter, mais il n'avait pas *pu* se retourner. Qu'elle pense qu'il était arrogant — il pouvait l'être — mais dans ce cas, c'était uniquement par instinct de survie. Elle l'avait rendu plus dur que le stupide manche de l'aspirateur qu'il tenait et tout aussi épais.

Liam jeta le manche avec dégoût. Mon Dieu, comparer son anatomie à un aspirateur n'évoquait que des images de succion et cela menait sur une voie qu'il n'avait aucun intérêt — ni envie — d'emprunter.

Menteur.

Merde. Ouais, il mentait. Il était définitivement intéressé — au moins physiquement. D'une autre façon? Hors de question.

Mais elle avait un sacré impact sur sa libido, alors il ferait mieux de rester sur ses gardes. Oublie de l'embrasser ou tu peux dire adieu à ce stupide boulot. Et en moins de vingt-quatre heures, en plus. Mac le tuerait.

Liam s'affala sur le lit et passa une main sur son visage. Il ne pouvait pas laisser Cassidy Davenport l'atteindre. Elle incarnait tout ce qu'il détestait chez une femme : gâtée, choyée, ayant un sentiment de droit, condescendante...

Sexy, magnifique...

Il expira. L'aspect physique avait été sa perte avec Rachel. Il avait été tellement infatué par cette partie d'elle qu'il avait manqué le reste — qui elle était vraiment sous le vernis magnifique. Il était temps d'avoir un rendez-vous. De trouver quelqu'un d'autre. Quelqu'un de nouveau. Quelqu'un de *vrai*. Tous ces mois — tous les dix-huit — depuis Rachel, il avait évité les femmes, même pour ses besoins les plus basiques. Rachel lui avait sacrement amoché le cœur, ses objectifs et son jugement. Découvrir qu'elle ne l'avait utilisé que pour ce qu'il pouvait lui offrir...

Le petit chiffon à poussière jappeur que Cassidy Davenport appelait un chien se mit à imiter une souris sous stéroïdes, ramenant Liam au présent. Bon sang. Mac n'avait rien mentionné à propos de garde de chien pour ce boulot. Il aurait ignoré la chose, mais contrairement à sa propriétaire, le chien n'était pas à blâmer d'être un petit monstre gâté habitué à voir ses exigences satisfaites au premier aboiement strident. Liam se dirigea vers la sortie pour voir ce qui n'allait pas.

La chose courait en cercles dans son enclos, se dressant sur ses pattes arrière quand il s'approcha, un paquet ondulant de soie blanche, avec un stupide petit chignon sur le dessus de sa tête, sa petite langue rose pendante comme si Liam portait un steak.

Il s'attendrait probablement à du Chateaubriand.

— Qu'est-ce que tu veux? grogna presque Liam quand il jappa à nouveau. Il ne pouvait même pas l'appeler un chien. Les chiens étaient des animaux de substance. Le meilleur ami de l'homme. Sauveur d'enfants tombés dans des puits. Cette chose était un plumeau sur pattes. Un accessoire animé et il n'arrivait pas à croire que Cassidy Davenport avait oublié d'emporter le sien. Ce sac qu'elle portait était assez grand pour cette petite chose.

Le chien jappa à nouveau.

— Je ne sais pas ce que tu veux, chien.

La chose courut dans le sens des aiguilles d'une montre autour de l'enclos quelques fois, puis s'arrêta, jappa à nouveau, et courut dans l'autre sens quelques fois de plus.

Liam se rendit dans la cuisine pour lui chercher de l'eau.

La pièce ressemblait à un mausolée. Sol et comptoirs en marbre blanc, armoires blanches immaculées avec des portes vitrées, tout aligné à l'intérieur comme dans une salle d'exposition. Et *bien sûr*, la vaisselle était en porcelaine blanche bordée d'or. Ça ne l'aurait pas surpris si de l'Evian sortait du robinet.

Il apporta un bol d'eau au chien. La chose renifla une fois puis courut en cercles autour.

Oh merde. Il avait probablement besoin de sortir. Mac n'avait définitivement pas mentionné la promenade de chien dans ses tâches.

Mais l'autre option était de le laisser faire ses besoins sur le sol et ça, il *devrait* le nettoyer.

Non merci. D'ailleurs, il n'avait aucun problème avec le chien.

— D'accord, attends. Où aurait-elle mis ta laisse?

Après quelques déductions logiques parce qu'il ne voulait *pas* fouiller dans ses placards et tiroirs — cette nuisette pêche qu'il avait ramassée avait probablement un string assorti qu'il n'avait *pas* besoin de voir — Liam trouva la laisse dans le placard de l'entrée.

Elle était rose. Pas qu'il s'attende à autre chose. Ce chien et sa propriétaire criaient rose.

Lui voulait crier quand il vit que la laisse était couverte de strass. Bon sang, il ne pouvait pas échapper à ces stupides trucs. Qu'est-ce que les femmes avaient avec les choses brillantes?

Il attacha la laisse au collier assorti rose et strass du chien — qui allait avec le nœud rose autour du ridicule chignon — et se dirigea vers la sortie de l'appartement.

Juste avant que la porte d'entrée ne se referme derrière lui, cependant, il jeta ce stupide nœud rose à l'intérieur. C'était déjà assez gênant que les gens le voient promener cette peluche ; ce ruban était de trop.

L'opérateur de l'ascenseur de l'immeuble sourit poliment quand il entra avec le chien, mais le rire flottait au coin de sa bouche.

Liam ne pouvait pas le blâmer. C'était drôle — si cela arrivait à quelqu'un d'autre.

— J'imagine que vous connaissez le nom de ce chien? demanda-t-il au gars. Marco, indiquait son badge.

Marco hocha la tête. — Titania.

Évidemment que Cassidy Davenport avait nommé son chien d'après la reine des fées. Noblesse et contes de fées. Ça pouvait être une métaphore de sa vie. Elle vivait même dans une tour dorée.

— Elle aime le carré d'herbe sous le cornouiller, dit Marco. C'est à votre droite en sortant par la porte d'entrée.

Il connaissait probablement aussi ce que Titania mangeait au petit-déjeuner, la dernière fois qu'elle avait fait ses besoins, et quel costume de créateur sa propriétaire lui avait fait porter pour Halloween. C'était le genre de service qu'offraient les immeubles comme celui-ci et pour lequel les gens payaient des millions.

Mais le gars gagnait honnêtement sa vie, alors Liam ne pouvait pas le lui reprocher. Au lieu de cela, il glissa quelques billets dans la poche de poitrine de l'uniforme de Marco alors que les portes s'ouvraient sur le hall.

— Merci, dit Liam en tapotant la poche. Pour l'info et pour n'en parler à personne. Il n'avait peut-être pas beaucoup d'amis dans ce quartier, mais si le bruit se répandait qu'il avait promené un petit bout de peluche pour une socialite gâtée — avec une laisse rose pailletée en plus — il n'en finirait jamais d'en entendre parler. C'était déjà assez pénible qu'il allait se faire charrier pour jouer les femmes de ménage.

Heureusement, Titania fit rapidement ses besoins et revint en trottinant vers l'immeuble aussi vite que ses petites pattes le lui permettaient, tandis que Liam ne pouvait qu'imaginer les rires des gars qui surveillaient les caméras de sécurité face à ce scénario. Avec un peu de chance, la direction avait une restriction concernant la publication des vidéos de sécurité en ligne.

Il remit Titania dans son enclos, raccrocha la laisse dans le placard, puis reprit son travail de nettoyage de la chambre de Cassidy Davenport.

Cette femme était un sacré numéro. Il rangeait toujours avant que Sharon ne vienne nettoyer chez lui. C'était ironique qu'il la remplace ici alors qu'elle nettoyait aussi sa maison. Nettoy*ait*. Mac allait devoir envoyer quelqu'un d'autre maintenant que le congé de Sharon avait commencé plus tôt que prévu, car il n'était pas question que Liam joue les femmes de chambre ici puis rentre chez lui pour faire la même chose.

Il passa le plumeau sur ce qu'il devinait être une œuvre d'art de grande valeur sur la table de chevet et... merde! Une sphère en étain roula et passa sous le lit.

Liam se mit à quatre pattes et chercha l'objet. Il entendait déjà la femme se plaindre qu'il l'avait cassé, et ça coûtait probablement plus que ce qu'il gagnait en un an.

La voilà, pile au milieu sous le lit. Il s'aplatit sur le sol et rampa vers elle. Avec sa tête, ses épaules et pratiquement tout son dos sous le lit, il finit par l'atteindre. Bon sang. Quelle taille faisait ce lit? Il était certainement plus grand que son king size. Que venait-il après le king size? Monarque? Souverain? Dictateur?

Peu importe. Liam saisit la boule et recula.

Sauf que son épaule s'accrocha au cadre du lit. Il s'arrêta, ne voulant pas déchirer l'uniforme de Mac, puis essaya d'atteindre le tissu pour le libérer, mais il n'y avait pas assez d'espace pour manœuvrer et il n'était pas un contorsionniste capable de ramener ses doigts jusque-là.

Il gigota un peu, se tortillant comme un serpent. Essaya de faire pivoter son épaule pour voir si cela le libérerait.

Non.

Putain. Liam était allongé sur le sol, ces escarpins noirs à bride de cheville juste en face de lui. Une vue parfaite. Il n'avait *vraiment* pas besoin de cette image.

Il retourna vers le milieu du lit et sentit sa chemise se détacher.

En se tortillant et en roulant, Liam parvint à s'extirper du lit de Cassidy Davenport. Il se demanda combien d'hommes le trouveraient stupide d'avoir voulu en sortir.

Il se leva et quelque chose tomba à ses pieds.

Une photo et autre chose.

Liam les ramassa. La photo montrait une femme avec une petite fille aux cheveux noirs sur ses genoux, assises sur une plage quelque part, avec des palmiers et une hutte en paille derrière elles. Des seaux, des pelles et des châteaux de sable tout autour.

Cassidy Davenport, sans aucun doute. L'enfant avait le même sourire et les mêmes yeux vert brillant. Il la retourna.

Maman. Martinique. Les dernières vacances.

Ce mot *dernières* le dérangeait.

Évidemment, Cassidy Davenport avait eu une mère, mais d'après ce que Liam savait, Mitchell Davenport n'était pas marié. Divorcé ? Veuf ? Sa fille était-elle le fruit d'une liaison ?

Liam ramassa l'autre objet qui était tombé. Un bracelet fait de coquillages. Fissuré, avec le cordon qui s'effilochait, il correspondait à ceux que portaient les deux personnes sur la photo.

Pourquoi cacher ces objets sous le lit ? Ou les avait-elle perdus ? Serait-elle contente qu'il les ait trouvés ? Ou contrariée ?

Il n'en avait aucune idée et il ne voulait pas donner à Cassidy une raison de se plaindre à Mac du service, alors il s'agenouilla et les remit là où il les avait trouvés. Loin des yeux, loin du cœur.

Mais ce mot n'était pas loin de son esprit. *Dernières*. Et les quatre autres mots qui l'accompagnaient : concis, durs. Presque dénués d'émotion.

Liam les rangea et se leva. Ces mots — cette photo — étaient trop réels. Trop crus. Trop honnêtes. Il ne voulait pas voir Cassidy Davenport comme ça.

Cela la rendrait trop humaine.

Chapitre Trois

La pitoyable quête de jeunesse du père de Cassidy n'avait fait qu'empirer depuis qu'il avait franchi le cap redouté des soixante ans. C'était comme s'il connaissait la date de sa mort imminente et était déterminé à accomplir tout ce qui figurait sur sa liste de choses à faire avant de mourir. Trois fois. Y compris toute bimbo qu'il pouvait attirer à l'arrière de sa Rolls. C'était vraiment triste de voir combien de ces femmes il y avait.

La preuve : celle qui sortait maintenant de son bureau, essayant désespérément de cacher le fait que sa chemise était mal boutonnée.

Cassidy se contenta de lever les yeux au ciel face à cette nana qui ne pouvait pas être plus âgée qu'elle. Pourquoi ces femmes soi-disant intelligentes avec de grands diplômes et de bons emplois optaient pour coucher pour gravir les échelons de l'entreprise était au-delà de sa compréhension. N'avaient-elles aucun respect pour elles-mêmes?

— Merci, M. Davenport, pour votre temps.

La pauvre essayait vraiment de faire croire que l'entretien commercial s'était déroulé comme prévu.

Ou peut-être qu'un coup rapide sur son bureau avait été son objectif depuis le début.

Cassidy pouvait lui dire que c'était futile. Que les blondes allaient et venaient — elle toussa pour masquer l'inconvenance de *cette* pensée — à intervalles réguliers. Son père était un chien, ce qui rendait le surnom de Chien de l'Enfer que lui donnaient les médias si approprié. Il était tenace, et une fois qu'il avait jeté son dévolu sur un projet, gare à quiconque se mettait en travers de son chemin.

Sa mère avait été sa première victime. Ou, du moins, la première dont Cassidy avait eu connaissance. Et c'était terminé depuis vingt-cinq ans.

— Il va vous recevoir maintenant, Cassidy, dit Deborah après avoir touché son oreillette.

Pauvre Deborah. Mitchell la tenait en laisse électronique, capable de la joindre à tout moment et n'importe où en bourdonnant dans son oreille. Est-ce qu'elle l'enlevait parfois? Comme aux toilettes ou quand elle rentrait chez elle auprès de son mari?

Cassidy espérait simplement que son père payait cette femme à sa juste valeur, mais en doutait. Il n'était pas arrivé là où il en était aujourd'hui en étant généreux. Tout avait un prix, selon lui. Y compris l'obéissance de sa fille.

Elle se leva et lissa son pantalon en lin. C'était drôle que son père déteste qu'elle arrive froissée alors que la femme qui venait de quitter son bureau avait l'air de quelque chose qu'on aurait laissé dans la machine à laver quelques jours de trop. Bah. Ce n'était pas son problème. Plus pour longtemps en tout cas.

Elle prit une profonde inspiration avant de pousser la porte du bureau de son père. Heureusement que la fille ne l'avait pas fermée ; Cassidy répugnait à toucher quoi que ce soit dans le bureau de peur de l'ADN qui pourrait y traîner et de qui.

— Bonjour, Cassidy.

Papa fit son habituelle accolade à la manière d'un politicien, bras grands ouverts, en sortant de la salle de bain grandeur nature qu'il avait fait concevoir sur mesure pour son bureau.

— À quoi dois-je ce plaisir?

Le mot *plaisir* venant de lui la fit frissonner.

— Le déjeuner? Tu te souviens, on a rendez-vous?

— Ah...

Il regarda son calendrier de bureau et le tapota.

— Oui. Je le vois juste là. Déjeuner avec ma fille.

Son sourire était indulgent, mais il mettait Cassidy mal à l'aise. Il la considérait toujours comme une adolescente malléable de seize ans, maintenue dans le droit chemin par la promesse d'une voiture cool et de privilèges de carte de crédit. Mon Dieu, elle avait été si superficielle. Si facile.

— Alors, où voudrais-tu aller? Chinois? Thaï? Indien? Italien?

— Peu m'importe, papa.

Elle ne serait pas capable de manger de toute façon. Elle s'était préparée mentalement à cette conversation depuis près d'un an. Maintenant, il était enfin temps de l'avoir.

— Très bien alors. Que dirais-tu de chez Padraic? Ça fait un moment que je n'y suis pas allé.

C'était parce que, pour son père, aller chez Padraic, c'était "s'encanailler". Ce qui montrait l'importance qu'il accordait à ce déjeuner.

Une raison de plus pour elle d'aller jusqu'au bout.

— En fait, tu sais quoi? J'aimerais aller à *La Maison*. C'est mon préféré.

Jusqu'à ce que ces mots sortent, elle n'avait aucune idée qu'elle allait le contredire.

Papa était tout aussi surpris qu'elle développe enfin un caractère. À vingt-neuf ans, il était temps.

Non, elle n'allait pas s'attarder là-dessus. Elle n'était pas particulièrement fière d'elle-même d'avoir joué le jeu de son monde. La plupart des gens étaient aspirés ; il était difficile de ne pas l'être quand le charismatique Mitchell Davenport mettait ses plans en action. Cela avait fait de lui un bon homme d'affaires mais un père merdique. Et elle, qui avait été affamée d'une quelconque affection parentale après le départ de sa mère, avait choisi d'ignorer le fait qu'elle vivait un style de vie de lèche-bottes. Mais plus maintenant.

Il n'allait pas aimer ce qu'elle avait à dire.

Il n'aimait pas non plus sa suggestion de déjeuner — son sourcil gauche était arqué presque jusqu'à la racine de ses cheveux. Enfant, elle redoutait ce sourcil. Déception, colère, désintérêt... tout y était. Et ce depuis bien trop longtemps.

Elle avait le sentiment qu'il allait y avoir beaucoup d'arquage de sourcils dans l'heure à venir.

Il appuya sur un bouton de son téléphone.

— Deborah, demandez à Charles d'amener la Rolls.

Il sourit de son sourire professionnel lorsqu'il raccrocha.

— Je suppose que c'est un déjeuner spécial aujourd'hui ?

D'où la Rolls.

Cassidy aurait préféré n'importe quoi d'autre que la Rolls. Il menait ses "réunions" dans cette voiture. Mais elle lui accorderait ça ; il allait avoir beaucoup plus à gérer que son refus de monter dans son mobile de l'amour.

Mais il devait comprendre, une fois qu'elle l'aurait expliqué, que c'était ce qu'elle était censée faire. Elle ne pouvait être un simple ornement que pendant un certain temps ; elle avait besoin d'un but dans sa vie. Elle avait besoin de *faire* quelque chose. Son art était bon. Quelqu'un avait payé de l'argent réel pour ça — quelqu'un qui *ne savait pas* qui elle était.

Le sentiment de réussir grâce à son talent, ses efforts... C'était grisant. Cela ouvrait la porte à toutes sortes de possibilités, notamment sa propre carrière et son propre logement. Un logement qu'*elle* pourrait se permettre avec *ses* revenus, au lieu de l'allocation mensuelle que papa aimait appeler son salaire. Mais elle n'avait plus seize ans ; elle savait exactement ce qu'était cet argent. C'était un moyen de la maintenir dans le rang et de lui faciliter la vie. C'était aussi l'incarnation physique de son marquage du temps.

La mort de Franklin lui avait montré combien le temps de chacun pouvait être court. Il avait laissé derrière lui un héritage ; qu'avait-elle pour parler d'elle? La mention de son nom sur les programmes et les ordres du jour qu'elle préparait pour son père et les photos dans les pages mondaines ne lui suffisaient plus. Plus maintenant.

Papa devait le comprendre. Il s'était fait un nom ; était-ce si mal qu'elle veuille faire de même?

Papa était aux petits soins pendant le trajet jusqu'au restaurant, lui tenant la porte, lui offrant un verre de vin dans la voiture. Midi était un peu trop tôt pour qu'elle commence à boire, mais avec ce qu'elle allait lui dire, peut-être devrait-elle *le* faire boire, lui.

Le portier ouvrit la portière de la voiture lorsque Charles s'arrêta sous le *porte-cochère* du restaurant. — Bon après-midi, Mademoiselle Davenport.

— Bonjour, Dennings.

Elle avait grandi en appelant les gens de l'industrie des services par leur nom de famille, mais cela ne lui avait jamais semblé juste ou confortable. Mais si elle ne le faisait pas, Papa commencerait une embarrassante et gênante « leçon » sur la façon de se comporter.

Il n'allait *vraiment* pas aimer ce qu'elle avait à lui dire.

Quinze minutes plus tard, après avoir échangé les politesses et reçu leurs commandes, Cassidy prit une gorgée fortifiante du vin qu'elle avait finalement accepté de commander, le reposa, croisa les mains sur ses genoux — pour qu'il ne les voie pas se tordre — et prit une profonde inspiration. — Papa.

— Oui, Princesse.

Elle essaya de ne pas grimacer. Elle avait détesté ce surnom quand elle avait entendu chacune de ses amies être appelée de la même façon par leurs pères riches-jamais-à-la-maison-et-généralement-divorcés. Juste une fois, elle aurait voulu qu'il en trouve un nouveau. Un qui signifie quelque chose. Mais après vingt-neuf ans, elle cherchait enfin son propre bonheur et sa propre estime de soi, sans compter sur lui pour y arriver. C'était une leçon qu'elle avait apprise à la dure.

— J'ai fait quelque chose dont je suis très fière.

— Oh? Il fit signe au serveur de remplir son verre de vin.

Elle serra les dents. Il aurait tout aussi bien pu lui tapoter la tête et lui donner une sucette. Ses ongles s'enfoncèrent dans sa paume. — J'ai vendu ma première œuvre d'art.

Papa posa sa fourchette et pour la première fois depuis qu'elle l'avait vu aujourd'hui, il la *regarda* vraiment. — Tu as fait quoi?

— Je collectionne de vieux meubles, je les peins et je les vends.

— Tu vends des meubles?

— Non, Papa. C'est de l'art. Je restaure de vieux meubles et les transforme en objets de collection.

— Où ça?

— Où est-ce que je les peins?

— Non. Où les vends-tu?

— À la Galerie Marseault. En commission.

— Quel nom utilises-tu?

Bien sûr. Il s'inquiétait pour sa réputation. — Ne t'inquiète pas. Pas Davenport. J'utilise C. Marie.

Voilà que ce fichu sourcil se levait encore. — Ton nom complet a été publié assez souvent dans les journaux, Cassidy.

— C'est pourquoi je ne l'ai pas utilisé. Personne ne saura que C. Marie est Cassidy Marie Davenport.

— Le propriétaire de la galerie le sait?

— Eh bien, oui, bien sûr, mais...

— Pas de mais, Cassidy. Le propriétaire le sait — penses-tu qu'il va rater l'occasion de profiter de mon nom? Ce petit immigré est venu dans ce pays pour faire fortune et tu lui as offert l'opportunité parfaite. Mon Dieu, à quel point peux-tu être myope? Après toutes ces années passées à construire mon nom, tu viens de le ruiner avec un quelconque passe-temps de peinture par numéros.

— Ce n'est pas un passe-temps!

Les dîneurs autour d'eux arrêtèrent de parler et la fixèrent à cause de sa voix élevée — un péché plus grave que son « passe-temps » si la réaction de Papa était révélatrice, mais Cassidy s'en fichait. Un *passe-temps*? Comment *osait*-il! Elle avait mis tout son cœur dans les pièces qu'elle avait terminées et en avait presque une douzaine d'autres en cours, trouvant du temps entre ses « engagements » où elle était censée apparaître élégante et glamour, la parfaite Davenport, tout ça pour qu'il puisse dire que ses propriétés étaient aussi belles que sa fille. Elle avait toujours trouvé l'argument de mauvais goût, mais maintenant...

— Qui a acheté la pièce? Mitchell tapota sa bouche avec la serviette en lin, puis la jeta sur la table et saisit son téléphone. Une pression et la pauvre Deborah fut à nouveau convoquée. — Je veux que tu trouves un meuble. Non Deborah, écoute. Il appartient à un... Le fichu sourcil monta vers le nord tandis qu'il la fusillait du regard.

— Je ne sais pas. Et elle ne savait vraiment pas. Jean-Pierre, le propriétaire de la galerie, ne lui avait pas dit qui avait acheté la pièce, juste qu'elle avait été vendue.

— Ce n'est pas utile. Ni professionnel. Il secoua la tête. — Non, Deborah, pas toi. Je veux que tu retrouves le propriétaire de la Galerie Marseault et que tu rachètes une pièce vendue par C. Marie. Oui, c'est ça, tu as bien entendu. C. Marie, *pas* Cassidy Davenport. Et peu importe le prix ; tu la rachètes. Il éteignit le téléphone, reprit sa serviette et la replaça sur ses genoux, reprenant sa fourchette et piquant un de ses escargots comme s'il n'avait pas complètement rejeté le rêve de vie de Cassidy.

— Maintenant que ce désagrément est réglé, de quoi voulais-tu me parler?

Elle aurait dû jeter sa fourchette à travers la table et partir en trombe, mais Cassidy avait le cœur si malade face à l'indifférence désinvolte de son père pour ses sentiments et ses rêves qu'elle ne pouvait pas rassembler l'énergie. De plus, lui et la directrice de son pensionnat lui avaient tellement inculqué le comportement approprié qu'elle n'oserait jamais créer une scène —

— Est-ce à propos de ce soir? Je sais que Burton a dû assister à la cérémonie d'inauguration à Charleston, mais il a l'hélicoptère. Il arrivera à temps pour t'escorter. Je te le garantis.

Le gala. Encore un. Le quarante-deuxième de l'année. Elle le savait parce qu'elle venait de donner quarante et une robes à une vente aux enchères locale pour lever des fonds pour les enfants défavorisés. C'est ce qu'elle faisait de toutes ses robes. Papa avait piqué une crise quand elle avait commencé à donner des vêtements de créateurs jusqu'à ce que la publicité commence à affluer, louant sa générosité et faisant l'éloge du nom Davenport à tout-va. Maintenant, c'était une question de fierté pour lui que sa garde-robe constitue la majorité des dons.

— Je ne m'inquiète pas que Burton n'arrive pas à temps. Parce que, Dieu le savait — et Mitchell aussi — que *rien* n'empêcherait Burton Carstairs d'être présent à l'une des représentations ordonnées par son père avec la fille du patron à son bras. — Mais, Papa, à propos de mon art. Tu ne peux pas simplement le racheter. Qu'est-ce que ça dira de moi? Jean-Pierre ne vendra plus jamais aucune de mes pièces s'il pense que tu vas traquer l'acheteur. Ça ne sera pas bon pour sa galerie...

— Tu supposes que je me soucie de la galerie de cet homme. Ce n'est pas le cas, Cassidy. Il examina l'escargot qu'il avait extrait de sa coquille comme s'il était plus important qu'une conversation sur sa vie. — C'est un homme d'affaires et il aurait dû réfléchir. Au minimum, un coup de fil pour me prévenir aurait été une courtoisie professionnelle. Mais il ne l'a pas fait, donc c'est le prix à payer pour faire des affaires à sa façon. Je protège mon nom à tout prix.

— Mais ce n'est pas ton nom ; c'est le mien.

— La dernière fois que j'ai vérifié, mon nom figure sur ton acte de naissance. Par conséquent, c'est *bien* mon affaire. Il enfourna l'escargot dans sa bouche comme si cela mettait fin à la conversation.

Cassidy faillit céder. Elle avait eu trop d'expériences avec lui par le passé pour penser qu'il accepterait maintenant.

Mais si elle cédait, si elle ne se battait pas pour elle-même et pour ce qu'elle voulait dans la vie, quand le ferait-elle? Elle avait la preuve que ce n'était pas un choix de carrière irréfléchi. Elle avait du talent et il y avait un marché pour cela. Si elle abandonnait maintenant, elle aurait encore plus de mal à avoir une autre chance car son nom serait entaché par la petite opération de nettoyage de son père.

Elle se pencha en avant, agrippant sa fourchette comme si c'était une bouée de sauvetage. — Papa, écoute. Je n'ai pas utilisé Davenport à dessein. Je ne voulais pas que cela t'affecte si les choses se passaient mal. Elle croisa les doigts de son autre main posée sur ses genoux. Ce *n'était pas* la raison pour laquelle elle n'avait pas utilisé son nom de famille, mais elle le laisserait le croire pour lui montrer qu'elle était toujours dans son "équipe". Papa avait une obsession pour la loyauté et le fait qu'elle s'émancipe la remettrait en question. — Mais les choses se sont bien passées. Et je n'ai *pas besoin* d'utiliser mon nom de famille. C'est la beauté de la chose. J'ai réussi par moi-même. Jean-Pierre a suffisamment apprécié mon talent pour exposer mes œuvres, et quelqu'un d'autre l'a suffisamment apprécié pour l'acheter. Je peux avoir une carrière dans ce domaine, j'en suis sûre.

— Tu as déjà une carrière, Cassidy. Tu n'as pas le temps pour les deux.

Elle réprima sa réplique que porter des robes de créateur et minauder avec ses associés ne constituait une carrière que si elle travaillait pour un service d'escort-girls. Parce qu'honnêtement, c'était à peu près ce qu'elle avait ressenti depuis qu'elle avait rencontré Franklin. Sa vie avait été si superficielle comparée à ce qu'elle avait appris dans le peu de temps qu'elle l'avait connu ; que c'étaient les connexions, l'honnêteté, les relations entre les gens qui donnaient un sens à la vie. Mitchell Davenport utilisait les gens pour son propre profit. Et c'était très bien pour lui ; son rêve avait été de réussir dans son industrie et il l'avait accompli. Mais ce n'était pas son rêve à elle et maintenant qu'elle en avait enfin un, il *ne pouvait pas* la décourager.

— Mais j'ai le temps pour les deux, Papa. J'ai réussi à terminer cette pièce et d'autres, *et* à trouver une galerie tout en travaillant pour ton entreprise.

— Alors pourquoi avons-nous cette discussion? Pourquoi prendre la peine de m'en parler?

— Parce que... Elle prit une profonde inspiration, jouant le tout pour le tout — et elle espérait que cela ne signifiait pas littéralement perdre tout.

Non, ça n'arriverait pas. Papa ne la renierait pas simplement parce qu'elle voulait ça. Au minimum, elle était sa fille et il ne ferait jamais quelque chose d'aussi scandaleux pour ternir sa réputation.

Elle tapota sa fourchette sur la nappe en lin. — Parce que je *veux* vraiment me concentrer sur mon art à plein temps. Je peux former quelqu'un pour me remplacer au bureau pour les tâches quotidiennes — pas qu'elle ait grand-chose à faire depuis qu'elle avait été "promue" *hors* de l'équipe de conception ; son nouveau poste et son nouveau titre étaient une imposture et tout le monde le savait — et je peux toujours être présente pour les soirées.

Elle avait tout prévu. Une fois que Papa aurait accepté la voie qu'elle avait choisie et qu'elle aurait formé sa remplaçante — probablement une diplômée de Harvard ou de Yale — elle pourrait se détacher progressivement des événements. Papa ne le remarquerait même pas tant que la femme qui la remplacerait serait aussi belle dans les robes et sourirait aux bons moments, ce qui était à peu près la description du poste de toute façon.

Papa piqua un autre escargot et le contempla à nouveau. — C'est un joli plan, mais tu as oublié la partie la plus importante, Cassidy.

— Quoi? Elle s'était creusé la cervelle pour couvrir tous les aspects car elle savait qu'il s'y opposerait ; elle n'avait rien oublié.

— Je n'approuve pas ton plan. Il retira l'escargot de sa coquille et le mit dans sa bouche. — Maintenant, à propos de ce soir. Ai-je mentionné que je tiens Corcoran par les couilles et que quand il se présentera ce soir, il va voir...

Cassidy hocha la tête aux bons moments, faisant les "mmhmmm" appropriés quand c'était nécessaire, mais son esprit était ailleurs. Il avait rejeté son rêve. Elle n'avait *vraiment* pas pensé qu'il le ferait. Certes, il n'allait pas être content ; elle s'y attendait. Mais elle était sa fille, bon sang. Son enfant. Sûrement qu'il voulait qu'elle ait la même chance de réaliser ses rêves que lui? Ce n'était pas comme si elle était irremplaçable dans l'entreprise.

Cela aurait dû être sa *porte de sortie*. Sa déclaration d'indépendance. Certes, la commission sur la commode galbée n'était pas suffisante pour vivre, mais c'était un début. Et une fois que le nom de C. Marie commencerait à circuler, elle n'aurait plus à compter sur le chèque de Davenport Properties et à s'habiller comme un caniche pour parader lors des soirées de gala.

Mon Dieu, elle en avait assez de cette vie.

Et maintenant, une fois que le propriétaire de la galerie aurait été retrouvé et convaincu de racheter la commode galbée — un exploit dont Cassidy ne doutait pas que la secrétaire de son père serait capable, étant donné les coffres presque sans fond de l'entreprise de son père — il n'y avait aucun moyen qu'elle en vende d'autres. En fait, elle devrait probablement récupérer le reste des pièces dès le lendemain matin car personne ne voudrait toucher à une pièce qu'ils devraient rendre tôt ou tard. Bien que si Mitchell continuait à les racheter avec une prime, les acheteurs ne seraient peut-être pas mécontents.

Mais elle le serait. Et Jean-Pierre aussi. C'était une mauvaise affaire à tous les niveaux. Et étant donné que Jean-Pierre savait qui elle était — savait qui était son père — il ne s'approcherait pas d'elle avec une perche de trois mètres une fois que le mécontentement de Papa serait connu. Personne ne voulait se mettre Mitchell à dos. Elle était foutue. Coincée dans cette vie qu'elle détestait.

— Un dessert? demanda son père, la première question directe depuis qu'il avait anéanti son rêve.

— Non. Je n'ai pas faim.

Il la regarda. Plus comme s'il évaluait un pur-sang primé qu'un père attentionné se demandant si quelque chose n'allait pas. — Oui, tu commences à avoir le visage un peu rond. Ça ne rendra pas bien en photo. Essaie un de ces diurétiques que mon entraîneur m'a donnés. Ça t'affinera avant ce soir.

Elle pensait que rien ne pouvait la rendre plus abattue que son père dénigrant son choix de carrière. Elle s'était trompée.

— Vraiment? Tu veux que je développe un trouble alimentaire?

— Arrête d'être si dramatique, Cassidy. J'ai vu tes factures de room-service. Tu n'auras jamais de trouble alimentaire. C'est pourquoi nous avons cette conversation. Il reposa sa serviette sur la table et tapota la main de Cassidy. — Utilise le diurétique. Et assure-toi que ta maquilleuse creuse tes joues. Il se leva et tendit la main. — Je peux te déposer quelque part?

Du haut d'une falaise. Dans un orphelinat. Comme elle voulait lui dire d'aller se faire voir, mais la réalité était que, sans ses meubles sur mesure, elle dépendait toujours de lui pour ses revenus.

Elle n'aurait pas dû faire ce voyage sur la Riviera. Ni celui au Carnaval. Et le mois passé à Fidji avec la collection d'été de son designer préféré qu'elle avait entièrement achetée avait aussi été totalement irresponsable. Si seulement elle avait économisé cet argent, elle serait d'autant plus proche de l'indépendance financière. Mais tout cela avait été l'argent de Mitchell et elle n'avait pas encore eu son réveil brutal.

Il y avait aussi l'énorme somme qu'elle avait dépensée à l'hôpital... Non. Elle ne regretterait jamais d'avoir fait ça. C'était le meilleur investissement qu'elle ait jamais fait.

— Cassidy? Le temps presse et tu sais que le temps, c'est de l'argent.

Tout comme le goût, l'éducation, le fait de se lever tôt et tout un tas d'autres choses que son père chérissait. Ce qui expliquait pourquoi elle ne figurait pas sur cette liste. Son existence ne servait qu'un seul but pour Mitchell : être son hôtesse afin qu'il n'ait jamais à se remarier et à donner la moitié de sa fortune en pension alimentaire.

— Non, je vais prendre un taxi.

Son sourcil s'arqua une fois de plus alors qu'il se levait. — Comme tu veux. Il frissonna puis rajusta sa cravate et secoua la tête en quittant la table. — Un taxi. J'ai toute une flotte de voitures d'entreprise et elle veut un taxi.

C'était *exactement* la raison pour laquelle elle voulait un taxi. C'était quelque chose que son père ne pouvait pas contrôler et dans lequel il n'avait pas son mot à dire. Une des rares choses dans cette ville qui ne portait pas la puanteur de l'argent des Davenport.

Elle rit d'elle-même. *Elle* avait porté cette puanteur et l'avait fait volontiers. L'avait même arborée fièrement. Jusqu'à ce fameux dîner.

Elle secoua la tête et se leva lorsque la serveuse apporta l'addition. Typique. Mitchell l'avait laissée avec la note. Heureusement, elle avait un compte à *La Maison*, alors elle le mit sur celui-ci. Ce que Mitchell finirait par payer de toute façon, donc c'était une sorte de justice poétique.

Elle sortit du restaurant et vérifia son téléphone. Cinquante et une minutes s'étaient écoulées depuis leur entrée. Cinquante et une minutes pendant lesquelles ses plans soigneusement élaborés étaient partis en fumée. Mitchell pouvait vider l'air de n'importe quelle voile. Elle ne devrait pas être surprise. Elle savait qu'il ne serait pas content. Mais elle avait évidemment accordé trop d'importance à la relation père-fille et à la fausse hypothèse qu'il voulait qu'elle soit heureuse. Elle aurait dû tirer les leçons de sa mère ; la seule personne que Mitchell voulait voir heureuse, c'était Mitchell.

Elle voulait juste rentrer chez elle, se rouler en boule et oublier que cette journée avait existé, et elle était sur le point d'héler un taxi quand elle se souvint : le beau gosse était chez elle. Elle ne voulait *pas* rentrer à la maison et panser ses plaies avec son rictus moqueur qui la suivrait partout.

Soupirant, elle regarda autour d'elle. Elle n'avait pas envie de prendre un latte, et dépenser l'argent de Mitchell était la dernière chose sur sa liste de choses qu'elle voulait faire. Bon, l'avant-dernière. Le beau gosse de la société de ménage était en dernier. En fait, il *pourrait* être sur sa liste de choses à *faire*, mais son père entrerait en orbite si elle flirtait avec *le personnel*.

Hmmm... En fait, ce serait la raison parfaite *pour* le faire.

Sauf qu'elle n'était pas une manipulatrice comme Mitchell. Enfin, plus maintenant.

Soupirant, Cassidy tourna à gauche et commença à marcher. Peut-être que l'air frais lui éclaircirait les idées. Le parc était par là. Au pire, elle pourrait passer quelques heures à jeter des pièces dans la fontaine. L'argent de Mitchell ferait plus de bien aux gens de cette façon.

Chapitre Quatre

Liam passa son avant-bras sur son front, mais c'était inutile. Son bras était aussi trempé que son front. En fait, autant que tout le reste de son corps. La climatisation tournait à plein régime dans cet endroit, et pourtant il transpirait à grosses gouttes. C'était à cause de tous ces fichus recoins qui faisaient de la menuiserie quelque chose à envier par tout le monde, sauf par la personne chargée de la nettoyer. Il allait devoir parler à Mac du manque de nettoyage de Sharon. Bien que, pour être honnête, grimper sur des échelles de quatre mètres *présentait* certains risques pour la santé des femmes enceintes. Néanmoins, Mac pourrait peut-être ajouter une ligne de services spécialisés pour les éléments sortant de l'ordinaire. Et cet endroit sortait définitivement de l'ordinaire.

Il avait essayé de ne pas être impressionné, mais c'était difficile, du bloc de granit sans joint qui avait été taillé pour le plan de travail de la cuisine, à la cheminée transparente entre le salon et la salle à manger, en passant par la merveille architecturale qu'était le balcon. Il avait failli tomber par-dessus la rambarde en essayant de voir la suspension. Mitchell Davenport était un leader dans l'industrie pour une raison, et même si Liam détestait que Cassidy vive des largesses de son père, il appréciait pleinement l'opportunité de voir de près l'une des propriétés phares. Le fait qu'il ait l'autre appartement à cet étage quand il aurait fini ici, pour que Davenport puisse le mettre en vente, signifiait simplement qu'il aurait plus d'inspiration pour sa propre entreprise en pleine croissance.

De retour dans le salon, Liam ferma les portes-fenêtres. Elles aussi étaient une merveille d'ingénierie, pivotant facilement au toucher d'un doigt et se verrouillant sans bruit. Le verre était trempé mais d'une clarté cristalline qu'il n'avait jamais vue. Les portes coûtaient probablement autant que ce qu'il avait gagné l'année dernière, et il y en avait trois paires dans cet endroit.

Le chien frou-frou se dressa sur ses pattes arrière quand il revint. Mettez-lui un tutu et Cassidy aurait un numéro de cirque. — Désolé, ma petite, mais elle t'a mise là pour une raison et comme je viens de nettoyer cet endroit, je ne vais pas te laisser sortir pour le salir. Cela dit, je suppose que tu mérites une friandise ou quelque chose pour ne pas m'avoir cassé les oreilles à aboyer.

Il alla dans la cuisine pour chercher des friandises et eut un choc. L'intérieur des placards était un vrai bazar, un fouillis de boîtes en plastique vides, de conserves, de produits en papier et de nourriture pour chien, en contraste direct avec le reste de l'appartement. Même la négligée vaporeuse sur le sol de sa chambre était plus ordonnée que ça. Cette femme avait beaucoup de désordre refoulé.

Ça ne me dérangerait pas de mettre un peu de désordre avec elle...

Ok, il était temps de partir.

Il dénicha une friandise pour chien dans le bazar, réussit à fermer la porte du placard sans que le contenu ne se renverse, et lança la friandise qui ressemblait à une gomme au chien.

Maintenant elle commençait à japper. Évidemment.

Liam soupira et fit le tour de l'endroit pour s'assurer qu'il n'avait rien oublié. Ce serait une erreur de débutant et Mac n'embauchait pas de débutants.

Le petit muffin à quatre pattes ne cessait pas de japper. C'était si aigu que Liam ne pouvait pas appeler ça un aboiement, mais ça lui tapait sur les nerfs plus que n'importe quel aboiement qu'il avait jamais entendu. Leur voisin d'à côté quand il grandissait avait un beagle, et bien que ce chien ait eu un hurlement à vous glacer le sang, ce chien n'avait rien à voir avec cette chose. Liam ne pouvait pas sortir d'ici assez vite.

Ce qui signifiait, bien sûr, qu'il était coincé là quand il ne put pas trouver l'accessoire d'extension pour l'aspirateur. Merde. Il retraça ses pas, en commençant par sa salle de bain — oui, oui, ça n'avait aucun sens puisqu'il n'y avait rien à aspirer là-dedans, mais il valait mieux commencer par le début et travailler de là.

Il était à quatre pattes à moitié sous son lit quand elle rentra à la maison.

Ça n'allait pas bien se présenter. Surtout que l'accessoire était tout contre le mur, ce qui signifiait qu'il devait faire ce stupide mouvement de serpent pour l'attraper et ressortir sans déchirer sa chemise ou déplacer ce bracelet et cette photo.

— Que fais-tu? demanda-t-elle.

— Je pêche.

Posez une question stupide, obtenez une réponse impertinente. Il se tortilla pour ressortir — et accrocha à nouveau sa chemise. — Merde.

— Tu as attrapé quelque chose?

Il pouvait entendre le sourire dans sa voix. Elle savait exactement ce qui s'était passé. — Tout va bien.

— Hum hum.

Le lit grinça.

— Que fais-*tu*?

— J'enlève mes chaussures.

Bon sang, c'était bien ce qu'elle faisait. Il avait une vue imprenable — au niveau des chevilles. Et c'était une sacrée belle cheville. Tout comme l'arche de son pied. Et le vernis bleu vif sur ses orteils...

Hmm. Elle n'avait pas l'air d'être du genre bleu vif. Pas avec cette tenue couleur chair. Sobre, discrète, mais qui puait l'argent. *Ça*, c'était Cassidy Davenport. Le vernis à ongles bleu, c'était une hippie avec qui il ne serait pas contre l'idée de tomber dans le lit pour un après-midi de sexe chaud, transpirant et incroyable.

Oh merde. Maintenant il avait l'image de renverser Cassidy Davenport sur le lit et de lui enlever ses vêtements sobres et discrets centimètre par centimètre en l'embrassant juste derrière.

Heureusement que son entrejambe était pressé contre le tapis.

Puis elle s'agenouilla à côté de lui. — Attends. Laisse-moi t'aider.

Il n'avait pas besoin de son genre d'aide. Et il était sur le point de le lui dire quand elle posa une main sur son bas du dos et l'autre sous le lit entre ses omoplates.

Bon sang, le toucher de cette femme lui envoya des décharges de feu. Un feu dont Liam ne voulait ni n'avait besoin. Il était *logique* qu'elle l'affecte comme ça. Il avait pensé être immunisé. Qu'il avait retenu la leçon, mais apparemment ses hormones n'avaient pas reçu le mémo.

— Tu es coincé.

À plus d'un titre. — Tu es allée à l'université pour apprendre ça?

— Petit malin. Elle fit claquer ses doigts et sa chemise fut libérée.

Ce qui signifiait qu'il pouvait sortir, mais seulement si sa queue décidait de coopérer.

Bien sûr, elle ne coopéra pas. Surtout quand elle trébucha en se relevant, et que sa main atterrit en plein sur ses fesses.

— Tu l'as fait exprès.

Il s'est dégagé de cette position en un éclair, retournant la situation verbalement pour masquer le fait qu'il était encore dur sous ce stupide pantalon. Un pantalon qui ne laissait rien à l'imagination – ni son sexe en érection, ni la sensation des doigts de Mac sur ses fesses. Mac avait besoin d'un nouvel uniforme.

— Ne te flatte pas.

Elle parvint à se remettre sur le lit – pourquoi??? – et lissa son chemisier.

Ses tétons étaient durs.

Liam eut un sourire narquois. Il ne put s'en empêcher. Il l'affectait autant qu'elle l'affectait.

Hum, ce n'était probablement pas une bonne idée qu'il le sache. Maintenant, il serait plus difficile de rester loin d'elle.

— Alors, tu as fini?

Ma chérie, je n'ai même pas encore commencé...

— Pourquoi? Tu as un rendez-vous galant?

Merde. Pourquoi avait-il demandé ça? Ça ne le regardait pas. Et elle en avait probablement un.

— En fait...

Elle se leva et déboutonna le bouton du haut. Qui était déjà entre ses seins pour commencer, ce qui signifiait que ses seins étaient sur le point d'être exposés.

Il passa devant elle.

— Alors je vais te laisser.

— Euh, tu as oublié ton truc.

Il s'arrêta net. Son *truc*? La dernière fois qu'il avait vérifié, son *truc* était toujours dans son pantalon.

Il regarda par-dessus son épaule pour la voir se pencher pour ramasser quelque chose par terre, ce qui lui donnait un accès sans entrave à l'intérieur de sa chemise. Mon Dieu, ses seins étaient magnifiques. Et naturels.

Il se lécha les lèvres.

— Mon... quoi?

— Ça.

Elle lui tendit l'accessoire de l'aspirateur.

— Tu ne voudrais pas l'oublier, sinon tu devras revenir demain.

Et elle pensait que c'était une corvée?

— En fait, je dois revenir demain. J'ai encore les fenêtres à faire.

— Vraiment?

Elle rejeta ses cheveux en arrière tout en lui tendant le *truc* qu'il fut obligé de prendre tout en essayant de chasser de son esprit l'image d'elle tenant son vrai *truc*.

— Sharon peut nettoyer cet endroit en une journée.

— Sans vouloir offenser Sharon, cet endroit a besoin d'un peu plus de retouches qu'elle n'est capable d'en faire. Une femme enceinte ne peut pas faire autant de travail physique que moi.

S'il ne se trompait pas – et il se trompait rarement quand il s'agissait de l'intérêt d'une femme – elle le parcourut des yeux.

Merde. Il n'avait pas besoin de ça. N'en voulait pas. Et si seulement elle pouvait mettre un sac sur sa tête, ce ne serait plus un problème.

Bon sang, il devait se rappeler la douleur que Rachel lui avait infligée. Se souvenir de ce que c'était que de se faire métaphoriquement botter les fesses pour la voir telle qu'elle était. Et elle n'était rien comparée à Cassidy. Le père de Rachel avait bien réussi, mais il n'était pas dans la ligue de Mitchell Davenport, donc les attentes de Rachel devaient être inférieures à celles de Cassidy. Non, l'homme qui finirait avec Cassidy allait devoir gagner beaucoup d'argent ou sa vie serait un enfer. Liam n'avait aucune envie de s'engager dans cette voie, quel qu'en soit le prix.

Peu importe à quel point elle était sexy.

— Je suppose que tu as raison à propos de Sharon.

— Ouais. Donc, je reviendrai demain. Neuf heures, c'est assez tard pour toi?

— Faisons plutôt huit heures. Je me lève tôt.

Elle croisa les bras et bon sang si ça ne resserra pas ses seins, lui donnant beaucoup plus de décolleté que l'homme moyen ne pouvait supporter.

— Tu penses pouvoir gérer ça?

— Princesse, j'ai déjà fait une demi-journée de travail à huit heures. Aucun problème.

— Alors je te verrai à ce moment-là.

— Très bien.

— Parfait.

Ils se regardèrent pendant un battement de cœur ou deux de plus qu'ils n'auraient dû et un malaise s'installa. Cassidy passa sa main dans ses cheveux pour les dégager de son front et se retourna tandis que Liam enfonçait le *truc* dans sa poche arrière assez fort pour tirer l'avant de son pantalon suffisamment serré contre son sexe pour que *ce* truc se calme enfin.

— Eh bien, euh, je dois me préparer pour...

— Euh, ouais. Je vais te laisser tranquille.

Merde. Il voulait s'emmêler dans ses cheveux. Les étaler sur ce lit monstrueux et la faire gémir en moins d'une minute. Il le pourrait, aussi.

Tant pis pour sa résolution...

Cours, Manley. Ce n'est pas un endroit sûr pour toi en ce moment. Fuis la tentation.

Il suivit son propre conseil et sortit de là en vitesse, seulement pour se retrouver tibia contre museau avec la boule de poils qui décida de grogner sur lui.

— Tu plaisantes, j'espère.

Un coup de pied bien placé et...

Non. Il ne donnait pas de coups de pied aux chiens. Ni aux chats. Ni aux petits enfants.

Les brunes sexy qui n'avaient pas le bon sens que Dieu leur avait donné (ou peut-être pas, finalement) de rester à au moins cent mètres derrière lui, cependant, c'était une autre histoire.

— Titania! Arrête ça! Il est là depuis ce matin. Tu le connais!

La boule de poils émit un dernier grognement et fila vers sa "Maman". Bien. Peu importe. Que Dieu le préserve de la tentation sur talons hauts... et de son petit chien aussi.

Il ne pouvait pas sortir de là assez vite.

Chapitre Cinq

— Tu es ravissante, Cassidy. Comme toujours.

Burton lui tendit une coupe de Clicquot.

Cassidy résista à l'envie de la boire d'un trait. Elle et Burton n'avaient guère dépassé le stade des soirées mondaines et des dîners occasionnels, alors il serait probablement stupéfait si elle la descendait d'un coup. Papa — ne connaissant évidemment pas la vraie Cassidy — piquerait une crise face à ce manque flagrant d'éducation, mais bon sang, ça ferait tellement de bien de les choquer!

Elle but un tiers de sa coupe. Les flûtes à champagne étaient de toute façon trop petites, et après la journée qu'elle avait eue, elle avait besoin de l'agréable sensation de flou que les bulles pouvaient procurer. Pas assez pour être ivre cependant. Dieu sait ce qu'elle dirait à son père si elle était éméchée et qu'il décidait de mentionner sa peinture.

— Alors, ton père m'a dit que tu as un nouveau passe-temps.

Pauvre Burton. Il était tombé dans le piège sans avertissement. Mais il était intéressant que son père ait jugé bon de partager l'information avec Burton. Papa poussait un peu trop cette relation.

— En fait, non. J'ai une carrière.

— Une carrière?

Burton sourit de ce sourire qui l'avait toujours mise mal à l'aise sans qu'elle ne sache pourquoi.

À cet instant, elle comprit. C'était le sourire de Mitchell. Ce sourire condescendant, du genre n'est-ce-pas-mignon-ma-chérie qu'il adressait à la plupart des femmes de son entourage. En fait, maintenant qu'elle y pensait, Deborah était la seule que Cassidy n'avait jamais vu en être la destinataire.

— Alors, quelle est cette nouvelle *carrière*?

Burton sirota son champagne, l'auriculaire légèrement relevé.

Mon Dieu, quelle affectation. Comment n'avait-elle jamais remarqué ça avant? Qu'est-ce qui d'autre était une affectation?

Elle l'observa. Les boutons de manchette en or, la Rolex, la chevalière en diamant... Oh mon Dieu. Il devenait son père. Burton n'avait pas tous ces attributs de richesse *extrême* quand ils s'étaient rencontrés. Mitchell l'avait recruté à sa sortie de Wharton, et bien qu'elle sût qu'il avait été façonné pour s'intégrer à l'entreprise, elle n'avait jamais réalisé jusqu'à ce moment précis que Mitchell l'avait façonné pour *devenir* lui.

Oh Seigneur. Son père préparait Burton à reprendre son rôle dans l'entreprise quand il prendrait sa retraite. Pas que Cassidy puisse imaginer cela arriver de sitôt, mais c'était soudain aussi clair que les diamants sur le cadran de cette Rolex. Et s'il planifiait *ça*, elle comprenait pourquoi il la poussait vers Burton. Il voulait Burton comme gendre pour garder l'entreprise dans la famille.

Il gèlerait en enfer avant que Cassidy n'épouse *jamais* un homme choisi et formé par son père.

— Alors, qu'est-ce que c'est? demanda Burton qui, à son crédit, essayait d'avoir l'air intéressé, mais Cassidy pouvait voir les petits coups d'œil furtifs qu'il jetait à la recherche d'une conversation plus avantageuse à laquelle se joindre. Il avait manifestement déjà reçu la bénédiction de Mitchell pour la courtiser — aucun de ses autres petits amis n'avait duré longtemps si Mitchell ne les approuvait pas. Comme aucun d'entre eux n'avait été son Prince Charmant, ça ne l'avait pas vraiment dérangée, mais ça...

Burton était un type sympa, capable de tenir une conversation, et qui avait même semblé trouver intéressant de lui parler au lieu de simplement fixer son décolleté, mais il n'était pas le genre d'homme qu'on épouse.

Peut-être que Mitchell devrait l'épouser lui-même.

— Cassidy?

Ah. C'est vrai. Il avait posé une question.

— Je peins.

— Quoi, genre des aquarelles et tout ça?

— Non. Des meubles. Je transforme de vieux meubles en pièces d'art peintes sur mesure.

— Tu veux dire avec des fleurs, des papillons et des arcs-en-ciel?

Et des licornes et des princesses de contes de fées aussi, eut-elle envie d'ajouter. La croyait-il vraiment si superficielle?

Peut-être que oui. Auquel cas, cela prouvait à quel point il ne lui avait *pas* prêté attention ces huit derniers mois.

— Non, Burton. Je peins des paysages, des faux finis ou des textures dessus.

— Comme Thomas Kinkade?

Kinkade avait du talent et il avait certainement eu du flair en marketing, mais elle ne voulait pas être classée avec lui.

— Non, pas comme Kinkade. Plus dans le style de Davenport. Cassidy Davenport.

Burton ne sembla pas saisir le sens, mais il leva sa flûte de champagne vers elle — auriculaire toujours tendu.

— Eh bien, félicitations, ma chérie. C'est un talent bien pratique à avoir. Tu pourrais peindre des fresques sur les murs des chambres d'enfants. Tu sais, je pensais...

Oh mon Dieu. Elle ne voulait pas savoir à quoi il pensait. Pas avec cette entrée en matière. Et le champagne et les boutons de manchette et le sourire entendu de son père qui choisit ce moment pour regarder dans leur direction...

— Excuse-moi, Burton.

Elle ne le regarda même pas en lui tendant sa coupe de champagne avant de s'éloigner. Les toilettes des dames étaient toujours une excuse pratique et, à vrai dire, elle pouvait utiliser un peu d'eau fraîche sur ses poignets — pour calmer son tempérament échauffé. Mitchell était derrière tout ça. Pas étonnant qu'il l'ait congédiée au déjeuner. S'il espérait qu'elle épouserait Burton et élèverait de petits Davenport, *évidemment* qu'elle n'aurait pas le temps pour une carrière...

Mieux valait couper court à cette catastrophe avant qu'elle n'ait une chance de prendre de l'ampleur.

Et puis elle tomba sur Mitchell.

— Cassidy. Tu passes une bonne soirée? Pourquoi Burton n'est-il pas avec toi? Il a l'air particulièrement en forme ce soir, tu ne trouves pas?

— Il parle à quelqu'un là-bas.

Elle fit un vague geste de la main, espérant que Mitchell irait le chercher.

Bien sûr, il n'en fit rien. Au lieu de cela, il baissa la voix et se rapprocha même.

Jamais bon signe.

— Deborah m'informe que ce passe-temps qui est le tien me coûte cinq chiffres. Tu voudras sûrement contribuer avec tes bénéfices pour compenser les frais. Je suis prêt à assumer la perte sur le papier, mais pas autant en argent réel.

— Tu plaisantes? Tu achètes mon œuvre que j'ai déjà vendue et tu t'attends à ce que je paie pour ça?

Ce fichu sourcil monta en flèche.

— Elle n'aurait jamais dû être vendue en premier lieu.

— Pourquoi pas? C'est une bonne pièce. Suffisamment bonne pour que quelqu'un ait jugé qu'elle valait une somme décente et décide de l'exposer chez lui. Tu aurais dû la laisser où elle était et garder ton précieux argent.

— Mon *précieux argent* est ce qui te permet de porter des vêtements de marque et de vivre dans ce penthouse, jeune fille. Je te suggère de t'en souvenir.

— Comme si je pouvais l'oublier, marmonna-t-elle.

— Pardon? Cette fois, l'autre sourcil s'arqua et il baissa la tête comme s'il regardait par-dessus ses lunettes.

— J'ai dit que les revenus de mon art m'aideraient à tenir mon budget pour que tu n'aies pas à le faire.

À ces mots, Mitchell éclata de rire.

— Oh, je t'en prie, Cassidy. Tu ne saurais pas tenir un budget même s'il était d'un million de dollars. Tu n'as aucune idée de ce que coûte ton train de vie. C'est gentil de vouloir contribuer, mais ne t'en fais pas pour ça. J'ai largement de quoi prendre soin de toi.

Va-t'en. Ne dis pas *quelque chose que tu vas regretter. Garde ça pour plus tard quand tu seras seule.*

Cassidy voulait écouter son subconscient, savait qu'elle *devrait* l'écouter. Mais ce ton condescendant l'avait achevée.

Elle ne pouvait pas laisser passer ça. Elle ne pouvait pas le laisser croire qu'il pouvait la manipuler pour qu'elle fasse ce qu'il voulait. Elle allait trouver un *moyen* de vivre selon ses propres conditions.

— Tu sais, papa, je suis *vraiment* capable de subvenir à mes besoins. Je viens de le prouver. Je ne l'ai pas fait avant parce que tu avais besoin que je sois disponible pour l'entreprise. C'est *toi* qui m'as installée dans ce penthouse. J'étais heureuse dans le loft.

— Le penthouse correspond plus à ton style...

— Non, le penthouse correspond plus à *ton* style et tu aimes faire savoir que j'y vis. J'ai toujours été une figure de proue pour toi. Le père célibataire qui a pris sa fille sous son aile et l'a installée dans l'entreprise. Il n'y a que toi et moi qui savons que mon rôle est complètement superficiel et que ma description de poste se résume à faire du 36 et à être jolie. N'importe laquelle de tes pimbêches pourrait y arriver.

Oh merde. Ce commentaire était allé trop loin. Elle le savait au rétrécissement de ses yeux et au froncement de ses sourcils. Plus que l'arquement, le froncement signifiait un sacré paquet d'ennuis.

— Écoute, je devrais y aller. Ce n'est ni le moment ni l'endroit.

— Tu as raison sur ce point. Je serai au penthouse demain matin et nous terminerons cette conversation.

— Oh, mais la femme de ménage sera là. Il y avait quelque chose de complètement *anormal* à appeler ce type une femme de ménage.

— Alors débarrasse-toi d'elle. Après tout, c'est *moi* qui paie son salaire. Elle fera ce que je veux.

Comme tout le monde, non? Cassidy faillit le dire à voix haute avant de partir, mais elle estima avoir fait assez de dégâts pour une soirée.

Demain serait bien assez tôt pour le dire.

Chapitre Six

— Je me fiche de savoir comment c'est arrivé dans le journal, je veux que cet article soit supprimé, dit Cassidy dans son téléphone en ouvrant la porte et en faisant signe à Liam d'entrer le lendemain matin. Elle avait l'air bien trop artistiquement débraillée avec un short qui tombait bas sur ses hanches et un t-shirt déchiré et effiloché professionnellement qui tombait sur l'épaule, comme la fille de ce film de danseuse-soudeuse des années 80, montrant beaucoup trop de peau à son goût et définitivement trop de jambes.

À bien y réfléchir, rien de tout cela n'était excessif dans une interaction normale homme-femme. Mais dans *leur* interaction... Oui, c'était définitivement trop. Il n'avait pas besoin d'être plus attiré par elle qu'il ne l'était déjà.

— Deborah, tu accomplis toujours des miracles pour mon père. Tu ne peux pas faire quelque chose pour moi? Je veux dire, à quel point est-ce difficile de faire supprimer un article? Cassidy agita le journal qu'elle tenait et Liam aperçut une grande photo d'elle dans une sacrée robe de soirée.

D'accord, *ça*, c'était trop de peau à montrer à *qui que ce soit*, sans parler de l'avoir placardé en première page des pages société.

— Mais ça me fait passer pour une enfant gâtée.

Les oreilles de Liam se dressèrent. Il n'avait jamais rencontré une fille de la haute société qui se *plaignait* d'être gâtée.

— Mais je n'ai rien dit de tout ça. Est-ce que je peux obtenir un démenti? Elle gémit. — Ou au moins un droit de réponse?

— Ne jamais répondre aux moqueurs, marmonna Liam. Bryan, son frère acteur, lui avait transmis ces paroles de sagesse. On ne pouvait pas gagner quand quelqu'un commençait à se moquer. Généralement, l'histoire ne faisait que prendre de l'ampleur.

Elle le regarda, les yeux plissés.

— Je dis juste que si tu en fais toute une histoire, son importance va grandir. Quoi qu'il y ait dans cet article, laisse tomber.

— Écoute, Deborah, je vais devoir te rappeler. Mais s'il te plaît, vois ce que tu peux faire en attendant.

Elle appuya sur l'écran de son téléphone avec son pouce. Un geste inutile puisque l'appareil s'éteignait d'un simple glissement, mais Liam pouvait sentir la colère émaner d'elle par vagues depuis l'autre côté du salon.

— Tu avais quelque chose à partager? demanda Cassidy, ressemblant *exactement* à son père condescendant.

Liam avait assisté à quelques événements et salons professionnels où Mitchell Davenport avait été l'orateur. L'homme avait une opinion sur tout et la sienne était la seule qui comptait. Certes, le gars *avait* bâti un empire à partir de pratiquement rien, mais il ne devrait jamais oublier les gens qui l'avaient aidé à gravir cette échelle du succès, car ces mêmes personnes pourraient retirer cette échelle de sous lui.

Ah, mais qu'est-ce que ça pouvait bien faire à Liam? Il n'était pas — et ne serait jamais — dans la même ligue que Davenport. Et peut-être que cette attitude suffisante et je-suis-meilleur-que-vous en était la raison.

Eh bien, ça convenait à Liam. Il était parfaitement content de maintenir son entreprise et son style de vie à un niveau avec lequel il pouvait vivre. Être un je-sais-tout à l'ego surdimensionné n'était pas pour lui.

— Tout ce que j'ai dit, c'est que si tu en fais toute une histoire, les autres aussi. Laisse tomber.

— Laisser tomber? Tu sais ce que ça dit? Elle agita le journal devant lui, la peau au-dessus du décolleté de ce haut prenant une jolie teinte rose de colère.

C'était un bon look sur elle. Ses yeux verts brillaient comme des pierres précieuses, et sa respiration s'était suffisamment accélérée pour que ces magnifiques seins bougent sous le tissu de coton moulant d'une manière que seul un homme mort ne remarquerait pas. Et même là, c'était discutable.

Mon Dieu, il n'était que huit heures seize du matin et il désirait déjà la cliente.

— Je t'entends, mais c'est de la diffamation. De la calomnie. L'un ou l'autre. Elle rejeta ses cheveux en arrière et cette coiffure parfaitement soignée qu'elle avait hier était devenue un fouillis de vagues indomptées qui rebondissaient sur ses épaules d'une manière conçue pour donner envie à un homme d'y passer ses doigts. De tirer dessus. De les tenir fermement pendant qu'il la pénétrait —

Merde. Huit heures dix-sept et il transpirait à nouveau.

— Je veux dire que ce sont des mensonges. Tout est faux.

— Qu'est-ce que ça dit? Bon sang, il ne voulait pas demander ça. Ne voulait pas savoir. Ne voulait rien avoir à faire avec Cassidy Davenport à part entrer et sortir de chez elle le plus rapidement possible tout en permettant à Mac de l'appeler une cliente.

Les choses qu'il faisait pour sa sœur.

— Ça dit, premièrement, que je me suis fiancée. Elle leva sa main gauche sans bague. — Tu vois une bague ici?

— Non. Dieu merci.

Et il examinerait plus tard pourquoi il remerciait le Seigneur pour ça.

— Exactement. Burton est un type sympa, mais certainement *pas* l'homme que je vais épouser.

Liam avait sur le bout de la langue de demander *Burton qui*? mais il ne voulait pas vraiment savoir. Il ne s'intéressait pas à Cassidy Davenport ni à qui elle fréquentait.

— Et je n'ai pas quitté le gala en colère. Je suis partie gentiment. Sereinement. J'ai dit au revoir. Personne ne pourrait critiquer mes manières. Je n'ai aucune idée si l'ex-fiancée de Burton était là, et je m'en fiche. Elle peut l'avoir.

Il ne devrait vraiment ressentir aucune satisfaction en entendant ces mots, mais pour une raison quelconque, c'était le cas.

Bon sang. Cassidy Davenport n'était rien pour lui. Rien. Et ne le serait jamais.

Ouais, continue à te le dire, mon vieux. Ça expliquera toute cette hypersensibilité à son égard et la façon dont elle sent la pêche, et la façon dont ses tétons se sont durcis, et le frémissement sur son abdomen alors qu'elle inspire profondément pour se calmer. Et comment tu as remarqué tout ça chez elle. Ouais, tu n'es pas du tout intéressé par elle.

— ...comme si j'étais une snob coincée qui ne peut pas s'abaisser à parler aux gens ordinaires. Elle agita le journal vers lui. — Tu peux y croire? Ça utilise vraiment le terme *gens ordinaires* dans l'article! On est où? Dans un village féodal? Qui *fait* ça?

Elle se retourna et traversa la pièce à grands pas, ces pas faisant des choses sacrément agréables à ses fesses.

— Je ne vais pas tolérer ça. Je ne peux pas. Mon père a forcément fait planter au moins une partie de l'histoire.

— Il veut que les gens pensent que tu es coincée? Comme Mitchell Davenport était tout au sujet de l'image et que cela ne serait pas les meilleures relations publiques, Liam n'y croyait pas.

Elle se retourna brusquement, ses cheveux s'étalant derrière elle, se balançant pour se poser sur une épaule, laissant l'autre nue, le tentant de l'embrasser depuis son épaule jusqu'à la courbe de son cou et de se perdre dans ce parfum de pêches.

— Non. Que je suis fiancée à Burton. J'espérais hier soir qu'il n'avait pas l'intention de me demander en mariage, et je suis partie avant que ça ne devienne gênant. Maintenant mon père me force la main, pour ainsi dire, pour que je ne puisse pas le refuser. Qu'est-ce que ça aurait l'air si la fille de Mitchell Davenport disait oui puis non à son gendre choisi? Je passerai pour l'enfant la plus ingrate, gâtée et obstinée qui soit.

— Donc tu ne te maries pas? Pourquoi diable avait-il posé *cette* question? Bon sang, son parfum devait lui avoir infecté le cerveau.

— Pas avec Burton Carstairs en tout cas. Ce serait comme épouser mon père, et c'est bien la dernière chose que je ferai jamais.

— Ouais, mais qui vas-tu trouver à part le larbin choisi par papa qui puisse se permettre cet endroit?

Elle traversa la pièce d'un pas rageur vers lui, un doigt pointé droit sur sa poitrine. — Sérieusement? Tu as vraiment le *culot* de dire ça?

Liam monta sur le niveau du vestibule depuis le salon en contrebas pour qu'elle ne soit pas à hauteur de ses yeux.

Ce doigt le frappa à la poitrine. Aïe. Cette manucure était sacrément pointue.

— Comment *oses-tu* dire ça. Tu ne sais rien de moi. Ne crois pas ce que tu lis dans les journaux. L'histoire d'aujourd'hui est l'exemple parfait des mensonges qu'ils inventent pour vendre de la publicité. Je ne suis pas une poupée gâtée et inutile que mon père range sur une étagère quand il ne me parade pas en public. J'ai vraiment un emploi dans son entreprise.

Liam décida que la discrétion était la meilleure partie de la valeur quand il s'agissait de cette déclaration. D'après ce qu'il avait vu d'elle au fil des ans, son soi-disant travail *était* de sortir et d'être jolie. Comme une poupée.

Heureusement, son téléphone portable sonna à ce moment-là, lui évitant d'aggraver la situation. Certes, elle pouvait se vanter autant qu'elle voulait qu'elle n'allait pas épouser ce Burton, mais elle devrait savoir que Mitchell Davenport avait rarement perdu une bataille qu'il voulait gagner. Il faudrait un certain type d'homme pour épouser la fille de Davenport, et Carstairs semblait être le laquais parfait. Choisi sur mesure et modelé d'après l'homme lui-même. De cette façon, il n'aurait jamais à s'inquiéter de ce que Carstairs allait faire de son entreprise ou de sa fille.

— Non, Stacey, dit Cassidy au téléphone, ce n'est pas vrai. Burton ne m'a pas demandée en mariage donc je n'ai pas pu le refuser. Elle passa à nouveau une main dans ses cheveux, ce qui releva légèrement son t-shirt.

Merde. Cette courbe de sa taille suffisait à lui faire venir l'eau à la bouche.

Totalement inapproprié.

— Ouais, je sais. Ça va être une vraie plaie de rétablir la vérité. Je devrais juste partir et laisser tout ça se tasser. Elle tapota le coin de sa bouche avec son doigt.

Oui, Liam la regardait beaucoup plus longtemps qu'il n'aurait dû — mais il n'allait pas détourner le regard. Ses orteils étaient nus — à l'exception de ce vernis bleu bien sûr — et la façon dont ils se recroquevillaient dans l'épais tapis lui faisait imaginer comment il les ferait se recroqueviller quand il embrasserait son corps de haut en bas —

Recule, putain, *Manley. Tu ne vas* pas *t'approcher de cette femme. As-tu oublié Rachel?*

C'est vrai. Rachel. Sa désillusion et sa presque chute.

— Oh, c'est vrai. J'avais oublié que tu y allais. Et Donna alors? Elle ne va pas à Monte-Carlo? Ça fait un moment que je n'y suis pas all— Oh. Je ne savais pas. Et Janet alors? Son père ne lui achetait pas cette maison à Marbella? J'adore cette ville. L'eau est magnifique et l'atmosphère est juste— Elle glissa une mèche de cheveux derrière son oreille. — Elle a dit ça? Je ne sais pas ce que je lui ai fait pour qu'elle— Elle soupira. — Je suppose. Mais Jean est à Long Island chez ses parents, donc c'est exclu, et Mary est au Cap avec son nouveau copain, et Joy est en Europe pour le reste de l'été, et comme tu vas à LA, on dirait que je suis coincée ici, et seule par-dessus le marché.

Liam ne dit rien à propos de la pauvre petite fille riche qui n'avait nulle part où aller. Pauvre d'elle ; elle devait rester enfermée dans ce penthouse chic avec un portier, un concierge et un service de chambre — sans parler d'une *femme de ménage* — pendant qu'elle traversait la "mauvaise" tempête de publicité entourant ses prétendues fiançailles avec un homme qui pouvait se permettre de la maintenir dans ce style de vie.

Même les mondaines finissaient par être blasées, supposa-t-il.

Mon Dieu, c'était vraiment dur à avaler pour lui. Cette femme avait tout et était trop gâtée pour s'en rendre compte et remercier sa bonne étoile qu'il y ait encore des hommes dans ce monde qui voulaient traiter les femmes avec lesquelles ils étaient comme les poupées de porcelaine qu'elles voulaient être.

Mais Liam n'en faisait pas partie. Pas question. Il voulait une femme de substance. Un véritable être humain. Une partenaire. Quelqu'un sur qui il pourrait compter pour être à ses côtés, pas partie dépenser son argent durement gagné et se plaindre qu'il ne l'emmenait jamais nulle part ou ne faisait rien avec elle.

Si seulement il pouvait écraser l'attirance physique qu'il ressentait pour elle, il pourrait peut-être terminer ce travail sans perdre la raison.

Cassidy ravala la question qu'elle ne voulait vraiment pas poser, mais bon sang, toutes ses amies étaient occupées ou en vacances et elle allait être coincée ici. Mais elle aurait adoré aller à LA avec Stacey, sauf que Stacey partait dans le jet d'entreprise de son père pour rendre visite à la star de cinéma qu'elle fréquentait actuellement. Certaines femmes avaient toute la chance tandis qu'elle devait rester à la maison dans la vitrine de son père et repousser les rumeurs la disant gâtée. Bon sang, être coincée dans cet endroit était l'incarnation même d'être gâtée, mais elle ne voulait pas demander à son père la maison de plage ou celle à la montagne parce qu'alors il aurait une chose de plus à lui jeter au visage. Et aucun hôtel public n'était aussi soucieux de la sécurité que les bâtiments de Papa, donc elle n'aurait pas à affronter les paparazzi à moins de sortir.

Elle dit au revoir à Stacey et éteignit son téléphone. Elle était coincée.

Tout avait été si clair quand Jean-Pierre avait appelé à propos de la vente. Cassidy avait été nerveuse rien qu'à l'idée de l'approcher pour exposer son travail, mais le souvenir de Franklin lui avait donné du courage. Puis, quand

Jean-Pierre s'était montré enthousiaste, Cassidy avait senti l'espoir qu'elle avait réprimé depuis si longtemps sortir de sa cachette et s'épanouir. Ensuite, il y avait eu la vente, et elle s'était enfin sentie comme si elle était quelqu'un. Comme si elle avait quelque chose à apporter. Certes, ce n'était pas ce que les médecins et les infirmières avaient fait pour Franklin, mais c'était bien mieux que de rester assise sur ses fesses pendant que des créateurs de mode paradaient leurs derniers modèles devant elle.

— Donc vous serez là aujourd'hui pendant que je termine?

Elle leva les yeux, surprise. C'est vrai. Le type de ménage était là.

Mince. Comment s'appelait-il déjà? Elle ne voulait pas demander. Elle ne voulait pas paraître aussi superficielle que tout le monde le pensait.

— Euh, oui, je serai là. Comment allait-elle découvrir son nom? — Vous n'auriez pas une carte de visite, par hasard?

Il haussa un sourcil vers elle. C'était drôle comme l'haussement de sourcil de son père n'inspirait que de la crainte, mais celui de ce type... Ce n'était pas de la crainte qui envahissait son corps.

Ni ses cuisses.

Qu'est-ce qui n'allait *pas* chez elle? Elle avait des problèmes de relations publiques majeurs à régler et elle bavait sur le type qui nettoyait ses toilettes parce qu'il était canon?

Oh, mon Dieu. Elle *était* vraiment superficielle.

Néanmoins, elle prit la carte de visite qu'il lui tendait. — Il n'y a pas votre nom dessus.

Juste le logo et les coordonnées. Simple, fonctionnel. Ce qui ne ressemblait en rien au type debout devant elle.

Le gars haussa les épaules. — Il faudra que j'en parle à Mac. Je suppose que ce serait mieux, pour que les gens puissent me demander spécifiquement.

Elle le demanderait spécifiquement.

— C'est vrai. Je veux dire, comment les gens sauront-ils qui vous êtes sinon?

Mince, elle avait encore besoin de connaître son nom.

Il pencha la tête. — Vous ne connaissez pas mon nom.

— Quoi? Bien sûr que si. Vous vous êtes présenté hier.

Elle rejouait la scène dans sa tête, mais tout ce dont elle pouvait se souvenir était les frissons qui l'avaient parcourue lorsqu'il s'était tenu dans son salon pendant qu'elle priait pour qu'il soit un stripteaseur envoyé par ses amies —

celles qui l'avaient pratiquement abandonnée cette semaine — et non la vraie femme de ménage.

Comme elle s'était trompée. Et maintenant, elle en payait le prix.

— Vous *ne connaissez pas* mon nom.

— Vous êtes fou.

Il croisa les bras, et, oh la la, ce que ça faisait à ses épaules. Elle ne serait pas contre être enveloppée par celles-ci.

— D'accord, prouvez-moi que j'ai tort. Quel est-il?

— Quel est quoi?

— Mon nom?

Merde. Elle avait oublié la question ; pourquoi ne pouvait-il pas faire de même? — Vous ne le savez pas? Ça pourrait être un problème. Vous devriez peut-être faire vérifier ça.

— Très drôle.

Il décroisa les bras et mit ses poings sur ses hanches.

Oh la la, ce que ça faisait à ses abdominaux parfaitement dessinés —

— Alors, quel est mon nom?

Bon sang. Elle se lécha les lèvres. — Sérieusement, mon vieux, si vous ne vous souvenez pas de votre nom, vous devriez peut-être consulter un médecin.

Liam fit un pas vers elle. — Vous ne pouvez pas vous en sortir comme ça, Princesse. Soit vous connaissez mon nom, soit vous ne le connaissez pas. Soit je suis assez important pour que vous vous en souveniez, soit je ne le suis pas.

— Ce n'est pas vraiment juste.

Parce qu'elle ne l'oublierait *jamais*. Peut-être qu'elle ne se souviendrait pas de son nom, mais lui? Non, il était définitivement mémorable.

— Et regarder de haut nous autres pauvres travailleurs avec votre nez sculpté, c'est juste?

— Mon nez n'est pas sculpté. C'est le nez avec lequel je suis née.

Le sourcil arqué disait qu'il pensait différemment.

— C'est vrai. Ce n'est pas parce que la plupart des gens de mon cercle social ont des rhinoplasties ou des implants mammaires qu'il faut supposer que j'en ai aussi.

— Oh, ma chérie, je sais déjà que vous n'avez pas eu d'implants mammaires.

Il n'avait aucun droit de penser à ses seins.

Mais, bon sang, ses seins aimaient qu'il le fasse, ses tétons se durcissant sous le soutien-gorge de sport et la fine chemise de peinture qu'elle portait.

Retourne-toi, Cassidy. Éloigne-toi du beau mec. Dont tu ne connais toujours pas le nom.

Oh mon Dieu. Elle ne connaissait pas son nom. À quel point était-elle superficielle?

Cassidy prit une profonde inspiration et ferma les yeux. Elle pouvait admettre qu'elle ne s'en souvenait pas. Beaucoup de gens avaient du mal avec les noms. Ça ne voulait pas dire qu'elle était superficielle. De plus, elle avait eu beaucoup de choses à gérer ces dernières vingt-quatre heures. Elle avait été nerveuse à propos du déjeuner avec Papa ; c'était pour ça qu'elle ne pouvait pas se souvenir de son nom. Il ne l'avait probablement dit qu'une seule fois et ça avait probablement été si rapide qu'elle ne l'avait pas vraiment entendu.

Néanmoins, la politesse exigeait qu'elle assume sa perte de mémoire. Ça pouvait arriver à n'importe qui.

Une clé tourna dans la serrure de la porte d'entrée.

La tête du type de ménage pivota au son.

Pas celle de Cassidy. Il n'y avait qu'une seule personne qui utiliserait la clé sans frapper.

C'était drôle, elle n'aurait pas pensé être heureuse de voir son père après la nuit dernière, mais si son arrivée allait la sauver de l'embarras d'avoir à admettre qu'elle ne pouvait pas se souvenir du nom du type de ménage, eh bien, il y avait une première fois à tout.

— Qui diable êtes-vous?

La question de Papa, bien que bien chronométrée, était aussi arrogante que le fait que Cassidy ne connaisse pas son nom était superficiel.

Le type de ménage, cependant, ne semblait pas intimidé. Il tendit la main et rencontra Papa d'égal à égal. — Liam Manley. De Manley Maids.

— Votre entreprise?

Liam (!) secoua sa magnifique tête de cheveux. — Celle de ma sœur. Je ne fais qu'aider.

— Vous travaillez pour votre sœur?

Voilà que Papa arquait encore ce fichu sourcil. — Ça ne devrait pas être l'inverse?

Cassidy voulait se recroqueviller et mourir. À quel point Papa pouvait-il être condescendant? Elle ne voulait pas voir Liam se tortiller, mais un sentiment morbide de quelque chose la fit le regarder.

Il ressemblait à un Liam. Grand et fort et costaud, comme quelqu'un du vieux pays sur qui on pouvait compter pour prendre soin de vous quand les choses se corsaient.

Maintenant, pourquoi diable avait-elle pensé ça?

— Je ne vois pas vraiment ma sœur grimper sur des toits en pente ou installer de l'isolation, mais je lui en parlerai si elle ressent le besoin d'un changement de carrière.

Liam mit fin à la poignée de main et pivota de quatre-vingt-dix degrés pour que son père ait la vue de côté.

Elle, chanceuse, avait la vue de face.

— Donc, Cass, je suppose que je vais aller dans la chambre pour finir là-bas. Je vous laisse un peu d'intimité pour discuter de votre, euh, problème.

Cass? Depuis quand l'appelait-il *Cass?* Depuis quand l'appelait-il *quoi que ce soit*? Eh bien, sauf Princesse bien sûr, mais ça avait été dit avec une bonne dose de sarcasme dont elle pouvait se passer.

Papa regarda Liam se diriger vers sa chambre. Puis il arqua un sourcil vers elle. — *Cass?* Ne me dis pas que tu as fait du type de ménage ton jouet et que c'est son surnom pour toi.

Bon Dieu, son père pouvait être grossier. Ce qui était vraiment risible étant donné qu'il faisait de chaque blonde de vingt ans sa bimbo. Et même si elle *avait* fait de Liam son jouet — pas que ce soit les affaires de son père — *Cass* serait la dernière chose qu'elle le laisserait l'appeler. Elle n'avait laissé personne l'appeler comme ça depuis, eh bien... depuis que Maman était partie.

— Je ne sors pas avec Liam.

Papa se contenta d'arquer à nouveau son sourcil.

Mais cette fois, Cassidy n'allait pas se laisser déstabiliser. Son insinuation était ridicule et, de plus, elle avait un autre compte à régler avec lui.

— Pourquoi as-tu dit à un journaliste que je suis fiancée?

Son père soupira comme s'il ne pouvait se permettre d'avoir cette conversation. — C'était donc ça, ton appel frénétique à Deborah? Sérieusement, Cassidy, j'ai une entreprise à diriger. Des gens comptent sur moi pour gagner leur vie. Pour nourrir leurs familles. Je ne peux pas être à ta disposition pour tout ce que quelqu'un dit sur toi. Ne t'ai-je pas dit que nous *voulons* être mentionnés dans les pages mondaines?

— Mais tu ne veux pas que quoi que ce soit filtre à propos de ma peinture.

— C'est différent. Nous contrôlons le flux d'informations. Ton passe-temps ne fera aucun bien à mon entreprise.

— Mais mon faux fiançailles avec Burton, si?

— Bien sûr. Son père prit l'un des coussins décoratifs et le tourna d'environ huit centimètres vers la gauche. Maudit perfectionniste. Il fallait juste qu'il lui montre que ce qu'elle avait fait n'était pas assez bien pour lui. — Burton est un membre précieux de mon équipe de direction. Un membre de confiance. Il a travaillé dur pour gagner sa place et il tient beaucoup à toi. C'est l'homme parfait pour toi.

— Tu fais sonner ça comme une transaction commerciale.

Papa regarda par les grandes fenêtres. — Les mariages d'amour ne marchent certainement pas bien. Regarde le taux de divorce dans ce pays.

Il ne parlait pas du pays. Il parlait de lui et Maman. Il n'avait pas parlé d'elle depuis deux ans après son départ. Ce qui était à peu près le moment où il avait commencé à regarder les internats...

— Je ne vais pas épouser Burton, Papa.

Il prit une profonde inspiration, mit ses mains dans ses poches, et se retourna. — Si, tu vas le faire.

Dire qu'elle était choquée serait un euphémisme. Cassidy n'aurait jamais, au grand jamais, pensé qu'il serait si contrôlant au point de lui dire qui elle allait épouser et s'attendre à ce qu'elle le fasse. Ou qu'elle accepte.

— Tu ne peux pas être sérieux.

— Oh, je suis sérieux. Et avec l'annonce en première page des pages mondaines, ça *va* se produire.

— Non, ça ne se produira pas. Elle n'allait pas céder sur ce point. Il avait peut-être choisi sa garde-robe, sa maison, même son nom, mais il n'allait *pas* choisir l'homme avec qui elle allait passer sa vie.

— Si, Cassidy, et quand tu te calmeras, tu verras que ça a du sens. Burton est l'homme parfait pour toi. Tu continueras à vivre comme tu en as l'habitude et il travaillera chez Davenport Properties. Tout est prévu.

— Vraiment? Par qui? Parce que je n'ai certainement pas été consultée dans ce plan.

— Tu feras ce que je juge bon, comme tu l'as toujours fait si tu veux continuer à profiter des avantages d'être ma fille.

— Eh bien, peut-être que je n'en veux pas. Elle se surprit elle-même en disant cela, mais l'expression sur le visage de Papa était inestimable.

Dommage qu'elle ne puisse pas la vendre. Surtout quand il prononça sa déclaration suivante.

— C'est à toi de voir. Et c'est une décision qui doit être prise dans les trente prochaines secondes.

Il tira sur la manche de sa veste et regarda la Rolex qui était le modèle de celle de Burton. — Vingt-huit, vingt-sept.

— Tes tactiques d'intimidation ne vont pas marcher cette fois, Papa.

Il arqua un sourcil. — Ce n'est pas une tactique, Cassidy. Soit tu joues selon mes règles, soit tu ne joues pas du tout. Et cela inclut tous les avantages qui vont avec le fait d'être ma fille.

— Papa, c'est ridicule. Nous ne vivons pas au Moyen Âge. Je peux choisir qui je veux épouser.

Il regarda de nouveau sa montre. — Quinze, quatorze.

Il n'était pas sérieux. Il n'allait pas la déshériter juste parce qu'elle ne voulait pas épouser Burton. Il était juste habitué à obtenir ce qu'il voulait. De plus, il avait trop besoin d'elle. C'était un jeu de pouvoir. Eh bien, elle avait été sa fille pendant vingt-neuf ans ; elle n'était pas intimidée.

— Neuf, huit. Il ne leva même pas les yeux vers elle. — Sept, six.

Elle croisa les bras. — Je ne cède pas, Papa.

— Quatre, trois, deux, un. Il tira sa manche sur sa Rolex. — Je m'attends à ce que tu sois partie d'ici dans les quinze prochaines minutes. Tu laisseras, bien sûr, tout ce que mon argent a acheté. Sauf le chien et ce que tu portes. Je ne peux pas mettre ma fille dehors nue dans la rue.

— Mais tu la mettras dehors quand même?

— Exactement. C'est ce qui arrive quand tu penses savoir mieux. Prouve-le. Il mit ses mains dans ses poches. — Tu ne te mets pas en mouvement, Cassidy? Je suis sûr qu'il te faudra au moins cinq minutes pour emballer les affaires du chien. Tes affaires, cependant, ne prendront pas autant de temps puisque j'ai payé pour tout dans ce penthouse. Comme je ne suis pas sans cœur, cependant, je te permettrai de prendre tes articles de toilette. Mais fais vite. Je dois maintenant aller voir mon agent immobilier pour mettre cet endroit en vente.

— En vente? Bon sang, il sortait vraiment le grand jeu.

— Bien sûr. Je ne peux pas avoir une propriété vide qui me coûte de l'argent. Ça aidera à vendre les autres unités. Il sortit son téléphone portable. — Dépêche-toi, Cassidy. Je n'ai pas toute la journée. Faisons ça rapidement et sans émotion inutile, d'accord?

— Papa, je ne vais nulle part.

— Peut-être que je ne me suis pas bien fait comprendre. Il appuya sur un bouton de son téléphone. — Deborah, je veux un serrurier au penthouse des Tours Davenport. Oui, l'appartement de Cassidy. Non, il n'y a rien qui ne va pas, c'est juste que Cassidy a décidé qu'elle n'allait plus vivre ici. Et appelle Shel une fois que tu auras arrangé le serrurier. Je veux qu'il vienne ici avec son photographe tout de suite pour prendre des photos de l'endroit. La femme de ménage est là et devrait avoir fini d'ici une heure. Cet endroit sera en parfait état pour les photos de l'annonce.

Cassidy jeta un coup d'œil au téléphone. Putain. Il parlait vraiment à Deborah.

Oh mon Dieu. Il le *pensait* vraiment.

Il la mettait à la porte.

Non, ce n'était pas juste. Il ne jetterait pas sa propre chair et son propre sang à la rue.

Bien qu'il *ait* jeté Maman dehors si on pouvait croire le récit de Deborah et Cassidy n'avait aucune raison de penser que ce n'était pas le cas. Il y a quelques années, après que la sœur de Deborah soit décédée et que Papa ait été en safari en Afrique où le service cellulaire était au mieux sporadique, Deborah avait eu du temps libre pour accompagner Cassidy lors d'une inspection de site pour un événement à venir. Un verre de vin au bar avait conduit à quatre, et quelques histoires sur son père étaient sorties. Maman avait fait partie de cette révélation.

Maman avait eu une liaison avec le chef de la sécurité de Papa. Cassidy aurait aimé dire que c'était cette liaison qui avait transformé son père en un salaud sans cœur, mais la façon dont il aboyait ses ordres à Deborah pour qu'elle organise la venue du serrurier, du courtier, des rédacteurs de divers magazines immobiliers et d'architecture, et même une apparition dans l'émission matinale locale, n'était pas quelque chose qui s'était produit parce que sa femme l'avait trompé.

— Cassidy, il ne te reste plus que sept minutes. Je te suggère de faire tes bagages, sinon toi et ton chien vous retrouverez sans rien.

Ouais, Papa était né salaud.

Chapitre Sept

— Bon sang, ça va? Liam fixait la créature zombie qui était entrée mécaniquement dans la chambre. Cassidy avait l'air d'avoir vu un fantôme.

Elle le regardait fixement sur l'échelle sans dire un mot. Ses yeux verts qui avaient étincelé de colère étaient maintenant ternes et sans vie, et elle regardait autour d'elle comme si elle ne reconnaissait rien.

— Cassidy?

Elle ne semblait pas l'entendre alors qu'elle se dirigeait de manière désarticulée vers sa salle de bain, attrapant un sac dans son placard presque comme une arrière-pensée.

Il sauta pratiquement de l'échelle et courut après elle. Elle n'avait vraiment pas l'air bien.

Il la trouva en train de jeter des articles de toilette dans le sac. Des choses ridicules comme des loofahs, du papier toilette et des rasoirs.

Il lui prit doucement le sac des mains. — Cassidy, ma chérie, parle-moi. Que s'est-il passé? Son père venait d'arriver. Était-il arrivé quelque chose? Sa mère peut-être?

Elle prit la balance et la mit dans le sac puis se dirigea vers le panier de gels douche et autres, fouillant sans but, mais sans vraiment savoir ce qu'elle faisait.

Liam sortit la balance de son sac. Il était presque sûr que peu importe où elle allait, il y aurait une balance. Et de toute façon, pourquoi en avait-elle besoin? Cette femme était aussi mince qu'une mondaine devait l'être.

— Cassidy, que se passe-t-il? Que fais-tu?

Elle le regarda par-dessus son épaule. — Je fais mes bagages.

— Je vois ça, mais pour quoi?

— Pour le reste de ma vie, apparemment. Un petit rire lui échappa.

Un petit rire maniaque.

Il lui prit des mains le panier de produits de bain qu'elle avait ramassé. — Explique-moi.

Elle regarda le panier comme si elle ne savait pas ce que c'était, ce qui était étrange puisqu'elle l'avait fouillé comme si chaque article était un joyau de la couronne, puis regarda le reste de la salle de bain et se dirigea, en tremblant, vers le couvercle des toilettes pour s'asseoir.

— Mon père m'expulse.

Liam posa le panier et se gratta l'oreille. — Pardon?

— Mon père. Il me met à la porte.

— D'ici?

Elle haussa les sourcils. — N'est-ce pas ce que signifie expulser?

— Mais pourquoi?

Un autre rire sortit mais celui-ci n'était pas vraiment amusé. Plus proche d'un reniflement. — Parce que je ne me marie pas.

Oh. Liam comprit. Papa mettait son pied chaussé à deux mille dollars à terre. — Si tu n'épouses pas ce type, il te fait partir?

— Tu as tout compris.

— Il ne peut pas faire ça.

Les sourcils de Cassidy montèrent encore plus haut. — Tu *sais* qui est mon père? Il n'y a pas grand-chose qu'il ne puisse pas faire.

C'était vrai. — Alors pourquoi cette précipitation?

— Oh, merde. Elle se leva d'un bond. — Je n'ai pas le temps de parler. Je dois prendre mes affaires et sortir d'ici. Elle attrapa le sac, le posa dans le lavabo devant son armoire à pharmacie, y fourra son contenu, puis y jeta un assortiment d'appareils à cheveux et de brosses.

Bon sang, elle avait une brosse pour chaque mèche de cheveux.

Évidemment.

La porte d'entrée claqua.

— Qu'est-ce que c'était?

Cassidy hissa le sac sur son épaule. — Merde. C'était mon père. Je dois m'assurer qu'il n'a pas emmené Titania avec lui. Elle faillit tomber quand le sac heurta le cadre de la porte alors qu'elle essayait de sortir en courant de la salle de bain.

— Attends, laisse-moi prendre ça. Liam grimaça en faisant glisser les anses de son épaule. Bon sang. Il n'aimait même pas cette femme ; pourquoi diable l'aidait-il ?

— Je peux le porter. Elle essaya de le lui arracher.

— Va chercher ton chien. Je ne vais pas le porter pour toi.

Elle regarda son sac, puis le salon, puis lui. — Merci.

Il faillit dire : « Pas de problème, Princesse », mais ce n'était pas le moment pour du sarcasme qu'elle ne comprendrait pas. Il portait son sac pendant qu'elle était expulsée de son appartement en penthouse par l'homme qui payait les factures. Il aurait dû se réjouir de ça. L'un *d'entre eux* venait de recevoir une dose de réalité.

Dommage qu'aucune de ces vacances qu'elle avait essayé de s'approprier plus tôt n'ait abouti. Elle aurait pu attendre que Papa change d'avis après avoir donné une leçon à sa petite princesse avec style si ses soi-disant amis ne l'avaient pas laissée tomber.

— Titania, non !

Liam grimaça quand il entendit le fracas. Il avait le sentiment que c'était l'un des bibelots en cristal sur la table d'appoint juste là où le tapis se terminait et où le hall en marbre commençait. Ce qui signifiait au moins cinq mille dollars maintenant en morceaux — qu'il allait devoir nettoyer.

— Titania, viens ici. Je n'ai pas le temps pour ça.

Liam entendit les placards de la cuisine claquer et les contenants en plastique et les boîtes de conserve s'éparpiller partout sur le sol.

— Vilaine fille, Titania !

— Oh, s'il te plaît. Liam entra et s'accroupit à côté de la petite terreur et la ramassa. — Écoute, le cabot, calme-toi. Ta maman n'a pas besoin que tu paniques maintenant. Elle a un programme et tu dois l'aider.

La petite aboyeuse se calma, Dieu merci.

— Tiens, donne-lui un de ceux-là. Cassidy lui lança une boîte en carton recouverte de feutrine rose et de strass.

— Euh, je ne suis pas sûr, mais je pense que les strass ne sont pas bons pour son système digestif. Dieu savait qu'ils n'étaient pas bons pour le sien. Il détestait les strass et jonglait avec la boîte et le chien comme s'ils étaient un jeu de *patate chaude*.

— Il y a des friandises à l'intérieur. Elle aime ça.

— Je croyais qu'on ne devait pas récompenser les mauvais comportements? dit-il en posant le chien. Elle le regardait avec un peu trop d'intérêt tandis qu'il soulevait le couvercle. Malgré son emballage sophistiqué, l'intérieur sentait toujours les friandises au foie pour chiens.

— Elle s'est calmée. Je récompense ça.

— Non, tu l'encourages à aboyer pour qu'elle obtienne une friandise quand elle se calme. Tu ne lui en donnes pas comme ça au hasard dans la journée juste parce qu'elle est calme, si?

— Vraiment? Tu penses que c'est le plus important en ce moment? Cassidy étira son bras vers le fond du placard, sa joue écrasée contre le tiroir au-dessus. J'ai des choses plus importantes en tête pour le moment. Elle grimaça et se pencha davantage dans le placard. Ah, le voilà.

— Qu'est-ce que c'est? C'était une sorte de chose en plastique rose aux bords recourbés et, pour l'amour du ciel, avec une tiare sculptée à l'arrière comme un trône. Un trône pour chien.

— C'est son lit.

— Et il était dans le placard parce que...?

— Mon père n'aimerait pas le voir dans le salon ou ma chambre. Ça ne va pas avec le décor.

Ça, c'était sûr. Ce truc semblait tout droit sorti d'un film Disney.

— Puisqu'il me force à partir, je suppose que ça n'a plus d'importance que Titania y dorme maintenant.

— Si tu le dis. Personnellement, il aurait des cauchemars s'il devait dormir dans quelque chose comme ça, mais bon, il n'était pas l'accessoire choyé d'une mondaine gâtée.

Mais ça pourrait être amusant d'être le sien.

Il chassa rapidement cette pensée — jusqu'à ce qu'elle se lève et époussette ses cuisses.

Ses cuisses nues.

Comment avait-il pu manquer ça au milieu de tout ce bazar qui tombait des placards?

Bon sang, Manley. Tu perds ton flair.

En fait, c'était une bonne chose. La dernière chose dont il avait besoin était de remarquer les jambes de Cassidy Davenport.

Sauf que lorsqu'elle prit appui sur le comptoir pour se lever, son t-shirt resta coincé sous sa main et elle lui offrit un rapide aperçu de son soutien-gorge rose et de son décolleté et *ça*, c'était la dernière chose qu'il avait besoin de remarquer.

Surtout avec ce foutu pantalon qui était déjà beaucoup trop serré à son goût. Et voilà qu'il devait se lever avec.

Heureusement, il avait toujours son sac, alors il s'en servit pour cacher son érection et ramassa le cabot.

— Alors, tu as tout ce dont tu as besoin pour l'instant ou tu vas vider tous les placards?

Une expression étrange passa sur son visage et il aurait juré que sa lèvre inférieure avait tremblé. Mais elle reprit rapidement le contrôle d'elle-même et redressa les épaules en fermant délibérément la porte du placard.

— Non, j'ai fini. C'est tout ce dont j'ai besoin. Elle regarda autour de la cuisine, prit un sac dans le garde-manger et y jeta les boîtes de nourriture et de biscuits. Oh, et sa laisse. J'en ai besoin.

— Je m'en occupe. Liam se dirigea vers le placard du salon.

Elle le suivit, accrochant le sac — un sac en papier brun avec des poignées en ficelle — à son avant-bras et essaya de réarranger son t-shirt ample pour qu'il couvre certaines parties de son corps.

— Où est mon iPad? Elle alla vers la table derrière le canapé et fouilla parmi les magazines. Tu l'as déplacé pour nettoyer?

— La dernière fois que je l'ai vu, il était là.

— Il l'a pris. Le salaud.

Il valait probablement mieux ne pas faire remarquer que le salaud était celui qui avait *acheté* ledit iPad. Il n'avait pas envie de gérer des larmes. Oh, il s'y était endurci il y a des années, mais elles ne feraient que le mettre en colère et la journée avait si bien commencé. Il ne voulait pas gâcher le reste.

— Alors, je t'appelle un taxi ou ta voiture est ici? Tout pour faire avancer les choses et la faire sortir.

— Ma voiture est en bas. Elle tendit la main après avoir enfilé une paire de tongs pailletées. Si tu veux bien me donner la laisse et mon sac — et mon chien — je nous emmènerai tous en bas.

Il était tenté. Bon sang, qu'il était tenté. La faire sortir d'un seul coup. Le problème, c'est qu'elle avait l'air sur le point de s'effondrer avant qu'il ne puisse le faire.

— J'ai tes affaires. Tu as tes clés? Il n'attendit pas qu'elle hoche la tête, mais se dirigea vers la porte et la lui tint ouverte. Après vous, Princ... Mademoiselle Davenport.

Elle releva le nez, parfait comportement de mondaine. — Ne m'appelle pas comme ça. Je change de nom.

Il leva les yeux au ciel derrière elle. Menace inutile puisque c'était ce nom qui lui ouvrait des portes et continuerait à le faire, il en était sûr. Comme celles du Ritz, ou du Hyatt, ou même, surtout celles des hôtels de son père.

Marco les salua par leur nom — y compris le chien. — Votre père a dit que vous descendriez. Dois-je vous appeler un taxi?

Cassidy le regarda d'un air distrait. — Un taxi?

— Ouais, tu sais, une voiture jaune? intervint Liam. Qui t'emmène où tu veux aller? Il souleva le cabot et chuchota de façon théâtrale dans son oreille, essayant de désamorcer la situation parce que Cassidy n'avait toujours pas l'air en forme et il n'y avait pas besoin d'alimenter les ragots. Marco semblait être un type bien, mais qui sait ce qu'il ferait si les tabloïds venaient chercher des ragots avec le bon montant de pot-de-vin. Ta maman semble avoir oublié comment nous vivons, nous autres gens du commun.

— C'est vraiment méchant de dire ça.

Bien, il avait réussi à la mettre en colère. Pas qu'il sache si elle *était* irlandaise, mais peu importe. Ça marchait. La colère était une réaction beaucoup plus facile à gérer que les larmes.

— Hé, ma belle, si la chaussure Jimmy Choo te va.

— Tu te crois tellement drôle, hein? À jouer les donneurs de leçons parce que tu étais là quand mon père... Elle jeta un coup d'œil à Marco. Euh, tout à l'heure.

Liam haussa les épaules et lui tendit la boule de poils. — Je dis juste.

— Tu peux garder tes commentaires pour toi. Elle cala la boule de poils et embrassa le nœud ridicule sur sa tête. La chose lui lécha les lèvres.

Ouais, les *lèvres*. Pas grand-chose, supposait Liam. Le toutou faisait probablement des visites régulières chez le dentiste canin.

L'ascenseur extrêmement rapide et silencieux avala les douze étages jusqu'au rez-de-chaussée en un rien de temps, et Marco incarna parfaitement le personnel discret et invisible en leur tenant la porte. Liam aurait bien laissé un pourboire, mais comme Cassidy ne faisait aucun geste, il en déduisit que la fille du bon vieux Mitch n'avait pas à le faire ou qu'elle avait un compte qui payait généreusement pendant les fêtes. Il n'était pas sûr du protocole à ce niveau de vie luxueuse.

Liam se dirigeait vers la porte d'entrée quand Cassidy prit à gauche vers une autre rangée d'ascenseurs, s'attendant à ce qu'il la suive, ses tongs claquant furieusement sur le sol en marbre. Elle mériterait bien qu'il laisse tomber son sac là, dans le hall, pour avoir supposé qu'il était son laquais, mais — bon sang — il avait pitié d'elle et ne voulait pas faire de scène après celle qu'elle venait de vivre.

Le deuxième groupe d'ascenseurs s'ouvrait sur un parking comme il n'en avait jamais vu auparavant. Ce n'était pas *n'importe quel* vieux parking. Le sol ressemblait à de la brique, les colonnes de soutien étaient ioniques, et il n'aurait pas été surpris de voir des bancs rembourrés en forme de ce stupide lit pour chien partout. Le summum du luxe pour voitures de luxe.

— Fils de pute.

Liam fit un double-take. On ne s'attendait pas à entendre un tel langage de la part d'une mondaine ayant fréquenté les meilleures écoles de bonnes manières. Non pas qu'il sache quelles étaient ces écoles, mais c'était ce qui faisait sa renommée chaque fois qu'elle était mentionnée dans le journal. Il était à peu près certain que Jurer 101 n'était pas au programme.

— Ce bâtard suffisant et sanctimonieux.

Si c'était un cours, elle aurait un A pour la prestation car les mots sonnaient si incongrus venant de ce visage angélique.

Et puis il vit ce qu'elle regardait.

Il y avait un sabot sur la Mercedes.

Un sabot.

Mec, c'était rapide. Mais après tout, Mitchell Davenport avait probablement des gens qui attendaient de faire sa volonté.

— Il a mis un sabot à votre voiture?

Cassidy inspira si profondément que sa poitrine se souleva d'une bonne dizaine de centimètres — ce qui fit remonter son haut d'autant, révélant dix délicieux centimètres de peau bronzée et soyeuse.

Pourquoi cette femme ne pouvait-elle pas être grosse et mal fagotée? Pourquoi fallait-il qu'elle soit tout droit sortie de tous les fantasmes érotiques qu'il ait jamais eus *et* qu'elle soit une princesse choyée? L'univers essayait-il *vraiment* de le torturer?

— Comment diable s'attend-il à ce que j'aille quelque part sans ma voiture?

— Ça explique le commentaire de Marco sur le taxi.

Elle tordit ses lèvres. — Génial. Marco est au courant. Je me demande qui d'autre l'est. Ce n'est pas suffisant que mon père m'expulse, maintenant il fait de moi la risée de tous. Elle posa la boule de poils, fit glisser son sac à main de son épaule et commença à fouiller dedans. — Merde.

Il avait presque peur de demander. — Quoi?

— Je n'ai pas d'argent liquide.

Bien sûr qu'elle n'en avait pas. Les super riches n'avaient pas besoin de porter de l'argent liquide.

— Je suis sûr que vous pouvez payer le taxi par carte.

Elle le regarda comme s'il était idiot. — L'homme a mis un sabot à ma voiture. Il faut environ un dixième de ce temps pour annuler mes cartes de crédit et, oh merde, ma carte de débit. Vous pouvez parier *mon* argent que mon père n'a pas négligé celles-là.

Liam ne pariait rien. Les paris l'avaient mis dans cette situation — et en plein milieu de la sienne.

— Et si on s'arrêtait à une banque? Vous pourriez faire un retrait.

Elle secoua la tête. — Il aura fermé les comptes s'il a annulé tout le reste.

— Donc je suppose que ça veut dire qu'un hôtel est exclu.

— Quoi? Les yeux de Cassidy s'écarquillèrent. — Oh mon Dieu. Où vais-je aller?

— Votre petit ami?

— Burton? Je ne pense pas. Pas après la nuit dernière.

— Il ne sait pas que vous ne voulez pas l'épouser, n'est-ce pas? Vous ne l'avez pas vraiment rejeté. Je parie qu'il viendra à votre secours. Et elle pourrait vivre heureuse pour toujours dans un château payé par son père. Rachel serait tellement jalouse.

— Oh bien sûr. Je l'appelle et je vois si je peux emménager? C'est *exactement* ce que mon père veut que je fasse. Et puis il y aura la culpabilité et la pression pour céder à Burton. Elle remonta le haut sur ses épaules, mais Liam aurait pu lui dire de ne pas s'embêter. Ce haut avait été conçu pour pendre de manière provocante sur des épaules très sexy et Cassidy en possédait justement une paire. — Maintenant, qu'est-ce que je vais faire?

— Appelez vos amis. Il devait bien y en avoir un qui ne l'avait pas rejetée.

— Je l'ai fait. Tout le monde est absent et ceux qui ne le sont pas ont probablement déjà entendu parler de la nuit dernière. Il n'y aura pas de grands gestes pour me laisser rester chez eux maintenant. Le nom et l'influence de mon père sont plus importants que les miens dans cette ville, et quand la nouvelle se répandra... Personne ne voudra être dans ses mauvaises grâces. Face à l'ostracisme social, l'amitié avec moi passe à la trappe. Elle s'appuya contre le capot de la voiture sabotée. — D'ailleurs... Elle sortit son téléphone portable et passa son doigt dessus, puis tourna l'écran vers lui.

L'écran noir.

— Il l'a éteint.

Liam n'aimait pas où sa logique le menait. Vraiment pas. Il n'aimait pas non plus son stupide cœur saignant. — Alors où allez-vous aller? Vous n'avez pas de famille qui pourrait vous accueillir? Votre mère?

C'était à son tour de lever les yeux au ciel. — Je suppose que vous n'avez pas lu *toutes* les pages mondaines. Ma mère est partie avec son amant quand je n'étais qu'une enfant. Elle voulait s'éloigner le plus possible de papa chéri. Le Mexique, c'est assez loin.

— Elle pourrait vous envoyer de l'argent par virement.

Cette fois, elle détourna le regard. — Ce n'est pas une option. Son ton indiquait que c'était la fin de l'histoire.

Ça devait être une sacrée histoire si elle était prête à vivre dans la rue plutôt que d'appeler la femme qui lui avait donné naissance.

Alors, que faisaient cette photo et ce bracelet sous le lit de Cassidy? Il aurait dû trouver intéressant qu'elle ne les ait pas récupérés dans son état quasi catatonique lorsqu'elle jetait tout et n'importe quoi dans son sac, mais peut-être que non. Peut-être qu'elle ne voulait aucun souvenir de ses parents. Elle n'avait pris aucun de ses effets personnels comme ses vêtements—

Bon sang. Tout ce qu'elle possédait se résumait à ce qu'elle portait sur le dos et ce qu'il y avait dans son sac. Sans un fichu centime.

Il allait le regretter. Aussi sûrement qu'il avait perdu son pari avec sa sœur, il allait le regretter. Mais il ne put s'empêcher de prononcer ces mots.

— Allez, viens. Tu peux rentrer avec moi.

Chapitre Huit

Cassidy secoua la tête. Elle ne pouvait pas avoir entendu ce qu'elle croyait avoir entendu. — Tu viens de m'inviter à rentrer chez toi?

— Ouais, c'est ce que j'ai fait. Et j'en suis tout aussi surpris que toi.

— Mais tu ne me connais même pas.

— Je sais que tu viens d'être mise à la porte, que tu n'as pas un sou en poche, et que tu n'as nulle part où aller, ni personne pour t'aider. Il ne reste que moi.

— Comme c'est chevaleresque de ta part. Il pensait sérieusement qu'elle lui serait reconnaissante de l'accueillir chez lui? Elle était à son heure la plus sombre et il essayait probablement de se glisser dans son pantalon.

— D'accord, Princesse, si c'est comme ça que tu le vois. Il me semble que je suis la seule option que tu aies. Mais, hé, si tu préfères pas... Il laissa tomber son sac sur le sol en béton imprimé. — Ne me laisse pas t'empêcher de trouver ton prince. Je suis sûr que Burton viendra te chercher à un moment donné.

— Ça n'arrivera pas. Elle ne le laisserait pas faire. Elle n'allait *pas* rester là à attendre que Burton se montre. Qu'il le ferait, elle n'en doutait pas. C'était, après tout, le plan magistral de Papa. Eh bien, elle n'allait pas jouer le jeu. Pas cette fois. C'était trop important.

— Bien. Alors reste chez moi jusqu'à ce que quelque chose d'autre se présente. Un jour ou deux. Une semaine même. Je suis sûr que quand tes amis reviendront de vacances, tout ça sera passé et tu pourras rester chez l'un d'entre eux.

— Ça n'arrivera pas non plus.

— Hein ?

— Une fois qu'elles apprendront cette expulsion, je vais devenir un sujet de discussion. Un *scandale*. Ces femmes peuvent être des vipères, Liam. Elles *vivent* pour les scandales. Pour parler des autres. Pour se sentir mieux en écrasant les autres. Personne ne risquera la colère de Mitchell Davenport pour accueillir sa fille. Non, je suis pratiquement une paria maintenant.

Ce qui signifiait qu'elle ferait mieux d'accepter *son* offre et d'en être reconnaissante.

Et vite. Avant qu'il ne change d'avis. Ou qu'il ne réalise qu'il ne vaut mieux pas énerver Papa. — D'accord, je le ferai. Je resterai chez toi.

Elle ne savait pas qui était le plus surpris : elle ou Liam.

— Tu le feras ?

— À moins que tu n'aies changé d'avis ?

— Qu'est-ce qui a changé le tien ?

— La brutale réalité. Je n'ai nulle part où aller. Merde, elle pouvait sentir les larmes monter derrière ses yeux.

Oh non. Elle n'allait *pas* les laisser couler. *Pas* pour Da-Mitchell Davenport. Cet homme n'en valait pas la peine.

Le silence remplit l'espace autour d'eux, épais et inconfortable. Mais après tout, cela allait de pair avec la brutale réalité.

Oh. Mon. Dieu. Son père l'avait mise à la porte. Il l'avait coupée de tout. Pas de téléphone, pas de cartes de crédit, pas le moindre luxe. Pas sa voiture, et personne qui ne s'approcherait d'elle avec le spectre écarlate de la colère de Papa planant au-dessus de sa tête.

Elle était seule. Totalement. Complètement.

Et fauchée.

Un frisson la parcourut et ses genoux flageolèrent. Elle ne devrait pas être surprise. Pas vraiment. Cette sensation, cette impression de flotter au-dessus de tout avec des genoux tremblants était la même que celle qu'elle avait ressentie lorsque sa mère était partie. Papa avait été tout aussi peu émotif à l'époque, un fade « Ta mère est partie, Cassidy. Elle ne veut plus vivre avec nous. C'est juste toi et moi maintenant », comme s'il parlait d'une sortie scolaire ou de ce qu'il y avait au dîner. Puis il avait fermé la porte de sa chambre sans la moindre émotion et l'avait laissée là. Seule.

Elle avait pleuré jusqu'à s'endormir, supposément parce que sa mère lui manquait, mais même alors elle avait compris que c'était parce qu'elle n'avait personne.

Elle n'allait pas pleurer maintenant. Pas cette fois. Être expulsée n'était que la manifestation physique du désert émotionnel dans lequel elle se trouvait depuis ses quatre ans.

Et hey, au moins elle aurait le temps de peindre. Elle montrerait à son père. Il n'avait plus d'emprise sur elle. Elle produirait ces pièces si vite que ça lui ferait tourner la tête.

Sauf que... Merde. Elle avait laissé ses peintures dans le penthouse.

— Très bien, alors. Liam reprit le sac. — Allons-y.

— Euh, Liam? Elle détestait vraiment lui demander ça, mais elle n'avait aucun moyen d'obtenir d'autres fournitures, étant donné qu'elle était coupée de tout. — Pourrais-tu... Je veux dire... C'est-à-dire...

— Crache le morceau, Princesse. Je n'ai pas toute la journée. Je dois t'installer chez moi et puis revenir ici pour finir le boulot pour lequel j'ai été engagé.

— À propos de ça. Je me demandais si ça ne te dérangerait pas de récupérer quelque chose que j'ai laissé là-bas.

— Je ne vais rien prendre dans cet endroit pour que ton père m'accuse de vol.

— Oh, crois-moi. Il te donnera probablement une récompense si tu le fais.

Les magnifiques yeux bleus de Liam se plissèrent. — De quoi s'agit-il?

— Mes nouvelles peintures. Je les ai laissées dans le tiroir du bas du buffet dans la salle à manger.

— Tu peins dans la salle à manger?

Elle secoua la tête. — Je les ai cachées là après les avoir achetées l'autre jour. C'est la pièce la moins utilisée de l'appartement, donc c'est le dernier endroit où Papa penserait à chercher. *S'il* pensait même à chercher. Après hier soir, je suis sûre qu'il sera plus que content de ne pas les avoir comme rappel. Donc si tu pouvais me les récupérer, j'apprécierais vraiment. Ça me permettra de commencer à gagner de l'argent pour te payer mon séjour.

Liam se frotta le menton. — On s'inquiétera de ton remboursement plus tard, mais, ouais, je vais chercher les peintures. Autre chose? Bijoux, robes, chaussures?

Elle secoua la tête. — Non. Rien. Si je connais mon père, et malheureusement je ne le connais que trop bien, il aura Deborah en train d'inventorier tout contre les relevés de carte. Je ne veux rien de lui.

— Alors tu ferais peut-être mieux de laisser ces cailloux à tes oreilles ici.

Elle toucha ses boucles d'oreilles en diamant. — Je garde celles-ci. Je les ai gagnées.

— En faisant quoi? En divertissant des dignitaires en visite? En recevant des chefs d'État?

Elle détourna le regard et cligna des yeux pour refouler d'autres larmes qui montaient face à son sarcasme. Stupide vraiment, puisqu'il avait raison, mais oh comme elle voulait être valorisée pour ce qu'elle pouvait faire plutôt que pour son apparence. Et la chose ironique était qu'elle les *avait* gagnées. Bavarder avec des gens avec qui elle n'avait aucune envie de parler, assister à des événements qui l'ennuyaient aux larmes, et être considérée comme rien de plus qu'un joli minois avec l'occasionnelle tape aux fesses méritait une compensation.

— Écoute, je comprends ce que tu penses de moi. Je sais ce que les gens pensent de ma vie. Que ce n'est que du vin et des roses et que je devrais être heureuse comme un poisson dans l'eau, vivant dans ma tour dorée avec mes vêtements, mes bijoux et mes belles choses. Je comprends ça. Le truc, c'est que c'est ce qu'il voulait que je sois. J'y ai adhéré, mais je ne suis pas cette personne. Plus maintenant. Je suis plus que ça.

Elle voulait effacer ce regard sceptique du visage de Liam, mais les mots seuls n'y suffiraient jamais. Elle devait lui montrer. Elle devait leur montrer à tous. Et elle le ferait, bon sang. C'était sa chance. Son occasion de refaire sa vie comme elle l'avait prévu de le faire lors du déjeuner d'hier — n'était-ce qu'hier? — avec Papa.

— Si tu le dis. Liam ramassa son sac. Bon, alors. Allons-y. Mon camion est par là.

Elle le regarda se pavaner devant elle. Oh, ce n'était pas une démarche intentionnelle ; celles-là, elle pouvait les repérer à des kilomètres. La sienne était toute de grâce naturelle et d'athlétisme, avec un sacré beau derrière —

Bon, ce n'étaient pas des pensées qu'elle devrait avoir en ce moment. Elle allait rester chez lui juste le temps de se remettre sur pied, pas emménager avec lui. Pas la peine de commencer quelque chose comme ça et risquer qu'il pense que *c'était* comme ça qu'elle allait le rembourser —

Oh oh. Ce n'était pas ce qu'il pensait, n'est-ce pas? Il avait dit : « Oh, tu me rembourseras, c'est sûr ». Il ne pensait pas qu'elle allait... Qu'elle voudrait...

Titania s'agita dans le creux de son bras et commença à geindre. — Euh, Liam? Tu peux t'arrêter, s'il te plaît? Titania a besoin d'une pause pipi.

Liam regarda par-dessus son épaule, un sourcil arqué. — Ne me dis pas que tu lui as aussi acheté un de ces trucs en forme de trône.

— Pas drôle. Elle jonglait avec son sac, son sac à main, le chien et la laisse pour attacher ces deux derniers ensemble. Normalement, Titania ne s'enfuirait pas, mais avec la chance qu'avait eue Cassidy ces dernières vingt-quatre heures, elle ne voulait prendre aucun risque.

Le chien continuait de gigoter. — Reste tranquille, Titania. Les buissons sont là-bas. Elle se dépêcha vers le bord du garage où les aménagements paysagers dépassaient le mur à hauteur de poitrine, et déposa la petite chérie parmi les pétunias. — Vas-y. Sois une bonne fille.

Elle surprit Liam en train de lever les yeux au ciel du coin de l'œil.

Titania, étant Titania, prit son temps pour renifler les fleurs avant de trouver l'endroit parfait.

Le pied de Liam commença à taper.

Quand elle eut fini, Titania poussa son petit jappement joyeux, puis lécha Cassidy sur le nez avant de pratiquement bondir dans ses bras. Il n'y avait rien de tel que l'amour inconditionnel d'un chien. C'était pour ça que Titania ne la quittait presque jamais. Le bichon maltais avait six ans et Cassidy se souvenait de chaque jour comme si c'était hier — surtout du jour où elle l'avait ramenée à la maison.

Papa avait eu une crise. Cassidy avait entendu le terme mais n'avait jamais su exactement ce qu'impliquait une crise. Ramener un chien dans son nouveau penthouse immaculé, « sommet de ma carrière », avait provoqué la crise. Et quelle chose ç'avait été à voir. Exactement ce qu'elle avait essayé d'éviter hier au déjeuner en lui annonçant la nouvelle en douceur.

Pourtant, il en avait fait une quand même. Certes, c'était dans sa — *sa* — maison, mais c'était quand même la deuxième fois qu'elle voyait cette réaction de la part du Mitchell Davenport normalement calme et imperturbable.

Elle n'arrivait toujours pas à croire qu'il l'avait coupée des vivres. Elle ne l'avait pas vu venir. Comment avait-elle pu se tromper à ce point sur son propre père?

— On est prêts alors? Tu n'as pas de lingettes pour chien parfumées et emballées individuellement, j'espère?

Le sarcasme coulait de la langue de Liam, pourtant l'homme lui ouvrait quand même la porte du camion *et* l'aidait à y monter. Heureusement, parce que c'était vraiment haut, même avec les marchepieds.

— C'est un gros camion, dit-elle après qu'il eut fait le tour par l'avant et fut monté du côté conducteur.

— Oui, en effet.

Et ce fut tout. M. Liam Manley ne prononça pas un mot de plus pendant tout le trajet, ce dont elle lui fut reconnaissante car elle essayait encore de digérer l'heure qui venait de s'écouler. Papa l'avait coupée des vivres. Il avait essayé de la forcer à faire sa volonté avec de l'argent.

Mon Dieu, quelle pitié. À quel point son propre père la pensait-il superficielle? À quel point *l'était-il*, lui? Et Burton? À quel point *l'était-il*, lui, pour l'épouser juste pour devenir l'héritier de Mitchell?

D'accord, ça pouvait être une motivation, mais voulait-il vraiment épouser quelqu'un qui n'était pas amoureuse de lui?

Oublie ça. Les gens le faisaient tout le temps, et être PDG du conglomérat de son père était une récompense suffisante pour un mariage sans amour.

Il. L'avait. Coupée. Des. Vivres.

Cassidy secoua la tête. Son propre père, manipulant une femme de presque trente ans — pour un mariage arrangé. C'était quoi, l'Angleterre féodale?

Cassidy regarda par la fenêtre tandis que Liam tournait dans une rue calme bordée d'arbres, avec des maisons espacées suffisamment pour être appelées voisines, mais assez éloignées pour qu'elles ne connaissent pas les affaires intimes de leurs voisins.

Intimité. Burton s'y serait attendu. Et avec l'argent comme base de leur mariage, son père la condamnait à être une prostituée très bien payée.

Elle allait être malade. Elle n'avait même jamais *pensé* qu'il puisse faire quelque chose comme ça. Oh, bien sûr, le commentaire occasionnel sur « être fauchée » lui avait traversé l'esprit de temps en temps quand elle avait pensé à voler de ses propres ailes, mais elle s'attendait à ce que la partie « fauchée » soit temporaire en attendant de vendre plus de meubles, *pas* parce que chaque centime qu'elle possédait serait gelé à cause de la longue portée de son père.

Qu'allait-elle faire? Quand elle avait imaginé cela pour la première fois, elle s'attendait à rester dans le penthouse ou peut-être dans une de ses autres propriétés jusqu'à ce qu'elle ait assez de revenus pour un petit prêt immobilier. Elle avait prévu de vivre simplement. Se débrouiller avec cent mètres carrés au lieu des quatre cents dont elle venait d'être expulsée.

Maintenant, sans la générosité de Liam, elle n'en aurait même pas *un*. Liam s'engagea dans une longue allée. Cassidy dut garder la bouche fermée. Et pas fermée dans le sens où elle n'allait rien dire de méchant, mais fermée pour empêcher sa mâchoire inférieure de tomber. Elle s'inquiétait pour *un* mètre carré? Liam en avait probablement quatre cents lui-même — et ce n'était que pour la cour avant.

— C'est à toi? finit-elle par lui demander, sans quitter des yeux le magnifique paysage. Elle ne savait pas à quoi s'attendre avec le salaire d'une femme de chambre, mais certainement pas à ça. Boisé à l'exception d'une petite clairière illuminée comme par un phare, avec un étang de nénuphars en son centre et des bancs en pierre tout autour, une vieille pompe à eau servant de fontaine, et un superbe assortiment de plantes annuelles au bord de l'étang, l'endroit ressemblait vraiment à un pays des fées. Titania s'amuserait comme une folle à se blottir près des rochers. — Il y a des poissons là-dedans?

Liam hocha la tête. — Des carpes koï. J'en ai quelques-unes qui font plus de 30 centimètres.

— Wow. Je suis impressionnée. Les koïs ont besoin d'un soin particulier pour vivre si longtemps.

Ça semblait être une métaphore de sa vie.

Liam traversa un étroit pont de pierre en arc, puis contourna sur la gauche, passant derrière la structure en forme de chalet avec un mur de fenêtres en façade qui lui rappelait le penthouse. La différence était que A) ce n'était pas la propriété de son père, et B) c'était au cœur de la nature, pas au-dessus. Elle s'était toujours demandé ce qui poussait les gens à vouloir vivre au-dessus de la nature. Qui pensait que la regarder de haut était tellement mieux que d'y vivre. Après tout, une cascade de la taille d'un patio ne pouvait même pas commencer à rivaliser avec la beauté de l'oasis de Liam et sa pompe à eau gargouillante, ou les papillons virevoltant parmi les fleurs, et les libellules planant juste au-dessus de la surface de l'étang, leurs ailes bourdonnant dans le silence.

C'était si paisible. Si beau. Un endroit où l'on pouvait venir pour échapper au stress de la journée et simplement se détendre.

— Quelque chose ne va pas? La voix de Liam avait un ton cassant. — Je sais que ce n'est pas le Ritz ou le Hilton ou quoi que ce soit de ce genre, et que l'eau est sale, et que les insectes bourdonnent autour, mais cet endroit me convient. J'aime m'asseoir sur le banc et simplement regarder les bulles d'air à la surface créées par les poissons, ou les grenouilles sautant pour attraper les insectes qui volent autour. Ou le plouf occasionnel quand l'une d'elles saute dans l'eau.

— Ça a l'air paisible.

— Ça l'est. Parfois, il n'y a rien de mieux qu'un peu de solitude dans la nature.

C'était sacrément mieux que la solitude dans sa cage dorée. Elle allait se plaire ici.

Titania s'agita sur ses genoux, posa ses pattes sur la porte près de la fenêtre et commença à japper.

— Oh, regarde. Elle veut jouer.

— Elle ne va pas continuer à japper comme ça, n'est-ce pas? Elle finit bien par dormir à un moment donné, pas vrai?

— Bien sûr que oui. Elle est juste excitée pour le moment.

— Et les accidents? J'ai dépensé trop d'argent pour le revêtement de sol pour lui servir de service d'apprentissage de la propreté.

— Titania est propre depuis le lendemain de son arrivée chez moi. Tu n'as pas à t'inquiéter d'un quelconque désordre.

— Oh, je ne m'inquiétais pas puisque ce sera toi qui nettoieras.

— Eh bien, bien sûr que je le ferai. C'est ma chienne. Je nettoie après elle.

Liam se gara dans le garage et fit le tour pour l'aider à sortir du côté passager avant qu'elle n'ait pu rassembler Titania et le reste de ses affaires.

— Pose-la. Autant qu'elle apprenne l'endroit dès le départ. Liam déposa Titania sur le sol. C'était si étrange de voir sa petite chienne délicate dans les grandes mains fortes de Liam. Ça lui rappelait une photo d'Ann Geddes avec un bébé bercé dans les mains de son père.

Oula. Elle se faisait des idées. Liam essayait simplement d'aider et c'était elle qui rendait la situation bizarre avec son imagination stupide.

Garde ça pour tes œuvres d'art, Cassidy.

Exactement... Oh oh. Son art. Les meubles. Ils étaient dans l'entrepôt qu'elle avait malheureusement loué à son nom. Le loyer était payé jusqu'à la fin du mois, mais si Papa le découvrait avant...

Elle devait sortir toutes les pièces de là.

Dieu merci, Liam avait un garage pour deux voitures. Maintenant, si seulement il acceptait de laisser ses meubles emménager aussi pour quelques jours...

Elle le suivit à travers le garage jusqu'à la buanderie où le chauffage, le bac à laver et un assemblage de tuyaux qui devait être un chauffe-eau sans réservoir l'accueillirent.

— Laisse tes chaussures ici dans l'entrée, dit-il en enlevant les siennes.

Vraiment? L'homme enlevait ses chaussures dans sa propre maison?

— J'essaie de garder le désordre au minimum pour ne pas avoir à nettoyer beaucoup.

— J'imagine que tu n'en as pas envie après l'avoir fait toute la journée pour ton travail, hein? Ça se tenait. Elle retira ses tongs et les plaça sur les étagères du placard le long du mur du fond.

— Voici où je garde tous les produits de nettoyage. Liam montra les étagères sur la gauche. — Balai, balai à poussière, un plumeau pour les stores. Il désigna les objets alignés sur le panneau perforé le long du côté opposé du placard. — Les accessoires pour le système d'aspiration centralisée sont ici. Il ouvrit une armoire. — J'ai aussi un aspirateur à main, et les sacs et accessoires sont là. Il tapota une pochette noire en vinyle suspendue. — La tige d'extension et la pince pour les ampoules, qui sont là-haut. Il ouvrit une armoire dans le placard pour lui montrer divers types d'ampoules et quelques grosses piles et lampes de poche. — Sacs poubelle, piles, ruban adhésif, quelques outils... C'est ici que tu trouveras tout.

Parce qu'elle aurait besoin de ruban adhésif et de marteaux pour quoi faire?

Titania gratta à la porte menant à ce que Cassidy supposait être le reste de la maison.

— Elle griffe? Bon sang, je viens juste de finir de peindre les portes.

Cassidy ramassa la chienne. — Elle ne le fait pas d'habitude. J'imagine que tu as quelque chose qui sent vraiment bon derrière cette porte.

— Le dîner. Il ouvrit la porte. — J'ai mis du poulet à la salsa dans la mijoteuse avant de partir.

L'odeur de la salsa envahit l'air. — Ça sent vraiment bon.

— C'est le cas. Facile et bon en plus. La cuisson à la mijoteuse est une bénédiction.

Cassidy ne mentionna pas que bien qu'elle ait entendu parler de mijoteuse, elle n'était pas tout à fait sûre de ce que c'était ni comment l'utiliser. Probablement mieux de ne pas mentionner ce détail puisqu'il était tout "oui, Princesse" par-ci et "oui, Mademoiselle Davenport" par-là. Elle n'avait pas besoin de savoir utiliser une mijoteuse pour survivre par elle-même.

Ou peut-être que si. Cuisiner avec un budget limité n'avait pas été inclus dans son programme d'études. *Cuisiner* non plus d'ailleurs. La planification des menus, en revanche, et comment gérer le personnel l'avaient été.

Eh bien, peut-être que la cuisine était quelque chose qu'elle pourrait apprendre pendant son séjour ici. Les hommes aimaient quand les femmes cuisinaient pour eux, non? Sûrement Liam n'y verrait pas d'inconvénient. La plupart des hommes ne mettaient probablement jamais les pieds dans leur cuisine sauf pour prendre de la bière et de la pizza dans le frigo.

Apparemment, Liam faisait plus que ça dans la cuisine. La sienne était un vrai bazar.

— Que s'est-il passé ici? demanda Cassidy en posant Titania et en examinant les comptoirs en quartz couverts de boîtes en carton.

Liam soupira et passa ses mains dans ses cheveux. — Ma grand-mère. Elle passe de temps en temps pour réapprovisionner mon frigo, comme elle dit. Je suppose que c'était aujourd'hui. Il saisit une boîte et commença à la démonter. — On l'a installée dans une résidence assistée et elle me manque de cuisiner, alors elle emprunte la cuisine d'une amie et fait un festin. Il ouvrit la porte du réfrigérateur en inox. — Tu vois? Il recula. Des boîtes en plastique s'alignaient sur les étagères. — Elle pense que je vais manger tout ça avant que ça ne se gâte.

Il prit deux des boîtes et essaya de les mettre dans le congélateur, mais impossible. Il était plein à craquer aussi.

— On dirait que tu es prêt pour l'apocalypse.

— Eh bien, je suppose que je peux enlever la cuisine de tes méthodes de remboursement. Il la regarda de haut en bas. — Tu sais cuisiner, n'est-ce pas?

Elle faillit le laisser le croire, puis décida qu'il valait mieux pas. Le plus facile pour se faire prendre dans un mensonge était d'avoir à le prouver. — Pas vraiment. Papa avait des chefs. Ils n'aimaient pas avoir des enfants dans leurs pattes.

— Et je suis sûr que composer des menus est plus important que d'apprendre à cuisiner ce qui est dessus dans ces pensionnats chics.

— Je n'ai pas eu mon mot à dire sur mon éducation, tu sais.

Il prit une autre boîte et la démonta, commençant une pile sur l'îlot. — Et tu as quel âge?

Elle inspira profondément et était sur le point de déchaîner une tirade mais... ne le fit pas. À quoi bon? Ils pouvaient argumenter autant qu'ils voulaient, mais la vérité était qu'elle ne savait pas cuisiner et n'avait pas considéré cela comme une nécessité pour vivre seule. C'était à ça que servaient les plats à emporter.

— Quelle importance de toute façon? Ta grand-mère a rendu mes compétences culinaires — ou leur absence — sans importance.

— D'accord, très bien. Alors tu peux passer directement au rangement de cet endroit.

Pardon? — Ta cuisine?

— Pour commencer. Puis le salon, les chambres et les salles de bains. Il y en a deux en bas et une en haut.

— Il y a un étage? Où ça?

Il pointa une autre boîte vers un escalier en colimaçon en fer forgé. — Ça mène à la mezzanine. Deux chambres et une salle de bain. Ça ne devrait pas prendre longtemps.

— Longtemps pour faire quoi?

— Pour nettoyer, bien sûr.

Elle entendait les mots, mais ils n'avaient aucun sens. — Attends. Quoi? Tu veux que je nettoie ta maison?

— Tu as compris du premier coup. Bien. Nous ne devrions pas avoir de problèmes de communication alors.

Elle secoua la tête. — Tu veux que je nettoie ta maison.

— On n'en a pas déjà parlé?

— Mais pourquoi?

Il la regarda en haussant un sourcil. — Parce que l'endroit est sale?

— Mais pourquoi moi? Tu n'as pas une femme de ménage pour le faire?

— Si, mais pourquoi payer quelqu'un quand tu as dit que tu allais me payer pour rester ici? Il empila une autre boîte aplatie sur le comptoir.

Elle n'aimait pas sa logique. Ni sa méthode de remboursement. — Pourquoi je ne peux pas te payer en espèces?

77

— Tu en as?

— Eh bien, non. Mais j'en aurai.

— Alors nous en discuterons quand tu en auras. En attendant, tu peux m'économiser de l'argent en le faisant toi-même. Il lui tendit une boîte.

— Mais je ne sais pas comment nettoyer.

— Allez, princesse. Il secoua la boîte quand elle ne la prit pas. — Ce n'est pas si difficile. Je t'ai montré où sont rangés tous les produits. Tu essuies la poussière et tu passes l'aspirateur sur les débris. Quelques produits chimiques dans la salle de bain. Ce n'est pas de la science spatiale. Si tu peux comprendre comment jouer au pinochle, je suis sûr que tu peux nettoyer des toilettes.

— Comment sais-tu que je joue au pinochle?

— N'est-ce pas ce qu'enseignent tous les pensionnats chics de nos jours?

— Eh bien, oui, mais je n'ai jamais aimé ça.

— Mais tu sais y jouer, n'est-ce pas?

Bien sûr qu'elle savait. Elle avait même suivi des cours de bridge, de pinochle, de mahjong et tout un assortiment d'autres passe-temps considérés comme convenables pour la haute société.

Mon Dieu, comme tout cela semblait prétentieux maintenant. Où était l'expérience pratique comme... eh bien, cuisiner, nettoyer et gérer l'argent?

Et elle allait devoir gérer son argent. Quand elle en aurait, bien sûr.

Liam posa la boîte — intacte — sur le dessus de la pile. — Écoute, je dois y retourner. Ton père veut que je m'occupe de l'appartement en face du tien, enfin, de ton ancien, parce qu'il veut le vendre. Le photographe vient ce soir pour prendre des photos.

— Oui, Papa adore prendre des photos au clair de lune. Il dépense une fortune en petites lumières blanches pour tous ses jardins sur terrasse et adore comment elles se reflètent sur les surfaces vitrées. Il dit que ça rend l'endroit chaleureux et accueillant.

— C'est vrai.

— L'extérieur peut-être. À l'intérieur, c'est froid, austère et totalement dépourvu de personnalité.

Liam la fixa un peu trop longtemps à son goût, alors elle se détourna. Elle ne devrait probablement pas révéler ses angoisses intérieures à l'homme qui ne l'appréciait pas beaucoup pour commencer, mais qui, pour une raison quelconque, avait eu pitié d'elle et l'avait accueillie.

Mon Dieu, elle détestait la pitié.

Mais c'était tout ce qu'elle avait pour elle en ce moment parce qu'il n'y avait, littéralement, personne qu'elle pouvait appeler. Elle n'avait pas exagéré plus tôt. Personne ne voudrait l'aider et risquer de se mettre Mitchell à dos. Elle le savait aussi sûrement qu'elle se tenait là.

Mais soudain, elle faillit ne plus tenir debout. L'énormité de ce que Papa avait fait — *et* comment elle ne l'avait pas vu venir — la submergea à nouveau et, cette fois, ses genoux cédèrent. Elle s'agrippa au comptoir du petit-déjeuner pour ne pas s'effondrer et réussit à se hisser sur un tabouret. Elle avait juste besoin de quelques instants pour reprendre ses esprits. Elle irait bien. Vraiment.

— Ça va? Liam fit le tour du bar, l'inquiétude sur son visage la faisant se sentir coupable parce qu'il en avait déjà fait assez pour elle ; elle ne voulait pas ajouter de l'inquiétude au reste de ce qu'il faisait pour elle.

— Oui. Pourquoi?

— Parce que tu étais blanche comme un linge pendant un instant.

— Probablement parce que je n'ai pas pris de petit-déjeuner.

— Eh bien, sers-toi ce que tu veux. Gran a sûrement apporté un bon assortiment. Elle le fait toujours. Elle ne veut pas que j'aie faim. Il tapota ses abdos en béton. — Comme si ça pouvait arriver.

Cassidy regrettait d'avoir frappé ces muscles durs comme du roc. Elle ne voulait rien remarquer à son sujet. Elle ne voulait rien remarquer du tout le concernant. Pas quand elle allait vivre sous son toit et se sentir plus reconnaissante qu'il n'était prudent.

— D'accord, je vais retourner finir le travail et je devrais être rentré au plus tard à dix-huit heures. Le poulet devrait être prêt d'ici là. Si tu peux préparer du riz et un légume, j'apprécierais.

— Euh, d'accord.

Une fois qu'elle aurait compris *comment* faire cuire du riz, bien sûr. Elle pourrait probablement se débrouiller avec du brocoli à la vapeur.

Si elle savait comment faire cuire quelque chose à la vapeur...

— Est-ce que tu as, euh, un ordinateur que je pourrais utiliser puisque je n'ai plus mon smartphone?

— Dans le bureau. Tu peux te connecter avec un compte invité. Il se dirigea vers le tableau blanc au-dessus du bureau dans la cuisine. Je n'ai pas de téléphone fixe, mais tu peux m'envoyer un message instantané via l'ordinateur. Il écrivit sur le tableau. Voici mon portable. Appelle si tu as un problème.

— J'aurais dû crier tout le long du chemin jusqu'ici alors, non ?

Un petit sourire sexy traversa le visage de Liam et Cassidy aurait préféré que ce ne soit pas le cas. Elle lui était redevable. Être attirée par lui n'était pas une bonne idée.

Allez dire ça à ses hormones et aux stupides papillons qui étaient en sommeil depuis des mois dans son ventre.

— Tu t'en sortiras bien pour les prochains jours jusqu'à ce que quelque chose d'autre se présente. Nettoie juste l'endroit et on verra à partir de là. Il la frôla en passant et, bon sang, elle capta une odeur vraiment agréable de bois de santal et de Liam. Cet homme était une phéromone ambulante.

Ouais... Rester ici allait être *vraiment* intéressant.

Avoir Cassidy Davenport chez lui allait être *vraiment* intéressant. Liam priait juste pour ne pas l'étrangler.

Elle ne savait pas cuisiner ni faire le ménage. Sérieusement ? Ce n'était pas si compliqué à comprendre. Lui et ses frères étaient jeunes, mais ils avaient vite compris qu'un chiffon et du produit pour meubles équivalaient à des heures de corvée. Mais ce même chiffon et ce produit signifiaient aussi une grand-mère heureuse qui faisait de délicieux cookies aux pépites de chocolat et les couvrait de câlins pour tous leurs efforts. Ils détestaient nettoyer, mais ils avaient compris que le désordre qu'ils faisaient était leur responsabilité. Qu'ils étaient tous dans le même bateau et que Grand-mère ne pouvait pas tout faire. Alors ils la laissaient faire ce qu'ils ne pouvaient pas — cuisiner des choses incroyables — et ils compensaient dans d'autres domaines.

Cassidy Davenport n'avait probablement jamais eu à compenser quoi que ce soit.

Liam recula dans son allée, priant pour ne pas faire une erreur en l'hébergeant, mais que pouvait-il faire d'autre ? Elle n'avait nulle part où aller.

Mon Dieu, n'était-ce pas ironique ? La femme qui avait eu plus d'argent qu'il n'espérerait jamais voir de toute sa vie était sans abri. Et abandonnée par tous ses soi-disant amis riches. Bon sang, avec des amis comme ça, qui avait besoin d'ennemis ? Et toute cette situation avec son père... Les gens ne réalisaient-ils pas à quel point la relation entre parents et enfants était spéciale ? Comment, une fois que l'autre personne était partie, il n'y avait pas de retour en arrière ? Ses parents lui manquaient chaque jour de sa vie et peu importe la dispute entre eux, il la réglerait en un instant. Mais Cassidy et son père ne pouvaient pas. Ou ne voulaient pas.

Triste. Vraiment triste.

Il tourna à droite en direction du penthouse. Non. Il n'allait pas avoir pitié d'elle. Ce n'était pas son problème si elle était une enfant gâtée qui avait tout pris pour acquis. Pourquoi n'aurait-elle pas d'argent à elle? Pourquoi ne pas mettre de côté une partie de l'allocation de papa chéri dans un compte dont il ne saurait rien pour un jour comme celui-ci?

Parce qu'elle avait probablement fait la fête à Los Angeles ou à Cannes ou dans n'importe lequel de ces milliards d'endroits jet-set où ses amis séjournaient maintenant sans elle, sans penser que le train de l'argent s'arrêterait un jour.

Tout comme Rachel. Des profiteuses gâtées et égoïstes.

Pourtant, il venait de l'héberger chez lui.

Pour *nettoyer*.

Liam ne put s'empêcher de rire en se garant dans le parking souterrain de l'immeuble de son père — celui utilisé par le "commun des mortels". Celui sans le béton peint et les jolis aménagements paysagers.

Cassidy Davenport était chez lui, en ce moment même, en train de *nettoyer*. Il aurait probablement dû mentionner la boîte de gants en caoutchouc sur l'étagère du haut. Il ne voudrait pas qu'elle abîme sa manucure.

Il fit un signe de tête à Marco dans le hall alors que le gars partait en pause de son travail d'opérateur d'ascenseur. Il se demandait combien il était payé pour faire ça? Ça devait être une belle somme si c'était sa principale source de revenus.

Liam secoua la tête. Il ne comprendrait jamais les super riches. Mais après tout, comme il ne serait jamais *super* riche, il n'avait pas besoin de comprendre. Il était parfaitement heureux avec la maison qu'il avait rénovée, celles qu'il revendait, et son seul luxe — la maison de vacances sur l'île de Kiawah en Caroline du Sud. Pas qu'il y aille souvent, mais elle était là s'il en avait envie.

Peut-être qu'il devrait laisser Cassidy rester *là-bas* à la place. Comme ça, il n'aurait pas à s'inquiéter de rentrer et de la trouver dans son lit.

Ça serait vraiment dommage.

Voilà une pensée. Comment *serait-ce* de l'avoir qui l'attend à la fin d'une longue journée?

Il s'autorisa à s'y complaire pendant une seconde. Bon, peut-être trente.

C'était un joli rêve. Un bon fantasme. Mais c'était Cassidy Davenport dont il avait envie, exactement le genre de femme dont il avait juré de se tenir éloigné. Exactement le *mauvais* genre de femme pour lui. Parce qu'elle pouvait bien dire qu'elle ne ferait pas ce que son père voulait, mais une fois que la réalité la rattraperait, elle retournerait vers lui. Les gens comme elle le faisaient toujours.

Le penthouse était étrangement silencieux quand il entra. Pas de petit chien qui aboie — Bon Dieu. Il espérait que cette bestiole n'avait pas griffé ses meubles en cuir.

Liam traversa le salon, tout était parfait, comme sur une photo. Personne ne saurait jamais que ça avait été la scène du moment qui avait changé la vie de quelqu'un. D'une dispute si grande entre un père et sa fille qu'elle avait été coupée de tout. Plus de téléphone, plus de cartes de crédit, et plus de Mercedes.

D'accord, il ne se sentait pas vraiment désolé pour elle pour la dernière partie, mais quand même... Ça craignait d'avoir tout arraché sous ses pieds d'un coup, comme lui et ses frères et sœurs le savaient par expérience.

Il se dirigea vers la salle à manger, un vaste espace de verre et de tapisserie pastel avec un buffet en bouleau le long du seul mur plein de la pièce.

Il ouvrit le tiroir du bas et vit les peintures, ainsi qu'un assortiment d'outils électriques qui était surprenant, pour dire le moins. Tout comme le fait que rien n'était rangé avec une quelconque organisation ou soin. Tout comme ses placards de cuisine, tout avait été jeté dans le tiroir comme si elle avait été pressée.

Il jeta un coup d'œil dans le couloir en direction de sa chambre. Les tiroirs de sa commode étaient-ils aussi en désordre?

Non, il n'allait pas fouiner. La nuisette pêche et les talons aiguilles étaient déjà suffisants ; il n'avait pas besoin de l'imaginer dans quoi que ce soit d'autre. Ou de moins. Ou rien du tout-

Bon sang.

Il se retourna vers le salon et fit quelques pas quand il pensa à quelque chose. La photo et le bracelet.

Ils devaient avoir une signification pour elle pour qu'elle les ait gardés toutes ces années, bien qu'il ne comprenne pas pourquoi elle ne les avait pas emportés avec elle. Peut-être était-elle trop bouleversée pour s'en souvenir. Peut-être les avait-elle même occultés — un autre parent qui l'abandonnait, ça devait être dur. Au moins, lui et ses frères et sœurs savaient que s'ils n'avaient plus leurs parents, c'était à cause de l'accident, et non parce qu'ils n'avaient pas voulu d'eux.

Liam s'agenouilla à côté de l'ancien lit de Cassidy et tâtonna en dessous jusqu'à ce qu'il trouve les objets. Cassidy et sa mère avaient l'air heureuses là-bas sur la plage. Elle avait le sourire de sa mère. Le même visage et le même nez. Les yeux étaient différents cependant, ceux de sa mère beaucoup plus petits et plus rapprochés que les grands yeux verts de Cassidy aux cils si épais que les gens penseraient probablement qu'ils étaient faux.

Il fourra la photo dans sa poche arrière et glissa le bracelet dans celle de devant. Assez parlé du physique de Cassidy, de ses strings et de tout ce qu'il n'avait pas à remarquer. Il était là pour faire un travail et partir. Un mois et il n'aurait plus jamais à revoir Cassidy Davenport-

Sauf qu'elle vivait avec lui. Bon sang. Dans quoi s'était-il embarqué?

Chapitre Neuf

Elle était dans son lit.

Liam leva les yeux au ciel. *Vraiment?*

Il se tenait dans l'encadrement de la porte de sa chambre après une longue journée de ménage plutôt merdique, et passa sa main sur sa bouche. Elle était prête à payer avec son corps pour éviter de faire le ménage? Pensait-elle vraiment qu'il tomberait dans le panneau? Des souvenirs de Rachel défilèrent dans son esprit.

La princesse avait dû décider que ce serait plus facile qu'une honnête journée de travail à nettoyer son appartement. Dommage qu'elle ne le connaisse pas.

Elle t'offre de te connaître très *intimement.*

Pas question. Il n'était plus le même idiot qu'avec Rachel.

Il s'approcha du lit. — Qui a dormi dans mon lit? demanda-t-il d'une voix forte.

Cassidy se redressa comme s'il avait électrifié les draps, ses cheveux volant autour de sa tête en un désordre ondulé.

Un désordre ondulé très sexy.

Bon sang.

— Hein? Elle cligna des yeux verts dans sa direction.

Double bon sang. Ce n'était pas du cinéma ; elle était trop endormie pour essayer de le séduire.

— J'ai dit, qui a dormi dans mon lit?

— Moi? Ses yeux s'écarquillèrent. Oh mon Dieu. Je suis désolée. Elle se précipita hors du lit. Je suis vraiment désolée. Je ne sais pas à quoi je pensais. Enfin si, évidemment, je pensais juste faire une petite sieste, mais puisque tu es là...

Elle rejeta ses cheveux en arrière d'un geste du bras et ils retombèrent derrière elle comme un nuage duveteux dans lequel il avait envie d'emmêler ses doigts...

Bon sang. *Triple* bon sang.

Il recula d'un pas du lit. Et d'un autre pour faire bonne mesure. Il essayait de faire une bonne action et d'aider cette femme, et son sex-appeal le suivait comme un nuage de pluie. — Alors, quelque chose a été nettoyé aujourd'hui?

— J'ai fait la cuisine, le salon, ta salle de bain, et je nettoyais ici quand...

— Quand tu as décidé de jouer à Boucle d'Or?

— Pas du tout. Je pensais juste... Elle bâilla. Faire une sieste de cinq minutes environ.

Il observa le désordre qu'étaient devenus ses cheveux et le gonflement endormi de ses yeux. — Je pencherais plutôt pour l'option "environ".

Elle grimaça puis se gratta la tête. — Je suis désolée. Je n'avais vraiment pas l'intention que tu me trouves sur ton lit.

Tout le monde savait que l'enfer était pavé de bonnes intentions et elle était pratiquement en train de l'y traîner.

— Oh, Liam, j'espérais pouvoir te demander un service.

Bien sûr. Tout comme Rachel. S'il arrêtait un jour de penser avec sa queue, il se souviendrait qu'il ne pouvait pas faire confiance à des femmes comme Rachel et Cassidy. Ça n'empêchait apparemment pas sa stupide libido de les désirer, cependant. Satanée libido.

— Je te rembourserai. Je te le promets.

— Écoute, ma jolie, dans *mon* monde, tout ne tourne pas autour de l'argent.

Elle tressaillit et lui, l'idiot qu'il était, se sentit mal de l'avoir provoqué. C'était peut-être parce que Rachel n'avait jamais tressailli. Pas une seule fois, donc il n'avait jamais eu à se sentir coupable. Son sentiment d'avoir droit à tout l'avait mis en colère. Les choses seraient plus simples si Cassidy le mettait en colère, mais non. Avec elle, il se sentait coupable.

— Je... je suis désolée. Je ne voulais pas t'offenser. Je voulais juste que tu saches que je ne m'attends pas à ce que tu fasses des choses pour moi simplement parce que tu es assez gentil pour le faire. Je te rembourserai. Je te le promets. C'est juste qu'aujourd'hui était... eh bien, je ne suis pas vraiment au top de ma forme. Ça a été un peu difficile, tu sais?

— Ouais. Il ne voulait pas qu'elle l'atteigne, mais apparemment il n'avait pas plus de contrôle sur son empathie que sur sa stupide libido. — Alors, c'est quoi ton service?

— Je me demandais si je pouvais t'emprunter ton pick-up.

— Tu veux que je te prête mon pick-up?

— Juste pour une heure ou deux.

— Pour? Que pourrait bien vouloir une femme comme elle avec un *pick-up*? Et savait-elle même conduire, ou était-elle habituée aux chauffeurs? Il n'allait pas lui donner son pick-up pour qu'elle aille l'encastrer dans un arbre.

Elle tourna la tête vers la gauche si vite que ses cheveux volèrent devant son visage. — C'est, euh... Elle remit ses cheveux derrière son oreille avec un grand soupir et le regarda droit dans les yeux. C'est pour mes meubles.

— Je croyais que tu avais dit être partie avec juste les vêtements que tu portais. Et tes peintures, bien sûr. Elles sont dans mon pick-up avec tes outils électriques. Oh, et j'ai pris quelques affaires pour que tu puisses te changer. Les sous-vêtements ont été un problème, mais j'ai pris sur moi et en ai attrapé une poignée *sans* fouiller dans le reste de tes tiroirs — c'était mieux que de savoir que tu te baladais chez moi sans rien en dessous. Il y avait une pile de vêtements au fond de ton placard sans étiquettes, donc j'ai pensé que ton père ne pourrait pas les comptabiliser.

— Oh wow. C'est tellement gentil de ta part. Merci beaucoup! Elle le serra dans ses bras.

Le serra dans ses bras. Comme s'ils étaient les meilleurs amis du monde.

Ou plus.

Le moment devint gênant en un rien de temps. Surtout quand ses mains — apparemment pas plus sous son contrôle que sa libido ou son empathie — se posèrent sur sa taille et s'y accrochèrent.

Son sourire disparut.

Son estomac se noua. Il devait la lâcher. Reculer. S'éloigner.

Il n'en fit rien.

Elle passa sa langue sur ses lèvres puis inclina la tête, exposant une longue ligne de peau tentante depuis le dessous de son oreille, le long de son cou, et sur son épaule jusqu'à l'endroit où le t-shirt s'accrochait à peine à la courbe de son bras. S'il en prenait juste un petit bout entre ses dents et tirait...

— Je, euh... Elle lâcha ses épaules. Un doigt à la fois, peut-être, mais elle lâcha prise quand même.

Il ferait mieux d'en faire autant.

Il jeta un dernier regard appuyé à la courbe de son cou et retira ses mains de sa taille. Il recula aussi d'un pas. — Je vais chercher tes affaires.

Puis il sortit en vitesse de sa chambre avant de faire quelque chose qui pourrait les rendre tous les deux heureux pendant quelques instants, mais qu'ils finiraient par regretter à long terme.

Elle avait failli l'embrasser — et elle était presque sûre qu'il avait voulu l'embrasser aussi. Si cela ne rendait pas la situation encore plus compliquée...

Elle était attirée par lui. Parlons du mauvais endroit et du mauvais moment... Son objectif était d'emménager seule. *Être* indépendante. *Réussir* par elle-même. C'était temporaire. Juste le temps de vendre un meuble ou deux et d'avoir assez d'argent pour un appartement. Elle avait juste besoin d'un peu de temps pour se mettre sur pied, et lui qui la faisait chavirer ne faisait pas partie du plan.

— Allez, Titania. La chienne s'était lovée sur l'oreiller et n'avait même pas aboyé quand Liam était entré, la traîtresse. — Sortons d'ici avant qu'il ne revienne. *Et* avant que je ne perde la force qui m'a fait lâcher ses épaules. Ses grandes et larges épaules...

Oui, elle se tira de là en vitesse.

Il n'était pas moins attirant quand elle le retrouva dans le salon.

— La pièce a l'air bien. Tu as fait du bon travail.

— Contente que tu approuves. S'il savait seulement l'effort qu'elle avait fourni pour y arriver. Elle avait failli devoir ramasser des éclats de verre sur la table derrière le canapé quand Titania avait essayé d'aider en poussant la serpillière. Puis il y avait eu les trois fois où elle avait dû polir cette table.

Oui, trois. D'abord, il y avait eu des traînées sur le verre, alors elle l'avait nettoyé à nouveau. Encore des traînées. Elle avait finalement lu les petits caractères au dos des bombes pour découvrir qu'elle utilisait un produit pour bois qui n'était pas conçu pour le verre.

Alors elle avait dû *trouver* le produit pour vitres dans cette chose effrayante qu'il appelait une buanderie, remplie de gadgets, de tuyaux et de bien trop de produits chimiques pour sa peau sensible, jusqu'à ce qu'elle ait la chance de trouver une boîte de gants en caoutchouc et un nettoyant pour vitres.

Ensuite, il y avait eu toute l'enquête sur quoi-utiliser-dans-la-salle-de-bain-et-est-ce-que-ça-marche-aussi-dans-la-cuisine, suivie par l'analyse serpillière-mouillée/serpillière-sèche. Toute cette histoire de moisissure lui avait retourné l'estomac. Quand elle aurait son propre logement, il ne nécessiterait que trois bouteilles de produits d'entretien, une serpillière et un aspirateur. Tout le reste était superflu. Qui avait le temps ou l'argent pour six bouteilles différentes, une serpillière pour le carrelage, un aspirateur pour le parquet, un aspirateur pour la moquette et un accessoire bizarre pour les escaliers? Dieu merci, ses escaliers étaient en fer forgé et le plumeau suffisait, parce qu'elle n'était pas vraiment sûre de comment tous ces accessoires s'emboîtaient.

— Alors, où veux-tu que je mette ça? Il tenait le sac qui était dans son placard. Bonne idée de sa part, car Papa ne saurait pas que ces vêtements avaient disparu.

Elle n'était simplement pas sûre de pouvoir les porter autour de Liam sans se sentir gênée. C'étaient ses vêtements de peinture. Ceux que Papa n'autorise-rait jamais qu'on la voie porter, ce qui était la moitié de la raison pour laquelle elle les avait achetés. L'autre moitié était qu'ils étaient complètement à l'op-posé de ce qu'elle portait habituellement et qu'elle se sentait rebelle. Tout ce voyage au marché aux puces avec Stacey avait été rebelle et terriblement amusant. Porter ces vêtements l'avait rendue heureuse.

Elle aurait bien besoin de ce sentiment en ce moment.

— Je suppose dans ma chambre. Quelle qu'elle soit. Il y en avait une de plus en bas à côté de la sienne et deux à l'étage. Le bon sens voudrait qu'elle utilise celle du bas puisqu'elle était au rez-de-chaussée, mais l'instinct de conservation lui disait de monter à l'étage.

Il n'arrangeait pas les choses en la fixant simplement du regard.

— Ou... Elle avait déjà demandé le camion ; elle devrait tout mettre sur la table. — Que dirais-tu du côté vide de ton garage? J'espérais pouvoir l'utiliser pour le stockage et comme studio temporaire. J'ai encore quelques pièces dans un entrepôt qui doivent être peintes et une fois que mon père aura découvert son existence — s'il ne l'a pas déjà fait — il le fera sceller et je serai fichue. D'où le besoin de ton camion. Je mettrai une bâche pour que tu n'aies pas à t'inquiéter pour le sol, et l'odeur et le désordre seraient dehors. Plus vite je pourrai me mettre à travailler sur les meubles, plus vite je pourrai vendre quelque chose et commencer à te payer pour m'avoir accueillie. Tu ne sauras même pas que je suis là et je ne serai plus dans tes pattes donc ce ne sera vraiment pas un si grand dérangement...

— Stop. Liam leva la main. — Respire un coup avant de t'évanouir. Je n'ai pas besoin d'un voyage à l'hôpital en plus de tout le reste.

Au lieu de prendre cette respiration, elle ravala sa panique. Elle avait eu l'air désespérée, en lui déballant tout d'un coup, mais elle avait besoin de sa coopération pour le plan, sinon elle serait coincée ici pour longtemps.

— D'accord. Tu peux emprunter le camion. Mais je vais mettre des protections à l'arrière. Je n'ai pas besoin que le plateau soit rayé. Tu vas pouvoir charger les meubles sans mon aide?

Oh zut. Elle n'avait pas pensé à ça. — Eh bien...

Il expira et essuya son front avec son bras. — Ouais, c'est ce que je pensais. Il posa le sac par terre contre le mur et mit ses mains sur ses hanches. — Et de combien de pièces parle-t-on? Est-ce que je vais pouvoir garer le camion dans le garage s'il devient ton atelier d'art?

— Tu pourras. Ce n'est pas tant que ça. Peut-être une demi-douzaine.

— OK. Très bien. Allons-y après le dîner.

— Le dîner?

— Ouais, tu sais. Le repas qui arrive à la fin de la journée? Le truc dans la mijoteuse?

La mijoteuse. Oh. Zut. Elle avait oublié ça. — Euh, Liam, à propos de ça...

Il leva une main et expira. — Je vais faire le riz. Plus vite on partira d'ici, plus vite on empêchera ton père de trouver ta cachette secrète.

Était-ce le même gars qui s'était moqué d'elle en l'appelant *Princesse*? Le même qui croyait à tout le battage médiatique sur sa vie? Pourtant, il était là, gentil avec elle, l'accueillant, et voulant surpasser son père. Cela pourrait être un suicide professionnel pour lui si Mitchell venait à l'apprendre.

S'il n'était pas prudent — bon sang, si *elle* n'était pas prudente — elle pourrait bien finir par tomber amoureuse de M. Liam Manley.

— *C'est ça* que tu voulais sauver? Liam se tenait dans l'embrasure de la porte de son garde-meuble après leur repas hâtif, la bouche grande ouverte. — Princesse, je déteste te dire ça, mais personne n'achètera ces trucs. C'est... eh bien... c'est de la camelote. Il se pinça l'arête du nez. — Je ne veux pas être dur, mais ces trucs ont l'air d'être de la mer... euh, de la crotte. Vieux. Délabrés. Tu ne vas pas gagner d'argent avec ça.

— Je te signale que la pièce que je viens de vendre était en plus mauvais état que la plupart de celles-ci, et elle s'est vendue à cinq chiffres.

— Tu plaisantes.

— Non.

— Alors où est cet argent? Pourquoi ne peux-tu pas l'utiliser pour commencer ta nouvelle vie?

Cette fois, elle prit une profonde inspiration. Puis une deuxième. — J'ai déposé le chèque. Sur un compte à la caisse d'épargne de l'entreprise de mon père. Tu sais, celui auquel ma carte de débit est rattachée. Et comme Papa ne pensait pas que peindre et — Dieu nous en préserve — *vendre* ce que je peignais étaient des activités dignes, il a racheté la pièce quand il l'a découvert. *Et* il a exigé que je renonce à ma commission. Donc, oui, ce compte est clôturé.

— Tu plaisantes.

— Est-ce que j'ai l'air de plaisanter? Est-ce que j'emménagerais avec toi, un parfait inconnu, si je plaisantais?

Il se passa la main sur le visage. — J'imagine que non, mais merde alors.

Elle expira. — Je sais, n'est-ce pas? Je n'arrive pas à croire qu'il ait fait ça. Ou qu'elle ne l'ait pas vu venir. Pourquoi, oh pourquoi n'avait-elle pas ouvert son propre compte bancaire secret? Avec le recul, tout devenait clair. Toutes ses activités frivoles pour suivre ses amis et leurs familles... Si seulement elle avait pensé à l'avenir.

Si seulement elle avait vu son père tel qu'il était vraiment.

— Je n'arrive pas à croire qu'il ait pensé que les meubles n'étaient pas une bonne idée. Les gens adorent ce genre de choses.

— Je sais. Il y a un marché pour mon travail. Quelques charnières, un marteau ou deux, et une bonne couche de peinture peuvent transformer un vieux meuble en quelque chose d'utile et décoratif. Ce n'est pas parce que c'est vieux que c'est hors-jeu.

— Je comprends. J'achète de vieilles maisons, je les retape et je les revends. Et j'en vis plutôt bien.

C'était comme ça que son père avait commencé. — Et le nettoyage? Je croyais que c'était ce que tu faisais.

— Euh, eh bien, oui. Je fais ça aussi. Pour aider ma sœur.

Quel type sympa. Travailleur, en plus. Et puis il y avait le côté beau gosse...

Ouais, elle ferait mieux de faire attention ou elle pourrait s'attacher très facilement, et alors où seraient ses grands projets d'avenir? Liam était arrivé à la fois au bon et au mauvais moment.

— Alors, tu as fait ta propre maison?

Le dos de Liam se redressa un peu, sa poitrine se gonfla un peu plus. — Oui.

Il avait le droit d'être fier. — Tu fais du très bon travail, Liam. Je veux dire, je ne sais pas à quoi ressemblait ta maison avant que tu l'achètes, mais tu as très bon goût.

Une lueur passa sur son visage, mais il la dissimula d'un haussement d'épaules avant qu'elle ne puisse comprendre ce que cela signifiait. — Je choisis juste ce qui me plaît. Il s'éclaircit la gorge. — On s'y met avant que ton père n'arrive?

Un grand oui pour celle-là. — Commençons par le buffet, mais fais attention au pied avant. Il ne tient que par un filet de vis.

Il arqua un sourcil vers elle. — Et tu pensais pouvoir mettre ça dans le camion toute seule?

— Je ne réfléchissais pas, d'accord? À beaucoup de choses, manifestement. — De plus, je t'impose déjà assez comme ça et je ne voulais pas demander. J'aurais trouvé une solution.

— Et tu l'aurais cassé en le faisant. Où en serais-tu alors?

Elle ouvrit la porte du meuble d'un geste brusque et elle s'ouvrit de travers avec un *clac*. — Ça ne pourrait pas être pire que ça ne l'est déjà.

Il le regarda pendant une seconde ou deux, puis la regarda. Il y avait quelque chose dans ce regard... Osait-elle penser que ça *pourrait* être de l'admiration?

— J'ai hâte de voir ça quand tu auras fini. Si tu peux transformer cette épave en quelque chose qui vaut cinq chiffres, je te dois un dîner.

— Marché conclu.

— Ça veut dire que si tu n'y arrives pas, c'est *toi* qui me dois un dîner.

— Je ne m'inquiète pas. Elle ne s'inquiétait pas parce que, de toute façon, elle dînerait avec Liam Manley.

Bien que *cela* devrait peut-être l'inquiéter.

Liam gardait les yeux rivés sur le rétroviseur alors qu'il s'éloignait de chez lui pour la troisième fois aujourd'hui. La princesse était installée dans son garage, une bâche sur le sol — qu'elle lui devait aussi — ses meubles éparpillés autour d'elle, et l'expression sur son visage était celle qu'il se serait attendu à voir un jour de soldes au centre commercial, pas pour un tas de morceaux de bois et de marbre brisés qui allaient nécessiter de bonnes compétences en menuiserie, sans parler d'un sacré talent artistique. Il n'avait pas le cœur de lui dire que la raison pour laquelle elle avait obtenu cinq chiffres pour cette autre pièce devait avoir plus à voir avec le nom de son père qu'avec un cours d'art de pensionnat.

Il espérait qu'elle ne vivrait pas avec lui quand la réalisation la frapperait. Il ne voulait pas tester sa détermination face aux larmes d'une femme ; il doutait d'être aussi immunisé qu'il le voudrait.

Il n'était certainement pas immunisé contre ses sourires. Ni contre ses regards froncés quand elle étudiait la commode sous tous les angles. Ni contre l'inclinaison sexy de son menton quand elle tapotait le manche d'un pinceau contre.

Heureusement, il regarda par le pare-brise à ce moment-là — juste à temps pour éviter un arbre qui était à environ quinze centimètres de son pare-chocs.

Il fit une embardée, se maudissant de s'être laissé distraire. Il avait besoin de se faire examiner la tête.

Normalement, il serait allé rendre visite à l'un de ses frères, mais il ne voulait pas des regards. Des sermons. Ils avaient assez entendu ses jérémiades quand Rachel avait fait son coup ; il ne voulait pas revenir la queue entre les jambes à cause d'un magnifique sourire et de cette foutue détermination pétillante qu'il n'aurait jamais cru trouver chez Cassidy Davenport.

Évidemment. La seule mondaine avec laquelle il était coincé commençait à défier le stéréotype.

Chapitre Dix

T-shirt à strass rose, pantacourt blanc brodé, pantalon de yoga noir, caftan tie-dye long et flottant que son père lui ordonnerait probablement de brûler, short ultra-court qu'il n'approuverait *certainement* pas, et une veste en cuir qui semblait tout droit sortie de la garde-robe d'une motarde... Cassidy souriait en sortant du sac les tenues que Liam lui avait apportées, essayant de ne pas trop s'émouvoir de sa prévenance.

Mais quand elle tomba sur la nuisette pêche, le peignoir en soie bleue, et les escarpins noirs à bride de cheville, elle perdit cette bataille. Seulement, c'était un frisson d'un autre genre. L'idée qu'il ait manipulé ces pièces soyeuses faisait des choses délicieusement coquines à son for intérieur.

Pas une bonne idée. Tu voulais être indépendante, tu te souviens? Pas de mecs. Ni ton père, ni un sugar daddy, ni un petit ami. Cette période est pour toi. À propos de toi. N'oublie pas ça.

Elle essayait, mais il fallait qu'il soit si gentil en plus d'être si sexy.

Titania jappa à ses pieds puis sauta sur ses genoux. La Bichon maltais était normalement une petite dame parfaitement bien élevée, sauf quand elle avait faim.

— C'est l'heure du dîner, Titania? Cassidy se sentait nue sans son téléphone portable. Elle n'arrivait pas à croire que son père l'avait éteint. Et avait désactivé la voiture. Et l'avait laissée partir sans rien d'autre que les vêtements qu'elle portait.

Elle regarda la pile dans la commode de sa chambre et sourit. Un problème de résolu. Elle aurait adoré serrer Liam dans ses bras pour ça.

Entre autres raisons.

Titania jappa à nouveau.

— D'accord, d'accord. Cassidy mit cette pensée de côté pour un moment et ferma le dernier tiroir de la commode avant de se diriger vers la cuisine pour trouver les sachets de nourriture pour chien qu'elle avait apportés de chez elle. Elle fit l'inventaire. Il en restait assez pour durer environ une semaine. Ce qui ne lui laissait pas beaucoup de temps pour finir le buffet si elle voulait le vendre pour avoir de l'argent pour acheter de la nourriture pour chien. Un emploi du temps serré même en temps normal, et ça, c'était *si* Jean-Pierre acceptait ne serait-ce que de *considérer* une autre pièce. Ce qui nécessiterait qu'elle rassemble son courage, mette de côté sa mortification suite aux frasques de son père, et supplie Jean-Pierre de risquer la colère de celui-ci.

Et même s'il acceptait, elle devrait prier pour que le buffet se vende aussi rapidement que la commode.

C'était beaucoup de *si*. Et tout son avenir — ainsi que celui de Titania — reposait sur eux.

Alors elle enfila ses lunettes de protection ornées de strass et se mit au travail.

Quelques heures plus tard, elle était couverte de sciure et de colle à bois séchée, et avait réparé les charnières affaissées des portes du buffet. Le pied bancal n'était plus en danger de se détacher, et après quelques passages supplémentaires avec la peau de chamois, la pièce serait prête pour la première couche de peinture.

Cassidy retira ses lunettes et son masque anti-poussière, essuya quelques mèches de cheveux en sueur chargées de sciure sur son front, puis jeta un coup d'œil dehors. Il faisait nuit. Elle était toujours étonnée de voir comment le temps passait quand elle était absorbée par son travail.

La pauvre Titania avait été enfermée dans la buanderie de Liam depuis qu'elle était sortie ici. Heureusement que la chienne avait répondu à l'appel de la nature avant que Cassidy ne l'enferme, mais maintenant c'était au tour de Cassidy. Et elle devrait prendre une douche pour se débarrasser de toute cette crasse.

Elle regarda à travers la porte du garage. Aucun signe de Liam. Bien.

Elle éteignit les lumières, puis retira son t-shirt et son short, ne voulant pas laisser une traînée de sciure jusqu'à la salle de bain, et courut dans la maison en sous-vêtements.

Liam savait vraiment comment traiter ses invités — ou ses serviteurs sous contrat, mais elle n'allait pas laisser cela l'empêcher de profiter du luxe d'une douche en marbre complète avec une pomme de douche au plafond et les jets latéraux. Après la journée pourrie qu'elle avait eue, elle pouvait bien s'accorder un peu de réconfort.

Et lorsqu'elle entra dans le jet parfaitement rythmé avec les articles de toilette qu'elle s'était appropriés de sa propre salle de bain, c'était comme si elle entrait au paradis.

Liam, cependant, était en enfer.

Il était descendu de son camion — directement sur un tas de vêtements.

Les vêtements de Cassidy.

Ceux qu'elle portait plus tôt.

Il n'y avait qu'une seule raison pour laquelle une femme laisserait tomber ses vêtements au milieu d'un garage, surtout quand ils étaient couverts de sciure.

Elle se baladait nue dans sa maison. Ou en sous-vêtements ce qui — sérieusement — n'était pas mieux.

Qu'avait-il fait pour mériter cette torture? Il avait essayé de faire une *bonne* action et maintenant il en payait le prix des damnés. Que Dieu lui vienne en aide.

Il se pinça l'arête du nez et contourna l'avant de son camion pour entrer dans la buanderie, faisant autant de bruit que possible, priant pour qu'elle l'entende et se précipite dans sa chambre ou la salle de bain, et s'enveloppe au moins d'une serviette.

— Cassidy? dit-il de derrière la porte de la pièce.

Rien.

— Cassidy? dit-il un peu plus fort, cette fois en jetant un coup d'œil autour du cadre de la porte.

Toujours rien.

Il entra dans la maison et c'est là qu'il l'entendit.

Elle chantait sous la douche.

Faux.

Eh bien, voilà quelque chose que l'argent de papa ne pouvait pas acheter — la capacité de chanter juste. Il aimait ce défaut chez elle.

Mais il ne *voulait* rien aimer chez elle.

Elle atteignit une note aiguë... à peu près. Un peu fausse, mais cela ne la décourageait pas.

Il aimait aussi ça chez elle.

Bon sang.

Il longea la porte de la salle de bain du couloir autant que possible puisqu'il devait passer devant pour atteindre sa chambre, où lui aussi prendrait une douche.

Il y avait une certaine ironie dans le fait qu'ils seraient nus en même temps, mais Liam savait que la meilleure façon d'éviter la tentation était de prendre la douche la plus froide connue de l'humanité.

Malheureusement, il pouvait toujours l'entendre chanter même avec l'eau qui lui martelait la tête.

Il essaya de noyer sa voix avec du savon dans ses oreilles, mais cette tonalité... Elle aurait fait dresser les cheveux sur sa nuque s'ils n'étaient pas mouillés.

Il se lava donc aussi vite que possible, prenant un peu plus de temps pour enlever toute la mousse de ses oreilles, puis enroula une serviette autour de sa taille et en jeta une autre sur son épaule. Il se sécherait dans la chambre avec la salle de bain comme tampon entre eux.

C'était en fait le tampon parfait, puisqu'il n'entendit pas une note lorsqu'il prit son boxer dans sa commode.

Cela aurait dû être un indice.

Il venait juste de se sécher et de jeter les serviettes sur le lit quand il entendit un — Titania! suivi d'un hoquet.

Il se retourna.

Grosse erreur.

Cassidy se tenait là, enveloppée dans une serviette qui la couvrait de la poitrine aux cuisses, mais elle était encore trop nue à son goût, tandis que lui... il était *nu*.

— Oh merde.

— Je suis désolée.

— Que fais-tu...

— Je devrais partir...

— Oui. Bonne idée. Il tendit la main vers les serviettes et dut à moitié ramper sur le lit pour attraper ces fichus trucs. Ce qui lui offrit un spectacle plus important qu'il ne l'aurait voulu.

Il la regarda. — Tu peux partir, tu sais.

— Euh, oui. D'accord. Je vais le faire. C'est juste que...

Il s'assit sur le lit et posa la serviette sur son entrejambe. — Princesse, au cas où tu ne l'aurais pas remarqué, je suis nu. Il agita la serviette.

— Techniquement, tu ne l'es plus maintenant, et je pense que Titania est entrée ici.

— C'est la meilleure excuse que tu aies trouvée?

Elle leva les yeux au ciel. — Ce n'est pas une excuse. Elle s'est enfuie de la salle de bain et j'ai vérifié l'avant de la maison. Elle n'a pas encore maîtrisé ton escalier en colimaçon, et comme elle a fait cette sieste ici avec moi, j'ai pensé qu'elle aurait pu entrer. Ça aiderait si tu avais fermé ta porte.

Elle avait raison. Il aurait dû la verrouiller aussi. Mais ce n'était pas comme s'il était habitué à vivre avec quelqu'un, et il *pensait* l'avoir fermée.

— Titania, appela-t-il.

Il y eut un bruit de grattement sous son lit.

Bien sûr qu'elle était là. Ce qui signifiait plus de torture pour lui alors que Cassidy se mettait à quatre pattes — qu'on l'achève maintenant — pour jeter un coup d'œil sous le lit. S'il se tenait dans l'encadrement de sa porte, il aurait droit à un sacré spectacle.

— Allez, Titania. Sors de là.

Le bruit se déplaça vers la tête de son lit.

Évidemment.

— Titania! Cassidy tapa sur le sol. — Viens ici!

Le chien ne bougea pas.

Liam leva les yeux au ciel. Et se leva. Et enroula la serviette autour de sa taille.

Gardant les yeux loin de la courbe arrondie de ce qu'il était sûr être un délicieux postérieur avec la serviette presque remontée par-dessus, il s'accroupit à côté de Cassidy. — Titania. Viens.

La petite boule de poils rampa sur le ventre jusqu'à lui et lui lécha le nez.

Il glissa son bras autour d'elle et la sortit de sous le lit, la tenant comme le ballon de football dont elle avait la taille.

— Voilà, dit-il une fois qu'ils furent tous les deux de nouveau debout.

Cassidy prit le chien, manquant presque de le laisser tomber quand la serviette commença à glisser.

Liam alla pour attraper le chien, saisit une poignée de sein, et retira sa main comme s'il s'était brûlé.

— Euh, je suis désolé. Je ne voulais pas...

— Je sais. Cassidy agrippa sa serviette avec le chien en équilibre sur son bras et il n'y avait aucune chance que Liam aide cette fois-ci.

Il se retourna. — Fais-moi savoir quand tu seras sortie de la chambre.

— Merci. Je le ferai.

Il l'entendit courir hors de la pièce et il prit une grande inspiration. C'était passé trop près. *Elle* avait été trop près. Sa *main* avait été trop près. Comme en témoignait l'érection sous la serviette. Et la sensation de son sein dans sa paume. Ça allait être dur à oublier.

Il se dirigea vers son placard — la serviette *solidement* enroulée autour de sa taille — et attrapa un t-shirt, le boxer qu'il avait laissé tomber en faveur de la serviette, et un short de basket.

Dommage qu'il n'ait pas choisi une armure parce que, juste au moment où il passait devant sa porte en direction de la cuisine, le chien s'échappa de sa chambre, laissant la porte suffisamment ouverte pour voir —

Maintenant elle *était* nue.

Elle tenait la serviette contre sa poitrine, donc il n'eut qu'un aperçu de côté d'une longue jambe bien galbée, et d'un postérieur qui, oui, était délicieux. Puis il y avait cette taille fine qu'il avait tenue dans ses mains plus tôt, plus le bonus supplémentaire de la courbe de son sein, une image visuelle dont il n'avait vraiment pas besoin — sa mémoire fonctionnait très bien.

Malheureusement, sa queue aussi. Elle passa au garde-à-vous en deux secondes.

— Titania, reviens ici! Elle fit volte-face, serrant la serviette contre sa poitrine, et courut vers la porte — s'arrêtant net quand elle le vit. — Oh.

— Oui. Oh. Il regarda. Il n'aurait pas dû, mais il ne put s'en empêcher.

— Je, euh, dois m'habiller.

— Oui. Tu devrais.

— Alors, pourrais-tu, tu sais... Elle agita ses doigts.

Oui. Il savait. Mais le chien reposait sur ses pieds.

Alors il ramassa Houdini, fit demi-tour, et porta le petit jappeur — bien que maintenant elle était plutôt du genre à lécher, lapant les restes de sa douche sur son poignet — jusqu'à la cuisine.

Il prit un récipient du ragoût de bœuf de Grand-mère. La petite fauteuse de troubles allait manger comme une reine ce soir. Juste parce que...

— Oh tu n'as pas besoin de la nourrir. Elle a déjà mangé.

Une Cassidy aux cheveux mouillés arriva en courant dans la cuisine dans une robe tie-dye qui s'accrochait beaucoup trop à ces fichues courbes à son goût — enfin, ce n'était pas exactement vrai, mais la vue était trop pour lui à supporter en ce moment.

Puis elle se pencha pour ramasser le chien et la torture continua simplement alors qu'il avait une vue plongeante directe dans sa robe.

Sérieusement, quel âge avait-il? Dix-huit ans? Il devrait vraiment arrêter de la reluquer.

Mais pourquoi diable ne portait-elle pas de soutien-gorge?

Parce que tu n'as pas pensé à en prendre un pendant que tu récupérais sa lingerie.

Le grognement du chien fut un efficace appel à *se ressaisir*.

— Je suppose que le chien a d'autres idées.

— Elle a un nom, tu sais. Titania.

— Je sais. Je l'ai utilisée, tu te souviens? Dans ma chambre. Quand j'étais nue, tu te rappelles?

— Écoute, j'ai dit que j'étais désolé. Si tu avais fermé la porte à clé, ça ne serait pas arrivé. Je ne savais pas que tu étais à la maison.

— Hé, ne me rejette pas la faute. C'est chez moi. J'ai le droit de me promener nue si j'en ai envie.

— Alors pourquoi étais-tu si gênée quand je suis entré?

— Est-ce que ça t'a plu quand je suis entrée pendant que tu étais nu?

Et il s'occuperait du *pourquoi* de cette pensée plus tard.

— Écoute, Liam. Je suis désolée. Je suis désolée que mon chien soit entré dans ta chambre et je suis désolée d'être entrée pendant que tu étais nu. Ce n'est pas comme si je l'avais fait exprès.

— Alors pourquoi y a-t-il des vêtements partout dans mon garage?

— Ils ne sont pas partout. Ils sont en tas, couverts de sciure. Je ne pensais pas que tu apprécierais que je répande de la sciure dans toute ta maison.

Elle était prévenante. C'était quelque chose qu'il n'avait pas prévu. Si elle s'avérait avoir d'autres qualités, il allait avoir du mal à ignorer l'effet qu'elle avait sur lui. — Tant que tu nettoies tout, je ne peux rien dire à ce sujet.

— Eh bien, tu n'étais pas là et je ne me sentais pas d'attaque pour faire plus de nettoyage en plus de travailler sur le buffet. J'ai réparé la porte, au fait. Elle fonctionne parfaitement maintenant. Personne ne saura jamais qu'elle était cassée. Si ça t'intéresse, bien sûr.

Elle mit ses mains sur ses hanches et releva le menton et—

Ouais. Il *était* intéressé.

Chapitre Onze

Cassidy s'arrêta à l'entrée du supermarché et regarda, stupéfaite. Sérieusement? Comment était-elle censée trouver quoi que ce soit ici? La dernière fois qu'elle était allée dans une épicerie, c'était quand la nounou était malade et que le chef avait besoin de quelques articles de dernière minute. Maintenant, elle avait une liste et de l'argent liquide, et elle était censée faire correspondre la liste à l'argent.

Son éducation en pensionnat avait sérieusement manqué de compétences quotidiennes, mais elle remit derrière son oreille une mèche de cheveux qui s'était échappée de sa queue de cheval et regarda la liste que Liam avait écrite. Elle pouvait le faire. Ce n'était pas de la science de fusée. Des millions de gens le faisaient tous les jours. Elle devait le faire un jour ou l'autre ; autant que ce soit maintenant.

Elle avait soixante dollars pour les choses que sa grand-mère n'avait pas apportées. Des choses comme du lait, des œufs, du fromage, et... et elle avait failli perdre ses moyens quand elle avait lu ceci : de la nourriture pour chien.

Elle retint quelques larmes même maintenant. Elle n'allait pas pleurer. Liam, ce casse-pieds sarcastique, avait un cœur. Contrairement à son père, l'homme dont elle portait l'ADN.

C'était *à cause* de cet ADN qu'elle allait faire ça. Et elle allait le faire avec style. Papa n'allait pas la voir échouer. Elle n'allait pas se dégonfler et ramper vers lui. Ou Burton. Elle était seule. Enfin, une fois qu'elle aurait quitté Liam.

Redressant les épaules, Cassidy se dirigea vers le service clientèle. — Bonjour. Je me demandais si vous pouviez m'aider.

— Qu'est-ce qu'il vous faut? La fille derrière le comptoir ne prit même pas la peine de lever les yeux. Bien. Cassidy ne voulait pas être reconnue. Non seulement Papa aurait une autre crise, mais il saurait où elle était.

Elle se souciait plus de ce dernier point que du premier.

— Je me demandais si vous pouviez me dire où trouver de la nourriture pour chien et des œufs et du lait et...

— Les produits laitiers sont au douze. Les animaux au six.

— Je suis désolée, mais qu'est-ce que cela signifie?

La fille leva enfin les yeux et arqua un sourcil percé. — Les allées douze et six?

— Oh. D'accord.

— Hé, vous n'êtes pas quelqu'un?

L'estomac de Cassidy se noua. — Eh bien, bien sûr. Ne le sommes-nous pas tous?

La fille se redressa et tapota son stylo contre le comptoir. — Non. Je veux dire, *quelqu'un*. Comme une célébrité ou quelque chose comme ça.

Merde. Elle avait porté les vêtements les plus anti-Davenport de la pile de vêtements anti-Davenport, attaché ses cheveux et renoncé au maquillage. Elle ne ressemblait en rien à son ancien moi des pages people. — Non, désolée. Je suis juste moi.

Les lèvres de la fille se tordirent. — Eh bien, vous ressemblez vraiment à quelqu'un. Je n'arrive juste pas à trouver qui c'est.

— Allées six et douze, c'est ça? Cassidy tapota le comptoir. Merci.

Elle se dirigea d'abord vers la nourriture pour chien, puis réussit à trouver tout ce qui était sur la liste en une demi-heure. Pas mal pour une première fois. Elle pouvait le faire. Elle pouvait apprendre les choses normales et quotidiennes que la plupart de la population tenait pour acquises, mais pour lesquelles ceux du cercle de son père avaient du « personnel ».

Elle était dans la file d'attente de la caisse quand cette lueur de succès s'estompa.

— Tu as entendu parler de la fille de Mitchell Davenport?

En fait, la lueur s'effondra. Bien au-delà de *s'estomper*.

— Tu veux dire la jolie qui est toujours dans les nouvelles? Née avec une cuillère en argent dans la bouche et qui mène une vie de rêve?

L'autre femme secoua la tête. — Plus maintenant en tout cas.

Cassidy ne pouvait pas voir le visage de la femme, mais elle entendait la joie dans sa voix.

Ah. Une Hateuse. Elle en avait croisé plus d'une dans sa vie.

— Qu'est-ce que tu veux dire?

— Tiens. Regarde ça.

Les tabloïds de supermarché. Merde. La lueur de Cassidy disparut dans un *pouf* de mortification.

— Son père l'a mise à la porte. Il l'a forcée à se débrouiller toute seule.

— Il était temps. Combien de temps pensait-elle que cet homme parti de rien allait continuer à payer pour son style de vie de fêtarde? Merde, ce que je ne donnerais pas pour que mon vieux ait financé ne serait-ce que la moitié de mes virées d'adolescente. Quand même, on doit admirer une fille qui a réussi à faire payer son père pendant dix ans après l'obtention de son diplôme.

— Elle aurait dû trouver un sugar daddy pour continuer la tradition. Dans ces cercles, ça n'aurait pas dû être trop difficile.

— Suivant.

Cassidy entendait un bourdonnement dans sa tête. Elle regarda le tapis roulant, s'attendant à ce que quelque chose soit coincé pour faire ce bruit horrible, mais tout ce qu'elle vit fut la caissière qui la regardait.

— Suivant.

Oh. D'accord. Elle. Ce bourdonnement était probablement le début d'une sacrée migraine.

— La pauvre petite n'a pas pu prendre la « Benz ». Et le reporter a même réussi à prendre une photo de la voiture.

Cassidy se précipita vers la caisse, réussissant d'une manière ou d'une autre à coordonner ses mains avec son cerveau pour mettre le contenu de son chariot sur le tapis roulant, et ses doigts à fouiller dans son porte-monnaie pour les soixante dollars.

Le total s'élevait à soixante-deux euros cinquante.

Elle ne les avait pas.

Mon Dieu. Cela ne lui était *jamais* arrivé auparavant. Où était cette foutue cuillère en argent dont parlait cette femme? Elle la vendrait contre de l'argent liquide pour réaliser cette transaction.

— Bien sûr, je pourrais coucher avec un vieux type pour son argent, dit la Hateuse. Ce ne sera pas pour longtemps, tu vois ce que je veux dire ? Quelques bons orgasmes et le gars va péter un plomb et mourir sur moi. Ensuite, tout serait à moi.

— Dommage qu'on ne fréquente pas les cercles de cette fille Davenport. Je ne serais même pas difficile tant que son compte en banque aurait sept chiffres.

Cela ferait de la femme une prostituée, mais Cassidy garda sa bouche fermée. Oh, pas parce qu'elle était un être humain sage, mais si elle l'ouvrait, elle était à peu près certaine que quelque chose qu'elle ne devrait pas dire en sortirait.

Ce n'était pas qui elle était. Ce n'était pas qui étaient ses amis. Est-ce que cela arrivait dans son cercle social ? Bien sûr, mais cela ne signifiait pas que tout le monde avait la morale d'un chat de gouttière et la conscience d'une puce.

— Soixante-deux euros cinquante, s'il vous plaît. L'adolescente à la caisse fit claquer son chewing-gum.

Cassidy secoua la tête pour dissiper le brouillard des réprimandes hurlantes et se concentra sur le total. Que devait-elle faire ? Elle n'avait jamais eu à retourner de la nourriture. Pouvait-elle même le faire ? Et était-ce un retour si elle ne l'avait jamais sorti du sac ?

— Euh, pourriez-vous retirer trois des sachets de nourriture pour chien ? Titania devrait se contenter de plus de ragoût de bœuf et moins de nourriture industrielle. Le chien n'y verrait pas d'inconvénient.

La gamine, en revanche, n'était visiblement pas du même avis, roulant ses yeux lourdement maquillés et soufflant assez fort pour que ces femmes l'entendent.

Elles se retournèrent. Et l'une d'elles afficha une expression que Cassidy redoutait.

— Hé, vous ressemblez beaucoup à cette fille Davenport.

— Qui ? Moi ? Cassidy ne pouvait pas payer la caissière et récupérer les sacs sur le tourniquet assez vite. — On me le dit souvent. Ça ne me dérangerait pas d'avoir son compte en banque, cependant.

— Pas ces jours-ci, en tout cas.

— Je parie qu'elle ne peut même pas se permettre d'acheter vos courses.

C'était vrai ; elle ne le pouvait pas.

Et cela avait fait la une des tabloïds. Tous ceux qu'elle connaissait seraient au courant.

Cassidy arracha pratiquement le dernier sac du tourniquet et se dirigea vers la porte avant que les femmes n'aperçoivent ses boucles d'oreilles. Celles-ci la trahiraient à coup sûr et elle ne voulait pas avoir à s'excuser d'être née avec une cuillère en argent dans la bouche ni entendre leurs moqueries plus longtemps.

Mon Dieu, si seulement elle avait rencontré Franklin plus tôt dans sa vie. Les leçons que ses treize courtes années avaient enseignées à Cassidy valaient plus que n'importe quelle éducation dans une école privée que son père avait payée.

Elle cligna des yeux pour en chasser les larmes. Elle avait rencontré Franklin lors d'un dîner de charité pour le service pédiatrique de l'hôpital, où elle remplaçait son père. Encore une occasion pour papa de la parader en son nom.

Non pas que cela l'ait dérangée. Elle connaissait presque tout le monde et avait eu l'occasion de porter sa nouvelle robe Stella McCartney et de boire du champagne — les éléments de base de sa vie jusqu'à ce moment-là.

Puis Franklin avait été assis à côté d'elle.

Le gamin l'avait conquise en environ trente secondes et avait changé sa vie dans les trente jours suivants. Il était au stade final de son traitement sans espoir de rémission, mais il était déterminé à laisser sa marque dans le monde. Lui, qui avait toutes les raisons d'être amer et de renoncer à la vie — de son cancer à la famille qui l'avait confié aux services sociaux parce qu'ils n'avaient pas pu y faire face — avait refusé de le faire. Il allait profiter de la vie tant qu'il le pouvait, et s'attarder sur les choses négatives et mesquines de sa vie n'était qu'une perte du temps qui lui restait.

Cassidy s'était assurée de passer au moins trois fois par semaine, plus souvent à mesure que la fin approchait. Être avec lui si souvent avait mis en perspective ces choses frivoles qui gaspillaient son temps comme le shopping, les commérages et le fait d'« être vue ».

Et puis il était parti.

Cassidy se souvenait encore de la douleur comme si c'était hier. Comme si on lui avait arraché le cœur et piétiné. Comme si elle ne retrouverait jamais son souffle. La seule raison pour laquelle elle savait qu'elle y arriverait était qu'elle avait traversé les mêmes émotions lorsque maman était partie.

Mais entendre ces femmes parler d'elle — se *moquer* de ses difficultés... Dans des moments comme celui-ci, elle avait envie de céder à l'apitoiement sur soi-même et de simplement pleurer. Mais ensuite, elle se souvenait de Franklin et elle se ressaisissait et continuait. Parce que ce qu'elle devait affronter n'était pas aussi grave que ce que Franklin avait dû endurer et il n'avait pas succombé à l'apitoiement sur soi-même.

Elle non plus.

L'attitude de ces femmes, les caprices du destin, l'insidiosité de la maladie, et la vie... rien de tout cela n'était juste. C'était la façon dont elle choisissait d'y faire face qui allait la faire ou la briser. Et Cassidy, comme Franklin, n'allait *pas* se laisser briser. Elle allait s'élever au-dessus de tout ça.

Elle envoya un baiser vers le ciel — comme elle le faisait chaque fois qu'elle pensait à Franklin. Elle n'allait pas laisser sa mort être vaine.

Elle prit une profonde inspiration, chassa ces femmes de son esprit, et se dirigea vers le camion de Liam. Il le lui avait prêté pour la journée puisqu'il allait être occupé dans l'immeuble de son père. Ça avait été doux-amer quand elle l'avait déposé là-bas ce matin, mais, curieusement, il n'y avait eu aucune de la tristesse ou de la colère qu'elle aurait pensé ressentir en y retournant. C'était comme si le bâtiment appartenait à un autre lieu et à une autre époque. Une époque à laquelle elle ne voulait pas retourner.

Elle rangea ses sacs de courses à l'arrière de la cabine à quatre portes, puis grimpa à l'intérieur, se souvenant du moment où Liam l'avait aidée.

Bon sang, ça lui provoquait des frissons. C'était étrange, vraiment, comment le simple fait de penser à être près de lui, à se tenir à côté de lui, à ce qu'il la touche... cela mettait Cassidy en contact avec son côté féminin d'une manière qu'elle n'avait jamais connue avec Burton ou Carlton ou Helmsford, ou n'importe lequel des autres hommes que son père avait arrangé pour qu'elle fréquente.

Elle grimaça en mettant le camion en marche. Il y avait toujours eu un gars éligible aux réunions de son père. Un représentant d'une autre famille « bien née » pour créer la progéniture parfaite. Elle avait souvent plaisanté avec ses amies en disant que le gars qui examinerait ses dents serait celui que son père choisirait pour qu'elle l'épouse.

Burton n'était pas allé aussi loin, mais en même temps, il n'était pas allé bien loin du tout. Elle ne l'avait pas laissé faire. Elle n'avait pas ressenti le besoin d'approfondir une relation physique avec lui — un énorme panneau lumineux clignotant au néon qui indiquait qu'il n'était pas l'homme qu'il lui fallait.

Et Liam alors?

Elle évita un chariot de courses égaré qui roulait à travers le parking. Il n'y avait rien à propos de Liam. C'était un type sympa qui l'aidait — et sexy en diable — mais c'était une mesure temporaire. Un pis-aller.

Il peut combler mon vide quand il veut —

Oh, pour l'amour du ciel. Cassidy expira et donna délibérément un coup de volant vers la droite. Sérieusement? Son subconscient *devait*-il être si grossier? Si banal?

Hé, deviens grossière et banale avec Liam et tu verras si tu n'aimes pas ça.

Elle ne put s'empêcher de sourire à cette pensée. Ouais, ça serait plutôt amusant.

Mais elle avait un travail à faire et ce n'était pas de s'occuper du domestique, peu importe à quel point il était sexy. Il y avait plus dans la vie que le sexe.

Mais ça rend la vie plus douce...

Elle sortit du parking et tourna à droite sur Davenport Drive. Elle ne pouvait même pas échapper à son père *quand* elle lui avait échappé. Il y avait l'aile Davenport à la bibliothèque, les panneaux de nettoyage routier Davenport Properties, et le terrain de jeu dont elle avait essayé de faire changer le nom en Franklin's Field, mais son père avait refusé. Bien sûr. Rien n'était plus important pour son père que le nom Davenport.

Pas même sa fille.

Elle tourna rapidement à gauche dans un autre centre commercial et s'apprêtait à faire demi-tour vers la ruelle derrière — n'importe quoi pour quitter Davenport Drive — quand une devanture attira son attention.

Pawn Shoppe.

Un nom mignon pour une belle solution à ce déficit de deux cent cinquante dollars.

Elle se gara devant et entra, dévissant les fermoirs de ses boucles d'oreilles en marchant.

Liam relut l'entrefilet dans le journal sous une photo de Cassidy dans une robe de soirée époustouflante sur les marches en marbre d'un restaurant chic.

LA PRINCESSE DEVIENT PAUVRE

La mondaine locale, Cassidy Davenport, apprend que l'herbe de l'autre côté de la clôture est bien moins verte que les pelouses professionnellement entretenues de sa résidence de luxe et de son country club ces jours-ci.

Une source interne rapporte que le père de Mlle Davenport, l'entrepreneur renommé Mitchell Davenport, l'a expulsée de son penthouse, la forçant à chercher un emploi parmi les masses.

Ses amis disent avoir parlé à Mlle Davenport pour la dernière fois hier matin avant l'expulsion. Personne n'a eu de ses nouvelles depuis, ce qui soulève des questions sur ce que son père a encore pu couper de son style de vie. Aucune déclaration n'a été faite depuis le siège de Davenport Properties dans le quartier des affaires du centre-ville.

Est-ce la vérité ou simplement un autre coup de pub de l'homme que beaucoup appellent le Limier de l'Enfer pour son sens du marketing et son style entrepreneurial?

Et si ce n'est pas le cas, comment Mlle Davenport va-t-elle relever ce défi? Où va-t-elle vivre? Que va-t-elle faire? Et sera-t-elle aussi élégante que sur cette photo prise lors du Salon d'art Todd Best l'automne dernier?

Sacrés vautours. Une insulte de plus que Cassidy devait endurer. Une insulte publique, qui plus est. Pauvre femme.

Oui, il avait de la peine pour elle. Il ne le devrait probablement pas, étant donné que la vie dans un bocal s'accompagnait aussi de millions, de voitures de luxe et de vacances somptueuses, mais il avait vu à quel point les actions de son père l'avaient blessée. Maintenant, elle devrait les endurer à nouveau, cette fois en sachant que tout le monde était au courant.

Il espérait de tout cœur qu'elle était rentrée chez elle et n'était pas allée faire les courses après l'avoir déposé ce matin, et qu'elle avait complètement manqué cette nouvelle. Peut-être pourrait-il la concentrer tellement sur la peinture qu'elle ne l'apprendrait que lorsque le battage médiatique serait retombé.

Puis il regarda à travers le pare-brise et cette théorie vola en éclats.

Cassidy était bel et bien dehors — et se dirigeait vers un mont-de-piété.

Voyant ses doigts manipuler les pierres à ses oreilles, il avait une bonne idée de la raison, mais cette femme allait se faire arnaquer et dépouiller de chaque centime qu'elle n'avait pas. Aller au mont-de-piété n'était pas comme aller chez un bijoutier. Non pas qu'un bijoutier offre les meilleurs prix — comme il l'avait découvert en essayant de rendre le bracelet qu'il avait acheté à Rachel. Il n'avait pas récupéré près de ce qu'il avait payé, mais au moins cela l'avait tenu à l'écart des monts-de-piété.

— Tourne à droite, Jake, dit-il à son pote qui conduisait. Jake travaillait sur un chantier à proximité et ils avaient décidé d'aller déjeuner ensemble.

— Merci. Je me débrouillerai pour le retour. Il fourra le journal sous son bras et sortit du pick-up de Jake avant même qu'il ne s'arrête, courant vers la porte du mont-de-piété environ trente secondes après Cassidy.

Il arrivait presque trop tard.

— Combien me donneriez-vous pour celles-ci? Cassidy était au comptoir.

— Hé. Il posa sa main sur la paume ouverte de Cassidy où les deux morceaux de diamant brillaient sous l'éclairage fluorescent, tandis que Vito bavait dessus. Probablement la première fois de la vie de Cassidy qu'un homme bavait sur autre chose qu'elle quand elle était dans la pièce, mais Vito avait le sens des affaires. *Ses* affaires. Et il n'était pas dans les affaires pour faire faire du profit aux autres, c'est pourquoi c'était le dernier endroit où Liam voulait la voir.

— Liam? Que fais-tu ici? Elle referma ses doigts sous sa paume. Les diamants, pour le moment, étaient en sécurité.

— Je t'ai vue entrer ici et je voulais m'assurer que tu ne fasses pas d'erreur.

Oups. Mauvais choix de mots. La princesse devint encore plus glaciale que les pierres dans son poing.

— Je ne fais *pas* d'erreur. Je sais ce que je fais.

— Non, tu ne sais pas. Tu ne veux pas vendre ça à Vito.

— Eh bien, bien sûr que non. Je vais les mettre en gage.

— Tu ne veux pas faire ça non plus.

— Eh, Manley. Mêle-toi de tes affaires, mec. Je ne te dis pas comment faire ton boulot. La testostérone de Vito monta en flèche.

— Calme-toi, Vito. Tu ne prendras pas ses diamants.

— Putain, bien sûr que si. Si elle vend, et si c'est ce qu'elle dit que c'est, j'achète.

— Elle vient de dire qu'elle ne vendait pas.

Le doigt de Vito, gros comme une saucisse, faillit claquer le nez de Liam. — Je t'aime bien, Manley. Tes frères aussi. Et ta sœur... Vito n'avait pas besoin d'en dire plus pour que Liam comprenne ce qu'il pensait de sa sœur. — Mais c'est du business. Alors tu te casses ou je vais devoir appeler mes gars. Tu ne veux pas que j'appelle mes gars.

Non, Liam ne le voulait pas. Il regarda Cassidy. — On peut en parler avant que tu ne le fasses, s'il te plaît?

— Pourquoi? Tu n'es pas mon patron.

— En fait, techniquement, je le suis. Et tu es en service, donc tu ne devrais pas être ici. Je pourrais te virer.

Ses yeux se plissèrent et il se prépara au combat. Il arqua un sourcil.

Elle le regarda, puis regarda Vito. Elle retira sa main de sous la sienne et examina les boucles d'oreilles pendant quelques secondes.

Puis elle referma ses doigts dessus et les fourra dans la poche de son short. — D'accord, que veux-tu dire?

Il regarda Vito. — Pas ici. Il saisit son bras. — Allons dehors.

— Putain de merde, marmonna Vito entre ses dents, secouant la tête en se dirigeant vers son arrière-boutique. Le saint des saints qui abritait probablement quelques millions à tout moment, ainsi que les armes de prédilection de Vito. Sa boutique avait beau être située dans le quartier chic, avec son nom embelli d'un « pe » supplémentaire à la fin, il n'en restait pas moins que c'était l'établissement de Vito et que parfois, ses affaires n'étaient pas toujours si reluisantes. Ni amicales. Ni légales. Ni les trois à la fois.

Liam la conduisit dehors vers son camion. C'était la dernière fois qu'il lui confiait les clés. Il s'était inquiété d'un accident, sans jamais penser qu'elle était un accident ambulant attendant simplement d'entrer dans la bonne *shoppe*.

— Alors, qu'as-tu à dire, Liam? Elle fit volte-face au beau milieu du parking.

— Pourrions-nous, euh, aller quelque part de moins public?

Elle regarda autour d'elle et écarta largement les bras. — Tu veux de l'intimité dans un parking? Bonne chance avec ça.

— C'est toi qui as besoin de chance. Liam faisait de gros efforts pour garder son calme. Il n'avait pas mauvais caractère ; en général, il n'avait *aucun* caractère. Il était le frère facile à vivre.

Mais pas cette fois.

— Très bien, Cassidy. Étalons ton linge sale en public. Les gros titres de ce matin sur ton expulsion de chez toi ne suffisent pas, c'est ça?

— Ne me dis pas que tu lis ces torchons. Tout le monde sait que ces trucs ne sont pas vrais.

— Des torchons? *Le Herald* n'est pas un torchon.

— *Le... Le Herald*? C'est paru dans *Le Herald*? Son visage devint blême.

— Tu ne savais pas. Merde. Ce n'était pas comme ça qu'il aurait voulu qu'elle apprenne que sa photo était en première page du quotidien avec bien plus qu'une simple légende en dessous. Bon sang, il aurait préféré lui éviter de l'apprendre tout court, mais Mitchell Davenport était un grand nom dans cette ville et ce qu'il faisait ou disait faisait la une des journaux.

Il aurait aimé savoir comment le journaliste avait obtenu ses infos. Était-ce Marco? Le gars avait l'air si innocent, mais peut-être avait-il besoin de l'argent qu'une histoire juteuse comme celle-ci rapporterait.

— Tu es sûr que c'est dans *Le Herald*? Pas seulement dans les tabloïds?

Liam lui saisit le bras. — Écoute, peu importe où c'est paru. Le fait est que tu étais sur le point de vendre ton âme et ces diamants au diable.

— Je ne les vendais pas. Je te l'ai dit, je les mettais en gage.

— C'est du pareil au même. Si tu n'as pas les cinq mille dollars qu'il te donnerait pour ça - *si* tu as de la chance d'avoir ça - maintenant, qu'est-ce qui te fait croire que tu les auras quand le paiement sera dû? Sans parler des intérêts qu'il te facturera si tu es en retard. Es-tu prête à perdre ces boucles d'oreilles juste pour me prouver que tu sais ce que tu fais?

Une myriade d'émotions traversa le visage de Cassidy et Liam n'était pas sûr de ce à quoi s'attendre lorsqu'elles se cristalliseraient enfin en une réaction définitive.

— S'il te plaît, dis-moi que ce n'est pas en première page.

Merde merde merde.

— Cass, n'y pense plus. Oublie ce que j'ai dit.

— Liam, *dis-le*-moi.

Où était ce courage quand son père la mettait à la porte? Si elle l'avait eu à ce moment-là, elle ne serait pas dans cette situation et il pourrait laisser ce foutu boulot derrière lui quand il rentrait le soir. Mais non ; il était replongé dans le chaos que les Davenport avaient semé dans sa vie dès qu'il franchissait la porte de chez lui.

Il ouvrit la porte de la cabine de son camion. — Monte et je te montrerai.

Il attendit qu'elle grimpe. Elle était peut-être en colère à cause des gros titres, mais quand cette brume de colère se dissiperait, elle lui serait reconnaissante de ne pas l'avoir laissée à découvert où n'importe qui aurait pu la voir. Une femme devrait avoir son intimité pour ce qui allait suivre.

Il sortit le journal de sous son bras. — Tiens.

— Fils de pute.

Il ne pensait pas qu'il était possible que son visage devienne encore plus pâle.

Elle lui prouva le contraire en lisant l'article. — Oh mon Dieu. Ce fils de pute. Elle laissa tomber le journal sur ses genoux. — Et j'étais sur le point de... Elle regarda en arrière vers la boutique de Vito.

— Ouais. Tu étais sur le point de révéler à Vito exactement qui tu étais. Dès qu'il l'aurait su, il aurait compris pourquoi tu as besoin d'argent et aurait ajusté son prix en conséquence. C'est comme n'importe quelle négociation ; tu veux être en position de force. La connaissance, c'est le pouvoir, et dès que Vito sait que tu es désespérée, c'est le moment où il va te sous-évaluer. Et maintenant que je t'ai sortie de là... Il voulait retourner à l'intérieur et menacer Vito de garder sa grande gueule fermée, mais ça n'aurait fait qu'envoyer Vito plus vite vers les tabloïds. — Vito cherche à faire du fric par tous les moyens possibles.

Elle cligna des yeux plus rapidement et fixa quelque chose à travers le pare-brise, mais elle ne dit rien.

Il attendait les larmes. Elles viendraient ; elles venaient toujours. Rachel était passée maître dans l'art de retenir ses larmes et de le regarder avec ces grands yeux larmoyants, et il fondait...

— Alors. Cassidy expira et, à la surprise de Liam, elle s'éclaircit la gorge, *ne pleura pas*, et lui fit face. — Que me suggères-tu de faire? Ce n'est pas comme si je pouvais espérer vendre des boucles d'oreilles à trente mille dollars en ligne et en tirer un montant décent.

Il lui fallut une seconde pour s'adapter à son changement. Elle allait de l'avant. Sans se complaire dans le bourbier de douleur et de colère qu'elle devait ressentir.

Bon sang, cette femme pouvait le surprendre.

— Pourquoi ne pas essayer? Les gens vendent des voitures ; pourquoi pas des bijoux? Je suis sûr que tu n'es pas la première. Trente *mille*? Elle avait trente mille dollars pendus à ses oreilles et elle profitait de lui? — Tu sais, trente mille, ce n'est pas rien. À moins que ce ne soit en mouchoirs en feuilles d'or. — Tu n'as pas besoin de travailler pour moi.

— C'est *si* je peux les obtenir, Liam. Est-ce que les gens ont juste trente mille dollars qui traînent pour faire du shopping en ligne?

— Bon point. Ceux qui pouvaient se permettre les boucles d'oreilles n'allaient probablement pas en ligne pour le faire. Ils iraient voir leur joaillier personnel. Probablement conduits par leur chauffeur personnel. Après avoir déjeuné dans leur club. Sur un yacht.

D'accord, l'amertume commençait à le ronger. La défection de Rachel aurait pu ébranler son estime de soi s'il avait été ce genre de type, mais ce n'était pas le cas. Il réussissait bien dans la vie et si cela n'avait pas été suffisant pour Rachel, eh bien, tant pis, elle n'était pas assez bien pour lui. Il n'avait pas besoin d'un yacht. Il n'avait pas besoin d'un club. Il avait juste besoin de ses amis, de sa famille et que son entreprise prospère. L'argent, si important pour les Rachel et les Mitchell Davenport de ce monde, n'était pas tout pour lui.

— Tu les accepterais comme paiement?

— Des boucles d'oreilles? Qu'est-ce que je vais faire avec des boucles d'oreilles en diamant? Je ne suis pas un gars à bijoux.

— Non, je veux dire, tu pourrais les prendre et les vendre, et on serait quittes?

— Tu es prête à me donner des boucles d'oreilles à trente mille dollars en échange du gîte et du couvert? Et je peux garder tout ce que je gagne sur la vente? Il leva un sourcil. Sérieusement, Cassidy, tu ne t'en sortiras jamais toute seule si c'est comme ça que tu opères.

— Je... Elle se cala contre le siège et croisa les bras.

Liam pouvait voir les mots qui bouillonnaient sur ses lèvres, prêts à sortir, mais il avait raison et elle le savait. Certes, il prendrait les bijoux et ferait un joli profit, mais il n'avait pas besoin de ce tracas. Il ne manquerait plus que Davenport les déclare volés et Liam se retrouverait à répondre à un tas de questions derrière les barreaux. Ces trente mille dollars disparaîtraient en un clin d'œil s'il devait engager des avocats pour lutter contre l'armada de Davenport.

— Tu as raison. Je devrais les vendre parce que je ne reviendrai jamais maintenant. Elle se redressa un peu dans son siège. Mais je n'ai aucune idée de comment faire. Tu veux bien m'aider?

Il voulait dire non. Voulait qu'elle le fasse toute seule, mais il y avait tellement d'inquiétude et d'espoir dans ses yeux qu'il se sentirait comme le plus grand crétin du monde s'il ne l'aidait pas. Naviguer dans le système d'enchères en ligne pouvait être difficile si on n'y était pas habitué, et il parierait les trente mille dollars que Cassidy Davenport n'avait jamais rien acheté en ligne. Pourquoi l'aurait-elle fait quand il lui suffisait d'appeler le bijoutier et de brandir le nom de Papa? Les articles arrivaient probablement, livrés en main propre, l'après-midi même, dans des boîtes roses capitonnées avec des nœuds brillants autour.

— Ouais. D'accord. Au moins, je récupérerai mon argent.

— Ne t'inquiète pas, Liam. J'ai l'intention de te payer pour tout.

Il n'avait pas voulu être si brusque. Il n'était pas sans cœur et elle traversait un tas de merdes. Peut-être pas son idée de la merde — des options de repli à trente mille dollars étaient difficiles à ignorer — mais c'était de Cassidy dont il parlait. Elle n'était pas habituée à ce genre de choses.

Et voilà que tu recommences à vouloir prendre soin d'elle...

— Et je vais nettoyer ta maison si bien que tu pourras manger par terre.

— C'est bon, je m'en tiendrai à la table, mais vas-y, montre-moi ce que tu sais faire.

— J'en ai bien l'intention. Elle froissa le journal et regarda par la fenêtre, marmonnant quelque chose qui ressemblait fort à : Toi *et* mon père.

Cassidy n'avait jamais travaillé aussi dur de sa vie.

Il avait *fallu* qu'elle ouvre sa grande bouche. Il avait *fallu* qu'elle lui dise qu'elle lui montrerait de quoi elle était capable.

En ce moment, elle se sentait comme une nouille molle et un torchon mouillé.

Elle jeta ledit torchon mouillé par-dessus son épaule, grimaçant lorsqu'un filet d'eau sale et chargée de produits chimiques coula le long de son t-shirt. L'eau de javel allait laisser une marque.

Tant pis, ce n'était pas comme si elle allait porter ce t-shirt à nouveau de sitôt. Elle l'avait déchiré sur la tringle à rideaux en battant la poussière des rideaux, puis coincé dans la porte du four, laissant une trace de graisse en plein milieu.

— Yip! Yip! Titania sautait à nouveau contre ses genoux...

Et laissait des traces de pattes sales sur le carrelage beige.

— Titania, qu'est-ce que tu fais?

Elle jeta le torchon dans l'évier et souleva la chienne — voilà des traces de pattes sur le t-shirt qu'elle ne porterait plus jamais. Le petit chien lui lécha le nez.

— Quoi? Où as-tu attrapé cette saleté sur tes pattes?

Titania la lécha à nouveau.

— Je t'ai ignorée, n'est-ce pas?

Cassidy prit une serviette en papier humide, puis s'assit sur le bord du canapé en cuir dans le salon de Liam et nettoya les pattes de Titania. Il appelait probablement cette pièce un grand salon puisque c'était la seule pièce de ce genre dans l'appartement. Pas de salon formel par opposition à une salle familiale, mais en même temps, il n'avait pas de famille.

Elle non plus, apparemment.

Quel genre de père les vendait? Sérieusement. Quel fils de pute.

Mais ça avait mis son nom dans les journaux, n'est-ce pas? Et ça l'avait mise sous pression.

Mais son père ne la connaissait pas aussi bien qu'il le pensait s'il croyait que l'humiliation publique la ramènerait dans le droit chemin. Au contraire, cela la rendait encore plus déterminée à réussir.

Elle vérifia le téléphone prépayé pour lequel elle avait emprunté de l'argent à Liam. Une dette de plus envers lui. Mais, sérieusement, elle ne pouvait pas vivre sans téléphone. Ne serait-ce que pour savoir l'heure qu'il était.

— Hé, Cass, je suis rentré. Qu'est-ce qu'on mange?

La voix de Liam résonna dans la grande pièce, faisant courir des frissons le long de sa colonne vertébrale.

— Manger?

Elle était trop fatiguée pour même prendre la peine de lui dire qu'elle détestait ce surnom.

— Tu sais, le repas qui vient à la fin d'une longue journée quand quelqu'un est sorti gagner sa vie pendant plus de huit heures et que quelqu'un d'autre est resté à la maison pour entretenir le feu du foyer.

Le sourire mignon qu'il arborait atténuait le piquant de ses paroles.

Elle essaya de lui rendre son sourire en passant son bras sur son front.

— Pas de feu ici. Je suis déjà assez en sueur comme ça.

Pendant un battement de cœur, il n'y eut aucun bruit dans la pièce. Même Titania semblait avoir arrêté de respirer.

Puis Liam s'éclaircit la gorge.

— Eh bien, heureusement, puisqu'il fait déjà assez chaud dehors. Je suppose que ça veut dire que je vais nous chercher quelque chose que ma grand-mère a préparé. Ça te va?

— Je n'ai pas faim.

— Conneries. Tu as eu une journée de merde et tu n'as pas arrêté. Je suis sûr que tu t'es creusé l'appétit.

Il lui fit signe d'approcher.

— Allez. Tu dois manger. Assieds-toi ; je m'en occupe.

Elle aurait vraiment aimé qu'il ne soit pas si gentil avec elle. Pourquoi lui? Il ne la connaissait même pas et il n'avait aucun lien de parenté avec elle.

Oh, non. Elle n'allait pas aller par là. Elle n'allait *pas* s'apitoyer sur son sort ou remettre en question sa valeur personnelle. C'était son père qui avait un problème — beaucoup, apparemment — pas elle.

Cassidy s'assit au comptoir du petit-déjeuner, l'épuisement et la culpabilité se livrant bataille tandis que Liam réchauffait deux — non, trois — bols de ragoût de bœuf.

Titania était assise à ses pieds, l'adorant comme s'il était un dieu, la petite gloutonne.

Bien sûr, elle-même ne put s'empêcher de lui adresser un sourire reconnaissant lorsqu'il déposa le bol devant elle avec un bon morceau de pain français croustillant qui était apparu comme par magie.

— Je me suis arrêté au magasin en rentrant. J'ai pensé que ça irait bien avec le ragoût.

Il avait raison, mais Cassidy ne put le lui dire car elle avait déjà arraché un morceau, l'avait trempé dans le ragoût et savourait la saveur avant qu'il n'ait fini de parler. Sa grand-mère était un ange. Quiconque pouvait cuisiner comme ça — en dehors d'un restaurant haut de gamme — était divin.

Son père ferait une crise s'il pouvait la voir maintenant. En sueur, dans des vêtements déchirés, léchant le ragoût sur ses doigts.

Cassidy sourit. Tant mieux.

— Qu'est-ce qui te fait sourire comme ça? On dirait que tu es sur le point de conquérir le monde.

Cassidy suça la sauce sur ses doigts puis les essuya sur la serviette que Liam lui tendit.

— J'y pense.

— Alors tu as vendu les boucles d'oreilles?

— Euh, non. Je n'y ai même pas pensé, en fait. J'ai été trop occupée depuis que je suis revenue ici.

— Combien as-tu réussi à faire?

— Il reste encore le loft et la salle de bain à l'étage à faire. Je finirai demain.

— Juste à temps pour le prochain projet : le garage.

— Le garage? Personne ne nettoie un garage.

— On *vide* les garages, mais je parlais de la pièce au-dessus. Je prévoyais d'en faire une salle de sport, mais ça a fini en débarras. Si tu la vides et l'organises pour moi, je monterai mon équipement du sous-sol pour qu'on ait une salle de gym.

Il voulait qu'elle l'organise? Avait-il *vu* ses placards?

— Il y a un sous-sol?

Liam pointa du doigt la porte près de sa chambre.

— Où pensais-tu que cette porte menait?

Elle avait eu peur de regarder. Après toute cette histoire de nudité, elle se tenait loin de sa chambre. Ça allait être un véritable enfer de devoir la nettoyer à nouveau.

Avec un peu de chance, ses ventes ou la vente des boucles d'oreilles se concrétiseraient, et elle serait partie avant d'avoir à le faire.

— J'espérais pouvoir travailler sur le buffet demain.

— Et moi j'espérais pouvoir faire la grasse matinée, mais nous avons tous les deux du travail à faire.

— Liam, ta maison n'est pas si sale. Tu vis seul ; à quel point peux-tu être bordélique?

Il arqua de nouveau son sourcil et, bon sang, cela la déconcentra. Cet homme était vraiment magnifique, avec ses cheveux noirs qui refusaient de rester plats sur sa tête mais l'encerclaient dans un *abandon passe-moi-la-main-dedans* qui lui donnait envie de faire exactement ça.

— On avait un accord, Cassidy. Tu ne reviens pas sur tes engagements, n'est-ce pas?

Il fallait qu'il le formule ainsi. — Bien sûr que non. Mais ce n'est pas une si grosse affaire que tu le laissais entendre.

— Alors c'est à ton avantage, non?

Zut. Il avait raison. Il ne lui devait rien ; il voulait que sa maison soit propre. Elle devait organiser ses affaires personnelles autour de ça.

Si seulement elle avait mieux planifié avant de parler à son père.

Elle ravala sa frustration et acquiesça. — Tu as raison. Je m'occuperai du garage demain.

— Merci. J'ai envie de rendre la salle de sport opérationnelle. Et n'hésite pas à utiliser l'équipement une fois qu'il sera installé.

Était-ce mal que son esprit se soit immédiatement tourné vers les abdos en béton qu'elle avait aperçus? Vers les biceps qui tendaient les manches de son t-shirt? Le pantalon qui moulait des cuisses bien dessinées? De quoi cet homme avait-il besoin d'une salle de sport? Et avec ce qu'elle avait entrevu lors du fiasco post-douche, elle pouvait en parler en connaissance de cause.

Comment serait-ce de faire l'amour avec Liam, un homme si masculin qu'il pourrait être la publicité pour la testostérone?

Cassidy faillit s'étouffer avec son ragoût. Elle ne devrait pas avoir de telles pensées. Elle n'était pas là pour jouer à la petite maison, juste pour la nettoyer.

Titania slurpa son repas, puis se dressa sur ses pattes arrière, tournoyant comme une ballerine à côté de la chaise de Liam. Il ne lui manquait qu'un tutu — et elle en avait un, mais malheureusement, il était resté à l'appartement.

— On dirait que tu as une admiratrice. Cassidy fit un signe de tête vers sa chienne qui était pratiquement apoplectique de bonheur, sa petite langue entrant et sortant de sa bouche avec excitation.

— Tant qu'elle n'essaie pas de sauter dans mon lit ce soir, ça me va.

Cassidy garda sagement sa bouche fermée parce qu'elle venait de décider que ce ne serait pas une bonne idée.

Alors, elle prit son bol et slurpa le reste du ragoût, le bloquant efficacement de sa vue. Elle avait besoin de distance.

Heureusement, Liam se dirigea vers sa chambre après avoir mis son bol et celui de Titania dans l'évier. — Je vais prendre une douche puis revoir quelques papiers. Je resterai dans ma chambre si tu veux regarder la télé dans le salon.

Regarder la télé? Elle ne pensait pas pouvoir garder les yeux ouverts assez longtemps. Et elle qui croyait que le shopping était épuisant. Rien ne se comparait au travail manuel. Elle se sentait mal de ne pas avoir insisté pour que Sharon prenne l'intégralité de sa grossesse en congé. Devoir nettoyer tout en portant un enfant...

Pendant un instant, quelque chose remua dans l'estomac de Cassidy. Un bébé. Elle avait pensé en avoir un jour — l'héritier requis pour quelle que fusion dynastique que son père aurait finalement sanctionnée — mais pour une raison quelconque, la réalité d'en avoir un ne l'avait jamais frappée jusqu'à ce moment précis. Elle pensa à la façon dont Sharon se caressait toujours le ventre. Elle caressait son enfant. Y pensant, s'inquiétant pour lui, l'aimant. Cassidy l'avait même entendue lui parler à quelques occasions.

Rien de tout cela n'avait semblé réel. C'était un concept aussi étranger pour elle que, eh bien, que de vendre des boucles d'oreilles en diamant en ligne ou de nettoyer la maison de quelqu'un. Maman n'avait eu aucun problème à filer loin d'elle, et Papa la gardait juste pour son image, donc ce n'était pas comme si les enfants étaient quelque chose qu'elle avait l'habitude d'attendre avec impatience.

Mais pour une raison quelconque, être ici, dans la maison de Liam, à nettoyer ses affaires — un travail si personnel qu'elle ne pouvait s'empêcher de penser à des choses personnelles — l'idée d'un enfant, *son* enfant, devint soudainement réelle.

Tout comme la question du père de l'enfant.

— Tu veux garder un œil sur ce petit sac à poussière? Liam revint dans la cuisine à environ quinze centimètres du tabouret de bar sur lequel Cassidy était encore perchée, Titania jappant à ses talons et dansant à nouveau comme une ballerine. — Elle m'a suivi là-bas.

Chienne intelligente.

Cassidy se pencha pour ramasser ladite génie, cachant le fait qu'elle pensait à *là-bas*. À ce qu'elle avait vu la dernière fois qu'elle avait été *là-bas*. Ce que *lui* avait vu...

Non. Elle n'allait pas penser à s'impliquer avec Liam. Cela rendrait cette situation gênante. Cela pourrait même la faire mettre à la porte si les choses se passaient mal. Et il n'y avait aucune garantie que *lui* pensait dans la même direction de toute façon, donc c'était inutile d'aller par là. Dans quelques (courtes, elle l'espérait) semaines, Liam et cet endroit seraient un lointain souvenir.

Tu n'y crois pas vraiment, n'est-ce pas?

Elle le devait. Elle devait croire qu'elle passerait à autre chose à partir d'ici dans sa nouvelle vie. Elle devait croire en elle-même.

Parce qu'il n'y avait personne d'autre qui le ferait.

Elle cala Titania contre sa hanche. Elle n'allait *pas* s'apitoyer sur son sort. Tant de gens avaient la vie plus dure qu'elle. Aujourd'hui était le deuxième jour du reste de sa vie, et même si elle l'avait passé à nettoyer, elle avait maintenant tout un monde de possibilités qui s'ouvrait à elle. Tout ce dont elle avait besoin était le courage de le saisir.

Eh bien, ça et de l'argent.

— Tu sais quoi? Je crois que je vais commencer le garage. Comme ça, je pourrai commencer à peindre plus tôt.

Elle *allait* le faire. Elle montrerait à son père de quoi elle était capable.

Et à elle-même aussi.

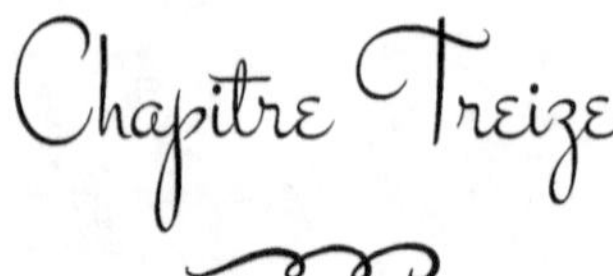

Liam n'arrivait pas à dormir. Cela ne devrait pas le surprendre, étant donné qu'il partageait sa maison avec son pire cauchemar : une fille à papa sexy en diable.

Qui n'était pas la gamine égoïste et gâtée qu'il avait imaginée.

Cette dernière partie était pire pour son équilibre que la première. La première, il pouvait gérer. La seconde...

Il avait très peu de défenses contre la seconde. Cassidy Davenport ne s'avérait pas être comme il l'avait pensé. Et c'était cela qui le tenait éveillé cette nuit.

Définitivement éveillé.

Il repoussa les couvertures et s'assit au bord de son lit, ses orteils s'enfonçant dans la moquette. Il ne voulait pas prendre une autre douche. Surtout pas une froide. Pas à — il grimaça en jetant un coup d'œil à son téléphone — trois heures du matin. Bon sang!

Il se gratta l'arrière de la tête, créant une coiffure encore plus ébouriffée qu'elle ne l'était déjà. Pas qu'il s'en souciait. Le mieux pour lui serait d'être si repoussant que Cassidy ne lui accorderait pas un second regard.

Malheureusement, il l'avait surprise à le regarder bien plus de deux fois. Ce qui ne faisait qu'ajouter à ce cauchemar.

Il se leva. Pas la peine d'essayer de se rendormir. Pas sans prendre les choses en main, pour ainsi dire, et combien c'était pathétique? Une belle femme dans la pièce d'à côté et lui se masturbait tout seul. Hors de question.

Il pourrait boire une bière.

Il enfila son short, mit un t-shirt, des choses qu'il n'avait jamais faites quand il vivait seul, mais il ne voulait prendre aucun risque de tentation avec elle dans les parages, puis se dirigea vers sa cuisine.

Seulement pour entendre deux petits ronflements émanant du canapé dans le salon.

La princesse et son cabot s'étaient endormis là.

Fais demi-tour et retourne dans ta chambre. Maintenant.

C'était un conseil sage. Un bon conseil. Le meilleur pour le moment.

Alors pourquoi l'ignorait-il?

Parce que la curiosité l'emportait.

Oh, ouais, bien sûr. La curiosité. C'est le dernier terme à la mode pour désigner la libido ces jours-ci?

Il n'en savait rien. Ça faisait un moment qu'il n'avait pas fait l'amour.

C'est une partie de ton problème. Va trouver une nana et défoule-toi. Comme ça tu ne remarqueras pas comment le doigt de Cassidy repose sur sa lèvre inférieure dans son sommeil. Comme ses cheveux sont ébouriffés, si doux et soyeux qu'ils glisseraient sur la peau d'un homme, provoquant des frissons sur leur passage. Ou à quel point sa peau est souple et douce. Ses jambes, si parfaitement galbées alors qu'elles se replient contre elle dans son sommeil — et qui s'enrouleraient autour de toi quand elle serait éveillée. Ses chevilles délicates se croiseraient derrière tes fesses et elle t'inciterait à la pénétrer, plus profondément et —

Merde.

Ouais, c'est l'idée générale, Einstein.

Liam trébucha presque hors du salon avant de faire quelque chose qu'ils regretteraient tous les deux.

— Yip.

Évidemment que le chien se réveillerait. Génial.

— Chut, fit-il en levant la main.

Et bien sûr, le chien n'écouta pas. Et il n'allait *certainement* pas rester en place.

Il se tortilla hors des bras de Cassidy et bondit vers lui, sa langue rose battant aussi vite que sa queue, et un autre *yip* excité faisant exactement ce que Liam ne voulait pas faire.

Cassidy se réveilla.

— Quoi...?

Elle repoussa sa chevelure ondulée de son visage en se redressant, et elle s'emmêla sur ses épaules comme s'il avait passé une bonne partie de la nuit à y passer ses doigts.

Ce qu'il avait vraiment envie de faire.

— Euh. Il s'éclaircit la gorge. Désolé. Je, euh, n'arrivais pas à dormir. Je suis sorti boire un verre. Je ne savais pas que toi et la serpillière étiez endormis ici. Le chien est, euh, un bon chien de garde.

— Titania?

Cassidy passa ses doigts dans ses cheveux, ce qui ne fit qu'augmenter son envie de le faire lui-même. Il y avait quelque chose dans les cheveux en désordre d'une femme qui l'appelait à la rendre aussi sauvage et abandonnée que possible.

Dieu, qu'il en avait envie. Maintenant. Ici même. Avec elle exactement comme ça.

Il était dans de beaux draps.

Le chien lui sautait sur la jambe, ses ongles roses un peu trop pointus à son goût.

Maintenant, si c'étaient ceux de Cassidy, griffant son dos —

— Je, euh, vais juste prendre une bière et, euh, retourner dans ma chambre.

Ne lui demande pas de venir avec toi.

— Tu en veux une?

Oh, encore mieux. Continue le contact, génie. Tu as une sacrée façon d'éviter la tentation.

— Pas une bière, non.

Elle se frotta le visage et même sans maquillage, elle était belle. Non, elle était carrément magnifique. La quintessence de la fille d'à côté avec la sensualité d'un mannequin Victoria's Secret ajoutée juste pour lui rendre la vie misérable.

Elle le suivit dans la cuisine.

— Mais si tu as du jus d'orange, je veux bien. Ou de la canneberge?

— J'ai les deux. Il posa les bouteilles et un verre sur le comptoir. Choisis.

Elle tapota la bouteille de jus d'orange en se glissant sur le tabouret de bar avec le mouvement le plus félin qu'il ait jamais vu quelqu'un faire pour s'asseoir à un bar. Il aurait juré que c'était intentionnel si le bâillement qui l'accompagnait n'avait pas dû annuler la sensualité.

Il renversa du jus d'orange sur le bord de son verre en le remplissant. Cassidy ne *pouvait pas* défaire la sensualité. Bon sang, cette femme était une pin-up ambulante.

Qui rotait comme un des gars.

— Oups. Excusez-moi.

Elle couvrit sa bouche et rougit jusqu'à la racine des cheveux en reposant le verre de jus qu'elle avait englouti sur l'îlot.

Liam rit.

— J'ai entendu dire que c'est un compliment au cuisinier dans certains pays.

Il obtint le sourire qu'il espérait.

— Je ne savais pas que *tu* avais pressé les oranges.

— Hé, c'est un travail difficile de soulever ces bouteilles. Il fléchit son biceps. Ça demande beaucoup de muscle.

— Eh bien, mes respects au leveur de bouteilles.

Elle leva son verre et le secoua.

— Une chance que je puisse avoir un deuxième round?

— Et risquer un autre moment d'indignité?

Elle haussa les épaules et cela fit cascader ses cheveux sur ses épaules.

— C'est un risque que je suis prête à prendre.

Mais le serait-elle si elle savait à quel point il était proche de la hisser sur l'îlot et de leur faire oublier à tous les deux à quel point ils avaient soif de boissons, et de découvrir à quel point ils avaient soif l'un de l'autre?

Qu'est-ce qui n'allait *pas* chez lui? N'avait-il *rien* appris de Rachel?

Sauf qu'elle n'est pas Rachel et tu le sais. Continue d'agiter le drapeau Rachel, mais ce n'est pas pour ça que tu restes loin de Cassidy. D'ailleurs, pourquoi restes-tu loin de Cassidy? Elle n'est en rien comme Rachel — pas là où ça compte. Pourrais-tu imaginer Rachel nettoyant ta maison sans se plaindre? Rachel essayant de lancer une entreprise? Rachel renonçant à l'argent facile en épousant l'héritier présomptif de son père? Rachel portant les vêtéments de Cassidy ou dormant sur un canapé? Vendant des boucles d'oreilles en diamant?

Pas la moindre chance.

Tu es dans de beaux draps, Manley, parce que le seul argument que tu as contre Cassidy s'estompe. Alors maintenant, qu'est-ce que tu vas faire?

Il allait lui verser un autre verre de jus d'orange, ce qu'il fit, puis retourna au frigo pour ranger les bouteilles. Et, ouais, peut-être juste profiter du froid un moment pour se rafraîchir.

Il prit la bière qu'il avait oubliée et en dévissa le bouchon, prenant une plus grande gorgée que d'habitude.

Venir dans la cuisine n'avait pas été une bonne idée. L'*inviter* à venir avec lui, encore pire. Il aurait été tellement mieux dans sa chambre à agir comme un adolescent plutôt que d'être ici à penser comme un avec elle à portée de main.

— Titania ne t'a pas réveillé, n'est-ce pas? D'habitude, elle a le sommeil profond. Elle bouge à peine quand j'essaie de la déloger de mon oreiller. Elle a l'air petite, mais elle s'étale sur tout le lit et c'est difficile de dormir.

Il entendait les mots mais les images étaient complètement différentes. Il voyait *Cassidy* étalée sur un lit et il ne dormait certainement pas.

— Non. J'étais déjà debout. J'ai pensé qu'une bière m'aiderait à me détendre.

— Te détendre? Tu t'inquiètes de quelque chose?

Ouais, comme comment il allait retourner dans sa chambre sans l'arracher de ce tabouret et l'emmener avec lui. — Pas vraiment. Enfin, mon frère Sean a une affaire en cours dont je fais partie et il pourrait y avoir des complications, mais pas assez pour m'empêcher de dormir. Pas encore en tout cas. Non, cet honneur lui revenait à elle.

— Alors à quoi penses-tu que c'est dû?

Elle passa son doigt sur le bord du verre et bon sang si Liam ne l'imagina pas faire ça sur lui.

Adieu les effets apaisants de la bière.

— Probablement juste pas habitué à avoir une autre personne dans la maison. Il en but davantage. Je m'y habituerai.

— J'essaierai de partir d'ici rapidement. J'apprécie vraiment ta générosité, Liam.

Ouais, il était tellement généreux qu'il la faisait travailler si dur qu'elle s'endormait sur le canapé. Quel prince il faisait.

— Tu sais, le garage n'a pas besoin d'être fait demain. Prends ton temps. Fais un peu de ta peinture. Comme ça, il l'éloignerait de sa proximité et lui-même de la tentation. Et n'était-ce pas le but depuis le début? Elle savait maintenant comment vivait « l'autre moitié » ; il avait fait passer son message.

— Non, non. Nous avons un accord et je vais respecter ma part du marché. Je finirai l'étage puis je commencerai le garage. Je caserai la peinture quelque part.

Il finit la bière pour pouvoir finir cette conversation parce qu'à chaque phrase que Cassidy prononçait, elle abattait le mur de ses idées fausses à son sujet. Au lieu de geindre et d'accepter son offre d'échapper au travail, elle allait travailler plus dur. Il n'avait vraiment pas voulu apprécier cette femme, mais il commençait à le faire.

Le chien jappa à ses pieds.

— Elle veut que tu la portes.

— Je ne vais pas la porter.

— Mais pourquoi? Elle veut juste te faire un bisou.

— Et tu sais ça comment? Ne me dis pas que tu parles aux animaux.

Elle roula ses magnifiques yeux verts. — Sa queue remue et elle ne peut pas détacher son regard de toi.

— Et ça veut dire qu'elle veut m'embrasser?

Cassidy arqua ses sourcils parfaitement dessinés. — Allez, Liam. Avec ton physique, tu ne peux pas me dire que tu ne remarques pas quand une femme est intéressée.

— Vu la corrélation pas très sympa entre les chiennes et les femmes, je ne pense pas pouvoir répondre à ta question sans m'attirer un tas d'ennuis. Il posa la bouteille de bière dans l'évier. Et sur ce, je vais me coucher.

— C'est le matin.

— Le matin. Peu importe. Je retourne au lit et je t'invite à faire de même.

Pendant un battement de cœur, il entendit ses pensées. Ou peut-être étaient-ce les siennes. À qui qu'elles appartiennent, oui, il la voulait dans son lit.

Chapitre Quatorze

Tout compte fait, la chambre au-dessus du garage de Liam n'était pas le cauchemar qu'elle avait imaginé. Elle avait même eu le temps de terminer la majeure partie du buffet par la suite. Encore quelques heures pour finir les volutes autour des fleurs qui relieraient le motif sur toute la pièce, quelques ombres et reflets supplémentaires, plus la finition finale, et elle pourrait appeler Jean-Pierre. S'il refusait de la prendre, peut-être pourrait-il lui recommander quelqu'un d'autre.

Elle grimaça. Ce n'était pas le meilleur plan, mais c'était le seul qu'elle pouvait imaginer pour le moment. L'influence de son père était considérable et trouver quelqu'un prêt à risquer sa colère allait être beaucoup plus difficile que de nettoyer une maison si Jean-Pierre la rejetait.

Eh bien, elle s'occuperait de ça plus tard. Pour l'instant, elle se contenterait d'une douche et d'un massage.

Dommage que quelqu'un frappe à la porte d'entrée alors qu'elle se dirigeait vers sa chambre.

Titania devint hystérique, sautant et tournoyant comme si elle auditionnait pour un concours de talents. Il fallut un sprint de dernière minute à Cassidy pour attraper le chien avant qu'elle ne griffe la porte de Liam.

Cassidy souleva son animal de compagnie avant d'ouvrir. Qui sait si un amoureux des chiens se tenait de l'autre côté?

Il s'avéra que c'était une petite vieille dame aux yeux bleus et au sourire identique à celui de Liam. Cassidy devinait que la femme ne vendait pas des encyclopédies.

— Bonjour? La femme lui offrit un sourire poli avec un rapide coup d'œil sur ses cheveux et ses vêtements en désordre avec un regard qui disait-

Oh mon Dieu. La dame ne pensait pas qu'elle et Liam avaient- Qu'elle et Liam étaient-

— Salut. Cassidy tendit sa main, puis vit toute la peinture dessus et la cacha derrière son dos. — Euh, désolée. Je suis couverte de peinture.

— Vous êtes peintre?

— Euh... oui. Oui. Elle l'était. Bon sang. — Une artiste. Ça faisait encore meilleur à dire.

— Puis-je entrer?

— Oh, je suis désolée. Cassidy recula. — Je vous en prie. Oui.

— Merci. Je suis la grand-mère de Liam, Cate Manley.

— Bonjour. Je suis- Elle ne voulait pas dire à la femme qui elle était. Qui elle était *vraiment*. Les choses changeaient quand les gens savaient qui elle était. — Cass. Cass Marie.

Le surnom que sa mère utilisait autrefois sortit de ses lèvres. Elle le détestait, détestait les souvenirs, mais Cass Marie n'était pas Cassidy Davenport, donc ça marcherait pour l'instant.

— C'est très agréable de vous rencontrer, Cass. Mme Manley se dirigea vers la cuisine. — Liam est-il ici?

— Il travaille.

— Oh. Alors quelle pièce fait-il peindre? Je pensais qu'il avait fini de décorer cet endroit.

— Je ne peins pas une pièce. Je travaille sur des meubles personnalisés. Dans le garage.

Mme Manley se retourna. — Liam fait peindre des meubles?

— Ce n'est pas pour lui. Je vais vendre les pièces.

— Donc vous lui louez un espace?

— Eh bien, pas exactement. Je suis, euh... Zut. Elle ne savait pas à quel point la grand-mère de Liam était ouverte d'esprit ou comment elle réagirait au fait que Cassidy vive ici.

Néanmoins, un mensonge était déjà un de trop.

— Je fais le ménage pour lui en échange d'une chambre. Jusqu'à ce que je vende un autre meuble et que je puisse me permettre un endroit à moi, bien sûr.

— Oh. Eh bien c'est... nouveau. Mme Manley semblait un peu confuse. Mais pas horrifiée, heureusement. — Alors, vous vendez beaucoup de ces meubles?

— Pas encore. C'est pourquoi je suis ici. Cassidy passa devant la grand-mère de Liam pour aller au placard à droite de l'évier. — Vous avez soif? Je peux vous offrir quelque chose?

— Merci. J'aimerais bien du thé glacé. C'est sur la deuxième étagère au fond à droite.

— Ah, oui. Vous avez rempli son frigo. Votre nourriture est incroyable, au fait.

— Merci. Mme Manley s'installa sur le tabouret de bar, apparemment prévoyant de rester un moment. — Alors, comment en êtes-vous arrivée à échanger des services de nettoyage contre le gîte et le couvert?

— J'ai, euh, été expulsée de mon appartement. Le propriétaire voulait le vendre. Ce n'était pas un mensonge. Techniquement.

— Ça semble être un changement rapide.

C'était le moins qu'on puisse dire. — Oui. Ça l'était.

— Et vous connaissez Liam de... l'école? Un autre travail qu'il a fait? Un de ses amis? Ou travaillez-vous aussi pour Manley Maids?

— Non, je ne travaille pas pour eux. Il nettoyait l'endroit où je vivais. Il a entendu toute l'histoire de l'expulsion et a eu la gentillesse de m'offrir un endroit où rester.

Mme Manley se recula avec un sourire. — C'est bon de savoir que mes leçons n'ont pas été vaines.

— Je vous demande pardon?

— Liam. Je l'ai élevé avec ses frères et sa sœur après qu'ils ont perdu leurs parents - mon fils et sa femme - dans un accident de voiture. À cause du tapage dont sont capables trois jeunes garçons, ils ont appris à aider dans la maison, à nettoyer et à faire le jardin, et même à cuisiner un peu. C'est pourquoi j'aime faire quelque chose pour eux de temps en temps. Bien sûr, ma petite-fille, Mary-Alice Catherine, dit que j'exagère. Mme Manley haussa les épaules avec une légère rougeur sur les joues. — Je suppose que c'est vrai, mais pendant si longtemps nous avons dû nous soucier de chaque bouchée sur la table qu'il est agréable maintenant de pouvoir être généreux, vous comprenez?

Cassidy, malheureusement, avait maintenant une connaissance de première main de ce dont Mme Manley parlait. Avant l'ultimatum de mariage de son père, elle n'avait jamais eu à s'inquiéter de savoir d'où viendrait son prochain repas ou où elle vivrait ou s'il y aurait des vêtements dans son placard.

— Cela nous a rapprochés. Nous a fait nous apprécier davantage les uns les autres. J'avais toujours aimé mes petits-enfants bien sûr, mais il y a une différence entre les visiter et les voir rentrer chez eux, et prendre en charge quatre jeunes enfants à mon âge. Et j'étais une veuve qui n'avait élevé qu'un seul enfant. Quatre, c'était tout un défi.

— J'imagine. Elle pouvait l'imaginer enfant, courant partout avec ses frères et sa sœur... Des enfants. Une famille. À quoi cela ressemblerait-il d'avoir ça?

— Vous avez fait un travail incroyable en l'élevant, Mme Manley.

— Eh bien, merci, ma chère. C'est gentil à vous de le dire. Le connaissez-vous depuis longtemps?

— Pas très longtemps, non. Cela choquerait probablement la femme plus âgée de savoir combien peu de jours cela faisait réellement. Sérieusement, qui emménage avec un parfait inconnu après l'avoir connu si peu de temps?

Ce qui soulevait aussi la question de savoir qui invite quelqu'un à vivre avec eux après les avoir connus si peu de temps?

Quelqu'un de spécial, voilà qui.

— Puis-je voir cette pièce sur laquelle vous travaillez ou êtes-vous une de ces artistes qui ne laissent personne voir leur travail avant qu'il ne soit terminé?

— Si j'avais le luxe d'avoir des gens qui se bousculent à ma porte pour voir mon travail, peut-être, mais à ce stade de ma carrière, je suis prête à le montrer à quiconque est intéressé.

Mme Manley posa son verre sur le comptoir et glissa de son tabouret. — Dans ce cas, allons voir ça. J'ai toujours rêvé d'être une mécène des arts.

Cassidy se sentait un peu étrange de faire visiter la maison de Liam à sa grand-mère. Elle avait dû venir ici d'innombrables fois. Plus souvent que Cassidy. Ça aurait dû être l'inverse. Mais d'une certaine manière, cela semblait juste.

Arrête ça, Davenport. Tu ne vas pas jouer à la petite maison avec Liam, alors ne va pas te mettre en tête que la grand-mère de Liam pourrait être la tienne aussi. Ce n'est pas parce que tes grands-parents étaient aussi nuls que tes parents que tu peux t'approprier ceux de Liam. Tu devrais déjà être reconnais-sante pour le gîte et le couvert et oublier tout le reste.

Elle *essayait* d'oublier tout le reste. Vraiment. Le problème, c'est qu'elle *aimait bien* Mme Manley. Quelqu'un qui était prêt à s'occuper de quatre enfants et à les élever pendant toutes ces années était quelqu'un d'exceptionnel aux yeux de Cassidy.

— Attention où vous mettez les pieds. Je n'ai pas encore rangé. J'allais-Non, pas question de faire culpabiliser cette femme pour avoir interrompu sa douche -le faire juste avant votre arrivée.

— Dans ce cas, je ne vais pas te retenir. Mme Manley se retourna et regarda le buffet. — C'est magnifique. Elle tendit la main pour le toucher puis la retira. — Je suis désolée. Je ne devrais pas toucher, mais c'est tellement joli que j'ai ressenti le besoin de passer ma main dessus.

Il n'y avait pas de meilleur compliment.

— Il me faut absolument ce meuble. Combien le vendez-vous?

D'accord, peut-être que celui-ci était encore meilleur.

Mais aussi ravie qu'elle fût de cette validation, c'était un article de grande valeur. Elle pourrait en tirer beaucoup d'argent et elle ne voulait pas prendre autant à la grand-mère de Liam. Et elle ne pouvait pas vraiment se permettre de le donner, pas quand elle avait besoin de chaque centime.

— Je suis désolée, mais il a déjà été vendu sur commission. Il va avec une autre pièce et le propriétaire veut l'ensemble. Cassidy croisa les doigts si fort qu'elle en perdit la circulation. — J'ai cette table d'appoint si vous voulez.

Mme Manley regarda la table. Cassidy fut surprise de la voir sourire. La plupart des gens ne verraient pas le potentiel dans ce vieux meuble usé.

— Ce serait parfait. J'ai récemment emménagé dans une nouvelle maison et j'essaie encore de tout installer, vous voyez?

Cassidy hocha la tête, bien qu'elle n'ait même pas commencé à "installer quoi que ce soit" parce qu'elle n'avait *rien à* installer.

— Ce sera bien à côté du fauteuil que ma petite-fille m'a acheté. Il est devant une fenêtre en baie. Avec une jolie table, ce sera l'endroit parfait pour la lampe que Bryan m'a achetée lors de son premier voyage à Londres. En cristal de Waterford.

— J'avais Wa- euh, j'ai toujours voulu une lampe Waterford. Elles sont magnifiques. Ouf. Elle avait failli se trahir. Et *techniquement*, ce qu'elle avait dit était vrai. Elle avait *toujours* voulu en avoir une à elle parce que celles qu'elle avait eues appartenaient à son père.

— J'ai dit à Bryan qu'il n'aurait pas dû dépenser autant pour moi. Vraiment, j'aurais été contente d'un petit souvenir de son voyage, mais il a insisté. Et c'*est* vraiment beau. Une des plus belles choses que je possède. Ils ont tous bien réussi, mes petits-enfants, et ils aiment m'apporter des cadeaux. Mais pour moi, c'est suffisant qu'ils réussissent dans la vie. Maintenant, si je pouvais juste les voir s'installer, je serais heureuse.

L'image frappa Cassidy comme un éclair : Liam marié. Sa grand-mère voulait qu'une femme s'installe dans cette maison, dans son lit et ait ses enfants. Lui donne des arrière-petits-enfants.

Une autre femme vivant ici...

Cassidy plaqua un sourire sur son visage. Être jalouse était tout simplement ridicule. Elle n'avait aucune raison d'être jalouse parce qu'elle n'avait aucun droit sur Liam.

Et à ce stade de sa vie, aussi agréable que cela puisse paraître, elle n'en voulait pas.

Mais oui, c'est ça...

Cate Manley laissa son sourire s'épanouir dès que l'invitée de Liam eut refermé la porte derrière elle. Cass Marie, tu parles. Même couverte de peinture et de sueur, avec des goûts vestimentaires douteux et ses cheveux en désordre complet, il était impossible de cacher le fait que Liam avait Cassidy Davenport qui travaillait pour lui.

Drôle, selon Mary-Alice Catherine, c'était *lui* qui était censé travailler pour *elle*. C'est pour ça que Cate était passée : pour avoir son impression sur la mondaine qu'*elle* avait personnellement choisie pour lui.

Il s'avérait qu'elle avait eu une sacrée surprise. Cassidy était aussi intéressée par Liam que Liam devait l'être par elle pour l'inviter à rester.

Cate s'autorisa un petit rire. Visiblement, Dieu approuvait son plan puisque les choses semblaient se dérouler exactement comme elle le souhaitait.

Chapitre Quinze

Le lendemain matin, Liam chargeait les derniers produits de nettoyage à l'arrière du van de travail. Il avait laissé son pick-up à Cassidy car il avait cosigné le prêt pour le premier van de l'entreprise de Mac la veille — à condition de pouvoir l'utiliser le reste du mois. Si Cassidy n'était pas partie d'ici là, eh bien, il trouverait une solution.

Pour beaucoup de choses.

Entre-temps, il avait terminé le deuxième condo pour Davenport, heureux de s'en être débarrassé avant de devoir retourner lundi pour nettoyer à nouveau l'appartement de Cassidy.

Ce ne serait pas un gros problème puisque personne n'y vivait, mais l'endroit n'était plus le même sans elle.

N'y pense pas. Elle va *partir de chez toi.*

C'était vrai, mais pas tout de suite, alors il devrait prendre quelques autres choses pour elle quand il irait lundi. Des choses comme des pantalons de survêtement et des t-shirts amples. Ses petits t-shirts moulants et ses longues robes fluides qui ressemblaient probablement à des muumuus sur d'autres femmes mais qui épousaient ses courbes pour le taquiner ne l'aidaient pas à maintenir la comparaison avec Rachel à laquelle il essayait de s'accrocher comme à une bouée de sauvetage. Et si cela cédait, il n'aurait plus aucune raison de ne pas la désirer.

Il claqua le hayon un peu plus fort que nécessaire, mais cela soulagea un peu la tension. Dieu merci, la vente de sa dernière propriété s'était conclue plus tôt que prévu, ce qui lui donnait de quoi s'occuper au lieu de devoir rentrer chez lui où *elle* serait.

Sauf qu'elle se présenta à sa propriété.

— Liam? Cassidy frappa à la porte d'entrée du Cape Cod où il était en train de décaper l'hideuse peinture verte des années 70 que le précédent propriétaire avait choisie pour une raison inconnue sur les bibliothèques encastrées en teck.

Il ne comprenait pas les choix que faisaient certaines personnes.

Comme le fait qu'il lui ouvre la porte. — Que fais-tu ici, Cassidy? Tu n'as rien à nettoyer?

— Toujours grognon à cause de ton sommeil interrompu l'autre nuit, n'est-ce pas?

— C'était hier matin et je vais bien. Je suis juste occupé et je ne m'attendais pas à te voir. Sinon, il se serait préparé à sa présence. Elle lui faisait penser des choses qu'il pensait ne pas devoir penser — et le faisait ne pas s'en soucier. — Où est le cabot?

— *Titania* est à la maison dans son enclos.

Pendant une seconde, Liam imagina l'âtre et la cheminée en marbre blanc devant lesquels la cage dorée du chien choyé était placée dans son condo, puis il réalisa qu'elle parlait de *sa* maison à lui. Cela aurait dû lui paraître étrange que Cassidy appelle son endroit "maison", mais... ce n'était pas le cas.

Elle fit craquer ses articulations, une habitude si incongrue avec son image de mannequin qu'il lui fallut un moment pour réaliser qu'elle parlait toujours. — ...plus de colle à bois alors j'ai pensé aller au magasin. Quelques assemblages en queue d'aronde sur le tiroir de la pièce sur laquelle je travaille sont cassés.

— Tu pourrais toujours faire un autre côté pour maintenir l'intégrité de la pièce. Il était touche-à-tout en matière de construction, mais le travail du bois était sa spécialité.

— La peinture est mon domaine d'expertise, pas la construction. De plus, je n'ai pas l'équipement adéquat.

— Moi si.

— Tu proposes ton aide?

Apparemment. — Si tu en as besoin.

Il dut serrer les dents quand elle posa sa main sur son biceps. Entre cette histoire de maison, cette tenue, et son contact, cette femme allait le tuer.

— Liam, vraiment, tu as déjà fait plus qu'assez pour moi. Tu es occupé avec cet endroit. Je vais chercher la colle, mais euh...

Elle était trop sexy dans un autre t-shirt tie-dye avec un ourlet asymétrique que quelqu'un pensait être une bonne idée, mais pas pour lui quand l'image de sa langue glissant sur la peau de sa taille dénudée surgit dans sa tête et ne voulait pas disparaître. Puis elle alla coincer ses cheveux derrière son oreille et il voulut aussi sucer son lobe d'oreille.

— J'ai besoin de quelques dollars. Je te promets que je te rembourserai.

Il avait son portefeuille en main avant même d'y penser.

Tant pis pour la leçon apprise avec Rachel. À bien des égards.

— Tiens. Et j'ai laissé mon ordinateur portable sur ma table de chevet. N'hésite pas à l'utiliser pour mettre les boucles d'oreilles en vente. J'ai créé le compte pour toi et je l'ai relié à mon compte bancaire. On s'occupera de la logistique après leur vente.

— Oh. D'accord. Les boucles d'oreilles. Je le ferai dès que j'aurai réparé le tiroir. Elle prit le billet de vingt dollars. — Tu as besoin de quelque chose pendant que je suis à la quincaillerie? Plus de décapant ou de papier de verre ou autre chose?

Un verrou pour la porte de sa chambre... — Comment se fait-il que tu en saches autant sur la construction et la restauration de meubles? Il pariait que ce n'étaient pas des cours donnés dans son école de bonnes manières.

— Mon père est dans le bâtiment, tu te souviens? Il s'est assuré que je connaisse tous les aspects puisqu'il était évident qu'il n'aurait jamais ce fils qu'il voulait tant.

Étonnamment, Liam n'entendit aucun sarcasme. Elle n'était pas l'enfant que son père voulait, l'homme l'avait mise à la porte, elle devait travailler pour son gîte et son couvert pour la première fois de sa vie privilégiée, et pourtant elle était assez prévenante pour lui demander s'il avait besoin de quelque chose. Sans amertume.

Il devenait vraiment difficile de ne pas apprécier Cassidy Davenport.

Et si elle jouait encore une fois avec sa lèvre inférieure, quelque chose d'autre allait durcir.

— Non. Ça va. Garde la monnaie. Ajoute-la à ce que tu me dois. Je récupérerai quand tu vendras les boucles d'oreilles. Ou tes meubles. Selon ce qui arrivera en premier.

Et puis elle pourrait sortir de sa vie pour qu'elle redevienne normale.

Elle lui tapota l'avant-bras. Même ça l'excitait. Bon sang.

— Au fait, comme tu es rentré si tard hier soir, je n'ai pas eu l'occasion de te dire que ta grand-mère est passée hier.

Il était rentré tard pour être sûr de ne pas la voir, et après avoir aidé son pote Jared, il s'était épuisé avec beaucoup de travail manuel sur la propriété où Sean remboursait son pari. Le chanceux n'avait pas de fille sexy qui restait chez lui pour le rendre fou. Liam pensait sérieusement à camper là-bas pour le reste du mois. — Gran est venue? Pourquoi?

Et voilà qu'elle recommençait à jouer avec sa lèvre inférieure. Il aurait pensé que c'était une affectation, mais elle l'avait fait dans son sommeil sur le canapé.

— En fait, je ne sais pas. Elle ne l'a pas dit. Je me suis présentée et nous avons commencé à parler de mes meubles, puis elle a voulu les voir, et ensuite elle en a commandé un. La table d'appoint sur laquelle je travaille.

Liam réprima un gémissement. Gran avait sondé Cassidy. Elle ne cachait pas qu'elle voulait des arrière-petits-enfants. Mais une fois qu'elle avait rencontré Cassidy — appris qui elle était — elle aurait dû savoir qu'il ne serait pas intéressé.

Mais il l'*était*. Et c'était un problème à bien des égards.

Mais Gran n'avait pas besoin de le savoir. C'était une chose d'être attiré par la femme, mais les enfants étaient hors de question. La dernière chose qu'il voudrait serait d'avoir Mitchell Davenport comme beau-père.

Beau-pè — avait-il perdu la tête? Comment était-il passé de la visite de Gran à épouser Cassidy?

— Donc la colle est pour la table de ma grand-mère?

— Oui, mais ne t'inquiète pas, Liam. Je sais ce que je fais. Le tiroir ira bien et ce sera le morceau de bois original.

— Avec de la colle moderne. Tu vas la dévaluer.

— Je répare un meuble cassé et je le peins sur mesure. Toute valeur intrinsèque de son état d'origine va de toute façon être réduite à néant. Mais le fait que ce soit un original C. Marie augmentera sa valeur. Et je ne l'arnaque pas, d'ailleurs. Elle voulait le buffet, mais je lui ai dit qu'il était déjà vendu.

— Mais ce n'est pas le cas.

— Il commandera un prix plus élevé que la table d'appoint. Je ne voulais pas avoir à marchander avec ta grand-mère. Je ne pouvais pas en conscience lui prendre autant que je le voulais, et je dois te payer.

Liam savait pertinemment que l'éthique de Mitchell Davenport pouvait être recâblée pour s'adapter à toutes les circonstances dans lesquelles il se trouvait, il était donc agréable de voir que l'éthique de Cassidy était un cran au-dessus. Il parierait qu'elle ne se ferait pas prendre à donner une lap dance tout en volant le portefeuille du gars.

D'accord, il n'avait *vraiment pas* besoin de penser à Cassidy donnant une lap dance à qui que ce soit. Y compris à lui.

— Merci pour ça. Je suis sûr qu'elle aurait payé n'importe quel prix que tu lui aurais demandé.

— C'est parce que c'est une dame gentille.

— Trop gentille.

— Je devrais être offensée, mais tu as raison. Elle *était* trop gentille, bien que je pense qu'elle ait pu se faire une fausse idée sur nous. Ou peut-être qu'elle espère. Elle veut te voir marié, tu sais.

— Ouais. Je sais. Il passa une main sur son visage. Si Gran savait ce qu'il pensait de Cassidy, elle danserait de joie.

— Mais c'est parce qu'elle t'aime et veut te voir heureux.

Il le savait. Et ce n'était pas une discussion qu'il voulait avoir avec Cassidy de toutes les personnes. Pas à la lumière des événements récents. Mitchell Davenport comme beau-père... Il avait dû trop sniffer de décapant. — J'espère que tu n'as pas alimenté son illusion.

— Alimenté son...? Cassidy posa ses mains sur ses hanches voluptueuses. — Pour qui me prends-tu? Je ne lui ai même pas dit qui j'étais pour qu'elle ne se fasse pas d'illusions que tu aies décroché le gros lot.

— Décroché le...? C'était à son tour d'être offensé. — Écoute, Princesse, je m'en sors très bien tout seul. Ce n'est pas parce que mon style de vie n'a pas atteint l'échelon Baccarat-et-Dom-Pérignon du tien que je ne réussis pas par moi-même. Je n'ai pas besoin d'une femme riche pour prendre soin de moi. Et il était hors de question qu'il prenne soin de qui que ce soit d'autre non plus. — Je trace ma propre voie dans ce monde. Et il avait la maison de vacances pour le prouver. Pas le *temps* pour les vacances, mais c'était une autre histoire.

Elle leva les mains et Liam remarqua que l'ongle de son annulaire gauche était cassé.

Il y avait tout un tas de symbolisme là-dedans, mais Liam ne l'examinait pas de plus près. La vie amoureuse de Cassidy Davenport — ou son absence — ne le concernait pas.

— Wow, doucement, monsieur. Tu peux descendre de tes grands chevaux. Je ne l'ai pas induite en erreur de quelque façon que ce soit, et pour ton information, je ne lui ai même pas dit qui j'étais. J'ai dit que j'étais Cass Marie, ce qui, techniquement, n'est pas un mensonge, mais je ne pensais pas que tu voulais qu'elle apprenne que tu m'hébergeais chez toi. Crois-moi, je sais comment les gens réagissent une fois qu'ils apprennent mon nom de famille. Je suis fatiguée de gérer leurs réactions et leurs idées préconçues. Tu penses peut-être que vivre dans cette tour était un régal, mais ces derniers jours à ne pas avoir à me soucier de mon apparence ou s'il y aura un paparazzi posté devant chez toi attendant de m'apercevoir sans maquillage dans des vêtements miteux — elle tendit l'ourlet effiloché de son t-shirt — ont été révélateurs. Dans le bon sens.

Il aurait vraiment dû vérifier les vêtements avant de les lui avoir rapportés. Les vêtements décontractés de Cassidy laissaient beaucoup à désirer — à savoir, elle — et ne laissaient pas grand-chose à l'imagination. Deux choses conçues pour le rendre fou.

— Pour la première fois de ma vie, je peux être moi-même. Qui je suis exactement, je n'en suis pas encore tout à fait sûre, mais je ne suis définitivement *pas* la Cassidy Davenport que tu vois dans les journaux. C'était agréable d'être juste une femme dans ta maison pour ta grand-mère.

Sauf qu'il n'y avait jamais eu juste "une femme" dans sa maison — Gran n'avait même pas vu Rachel chez lui parce que Liam s'était assuré de garder ces parties de sa vie séparées. Il savait que Gran voulait que tous les quatre trouvent des partenaires comme elle l'avait fait avec leur grand-père, alors il avait été hyper-conscient de *ne pas* avoir de femmes chez lui jusqu'à ce qu'il ait trouvé La Bonne.

Il *fallait* que Cassidy Davenport soit la femme que Gran avait vue chez lui. Il savait pertinemment que Gran la reconnaîtrait quel que soit le nom qu'elle avait utilisé parce que Mitchell avait été à l'école primaire avec leur père, et Gran aimait suivre les histoires du garçon local devenu magnat dans la presse. Elle avait l'habitude de leur dire qu'ils pouvaient — comme Davenport — faire tout ce qu'ils se mettaient en tête. Elle en savait beaucoup sur le gars. Et sur sa fille.

Cassidy avait semblé être une princesse gâtée vivant dans la tour dorée des histoires de Gran. C'était drôle comme il n'avait pas vu la même chose chez Rachel. Ou plutôt, la même chose en devenir. Rachel avait minimisé son ambition. Il avait pensé qu'elle était authentique.

Ça montrait ce qu'il en savait. Elle s'était jetée sur M. Fraternité Ivy League, essayant de passer pour une étudiante, cherchant quelqu'un avec un chéquier plus garni et une entrée dans le monde que Cassidy habitait. Il l'avait manqué jusqu'à ce que ça lui saute aux yeux. Ou plutôt, jusqu'à ce qu'elle se jette sur le gars de la fraternité.

Liam se massa la nuque. Pourquoi Cassidy ne pouvait-elle pas être ce qu'il avait pensé qu'elle était? — Donc, super. Tu as fait une vente. Est-ce que c'est suffisant pour que tu déménages?

Pendant une seconde, une expression blessée passa sur son visage, mais elle la masqua si rapidement qu'il réalisa qu'elle avait beaucoup de pratique pour cacher sa douleur.

Mais pourquoi serait-elle blessée qu'il veuille qu'elle parte? Ce n'était pas comme si c'était censé être quelque chose de permanent. Et bien sûr, elle pouvait apprécier l'anonymat pour le moment, mais il n'y avait aucune chance qu'elle échange les gratte-ciel de son monde contre ses Maisons à Rénover sur le long terme. *Pas* qu'il allait le lui demander.

— Quel genre de personne serais-je si je demandais ce genre d'argent à ta grand-mère?

Elle croisa les bras, ce qui n'était guère mieux que lorsqu'ils étaient sur ses hanches, car cela ne faisait qu'accentuer une zone qu'il s'efforçait de ne pas remarquer.

— Je lui ai fait payer une somme symbolique. Je peux te rembourser pour la colle, mais j'aurai besoin du reste pour le téléphone.

— D'accord. Très bien. Peu importe.

Il trempa à nouveau le pinceau dans le décapant. Il ne voulait pas parler d'argent avec Cassidy. L'argent était à l'origine de tous les maux. Rachel en était la preuve. *Et* avec Cassidy, l'argent était la raison pour laquelle elle se trouvait chez lui. L'ironie d'une femme qui pensait qu'il n'en avait pas assez et d'une autre qui avait besoin de ce qu'il *avait* était risible.

Dommage qu'il n'ait pas envie de rire.

Cassidy se mordilla l'intérieur de la lèvre inférieure. Quelque chose agaçait Liam, mais ça ne pouvait pas être elle. Elle allait le rembourser et elle avait été gentille avec sa grand-mère. Il ne pouvait pas être en colère contre elle.

Enfin, il le pouvait probablement puisqu'elle avait plus ou moins fait irruption dans sa vie, mais elle essayait d'être aussi discrète que possible. Son côté du garage était aussi bien rangé qu'elle pouvait le garder tout en restant créative. Elle avait nettoyé sa maison, libéré de l'espace pour sa salle de sport, gardé Titania loin de lui, été gentille avec sa grand-mère et customisait une pièce pour elle au prix coûtant avec une légère majoration. Et cette majoration n'avait été que parce qu'elle ne voulait pas que Mme Manley se rende compte qu'elle lui faisait une faveur. Cassidy n'allait pas gagner autant qu'elle le devrait pour son temps et son talent, mais il y avait des choses plus importantes que l'argent. Son intégrité en faisait partie.

Hmmm, de quel parent tenait-elle ça? Ou peut-être était-ce un gène latent dans l'arbre généalogique.

— Alors, que comptes-tu faire de cet endroit? Tu vas y vivre?

Elle avait vu l'air paisible sur le visage de Liam quand il ne s'était pas rendu compte qu'elle était dehors, devant la porte d'entrée à six carreaux. Il grattait la peinture de l'étagère, son attention concentrée, mais détendue. Sa bouche s'incurvait légèrement aux coins et il n'y avait pas toute cette tension dans ses épaules qui était là maintenant.

C'était elle qui avait mis cette tension là. Ça ne pouvait être qu'elle. Dès qu'il avait répondu à la porte avec son salut brusque, il s'était hérissé.

Son premier instinct avait été de le confronter. Après tout, personne ne traitait une Davenport avec irrespect. Mais ensuite, elle s'était rappelée qu'elle ne brandissait plus le nom de son père et être une Davenport ne lui avait pas vraiment servi ces derniers jours.

— Je ne peux pas vivre ici. Le zonage a changé dans cette partie de la ville et ce n'est plus résidentiel. Mon agent immobilier a quelques professionnels intéressés par cet endroit pour leur bureau.

— Qu'en est-il d'une garderie?

Liam pointa la cheminée du doigt.

— Pas une bonne idée avec la cheminée qui est toujours fonctionnelle. Je ne veux pas la condamner. C'est un bon atout pour la vente, surtout une fois que j'aurai teinté ces sols en noyer.

— Et pourquoi pas en cerisier? Avec une finition très brillante? C'est un Cape Cod ; tu devrais en embrasser les caractéristiques et aller à fond sur l'ambiance chasse de Nouvelle-Angleterre. Peindre les murs en vert chasseur avec des boiseries blanches et peut-être rejointoyer la brique autour de la cheminée avec du mortier noir? Ça accentuerait l'impact quand on passe la porte d'entrée. Ça en ferait le point focal de la pièce.

Liam la regarda comme s'il la voyait pour la première fois.

Elle recevait souvent ce regard quand les gens prenaient vraiment le temps de la connaître - comme s'ils ne s'attendaient pas à ce qu'elle ait un cerveau. Dieu merci, elle n'était pas blonde ; elle n'aurait même jamais l'occasion de leur montrer qu'elle avait un cerveau si elle l'était.

— J'ai étudié le design d'intérieur. Mon père voulait que je fasse partie de son équipe de design.

Mais ensuite, l'une de ses Saveurs du Mois (qui avait duré plus d'un jour) avait eu un problème avec le fait que la fille de *son* Mitchell" lui donne des conseils, et son cher papa avait changé le statut de Cassidy en Pièce d'Exposition. Quand la Saveur avait été congédiée, Cassidy avait été trop mortifiée pour retourner dans l'équipe. Tout le monde savait qu'elle avait obtenu le poste parce qu'elle était la fille de Mitchell et qu'elle avait été remplacée à cause de sa maîtresse. C'était déjà assez pénible que ses parents l'aient ballottée entre eux quand sa mère était là ; Cassidy ne voulait pas revivre ça dans sa carrière. Alors elle avait affiché son sourire perfectionné et avait été la meilleure Pièce d'Exposition que quiconque puisse souhaiter.

Et voyez où ça l'avait menée. Sur le marché du mariage et, maintenant, à la rue.

Pourtant, elle avait toujours son talent et son œil pour le design. Papa ne pouvait pas lui enlever ça.

— Tu voudras avoir quelques supports de plantes avec des fougères quand tu mettras en scène la pièce.

Liam arqua l'un de ses sourcils d'une manière sexy et désinvolte qui fit papillonner son estomac.

— Je ne mets pas en scène une pièce. L'agent amène les acheteurs dans un espace vide.

— Sérieusement?

Elle ordonna aux papillons de se calmer.

— Tu devrais essayer de la mettre en scène. Tout le monde ne peut pas visualiser les possibilités d'une pièce vide, et en plus l'endroit a l'air froid et impersonnel sans rien dedans. Même si quelqu'un va en faire un bureau, voir l'âtre avec un tapis et un groupe de sièges devant, quelques tableaux au mur... Ça fera des merveilles pour l'impression des gens. Et je parie que ça augmentera les offres que tu recevras.

Le sourcil arqué reprit sa place sur son front et, si elle ne se trompait pas, se fronça avec l'autre.

— Écoute, Princesse, c'est peut-être comme ça que ça se passe dans ton monde, mais je retape des propriétés depuis des années et je sais ce que je fais.

— Je n'ai pas dit le contraire. J'essayais juste d'aider, mais tu as raison : c'est ton affaire. Mais si tu changes d'avis, je pourrais rassembler quelques pièces pour aider quand tu seras prêt. Si ça t'intéresse, bien sûr.

Oui, elle se tirait peut-être une balle dans le pied en n'essayant pas de vendre les pièces immédiatement, mais elle pouvait voir le buffet sous ces fenêtres à vitraux. Elle pourrait y peindre une scène de chasse, ou peut-être juste une cascade de feuilles d'automne. Elle pourrait finir le dessus avec la même teinte cerisier très brillante que le sol, liant la pièce ensemble-

Sauf que ça ne resterait pas dans la pièce. Pourtant, le support de plante rond avait le même design de pied en griffe que le buffet et il y avait un vaisselier qu'elle pourrait assortir avec eux qui aurait l'air parfait dans cette alcôve.

Elle traversa la pièce et mesura l'espace à grands pas. Elle devrait vérifier par rapport à la largeur du vaisselier, mais s'il rentrait, il aurait l'air parfait ici. Elle suggérerait du lierre dans un pot en laiton terni sur l'étagère supérieure, retombant sur le côté avec un pot assorti sur le support entre un ensemble de fauteuils Queen Anne et une banquette assortie encadrant l'âtre-

— Qu'est-ce que tu fais? La voix de Liam coupa à travers sa vision.

— Je mesure.

— Pour?

— Il y a un vaisselier qui, je pense, rentrerait ici-

— Cassidy, j'apprécie ta suggestion, mais je ne vais pas mettre en scène la pièce. Les professionnels que mon agent va faire venir savent déjà ce qu'ils veulent. Ce sera une question de bon prix au mètre carré. Si je dois louer des meubles, cela réduira mon profit, que je devrai répercuter sur le coût au mètre carré. Je serai hors marché. De plus, c'est contraire à l'éthique. Ou du moins, coercitif. Artificiel. Comme si on essayait de les duper. Si j'entrais dans un espace comme celui-ci qui aurait été artificiellement arrangé, je soulèverais les tapis pour vérifier s'il n'y a pas de dégâts causés par les termites ou autre chose.

Elle s'abstint de lui faire remarquer qu'il n'y aurait *jamais* de dégâts causés par les termites dans une propriété de Davenport Properties. Papa était très attaché à l'image de marque et la dernière chose qu'il ferait serait de laisser un insecte nuire à son image.

Sa fille aussi, apparemment.

— D'accord, alors. Je vais te laisser tranquille et rentrer chez moi après être passée au magasin. J'ai beaucoup de travail à faire.

Et elle n'avait pas besoin de rester ici à l'écouter dénigrer ses « petites idées » comme son père l'avait fait pendant des années. C'est exactement ce dont elle essayait de s'éloigner.

Alors elle rentrerait, se mettrait au travail et préparerait ces pièces pour la vente. Elle pouvait le faire, et elle le ferait.

Alors ils verraient tous qui était la vraie Cassidy Davenport.

Chapitre Seize

— Dis-moi que tu as apporté de la bière.

Liam tendit la main vers la glacière que Sean portait, priant pour que sa main ne tremble pas.

Que diable lui était-il arrivé? Cassidy avait fait quelques commentaires anodins et il s'était immédiatement emporté contre elle, défendant son entreprise comme si elle était une autorité à laquelle il devait rendre des comptes.

— Ouais, il est cinq heures quelque part, dit Sean en ouvrant le couvercle lorsque Liam posa la glacière sur la table de cheval de scie qu'il avait installée au milieu de ce qui serait le hall d'entrée du nouveau bureau de quelqu'un. *Sans* buffet ni canapé ni rien. Nationale ou importée?

Liam saisit la première bouteille qu'il trouva.

— Peu importe. J'ai juste besoin de quelque chose pour étancher ma soif.

Et calmer son esprit qui tournait. Il ne savait pas s'il s'agissait de colère envers Cassidy pour avoir insinué qu'il ne connaissait pas son métier, ou du fait qu'elle avait l'air si attirante et qu'il ne *voulait pas* qu'elle le soit. Quoi qu'il en soit, la dernière chose dont il avait besoin était que Sean le découvre. Dieu merci, elle était partie quinze minutes avant que son frère n'arrive à l'improviste et de façon inattendue. Si Liam avait su qu'il venait pendant que Cassidy était là... Il ne voulait pas y penser.

— Alors, comment ça se passe de travailler pour Cassidy Davenport?

Tant pis pour ça.

Liam dévissa le bouchon sans répondre. Ne sachant pas *comment* y répondre.

— Quoi? dit Sean en éloignant sa bière de sa bouche. C'est un grand secret?

— Moi qui travaille dans son appartement? Non.

Liam prit une gorgée prudente, attendant toujours que Sean le mette en garde contre le fait de s'impliquer avec une autre profiteuse haut de gamme.

— Au moins, on n'a pas à s'inquiéter pour toi avec elle.

Liam s'étouffa avec sa gorgée.

— Moi *avec* elle?

— Ouais, tu sais. Avoir un faible pour elle. Je veux dire, il faut admettre que cette femme est canon.

Liam commença à avoir chaud. Sean ne devrait pas remarquer à quel point Cassidy était attirante—

Oh. Merde. Pas cool du tout. Les potes avant les nanas. Et elle n'était même pas sa nana—

Liam arrêta ce train de pensée parce que c'est *exactement* ce qu'il avait pensé de Rachel quand il avait découvert qu'elle voulait vivre des fruits de son travail — ou de celui de n'importe quel gars apparemment — simplement en se donnant pour récolter tous les avantages. Définition classique.

Mais ce n'était pas le cas de Cassidy. Pourquoi il en était ainsi l'inquiétait terriblement. Il devait garder une certaine perspective ici.

— Hé, Lee? Sean agita une bière devant son visage. Tu es là, mec? Ou je viens juste de te faire réaliser que ta cliente est un sacré canon?

— Tu peux arrêter de dire ça, s'il te plaît? Tu ne la connais pas, sinon tu ne dirais pas ces conneries.

— *Conneries*? Tu es aveugle? Ou, attends. Il s'est avéré qu'elle avait une âme après tout? Une qui n'a pas été asséchée par les millions de son père?

— Laisse tomber, Sean. Je ne suis pas d'humeur.

— Tu protestes peut-être un peu trop? Sean ne pouvait pas effacer son sourire narquois.

Liam ne trouvait pas ça drôle du tout.

— Je ne proteste contre rien. Tu es un idiot si tu penses que je reprendrais cette voie. Fin de l'histoire. Je veux juste remettre cet endroit en état pour le mettre en vente. Les agents immobiliers me harcèlent. Il semble qu'il y ait un changement de zonage en attente qui va faire de cette zone un marché très prisé.

Sean regarda autour de lui.

— Euh, Lee? Tu te rends compte de la quantité de travail qu'il y a? Ces marches dehors sont dangereuses.

Liam hocha la tête et prit une autre gorgée de sa bière, reconnaissant d'être sorti du sujet de Cassidy.

— La pourriture sur le mur extérieur. L'eau s'est infiltrée à travers la réparation de stuc de mauvaise qualité que le dernier propriétaire a faite.

— Heureusement que tu n'as pas eu le boulot de résident de Mac comme moi, sinon tu n'aurais jamais le temps pour ça. Bon sang, il me faut une journée entière rien que pour nettoyer une suite.

— Ouais, mais tu es dans le domaine, donc c'est comme faire d'une pierre deux coups.

Sean avait convaincu Liam et Bryan d'investir avec lui dans un magnifique domaine dans les monts Pocono pour créer une station de luxe plus proche de Philadelphie que les Catskills et plus abordable que de filer à New York, Washington DC ou Atlantic City. Un endroit idéal pour que les cadres à hauts salaires se détendent et s'évadent, avec un parcours de golf de championnat, une fois que Sean aurait acheté la propriété à la succession du propriétaire décédé. Sean travaillait sur cette affaire depuis des années, achetant même certaines des propriétés environnantes pour la tranquillité et une possible expansion future. C'était la chance de Sean de réaliser ses rêves, et ils avaient eu les fonds supplémentaires pour le soutenir, avec l'idée que Sean les rachèterait un jour. Liam se moquait de quand ; il avait toujours ses liquidités, et il aimait être impliqué avec ses frères sur un projet. C'était un coup de chance que Mac ait le domaine sur sa liste de clients. Il avait été à Sean dès qu'ils avaient perdu le pari.

— Ouais, mais je me tue à la tâche. Cet endroit est énorme. Mac va devoir embaucher d'autres gars une fois qu'on aura fini parce que j'aurai vraiment besoin d'aide si... je veux dire, quand je prendrai les rênes.

Liam posa sa bière.

— Si?

— Je voulais dire quand.

— Mais tu as dit si.

— Je voulais dire quand.

Liam le regarda. Sean avait un bon visage de poker, mais il n'était pas préparé à ce que Liam le questionne.

— Crache le morceau.

Sean soupira.

— Il pourrait y avoir un petit accroc.

— Quel genre d'accroc?

— Je ne suis pas encore sûr. Mais je vais arranger ça. J'*obtiendrai* cette propriété.

Liam n'insista pas. S'il y avait un "accroc", il était plus important que Sean ne voulait le laisser paraître, sinon il n'aurait pas fait ce lapsus. Sean avait un poids sur l'esprit. Pas la peine d'en rajouter en le poussant. Quand il serait prêt, il leur dirait.

Le bon côté d'être si proche de ses frères était qu'ils savaient quand prendre du recul. Tout comme Sean l'avait fait à propos de Cassidy.

— Alors pourquoi es-tu ici si tu es si occupé chez toi? demanda Liam en reprenant le grattoir et en se dirigeant vers les étagères. Il y avait *beaucoup* de travail à faire sur cet endroit, et pour une fois, il en était reconnaissant. Ça le garderait loin de sa maison et loin de Cassidy.

— J'avais besoin d'une pause. Je commence à me parler à moi-même dans ces longs couloirs vides, tu sais? Ça ne me dérangerait pas de faire autre chose. Tu es partant pour une autre partie de poker? On pourrait appeler Bry.

— Quoi, la dernière partie de poker s'est si bien passée que tu veux recommencer?

— On n'invitera pas Mac.

— Plus jamais.

Il rit avec Sean, à moitié tenté de partager sa théorie, mais... pourquoi? Il n'y avait rien à faire maintenant sauf serrer les dents et finir les trois prochaines semaines.

Ou plus longtemps si Cassidy ne pouvait pas vendre assez de ses meubles pour déménager.

Les ramifications du pari ne cessaient de s'étendre.

Que Dieu lui vienne en aide.

Cassidy remonta ses lunettes de protection dans ses cheveux alors qu'une autre voiture passait devant la maison de Liam. Encore une qui n'était pas la sienne.

Elle secoua la tête, grimaçant lorsque les lunettes glissèrent sur l'arête de son nez avec un *clonk*. De travers. Ça semblait être son état naturel autour de Liam ces derniers temps. Une minute il était gentil et la remerciait pour sa grand-mère, et la suivante il lui disait de se mêler de ses affaires alors qu'elle offrait son expertise gratuitement.

Cassidy ajusta ses lunettes — celles incrustées de strass qu'elle avait trouvées si mignonnes quand elle peignait chez elle, mais qui semblaient déplacées chez Liam — et finit de poncer le dessus en bois du buffet. Quelques passages de couche de finition, deux tours de polissage, et ce meuble aurait l'air d'avoir un dessus en marbre. Le faux-fini avait été sa spécialité, en particulier le *trompe l'œil*.

Elle avait trouvé un cadre de miroir ancien dans une vente après décès pour utiliser cette technique. Un miroir magique, pensait-elle. Parfait pour la chambre d'une petite fille. Un bon compromis entre son côté créatif et son côté femme d'affaires qui appréciait le fait que les gens ne regardaient généralement pas à la dépense pour leurs enfants. Commercialiser une pièce pour la fille de quelqu'un augmentait ses chances d'être vendue et bien vendue. Le marketing était aussi l'un de ses talents, un que son père ne lui reconnaissait que lorsqu'il s'agissait de bien paraître pour les brochures et les supports de vente.

Cassidy fit craquer ses articulations, sa main se crispant d'avoir tenu le pinceau et la palette si longtemps, ne voulant pas penser à toutes les choses qu'elle ne faisait pas correctement aux yeux de son père. Était-ce parce qu'elle lui rappelait chaque jour la femme qui l'avait trompé et quitté?

Elle ne pensait pas que cela avait beaucoup affecté son père émotionnellement — mis à part l'embarras évident que toute cette sordide affaire soit publique, bien sûr. Et si c'était le cas, il avait fait semblant que non. Il lui avait montré comment être forte quand Maman était partie, mais cela ne l'avait pas empêchée de se recroqueviller dans son lit la nuit, enroulée autour de son animal en peluche préféré — un chiot maltais en peluche qu'elle avait nommé Clochette — et de se demander pourquoi Maman l'avait quittée, *elle*.

Eh bien, il n'y avait rien qu'elle puisse faire pour ne pas être un rappel de sa mère —

En parlant de ça, elle avait laissé la photo et le bracelet dans l'appartement.

Ah, l'ironie. Elle avait gardé ces choses pendant des années, cachées, espérant contre toute attente que Maman reviendrait pour elle — et puis elle n'était pas revenue.

Elle n'avait plus besoin de la photo, et le bracelet tombait en morceaux. Des souvenirs du dernier bon moment qu'elle avait passé avec Maman. Le dernier bon moment de sa vie.

Eh bien, ça allait changer. *Ça* allait être le meilleur moment de sa vie.

Un fracas vint de la buanderie.

Ou peut-être que *demain* serait le meilleur moment de sa vie.

— Titania! s'écria Cassidy en posant la ponceuse au sol et en se précipitant dans la maison, sans se soucier d'être couverte de sciure.

Son chien était couvert de simple poussière. Elle avait réussi d'une manière ou d'une autre à faire tomber un balai électrique du mur et il s'était cassé, répandant un nuage de poussière dans toute la pièce. Génial. Voilà qui réduisait à néant tous ses efforts pour garder l'endroit propre.

Deux heures plus tard, la poussière avait disparu de toutes les surfaces de la pièce, bien qu'elle fût presque certaine d'en être couverte de la tête aux pieds. Titania avait été bannie dans la salle de bain rapidement transformée en enclos pour chien, jappant de sa petite tête mignonne couverte de poussière. Elle ressemblait vraiment à une serpillière à poussière maintenant et Cassidy ne put s'empêcher de sourire à la description de Liam, bien qu'elle doutât qu'il sourirait s'il pouvait les voir toutes les deux.

Il l'avait surprise. Il avait laissé une parfaite inconnue entrer chez lui, lui avait donné les clés de son camion, de l'argent et un travail. Il n'avait pas eu besoin de lui donner un endroit où rester. Il ne lui devait rien. Il la connaissait depuis quoi? Une demi-heure? Qui *faisait* ça?

Liam Manley. Une femme allait avoir beaucoup de chance un jour.

Pendant une seconde, elle imagina que c'était elle. Qu'elle pourrait vivre ici, avec Liam, faire partie de sa famille. Appeler Mme Manley Mamie, avoir quelques beaux-frères, une belle-sœur — non, une sœur tout court. Elle avait toujours voulu avoir une sœur.

Elle avait toujours voulu une famille.

Et Liam en avait une toute prête qui n'attendait que quelqu'un pour en faire partie.

Était-ce si mal d'imaginer que ce quelqu'un pourrait être elle?

Chapitre Dix-Sept

— OK, je suis prête à travailler.

Liam laissa tomber le marteau. Sur son pied.

Il sautilla pour voir le cauchemar de ses nuits debout dans l'embrasure de la porte de son nouveau projet, l'air beaucoup trop enjouée et... et... *rayonnante* dans son short orange vif et son haut jaune soleil. — Tu es quoi?

— Je suis là pour travailler. J'ai mis mes vêtements de peinture alors mets-moi à profit.

N'y pense pas, n'y pense pas, n'y pense pas.

Trop tard. Voir les actions non-Rachel avait ouvert la porte à une image qu'il n'aurait jamais cru voir chez Cassidy. Et après les rêves qu'il avait faits d'elle et lui ces deux dernières nuits alors qu'il dormait sur une pile de toiles de protection devant la cheminée ici pour ne pas avoir à rentrer chez lui et être tenté par elle, *ne pas y penser* n'était pas possible. Il l'imaginait dans toutes ses couleurs vives - qui étaient apparemment orange et jaune. — De quoi parles-tu?

Cassidy brandit un pinceau et un tas de ce qu'il supposait être des chiffons, bien qu'ils ressemblaient plus à des mouchoirs non repassés. — Peindre. Ici. Avec toi. Cet endroit.

Non non non. Pas question. — Tu n'as pas des meubles à restaurer ou quelque chose? Un chien à promener? Des boucles d'oreilles à mettre aux enchères? Un appartement à trouver, des meubles à vendre... Quelque chose qui la ferait sortir de sa maison plus tôt que tard pour qu'il puisse descendre de ce manège de *l'était-elle/ne l'était-elle pas*. Peindre *cet* endroit n'allait pas arranger ça.

— Les boucles d'oreilles sont listées, la maison est propre, et j'ai passé la matinée à réparer et à poncer les prochaines pièces sur lesquelles je vais travailler, donc j'ai du temps libre en attendant que la poussière retombe dans le garage. Et à cause de ça, je ne peux rien peindre de nouveau. Pas que j'aie de la place pour quoi que ce soit de nouveau. C'est déjà un parcours du combattant là-dedans.

Pas surprenant vu l'état de ses placards dans son appartement. — Alors tu as pensé venir ici travailler?

— Tu as tout compris. Elle l'éblouit de son sourire et Liam dut littéralement cligner des yeux pour faire disparaître les taches solaires.

— *C'est* ce que tu as pensé? Peindre n'était certainement pas sa première pensée quand il s'agissait d'elle.

— Eh bien, oui. Pour la première fois depuis son arrivée, son sourire faiblit un peu. — Tu ne veux pas d'aide? On préparera la maison pour la vente plus vite. Mon père pousse toujours les gens à finir en dessous du budget et avant la date limite. Je sais ce que je fais et à deux, on peut finir beaucoup plus vite.

Ça n'allait pas arriver. Pas avec elle dans ce ridicule short orange vif qui n'était peut-être pas assez court pour Daisy Duke mais qui lui allait très bien - *trop* bien - et un t-shirt couvert de - bon Dieu - strass.

— *Ça*, ce sont des vêtements de peinture? Il baissa les yeux sur son propre short de peintre kaki terne et son t-shirt taché de sueur qui était autrefois bleu. Ou peut-être vert. Difficile à dire car il avait déteint à force de lavages. Il avait quelques tenues de peinture ; pas la peine de ruiner de nouveaux vêtements, il suffisait de laver les anciens jusqu'à ce qu'ils s'usent.

— C'est tout ce que j'avais, tu te souviens? Elle tapota le bout du pinceau sur ses lèvres, et Liam essaya fort de ne pas fixer du regard. Ni de se demander quel goût elles auraient. — Alors, de quelle couleur vas-tu faire les boiseries?

— Blanches.

— Ça fera un beau contraste avec des murs vert chasseur.

— Les murs ne seront pas vert chasseur.

— Ils devraient l'être.

— Ils seront beiges.

— Des murs beiges et des boiseries blanches? Pourquoi ne pas tout recouvrir de plastique pendant que tu y es pour enlever toute personnalité à l'endroit?

— Il n'a pas besoin de personnalité ; il doit être neutre pour que quelqu'un puisse venir et en faire le sien. Avec *sa* personnalité.

— Mais si tu l'arranges, tu auras plus d'intérêt.

— Combien de maisons as-tu vendues exactement?

Ses lèvres sensuelles se pincèrent en une ligne droite qu'elle tordit de côté. Et même ça lui allait bien.

— Je te ferai savoir que j'ai étudié avec certains des meilleurs designers européens qui sont à la pointe de la décoration intérieure. Des gens qui travaillent pour Architectural Digest, qui conçoivent des hôtels et des penthouses de luxe. Mon père a toute une équipe pour concevoir toutes les pièces de ses immeubles jusqu'au moindre bibelot.

— Ce sont des hôtels. Ils sont censés être tout arrangés. Les gens ne veulent pas d'une chambre d'hôtel vide.

— Il a aussi des condos, tu te souviens? J'en habitais un avant.

— Et c'était l'endroit le plus chaleureux que tu puisses imaginer?

— Ce n'était pas censé être chaleureux. C'était censé être frappant. Tout ce blanc et ce verre... L'endroit se présente bien. Il se vendra et pour beaucoup d'argent. Parce que c'est une propriété Mitchell Davenport et que tous les standards qu'il a établis pour ses propriétés sont là, répondant aux attentes des clients qu'il a créées. Tu devrais faire ça. Faire en sorte que les projets de Liam Manley aient une déclaration, un certain panache, pour que les gens sachent ce qu'ils obtiennent quand ils achètent quelque chose que tu as créé. Construis une marque pour ton nom et peu importera la couleur que tu mets sur les murs tant que c'*est* une couleur. *Pas* du beige. Elle frissonna réellement.

— Tu ne portais pas du beige l'autre jour?

Elle pencha la tête. — Ah bon?

Jésus, elle ne s'en souvenait pas? Lui n'arrivait pas à chasser cette image de sa tête. — Ouais, toute ta tenue était beige. Haut, pantalon, chaussures. Le soutien-gorge qu'il avait aperçu quand elle s'était penchée devant lui, et probablement son fichu string aussi. Et Dieu savait que sa peau était de la même couleur - chaque parcelle appétissante qu'il avait entrevue.

Elle haussa les épaules. — Et alors? Je ne suis pas une maison et on ne parle pas de moi de toute façon. Je conçois les meubles en pensant à ma marque. Tu devrais penser à la tienne. Qu'as-tu fait dans toutes les maisons que tu as retapées qui soit identifiable comme étant de toi? Qui fasse dire que c'était fait par Liam Manley?

— Mon nom sur leur chèque.

Cassidy leva les yeux au ciel, ses yeux toujours magnifiques même sans maquillage. — Tu veux continuer à faire du travail manuel jusqu'à ta mort, Liam? Il faut que tu penses à long terme. Fais-toi un nom, crée ta marque. Ensuite, tu pourras l'enseigner à quelqu'un d'autre et soit vendre ton entreprise, soit la transmettre à ta famille quand tu voudras prendre ta retraite, tout en continuant à en tirer des revenus. Tu dois créer le besoin pour tes produits. Donne aux gens une raison de te rechercher plutôt que de trouver un autre endroit. Fais en sorte que tout le monde veuille une propriété Liam Manley parce qu'elles sont tellement économiques, fonctionnelles, innovantes ou quelque chose du genre que c'est une vraie aubaine pour eux d'en posséder une. Crée ta niche pour que les gens viennent à toi au lieu que tu aies à aller chercher des clients chaque fois que tu as quelque chose à vendre. C'est toujours mieux d'avoir une file d'attente que des échos de silence quand tu ouvres la porte de ton entreprise chaque jour.

— On dirait que tu as bien écouté quand Papa parlait.

Elle pencha la tête et mit une main sur sa hanche. — Le type est peut-être un crétin, mais il sait de quoi il parle et tu ne vis pas et ne travailles pas avec lui sans apprendre quelques trucs, alors ne me prends pas de haut.

Liam tressaillit. Il l'avait fait, en effet. Il n'avait pas eu l'intention de la prendre de haut, mais cette conversation avec Sean résonnait encore dans sa tête. En toute honnêteté, il n'aurait jamais pensé que Cassidy Davenport aurait la moindre idée en matière d'affaires.

Mais il en avait, et il faisait ça depuis un moment. — J'apprécie ton offre, Cassidy, mais c'est mon endroit. Je le ferai à mon rythme, à ma façon.

Bon sang, les coins de sa bouche s'affaissèrent et il aurait juré que sa lèvre inférieure avait tremblé.

— Très bien alors. Elle inspira et le regarda dans les yeux. — Si tu ne veux pas de mon aide...

— Je n'ai pas dit ça.

Qu'est-ce que tu fais? Tu veux *l'inviter à traîner dans les parages?* Il se pinça l'arête du nez. C'était probablement la chose la plus stupide — bon, la deuxième plus stupide — qu'il ait jamais faite. Mais elle *voulait* aider.

Combien de fois avait-il souhaité que Rachel s'intéresse ne serait-ce qu'un peu à ce qu'il faisait dans la vie? — D'accord, très bien. Tu peux aider. Mais les murs ne seront *pas* verts.

Elle ouvrit la bouche et Liam se prépara à une bataille.

Au lieu de cela, elle le surprit. — D'accord, Liam. Comme tu voudras.

Il cligna des yeux. Vraiment? Elle était d'accord avec lui? Elle ne se battait pas? Elle ne se mettait pas à pleurer pour obtenir ce qu'elle voulait?

Liam plissa les yeux. Elle préparait quelque chose.

Et puis elle l'embrassa.

Chapitre Dix-Huit

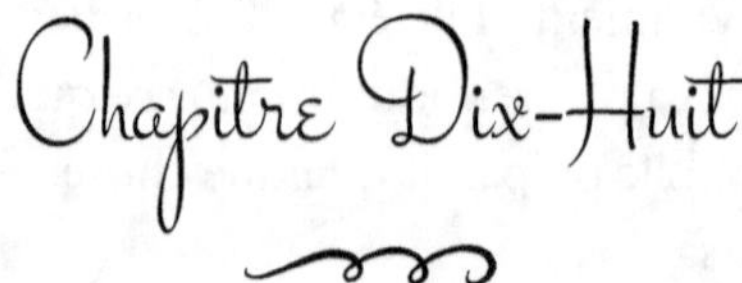

Elle ne l'avait pas fait exprès. Vraiment pas.

C'était juste... juste... eh bien...

Il lui donnait une chance. Pour une raison ou une autre, Liam lui offrait l'opportunité de travailler avec lui sur quelque chose d'important pour lui. Elle était tellement habituée à ce que ses idées soient rejetées qu'elle s'attendait à ce qu'il refuse catégoriquement. Quand il lui avait dit qu'elle pouvait l'aider, eh bien, elle avait été si surprise, si heureuse, qu'elle n'avait pas vraiment réfléchi à la façon dont elle devait réagir.

Sauter dans ses bras et lui planter un baiser sur les lèvres n'était probablement pas le meilleur choix.

Puis il avait commencé à lui rendre son baiser et, ouais, eh bien, peut-être que c'était *effectivement* un bon choix. Cet homme était *au top*.

Et, bon sang, ce qu'il embrassait bien. Si Burton avait été capable d'envoyer ses sens dans la stratosphère comme Liam le faisait, elle n'aurait peut-être pas fui l'ultimatum de son père.

Mais alors elle aurait manqué ça.

Elle aurait manqué le jeu des lèvres de Liam sur les siennes — presque mordantes mais beaucoup plus douces. Assez tantalisant pour lui envoyer de petits chocs et lui faire perdre l'équilibre. Et puis il y avait la façon dont ses grandes mains calleuses lui agrippaient le dos et lui enserraient la taille, descendant même jusqu'à ses fesses.

C'était comme si quelqu'un l'avait branchée sur une prise électrique. Elle s'était enflammée et tout d'un coup, elle se fichait qu'elle était censée le remercier au lieu de l'embrasser. Il n'était pas question qu'elle s'arrête.

Ses lèvres voyagèrent des siennes jusqu'à juste sous sa mâchoire, près de son oreille. — Cassidy.

Oui, c'était son nom et, oh mon Dieu, ça sonnait si bien venant de lui.

— Cassidy, dit-il un peu plus fort, son souffle chaud attisant les flammes un peu plus en caressant sa peau.

Oui, oui, voulait-elle répondre, mais son souffle avait disparu alors elle ne pouvait pas. Elle ne pouvait tout simplement pas. D'ailleurs, pourquoi se donner la peine de parler quand ils pouvaient s'embrasser à la place —

— Cassidy.

Attends. Il parlait. Il n'embrassait pas. Et il n'avait pas l'air essoufflé ou émerveillé dans sa voix.

L'électricité se transforma en glace et Cassidy ne put plus bouger. Elle s'était jetée sur le gars — littéralement — et il ne voulait rien d'elle.

Bon, d'accord, ses mains n'avaient pas quitté ses fesses, donc peut-être qu'il y avait quelques parties qu'il voulait, mais il ne la voulait pas *elle*. Son ton disait tout.

La mortification s'insinua dans ses veines et ses genoux faiblirent pour une toute autre raison. Mon Dieu, l'humiliation.

Elle s'éclaircit la gorge et détacha ses doigts du nœud qu'ils avaient formé dans ses cheveux tandis qu'elle déroulait sa jambe de son mollet — oh mon Dieu, elle s'était enroulée autour de lui comme une vigne — et elle recula d'un pas douloureux, les jambes sur le point de céder. — Je... Elle écarta ses cheveux de son visage — des cheveux qui s'étaient échappés de sa queue de cheval et s'étaient emmêlés et mouillés de sueur sous la chaleur de leur baiser. — Je suis désolée. Je ne sais pas pourquoi j'ai fait ça. Je —

— Des conneries.

— Je... quoi?

— Des conneries. Tu sais exactement pourquoi tu as fait ça.

Eh bien, oui, elle le savait. Elle trouvait le gars incroyablement attirant et elle n'avait pas réfléchi ; elle avait réagi. — Je... vraiment?

— Écoute, je ne suis pas un de ces petits chiens que ton père t'a alignés pour que tu les épouses. Je ne suis pas un mec que tu peux traîner par la queue. Je ne fais pas dans les femmes comme toi.

— Les femmes comme... comme moi?

— Ouais. Il fit le dernier pas qui le mit hors de portée et passa ses deux mains dans ses cheveux. — Bon sang. Je donne un centimètre et tu prends un kilomètre. Quand est-ce que je vais enfin apprendre ma putain de leçon?

Quelque chose ne collait pas ici, mais Cassidy essayait encore de ralentir son rythme cardiaque et de comprendre ce qu'il avait bien voulu dire par *les femmes comme toi*. Qu'est-ce que ça voulait dire?

— Ça ne va pas marcher, Cassidy. Tu dois rentrer chez toi.

Chez elle. C'était ça le problème ; elle n'en avait pas.

— Pourquoi? Tu as peur de ne pas pouvoir résister à mon charme? Elle laissa le sarcasme masquer son humiliation. Elle n'aurait jamais pensé qu'il serait repoussé par elle — quel que soit le type de femme qu'elle était. Ça n'était jamais arrivé avant. Elle avait toujours été celle qui se retirait parce qu'elle n'avait jamais été sûre de ce qu'un homme voulait d'elle.

— Ce n'est pas un secret que je suis attiré par toi.

Ça répondait à cette question.

— Un homme devrait être mort pour ne pas l'être.

Elle ne pensait pas que c'était un compliment.

— Mais je ne cherche pas de complications dans ma vie. Je ne cherche pas de femme.

— Whoa. Attends un peu, Casanova. Si tu penses que j'ai fait ça pour essayer de t'attraper ou quelque chose comme ça, tu te trompes. C'était de la gratitude. Pour te remercier de me laisser travailler avec toi là-dessus. Ne va pas exagérer les choses. C'était son histoire et elle s'y tiendrait.

Elle croisa cependant les doigts derrière son dos.

Il haussa un sourcil vers elle. — Vraiment.

Elle releva le menton. S'il n'avait pas perdu le contrôle pendant leur baiser, elle n'allait certainement pas admettre qu'elle l'avait fait. Moins il en savait sur l'attraction qu'il exerçait sur elle, mieux c'était.

— D'accord, très bien, dit-il. J'ai mal interprété ta jambe enroulée autour de moi et la prise mortelle que tu avais sur mes cheveux, sans parler de ta langue qui explorait chaque partie de ma bouche.

Maudit soit-il. Ses joues s'enflammèrent, mais Cassidy n'avait pas affronté les filles hautaines des ambassadeurs et d'autres dignitaires dans son pensionnat pour rien. — Je *peux* me contrôler, tu sais. Ce n'est pas comme si tu étais le cadeau de Dieu aux femmes, Liam. Alors oui, je t'ai embrassé. D'accord... je me suis laissée emporter. Je *peux* me contrôler, tu sais.

Elle lui mentait en face mais elle ne se mentait pas à elle-même. Cet homme était parfait. Et si le visuel n'était pas une preuve suffisante, la façon dont il envoyait ses hormones en orbite l'était. Mais elle n'allait pas flatter son ego, ni le laisser penser qu'il était son tout.

L'est-il?

Oh, pour l'amour de Dieu. Ce n'était qu'un baiser.

Mmh mmh.

— Mais tu ne me repoussais pas non plus. J'ai distinctement senti tes mains sur mes fesses.

Il serra les poings et pinça les lèvres. Oui, il s'en souvenait.

— Alors, on va le faire ou tu vas te torturer l'esprit et me mettre à la porte parce que tu ne peux pas me résister? Elle le provoqua et mit ses mains sur ses hanches pour faire bonne mesure — et pour rappeler à ses jambes de ne pas fléchir.

Était-ce son imagination ou avait-elle vu une lueur de quelque chose — osait-elle penser que c'était de l'admiration — alors qu'il la regardait?

— Très bien. Tu peux rester. Mais il y a des règles de base. Tu restes de ton côté et je reste du mien, et s'il y a une rencontre au milieu, pas de contact. D'accord?

— Wow, après cette déclaration romantique, comment peux-tu t'attendre à ce que je reste loin?

Il soupira. — Oui ou non?

— Oui. Bien sûr. Ce n'est pas comme si je ne pouvais pas vivre sans t'embrasser à nouveau. Bien que cette pensée lui fasse un peu *mal au ventre.*

— Et ça vaut aussi pour la maison.

— Ne te flatte pas, Liam. Je vais rester de mon côté pour tout, surtout du côté où se trouve ma chambre. Elle secoua la tête pour dégager les cheveux humides de sa joue. Elle n'avait pas besoin qu'on lui rappelle qu'ils s'étaient embrassés il y a à peine une minute — et que ce serait la seule fois qu'elle aurait ça avec Liam. Ce qui était sacrément dommage.

— Alors. Elle ramassa son pinceau là où elle l'avait laissé tomber pour ce baiser-qui-ne-se-reproduirait-plus et le glissa derrière son oreille. — Je commence par les boiseries?

Il l'étudia pendant une minute et sembla vouloir dire quelque chose, mais à la place, il se mordit l'intérieur de la joue pendant une seconde. — Je prévoyais de faire les boiseries après les étagères.

— D'accord. Je peux aider pour ça.

Il arqua un sourcil. — N'avons-nous pas justement parlé de côtés opposés?

— Et alors? Côtés opposés des étagères.

Si elle ne se trompait pas, il retint un grognement. Mais elle ne se trompait pas sur le lourd soupir qu'il ne tenta pas de cacher. — Cassidy.

Elle leva les mains. — J'ai compris. La distance. Parce que je suis tellement irrésistible que tu ne peux pas t'empêcher.

— Oh, je résiste à beaucoup de choses en ce moment. Et je ne parle pas de t'embrasser.

Merde. Ça faisait vraiment mal.

Il passa une main dans ses cheveux et massa sa nuque. Alors peut-être que ce n'était pas la meilleure idée. Elle devrait partir.

Mais ce serait admettre qu'il y avait plus qu'un baiser de gratitude. Malgré ses grands mots, si elle partait, il saurait que c'était plus que de la simple gratitude.

Elle prit un pot de peinture. — D'accord, Liam. On dirait que les boiseries vont être faites plus tôt que prévu. Je vais commencer par ici. Du côté *opposé* de la pièce.

Quelle ironie que le seul homme qu'elle voulait soit celui qui ne voulait pas d'elle?

Son père appellerait ça une justice poétique.

Eh bien, elle méritait mieux que ce qu'il voulait pour elle, que ce soit Liam, son art ou son indépendance, et elle allait obtenir ce qu'elle méritait.

Chapitre Dix-Neuf

Deux heures de torture plus tard, Liam et Cassidy n'avaient guère avancé.

Enfin, *lui* n'avait guère avancé. Cassidy avait fait beaucoup plus parce qu'elle prenait visiblement au pied de la lettre son édit sur les *côtés opposés*. Son regard ne s'était pas égaré une seule fois dans sa direction.

C'était stupide que cela le dérange, mais chaque fois qu'il se retournait, elle était dans une pose qui lui donnait un coup au ventre. La dernière avait été un vrai supplice : elle était penchée au sommet de l'échelle, posant du ruban de masquage autour du bord de la boiserie, lui offrant une vue parfaite de ses fesses. Celles sur lesquelles il avait posé ses mains. Ses paumes en ressentaient encore la courbe et la douceur. S'il devait passer ne serait-ce qu'une seconde de plus à fixer ses fesses, il deviendrait fou.

Ce qui, bien sûr, était le code de l'univers pour Faire-Cassidy-Se-Pencher-Devant-Lui-Sur-L'échelle-Encore-Une-Fois, plaçant ainsi ses fesses à nouveau à hauteur de ses yeux lorsqu'il alla chercher un autre bidon de peinture.

Il leva les yeux au ciel. *Sérieusement?*

— Liam? Tu peux venir ici une seconde?

Pas question. — Pourquoi?

Elle rejeta sa queue de cheval par-dessus son épaule et le regarda. Une mèche rebelle s'était accrochée à son nez et elle la souffla.

Ce geste lui retourna également l'estomac parce qu'il pouvait parfaitement l'imaginer faire la même chose après s'être penchée sur lui comme ça-

— Allô? Parce que j'ai besoin d'aide? Elle montra du doigt le ruban de masquage bleu qui s'était décollé et la goutte de peinture blanche sur le mur en dessous. — J'aurais besoin d'un chiffon humide avant que la peinture ne sèche. À moins que tu ne préfères rester planté là à me regarder?

Rester là à la regarder avait beaucoup pour plaire. C'est pourquoi il se mit en mouvement.

Douze secondes, six respirations profondes et un chiffon humide plus tard, Liam essayait de trouver le moyen le plus sûr de le lui faire parvenir sans avoir à s'approcher d'elle.

— Liam? Elle le cloua du regard avec ses magnifiques yeux verts. — Un de ces jours. À moins que tu ne veuilles que le mur soit blanc aussi?

— Je suis sûr que tu trouverais également à redire à cette couleur.

— Comme tu as pu le voir dans mon appartement, le blanc n'est pas plus une couleur que le beige. C'est un fond. Alors, oui ou non pour le mur blanc?

— Attends. Elle était autoritaire. Et, étonnamment, chez elle, ça lui plaisait. Mieux qu'une manipulatrice sournoise comme sa dernière petite amie.

Cassidy n'est pas *ta petite amie.*

— Tiens. Il lui lança pratiquement le chiffon.

— Sérieusement? Elle regarda l'endroit où le chiffon avait atterri sur le barreau inférieur et secoua le bac à peinture et le pinceau qu'elle tenait. — Avec quelle main étais-je censée l'attraper? Je veux dire, je sais qu'on va enfreindre la règle des côtés opposés de la pièce, mais je pense que la peinture qui goutte prime sur ça.

Merde. Elle avait raison et il détestait ça presque autant qu'il détestait le fait qu'il allait devoir se tenir derrière elle sur l'échelle pour essuyer la peinture.

Il grimpa, essayant de garder autant d'espace que possible entre eux. Le problème était que son parfum remplissait cet espace. Quelque chose de floral et de féminin ; ç'avait été dur de résister de l'autre côté de la pièce, mais de près? Elle le tuait. Il aurait dû la conduire à l'hôtel, payer pour un mois et la laisser là. Il n'avait pas eu un moment de paix depuis qu'il l'avait installée chez lui.

— Youhou, Liam...

Ah oui. Il secoua mentalement la tête pour s'éclaircir les idées. Bon sang, il n'était pas un adolescent avec son premier béguin. Bon, il était attiré par elle.

Ça ne voulait pas dire que ça devait aller quelque part. Il était un homme adulte ; il pouvait contrôler ses pulsions.

Mais celle qu'il eut en se penchant sur elle pour nettoyer la goutte...

Il fallut deux passages avec le chiffon pour essuyer la peinture, puis Liam descendit de cette échelle et s'éloigna de la tentation avant de reprendre son souffle.

— Merci, dit-elle, sa respiration semblant parfaitement normale.

Liam s'efforça d'avoir l'air aussi normal quand il répondit : — Pas de problème.

Pur mensonge. *Énorme* problème. Ce baiser était là, juste entre eux, et il avait voulu reprendre exactement là où ils s'étaient arrêtés.

— Si tu le dis, marmonna-t-elle. — Alors tu es toujours décidé pour cette couleur beige ?

Ouais, concentre-toi sur la peinture. Sur ce qu'ils faisaient ici. Pas sur ce qu'il voulait faire ici... — Mieux que le vert chasseur, vu ton petit accident, ma chérie. Il retourna de son côté de la pièce, qui n'était pas assez loin d'elle, mais c'était le plus loin possible, ce *ma chérie* résonnant dans sa tête. Il avait glissé de ses lèvres bien trop facilement.

— Alors, de quelle couleur seront les étagères ? Beige aussi ?

Il rit. Il ne put s'en empêcher. Surtout quand il vit la lueur espiègle dans son œil qui disait qu'elle le taquinait.

Si seulement elle savait de combien de façons.

Il devait se ressaisir. — Non. Elles seront teintées en acajou pour s'accorder avec le sol. Liam prit une profonde inspiration. Parler travail était le moyen parfait de se remettre la tête dans le projet où elle devait être et pas sur elle.

— Je pense toujours que tu devrais utiliser du cerisier. Ça va tellement mieux avec la maison.

— L'acajou est une couleur parfaitement convenable, Cassidy.

— D'accord, mais si tu es toujours bloqué sur le beige, le cerisier s'harmoniserait vraiment bien avec le mortier noir autour de la cheminée. Bien mieux que l'acajou.

— Je ne vais pas utiliser de mortier noir.

— Tu devrais. Elle tapota ses lèvres avec le bout de son pinceau. — Ça rendrait super bien.

Il regarda la cheminée, se concentrant dessus au lieu de ses lèvres. Celles qu'il avait embrassées.

Mortier noir. Cette femme avait raison. Ça serait joli.

Et avec une propriété aussi petite, des sols et des étagères en acajou foncé feraient paraître l'endroit plus petit. De plus, il lui restait assez de teinture cerisier d'un autre chantier, donc le coût serait en fait moindre.

Hmm. Elle avait dit avoir étudié le design ; peut-être savait-elle finalement de quoi elle parlait.

— Alors, Cassidy.

Il mit le baiser de côté et réfléchit attentivement à ce qu'il allait dire. Elle le rendait peut-être fou physiquement, mais d'un point de vue professionnel, elle avait du sens. Cette discussion sur l'image de marque et sur l'idée d'attirer les clients *vers* lui plutôt que d'avoir à réinventer la roue était pertinente.

— Si je décide d'opter pour un parquet en cerisier, que suggérerais-tu pour ces étagères?

— Eh bien...

Cassidy descendit de l'échelle avec ses quatre-vingt-gazillions de centimètres de jambes, et Liam dut se rappeler de respirer pendant toute la durée de sa descente.

— Si j'étais toi, je ferais faire une peinture personnalisée sur les étagères. Peut-être des feuilles d'automne ou un aspect cuir matelassé qui s'accorderait avec la maison. Jouer avec son caractère.

Et encore une fois, c'était une bonne idée. Ce n'était que de la peinture après tout, pas l'engagement d'un papier peint qui pourrait poser problème à un acheteur potentiel.

— Donc... si nous faisons ça, nous échangerons le gîte et le couvert contre ton expertise en design? Je n'ai pas d'argent dans mon budget pour des extras comme des bibelots ou des choses du genre, et nous ne parlons pas de meubles. Nous parlons de design. La couleur des murs, la teinture, les moulures, les étagères. Ça te convient?

— Si ça me convient? Absolument.

Son sourire valait l'offre à lui seul.

Reprends-toi, Manley. Ce n'est qu'une femme. Jolie, certes, mais quand même... N'oublions pas Rachel.

Bon sang, il avait l'air blasé. Il ne s'en était jamais rendu compte jusqu'à maintenant. Il avait jugé Cassidy sur ses idées préconçues, et si son père ne l'avait pas mise à la porte, il les aurait encore.

Ce n'était pas un moment dont Liam était fier.

C'était aussi le moment où il réalisa qu'il la peignait avec le même pinceau que Rachel avait agité comme une bannière.

— Le troc m'aidera à te rembourser plus vite.

Cette idée n'avait plus l'attrait qu'elle avait autrefois.

— D'accord, donc on fait les murs et les moulures, puis tu pourras réfléchir à ce que tu veux faire pour les étagères, et on continuera à partir de là. Ça te va?

Cassidy s'assura de ne pas sauter de l'échelle pour se jeter dans les bras de Liam cette fois. Ils avaient dépassé le stade du baiser et en étaient arrivés au point où il écoutait ce qu'elle disait. Elle ne voulait pas compromettre cela.

— Ça me va.

Elle essaya de garder l'émotion hors de sa voix. Il lui donnait sa chance et faisait confiance à sa vision. Cela pouvait ne pas sembler important pour quelqu'un d'autre, mais être prise pour son propre mérite, sa propre idée, c'était énorme. Toute sa vie, les choses lui étaient venues à cause de qui elle était. Liam n'avait *pas* à faire ça. Il s'y était même opposé jusqu'à ce qu'il prenne le temps d'écouter.

Personne ne l'avait vraiment écoutée *elle* auparavant.

Le fait que Liam l'ait fait, qu'il valorise ce qu'elle avait à dire... Cela ouvrait une boîte de Pandore.

Parce que si l'expulsion par son père la rendait en colère et déterminée à lui prouver qu'il avait tort, le respect de Liam la faisait s'inquiéter de ne pas pouvoir lui prouver qu'il avait raison.

Chapitre Vingt

— Bonjour, ma chérie.

Mme Manley se tenait sur le porche le lendemain matin, un sourire sincère aux lèvres et une assiette de biscuits à la main. Liam était parti régler un problème avec les marches, alors Cassidy la fit entrer.

— Bonjour, Mme Manley. C'est un plaisir de vous revoir.

Sauf que Cassidy portait un short coupé fait à partir d'un vieux pantalon de survêtement de Liam et l'un des t-shirts les plus ternes qu'elle ait jamais vus, trouvé dans la vieille commode de son garage où il rangeait les chiffons à poussière et les bâches. C'était mieux que les choix restants de sa garde-robe, dont le meilleur était un ridicule short en jean clouté et un haut en coton qui s'attachait sous la poitrine. Daisy Duke ou grunge masculin? Que ce dernier soit le meilleur choix en disait long sur sa garde-robe. Elle aurait dû prendre quelques-unes de ses vraies tenues, au diable l'édit de son père.

— Je ne tombe pas mal, j'espère? demanda Mme Manley, l'air presque plein d'espoir.

— Liam est sur un chantier, mais vous êtes bien sûr la bienvenue.

Cassidy poussa Titania du pied. La Maltaise était assise en plein milieu du vestibule comme si elle était chez elle. Cassidy lui avait dit plus d'une fois de ne pas trop s'y habituer.

— Je ne peux rester qu'une minute.

La femme entra et se dirigea vers la cuisine, posant les biscuits sur la table du petit-déjeuner, n'ayant pas l'air de quelqu'un qui ne restait qu'une minute.

— J'étais dans le coin et je me suis dit que je passerais voir où en était ma petite table. Je ne veux pas mettre la pression, vous savez. C'est juste que je suis tellement excitée que j'ai du mal à attendre. J'ai fait déplacer mon fauteuil par les ouvriers d'entretien de ma résidence et fait polir la lampe que Bryan m'a achetée. Le soleil frappe juste au bon endroit le matin. Ce sera parfait pour lire le journal en prenant mon café.

— Oh, vous en voulez une tasse?

Cassidy ne buvait pas de café, c'est pourquoi la cafetière n'était pas en marche, mais Liam avait une de ces machines à dosettes et un assortiment de cafés dans son garde-manger.

— J'adorerais. Liam garde une cafetière ici pour moi. C'est un homme si attentionné. Il a même acheté différentes saveurs pour que j'aie le choix.

— Eh bien, laissez-moi vous en préparer une tasse.

Cassidy sortit une sélection du garde-manger pour qu'elle choisisse et pria pour pouvoir comprendre le fonctionnement de la cafetière puisqu'elle n'avait jamais *fait* de café.

— Votre chien est vraiment mignon, dit Mme Manley en s'asseyant à la table de la cuisine de Liam et en tapotant ses genoux pour que Titania y saute.

— Merci. Titania est une super chienne.

— Je n'ai jamais eu de chien quand les enfants grandissaient. Une bouche de plus à nourrir. Une chose de plus à nettoyer. Quatre jeunes enfants à mon âge, et ayant perdu mon fils... C'était un peu trop.

— Je n'imagine pas comment vous avez fait. L'idée d'un seul enfant me terrifie.

Mais pas pour les raisons que Mme Manley pourrait penser. La moitié de la raison pour laquelle elle avait acheté Titania était de voir si elle *pouvait* prendre soin d'un autre être vivant. (L'autre moitié était peut-être de donner de l'*agita* à son père.) Mais les chiens étaient différents des enfants, et bien que Titania soit une réussite, Cassidy ne doutait pas qu'un enfant serait aussi facile. Titania avait besoin de deux repas par jour, d'un coin d'herbe et d'un peu d'amour - rien de l'attention psychologique et du renforcement de l'estime de soi dont les enfants avaient besoin. Le genre d'attention dont Cassidy avait cruellement manqué.

— Oh, c'est incroyable ce qu'on fait par amour.

Mme Manley tapota le sachet de Kona hawaiien.

— Nous n'avions pas grand-chose, mais ces enfants savaient qu'ils étaient aimés. Et ils m'aimaient en retour. J'ai eu beaucoup de chance de pouvoir connaître mes petits-enfants comme je les ai connus, et qu'ils fassent partie intégrante de ma vie. Il n'y avait rien de comparable à les avoir avec moi toutes ces années.

Cassidy dut s'éclaircir la gorge en se dirigeant vers la cafetière. C'était soit ça, soit fondre en larmes devant la femme. Ici, elle avait été l'enfant unique de *deux* parents et n'avait pas reçu ne serait-ce qu'un dixième de l'amour que Mme Manley, seule, avait partagé avec *quatre* enfants. Liam et ses frères et sœurs avaient tellement de chance, et cela montrait simplement ce que la vie et la mort de Franklin lui avaient appris être vrai : que toutes les *choses* qu'elle avait eues n'étaient pas ce qui était important dans la vie. Regardez-la maintenant : elle n'avait même pas *une* personne vers qui se tourner pour demander de l'aide, juste un étranger au grand cœur - qu'il avait manifestement hérité de cette femme.

— Et toi, Cass? Comment est ta famille? As-tu des frères et sœurs? Que font tes parents? Oh, et appuie sur ce bouton en haut.

Ce serait peut-être une meilleure idée de simplement prendre un couteau de cuisine et de s'ouvrir les veines plutôt que d'avoir cette conversation. Malgré tout ce qu'elle avait eu, elle n'avait rien eu comparé à Liam et sa famille.

Elle appuya sur le bouton et la cafetière s'ouvrit.

— Euh. Mes parents. Ils sont divorcés.

Oui, rester aussi près que possible de la vérité quand on ment. Pas qu'elle allait mentir, juste omettre quelques détails. Comme le nom de son père.

— Maman vit à l'étranger donc je ne la vois pas beaucoup et mon père est un bourreau de travail. Je suis fille unique. Inutile de dire que mon éducation a été un peu terne comparée à celle de Liam et ses frères et sœurs.

— J'imagine.

Mme Manley posa Titania par terre et s'assit au comptoir.

— Mets l'eau dans cette partie en plastique transparent, ma chérie. Le couvercle se soulève, je crois. La tasse va en dessous et puis appuie sur BREW.

Elle posa ses mains sur le comptoir, les doigts entrelacés.

— Mon mari et moi n'avons eu que Neil. Le père de Liam. J'en voulais plus, mais ce n'était pas possible. En avoir quatre a demandé un certain temps d'adaptation, mais je dois dire que les avoir a certainement facilité le processus de deuil. Je n'avais pas le temps. De plus, ils souffraient tellement. Ma pauvre petite Mary-Alice Catherine... Elle s'accrochait à moi comme si *j'allais* la quitter ensuite. D'ailleurs, je n'ai quitté la maison qu'elle et moi partagions qu'il y a quelques mois. Cette fille ne voulait pas me laisser partir même quand elle a grandi, bien que je pense que c'était par un sentiment de culpabilité mal placé. J'ai finalement dû signer les papiers pour mon nouveau logement dans son dos pour la pousser hors du nid, pour ainsi dire, bien que ce soit moi qui sois partie. Il est temps pour elle d'être indépendante et de vivre sa vie. Elle est trop jeune - et moi aussi - pour qu'elle commence à s'occuper de moi. J'ai encore de la vie devant moi, tu sais, et je ne pense pas que mes petits-enfants me voient comme une vraie personne. Comme quelqu'un d'autre que leur grand-mère.

Elle fit un clin d'œil à Cassidy et c'est tout ce que Cassidy put faire pour ne pas laisser sa mâchoire tomber. Mme Manley voulait-elle dire ce que Cassidy pensait qu'elle voulait dire? Y avait-il un *ami gentleman* dans le tableau, par hasard?

Elle regarda la femme d'un œil nouveau. Comme une femme, pas comme une grand-mère. Elle semblait avoir la fin de la soixantaine, début de la soixante-dixaine, et être en grande forme. De toute évidence, son esprit était encore vif, et elle était très belle. Pourquoi ne sortirait-elle pas? Trouver quelqu'un avec qui passer ses dernières années...

Cette image frappa Cassidy avec la force d'une flèche en plein cœur. Pourquoi? Pourquoi pensait-elle à cela maintenant? Ce n'était pas comme si elle n'avait jamais contemplé le reste de sa vie, mais ça ne l'avait jamais frappée avec une telle force.

Et le plus triste, c'est qu'elle se voyait seule dans un penthouse comme celui qu'elle venait de quitter. Oh, bien sûr, elle aurait probablement les millions de son père, mais qu'en était-il d'avoir des enfants et des petits-enfants autour d'elle? Est-ce qu'un mariage avec l'un des larbins de Papa lui donnerait la famille dont elle avait si désespérément besoin?

Non. Elle le savait aussi sûrement qu'elle se tenait dans la cuisine de Liam Manley en conversant avec sa grand-mère, et cela ne faisait que renforcer sa décision de ne pas épouser celui que Papa choisirait. Pour lui, ce n'était qu'une autre transaction commerciale, mais pour elle... C'était sa chance d'obtenir ce qu'elle voulait. Ce dont elle avait besoin.

Une famille.

— Cass? Tout va bien, ma chérie?

Cassidy prit une profonde inspiration et plaqua son grand sourire de façade sur son visage. Elle n'était pas étrangère à la nécessité de prétendre que tout allait bien, de prendre sur elle et de faire preuve de charme quand il le fallait, et Mme Manley ne méritait pas qu'on lui décharge tous les bagages émotionnels de Cassidy.

— Je vais bien. J'imaginais juste ce que ça devait être de grandir avec trois frères et sœurs. Ça devait être bruyant.

Elle prit la tasse de la cafetière, attrapa une cuillère et le sucrier, puis les posa devant Mme Manley.

— Crème et sucre?

— Juste du sucre.

Elle en mit deux cuillères à café.

— C'était bruyant. J'étais habituée à n'avoir qu'un seul garçon, voyez-vous. Trois m'ont presque fait perdre la tête. Et puis Mary-Alice Catherine faisait tout ce que ses petites jambes pouvaient pour les suivre. Il n'y avait jamais un moment d'ennui — ni de propreté.

— Liam m'a dit que vous leur aviez appris à nettoyer.

— C'était ça ou se noyer dans le désordre. Ils étaient trop nombreux avec trop de besoins et je n'étais qu'une seule personne. Ils devaient aider ou ma maison aurait été condamnée.

Elle rit et prit une gorgée de son café.

— Je n'aurais jamais pensé qu'ils finiraient par utiliser ce que je leur avais appris de cette façon. J'aimerais bien voir Bryan nettoyer une salle de bain. C'est délicieux, au fait. Merci.

— Je vous en prie.

Bryan. Manley. Bryan *Manley*. Oh là là. Cassidy n'avait pas fait le lien. Bryan Manley était une star de cinéma. Le héros local de cette ville. Il était en fait une plus grande célébrité que son père — ce qui agaçait son père au plus haut point. La seule grâce salvatrice aux yeux de Papa était que Bryan passait la plupart de son temps à Hollywood, et quand il était ici, il gardait un profil bas. Elle l'avait vu à quelques événements caritatifs, mais n'avait pas eu la chance de le rencontrer à cause de la foule qui l'entourait. Papa estimait qu'il était indigne de faire partie d'une foule, alors ils avaient attendu que Bryan vienne à eux.

Il n'était pas venu.

Et elle, dans ses jours pré-Franklin où tout tournait autour d'elle, avait été vexée. Avait décidé qu'il ne valait pas son temps ni son attention.

Quelle idée stupide. Il était probablement un gars aussi sympa que Liam.

Bien que Liam soit en fait plus beau à son avis. Mais elle était peut-être un peu biaisée.

— Puis-je voir ma table? demanda Mme Manley après avoir partagé d'autres histoires d'enfance de Liam et de ses frères et sœurs et fini son café. Je suis si excitée. Je n'ai jamais rien eu de fait sur mesure auparavant.

— Eh bien, je l'ai seulement poncée et j'ai réparé le tiroir. Je n'ai pas encore commencé à la peindre.

— J'aimerais quand même la voir, si ça ne vous dérange pas. La partie « avant » de mon chef-d'œuvre.

— Eh bien, je ne sais pas si on peut parler de chef-d'œuvre...

— Balivernes.

Mme Manley tapota le bras de Cassidy.

— Si vous ne pensez pas que vos meubles sont des chefs-d'œuvre artistiques, personne d'autre ne le pensera non plus. Vous devez avoir foi en votre travail. De la confiance. Les gens peuvent le sentir. Agissez comme s'ils vous faisaient une faveur et vous dévaloriserez tout votre travail acharné et votre temps.

Mme Manley sauta du tabouret.

— Allons voir mon diamant brut.

Mme Manley était le véritable joyau ici. Le seul joyau vraiment important dans la vie. Cassidy voulait ce que Liam et ses frères et sœurs avaient.

Si elle et lui commençaient quelque chose, peut-être qu'elle pourrait l'avoir.

Bien sûr, cela signifierait qu'il *veuille* commencer quelque chose avec elle, et elle n'était pas sûre que ce soit le cas. Oh, il était attiré par elle, mais un baiser ne faisait pas une relation. Elle ne pouvait pas se permettre d'espérer. Ne pouvait pas se permettre de rêver. Elle ne pourrait pas supporter la déception si ça ne marchait pas.

Dommage que son cœur n'écoute pas la partie qui disait que ça pourrait ne pas marcher.

— Eh bien, elle a certainement l'air différente de ce qu'elle était l'autre jour.

Mme Manley passa doucement ses doigts sur la table en forme de tonneau qui avait été un fouillis tacheté de vernis et de teinture mais qui était mainte-nant un chêne blond fraîchement poncé.

— Et dans quelques jours, vous ne la reconnaîtrez plus.

— Je suis très impatiente de la voir. Le décor ira parfaitement avec le fauteuil bleu que Mary-Alice Catherine m'a acheté.

Elle regarda autour du garage.

— Mon Dieu, vous avez beaucoup de projets en cours.

— Et malheureusement, plus de place pour travailler sur le reste des pièces. J'avais un espace de stockage mais, euh, le bail était presque terminé et le loyer n'est plus dans mon budget.

Quel budget?

— Il y a l'autre moitié du garage.

Mme Manley pointa du doigt le camion.

— C'est là que Liam se gare.

— C'est l'été. Il peut se garer dehors. Vous devriez faire de cet endroit votre atelier.

— Je ne veux pas m'imposer plus que je ne le fais déjà.

Liam ne méritait pas qu'elle s'impose dans sa vie, mais après avoir rencontré sa grand-mère, elle comprenait exactement pourquoi il avait proposé de l'aider.

— Vous êtes si gentille. Si attentionnée.

Mme Manley lui tapota la joue.

— Vous savez, je peux vous aider, vous et mon petit-fils. Je connais un endroit que vous pourriez utiliser comme atelier. Le propriétaire a besoin que quelqu'un l'occupe pour que les voisins ne se plaignent pas à la ville qu'il est abandonné. Vous pourriez lui rendre service en y installant votre atelier. Je suis sûre qu'il sera ravi.

— Oh, mais Mme Manl...

— N'osez pas me refuser, jeune fille. Vous pensez que je ne sais pas que vous me faites une faveur sur cette table? Je ne suis pas née de la dernière pluie.

Elle arqua les deux sourcils.

— Et n'allez pas me demander quand je *suis* née. Je ne vous le dirai pas. Une femme doit avoir quelques secrets, vous savez.

Comme celui concernant son ami gentleman si Cassidy l'avait bien compris. Était-il le propriétaire de l'endroit dont elle parlait?

— Mais Mme Manley...

— J'ai dit pas de *mais*. Je n'accepterai pas de refus. Et mon, euh, ami non plus.

Ami. Un mot qui en disait tellement. Comment Cassidy pouvait-elle refuser?

— Mais je n'ai pas le budget pour ça.

C'était comme ça qu'elle pouvait refuser et ça craignait qu'elle doive le faire. Ce serait l'occasion parfaite de sortir du chemin de Liam pour qu'il n'en vienne pas à regretter de l'avoir aidée.

— Il n'en entendra pas parler, ma chère. Faites-moi confiance. Si vous vous sentez vraiment obligée, vous pourriez lui faire une table assortie et considérer que vous êtes quitte.

Cassidy résista à l'envie de lever les yeux au ciel, mais quelqu'un là-haut était de son côté.

— Si vous êtes sûre que ça ne le dérangera pas...

— Je sais qu'il ne dira rien. En fait... Mme Manley fouilla dans son sac à main. Ah, le voilà. Elle brandit une clé brillante. Il m'a donné ma propre clé de l'endroit. Je pense que nous devrions y aller jeter un coup d'œil maintenant. Si tu as quelques petites pièces, on pourrait même les emporter avec nous et tu pourrais avoir ton propre atelier dès ce soir.

L'offre était tentante. Et Mme Manley semblait prête à avoir le cœur brisé si Cassidy refusait.

— D'accord, c'est entendu. Allons jeter un coup d'œil. J'espère juste que votre, euh, ami ne verra pas d'inconvénient à ce que je m'installe.

— Ne t'inquiète pas, ma chérie. Il est peut-être un vieux grincheux têtu, mais il n'est pas stupide.

Chapitre Vingt-Et-Un

Liam sortit de sa camionnette de travail dans son allée et profita quelques instants des bruits de son étang dans la cour avant. Il n'avait pas eu l'occasion d'en profiter depuis un moment, toujours occupé à travailler puis à se mettre au lit dès qu'il rentrait chez lui — plus pour repousser la tentation que par épuisement.

Car avec Cassidy dans la pièce d'à côté, sa fatigue disparaissait.

Il lui fallait toute sa volonté pour ne pas frapper à sa porte. Ce baiser avait peut-être commencé comme un baiser de *remerciement*, mais il aurait pu si facilement prendre une autre direction, et il se trouvait de plus en plus curieux de voir où cela pourrait mener.

Peut-être devrait-il reconsidérer l'idée de dormir à la maison ce soir.

Soupirant, Liam se frotta le bas du dos. Il n'avait plus vingt ans et quelques nuits sur un lit fait d'une pile de bâches étaient sa limite.

Il tapota le côté du camion et se dirigea vers la porte du garage. Avait-elle laissé une autre pile de vêtements là?

Et que ferait-il s'ils y étaient?

Ce qu'il trouva, cependant, fut rien.

Rien.

Enfin, rien qui lui appartienne.

Liam fit quelques pas de plus à l'intérieur, déclenchant la lumière automatique.

Son camion était là, mais il n'y avait pas de pile de vêtements, et plus important encore, ses meubles avaient disparu.

Est-ce que cela signifiait qu'elle aussi?

Liam ouvrit la porte du vestibule. Pas de petites empreintes de pattes sur le sol et pas de pile de vêtements couverts de sciure sur lesquels trébucher.

Il n'aimait pas ça. Elle avait débarrassé le plancher? Comment? Avec quoi? Son camion était toujours là —

Son père. Il avait dû venir la chercher. Peut-être que le gars avait eu un changement de cœur après avoir vu l'article dans *The Herald* et prévoyait de parader Cassidy comme son chien de concours préféré pour dire au monde que le reportage était faux. Ce serait bien le genre de l'homme d'utiliser sa fille pour faire du contrôle des dégâts.

Liam ne pouvait dire si c'était l'idée que Cassidy soit utilisée de cette façon ou le fait qu'elle soit partie sans dire au revoir qui le touchait le plus.

C'était fini.

De quoi parles-tu?

Il se frotta la nuque. Il n'y avait pas de *ça*. Il n'y avait rien. Un baiser ne changeait rien. Elle était toujours Cassidy Davenport, socialite extraordinaire.

Qui, comme il s'avérait, avait juste une vraie personne à l'intérieur de son emballage de luxe.

Oublie l'emballage, Manley. Ce navire a quitté le port.

Sauf que... ce n'était pas le cas.

Il poussa doucement la porte de sa chambre et là, dans la lumière de la lune qui filtrait à travers les rideaux, se trouvait Cassidy, profondément endormie dans son lit.

Là où elle appartenait.

Son lit, Manley. Pas le tien. Souviens-toi de ça et sors d'ici. Ce n'est pas une bonne idée.

Ça ne l'était pas. Il le savait. Mais ça ne l'arrêta pas.

Mais quand la boule de poils leva sa petite tête endormie ornée d'un chignon et d'un nœud, sa petite langue rose sortant pour lécher son museau, ça l'arrêta. Il n'avait pas besoin d'une répétition de l'autre soir quand Titania l'avait réveillée.

En fait, ça ne le dérangerait pas de revivre l'autre soir. Avec un mélange de ce baiser en plus.

C'était exactement pour ça qu'il devait sortir de là. Voulait-il vraiment commencer quelque chose? Certes, elle s'avérait être différente de ce qu'il avait pensé, mais elle restait une Davenport. Avait quand même été élevée dans ce style de vie. Combien de temps faudrait-il avant qu'elle ne le regrette? Avant qu'elle ne le veuille à nouveau? Et il ne pourrait pas le lui donner parce qu'il n'y avait aucune chance en enfer qu'il se prosterne devant l'autel de Mitchell Davenport.

Il recula.

Mais alors le chien lécha son bras nu et Cassidy laissa échapper un long et traînant « Hmmmmmm » plein de souffle, et la bonne intention de Liam se dissipa. Il pouvait l'imaginer gémir comme ça pendant qu'il léchait d'autres parties d'elle.

Bouge, Manley.

Il ne bougea pas.

Maintenant.

Il aurait dû, mais il ne le fit pas parce que ses doigts s'enroulèrent dans la fourrure du chien et il ressentit ce toucher comme si elle le faisait à lui.

Bon Dieu, il la désirait.

Il avait désiré Rachel aussi et ça n'avait pas marché pour lui. Était-il fou? Il devait reculer. Maintenant.

Cassidy se blottit dans son oreiller et glissa sa jambe au bord du lit, ses orteils dépassant. Les orteils bleus. Il ne pouvait pas voir la couleur au clair de lune, mais il s'en souvenait. Il ne savait pas pourquoi il était si fasciné par le vernis à ongles bleu, mais sur Cassidy, cela semblait dire quelque chose. Faire une déclaration. Comme si elle les avait tatoués en signe de défi à l'image que son père voulait qu'elle présente au monde.

Il sourit. C'était un petit acte de rébellion, mais il soupçonnait qu'elle n'avait pas eu beaucoup d'occasions d'en faire au fil des ans. Ou si elle en avait eu, elle n'avait jamais été assez courageuse pour les saisir.

Peut-être qu'il pouvait tenter sa chance avec elle. Peut-être, juste peut-être, qu'elle n'était pas comme Rachel.

Il résista à l'envie de glisser ses orteils sous le drap parce que dès qu'il la toucherait, tous les paris seraient ouverts. Cassidy était belle, mais ce n'était pas seulement son apparence qui l'attirait. Et c'étaient ces autres choses qui l'inquiétaient.

Elle n'était pas celle qu'il avait cru qu'elle était.

Elle était mieux.

Et il n'avait aucune défense contre ça.

— *Woof.*

Liam leva la main comme si le petit chien était assez intelligent pour le comprendre. Bien sûr qu'elle ne l'était pas, alors elle se dégagea de l'étreinte de Cassidy, sauta du lit et fonça droit sur lui, la petite queue remuant à toute vitesse.

Il l'attrapa alors qu'elle sautait dans ses bras.

Tout comme sa maîtresse l'avait fait...

Que se serait-il passé s'il n'avait pas mis fin au baiser? Les possibilités le tracassaient depuis.

— Titania?

Ces possibilités se manifestèrent avec les cheveux ébouriffés de Cassidy et sa voix chargée de sommeil. Et la nuisette couleur pêche qui tombait d'une épaule.

Sors! Sors! Sors!

— Liam? Tout va bien? Que fais-tu avec Titania?

— Elle a dû m'entendre rentrer et est venue enquêter.

Menteur!

— Je la ramenais juste.

Tu vas en enfer, mon pote. Tu vas en enfer.

Il y était déjà.

— Oh. Eh bien, merci.

Elle tapota son matelas.

— Viens ici, petite canaille.

Elle ne parle pas *de toi, Manley.*

Ouais, il avait compris.

Titania se tortilla dans les bras de Liam et il hésita entre l'amener à Cassidy ou la poser pour qu'elle y retourne toute seule.

— Tu pourrais la mettre sur le lit? Elle n'aime pas sauter si haut.

Bien sûr qu'elle n'aimait pas ça. Pourquoi le ferait-elle? Pourquoi l'univers *ne* mettrait-*il pas* ça en scène...

Pas l'univers. Tu as provoqué ça tout seul. J'ai l'impression que tu le voulais.

Ouais, c'était le cas.

Voilà. Il était honnête avec lui-même. Il se maudissait depuis qu'il avait renoncé à ce baiser.

— Liam?

— Désolé. Tiens.

Il déposa Titania au bord du lit. Il avait peut-être envie d'agir selon ses désirs, mais au final, ça ne pouvait pas être une bonne idée. Il viendrait un moment où la nouveauté de travailler pour elle-même s'estomperait et elle retournerait facilement à sa vie de luxe. Il ne savait pas s'il pouvait investir émotionnellement en elle pour finalement tout perdre. Encore une fois.

— Merci.

Cassidy repoussa ses cheveux de son front.

— Et Liam?

— Hmm?

Bon sang, elle était magnifique avec le clair de lune se déversant sur sa peau, faisant scintiller ses yeux, ses lèvres gonflées.

— Cette histoire de côtés opposés?

Il voulait goûter ces lèvres.

— Mmhm?

— Tu l'enfreins.

Elle fit un signe de tête vers sa porte.

— C'est mon côté.

— Oh. C'est vrai. Mais ton chien...

— T'a entendu entrer. Je comprends ça. Mais elle sait aussi où elle dort. Elle serait revenue toute seule.

Cassidy s'assit et *ne retint pas* le drap qui glissa de sa poitrine à ses genoux.

— Tu n'avais pas besoin de la ramener. Alors pourquoi l'as-tu fait?

Bon sang. Elle était époustouflante et sexy et il bandait rien qu'en pensant à...

Dégage tout de suite, Manley!

Ouais, il avait *compris*.

Il se retourna.

— Pardonne-moi d'avoir fait quelque chose de gentil comme te ramener ton chien. Ça n'arrivera plus. Bonne nuit.

Il s'arrêta juste avant de claquer sa porte, mais il la ferma bel et bien derrière lui.

Puis il s'adossa contre elle et prit une demi-douzaine de profondes respirations. Bon sang. C'était passé près. Pendant une seconde, il avait été tellement tenté d'aller vers elle, de glisser une main sous sa nuque et de l'attirer à lui, l'embrassant pour qu'elle ne pose plus jamais de questions insensées. Ils savaient tous les deux pourquoi il avait ramené le chien et quel était le but de le narguer ainsi? Elle devait savoir qu'il la désirait.

Alors qu'allait-il faire à ce sujet?

Il savait ce qu'il voulait faire. Il devait juste décider jusqu'où il était prêt à risquer.

Chapitre Vingt-Deux

— Cassidy, à propos d'hier soir.

Liam entra dans la cuisine le lendemain matin, se frottant les cheveux avec une serviette.

Dieu merci, il avait mis des vêtements après sa douche au lieu de simplement une serviette. Non pas qu'ils atténuaient son effet sur elle, mais au moins elle n'avait pas à regarder ces abdos en béton.

Mais elle pouvait les imaginer. Comme elle l'avait fait le reste de la nuit dernière.

— Merci d'avoir ramené Titania.

Cassidy ne voulait pas parler de la nuit dernière. Il n'avait pas « ramené » Titania ; la chienne avait sauté du lit parce qu'il était dans sa chambre. La question était *pourquoi*?

Et pourquoi s'était-il détourné. Encore.

— De rien, mais j'ai enfreint notre règle. C'est juste que je suis rentré et tes meubles avaient disparu et je ne savais pas si tu étais partie aussi, alors j'ai jeté un coup d'œil. Titania m'a vu et a sauté du lit, et voilà ce qui s'est passé.

— Oh.

Donc ce n'était pas un désir ardent pour elle qui l'avait amené dans sa chambre? Eh bien, elle interprétait *vraiment* mal les signes.

Au moins, cela prenait la décision pour elle. Elle pouvait oublier l'idée d'avoir une quelconque relation avec Liam. Il la désirait peut-être, mais pas assez pour faire quoi que ce soit à ce sujet. Et s'il y avait une chose qu'elle savait d'elle-même, une chose dont elle était sûre, c'était qu'elle ne supplierait jamais pour l'affection de quiconque.

Elle poussa du pied la gamelle de Titania, espérant que la petite chienne arrêterait de danser derrière Liam et finirait son petit-déjeuner pour qu'ils puissent partir d'ici plus tôt que prévu.

Bien sûr, Titania ne le fit pas. La chienne s'était attachée à Liam d'une manière qu'elle n'avait jamais eue avec aucun des hommes que Cassidy avait fréquentés. Et elle n'avait carrément pas aimé Papa.

Liam gratta rapidement Titania derrière les oreilles, puis se mit à préparer son petit-déjeuner. — Alors où sont tous les meubles?

Cassidy finit sa tartine. — Partis.

Liam sortit la tête du frigo. — Partis où?

Elle prit son assiette et son verre de jus et se dirigea vers l'évier. — J'ai, euh, trouvé un endroit et je les y ai déménagés.

— Tu as déménagé *tout* ça? Toute seule? Comment?

— Le hayon élévateur portable dans ton garage et le diable. J'ai cherché en ligne comment l'utiliser et j'ai fait attention à l'école quand on a appris les leviers et les points d'appui. Ce n'était pas difficile.

— Mais pour le loyer? Comment tu te le permets?

Elle grimaça. C'était la partie dont elle ne voulait pas parler parce qu'elle n'avait aucune idée de ce qu'il pensait du fait que sa grand-mère fréquente quelqu'un. Ce n'était pas comme si elle pouvait simplement lui demander s'il n'avait pas une idée que Mme Manley le faisait. Et ce n'était pas à elle de vendre la mèche. Alors elle embellit un peu la vérité. — Je fais du troc pour l'espace.

Il arqua un sourcil. — Du troc?

— C'est toi qui m'en as donné l'idée. Cet espace a besoin de travaux, alors je me suis dit pourquoi pas? Le propriétaire est d'accord.

Mme Manley avait dit que c'était bon, que le propriétaire ne refuserait pas des services de décoration gratuits alors qu'il ne s'attendait même pas à un loyer.

— Alors quand comptes-tu faire tout ça, Cassidy? Tu as déjà beaucoup à faire.

— L'espace supplémentaire me permettra de travailler plus efficacement et sur plus de pièces à la fois. C'est plus facile de continuer à poncer si j'ai toutes les pièces sorties et préparées. Ensuite, je peux les peindre et les finir comme à la chaîne. De cette façon, je serai plus efficace, plus productive, et j'aurai plus de produits à vendre plus rapidement que si je devais tout nettoyer entre chaque étape sur des pièces individuelles. Économie d'échelle. Ce qui signifie que je peux, avec un peu de chance, vendre beaucoup et te rembourser rapidement.

Elle ramassa la gamelle à moitié mangée de Titania et en jeta le contenu à la poubelle, puis nettoya la gamelle dans l'évier. — Et évidemment, je continuerai à nettoyer cet endroit et à travailler sur le bureau. Ça ne devrait pas me prendre très longtemps. Et puis je pourrai sortir de ta vie pour que tu puisses reprendre le cours de ton existence.

Il ne voulait pas qu'elle sorte de sa vie. Il voulait ses mains dans ses cheveux et qu'elle s'y accroche pendant qu'il la pénétrait—

Cassidy voulait sortir de sa vie. Voilà qu'il était enfin prêt à lui accorder le bénéfice du doute et peut-être, éventuellement, voir si cela pouvait mener quelque part, et elle cherchait un moyen de passer à autre chose.

Il ne l'avait pas vu venir.

Il devrait en être reconnaissant. Cela lui épargnait le chagrin de le découvrir une fois qu'il serait déjà investi.

Trop tard.

Tais-toi.

— Tu vas avoir besoin de mon camion plus souvent alors. Heureusement que j'ai la camionnette de Mac.

— Oh. Je n'y avais pas pensé. Je suppose qu'on peut l'ajouter à ma note? Elle rassembla ses cheveux en queue de cheval et enroula l'élastique autour, tirant sur quelques mèches qui s'étaient prises dans sa boucle d'oreille. — Ou, je peux simplement mettre celles-ci au mont-de-piété. Personne n'a fait d'offre en ligne, et à ce stade, je préfère avoir l'argent.

Elle essayait vraiment de s'éloigner de lui.

Il devrait la laisser faire. Elle pourrait prendre ce que Vito lui donnerait et repartir de zéro, lui permettant de revenir à la normale.

La normalité était bien. Ce n'était pas des montagnes russes émotionnelles et ce n'était pas ce désir qui le tenait éveillé toute la nuit.

— D'accord, faisons-le. Allons voir Vito.

Malheureusement, Vito avait une mauvaise surprise pour eux.

Chapitre Vingt-Trois

— Ce ne sont pas des vrais, ma belle, dit Vito en retirant sa loupe. Quelqu'un t'a bien eue. Elles ne valent pas ce que tu demandes. Je t'en donne deux et pas un centime de plus.

— Deux mille? Elle espérait au moins cinq.

Vito renifla et fit rouler les pierres dans sa paume comme une paire de dés. — Non, ma jolie. Deux *cents*. C'est de l'oxyde de zirconium et ça vaut à peine ça pour moi, mais tu as l'air d'avoir besoin d'un coup de pouce.

Cassidy fixa les pierres. Deux cents dollars? De l'oxyde de zirconium? Ce n'étaient *pas* les boucles d'oreilles que Papa avait achetées. Ou si c'était le cas, il avait voulu faire des économies sur la *Flavor du Jour* qui était censée les recevoir.

Ce serait drôle s'il ne les avait pas données à *elle* à la place. Comme il avait dû rire de la voir heureuse avec une paire de morceaux de verre sans valeur.

Elle ne savait pas si elle devait être horrifiée ou triste. Insultée, certaine-ment. *Qui* était son père? Elle pensait le connaître. Pensait qu'il n'avait été un salaud que pour le monde extérieur et que son contrôle sur sa vie avait été pour son bien quand elle était plus jeune, puis pour son image quand elle avait grandi. Mais à quoi bon lui donner de fausses boucles d'oreilles en diamant? Elle n'aurait eu qu'à les faire estimer et la supercherie aurait été découverte.

Mais elle ne l'avait pas fait. Pourquoi l'aurait-elle fait? Elle n'avait aucune raison de penser qu'elles n'étaient pas vraies.

Heureusement que Vito ne savait pas qui elle était, sinon le nom de son cher papa serait étalé en première page.

Elle devrait le faire. Jouer à son jeu et divulguer l'histoire. Mais ce n'était pas qui elle était, et ça lui ferait savoir qu'il l'avait touchée. De plus, ça prendrait trop de temps et d'énergie, deux choses dont elle aurait besoin pour construire son avenir par ses propres moyens maintenant.

Après avoir accepté la générosité de Liam une fois de plus.

— Alors? Vito fit tinter les boucles d'oreilles contre le comptoir en verre. — Qu'est-ce que t'en penses? Je suis sûr que je peux les vendre à une ado qui va au bal de promo, mais à part ça, y a pas beaucoup de demande pour ça. Ceux qui peuvent se permettre d'acheter des diamants de cette taille ne les achètent pas ici, et les gamins qui le font ne vont pas payer cher pour ça. Je peux les vendre au détail pour environ deux cent cinquante si j'ai de la chance. Deux cents, c'est le maximum que je peux te donner. Désolé que ce ne soit pas plus, ma belle, mais un gars doit faire du profit. Tu devrais peut-être en parler à ton sugar daddy.

Elle était tellement bouleversée qu'elle ne prit pas la peine de le corriger sur l'histoire du sugar daddy. À quoi bon?

— Je vais les garder. Deux cents dollars ne me mèneront pas loin et j'ai le sentiment que garder ces boucles pourrait me mener beaucoup plus loin. Merci quand même. Elle mit les boucles d'oreilles dans sa poche, fit un signe de tête à Liam, puis sortit de la boutique, tout en essayant de rassembler sa dignité devenue un linceul. Mon Dieu, elle allait devoir retirer l'annonce en ligne avant que quelqu'un ne fasse une *vraie* offre. Une chose de plus à ajouter à sa liste de choses à faire.

Liam, heureusement, garda le silence jusqu'à son pick-up. Puis à l'intérieur. Puis en le démarrant et en quittant la place de parking jusqu'à ce qu'elle n'en puisse plus.

— Vas-y, finis-en.

Liam lui jeta un coup d'œil, mais elle ne put soutenir son regard.

— Finir quoi?

— Les moqueries. Les je-te-l'avais-bien-dit.

Il gara le pick-up sur une place de parking et l'éteignit. Puis il se tourna de façon à ce que son genou droit repose sur son siège et sa main agrippe le coin du sien. — Cassidy.

Elle souffla et essaya désespérément de ne pas pleurer. Elle détestait pleurer et elle détestait particulièrement pleurer devant quelqu'un. Pleurer était un signe de faiblesse. Un signe qu'elle ne pouvait pas s'en sortir seule. Elle avait appris cette leçon très tôt au pensionnat et s'était assurée de ne plus jamais laisser personne la voir pleurer. Elle n'allait pas commencer avec Liam. — Quoi?

— Regarde-moi.

Elle n'en avait vraiment pas envie.

Mais elle le fit. — Satisfait?

— Ma chérie, je ne vais pas me moquer. Je suis désolé que ton père soit un tel con qu'il t'ait menti et t'ait donné des bijoux de pacotille.

Elle ne prit même pas la peine d'essayer de défendre Mitchell. *Con* le résumait assez bien.

— Je ne vais pas te dire de ne pas être contrariée ou de ne pas le prendre personnellement, parce que oui, c'était une chose merdique à faire. Mais le fait est que c'est fait. Tu n'es pas plus pauvre que tu ne l'étais il y a une demi-heure, mais tu as ton travail, un toit sur ta tête et de la nourriture sur la table. Et mon offre reste ouverte aussi longtemps que tu en auras besoin.

Bon sang. *Il* allait la faire pleurer.

— Pourquoi es-tu si gentil avec moi, Liam?

Elle lui renvoya la balle parce qu'elle avait besoin de temps pour retrouver sa contenance. Elle *espérait* des récriminations pour pouvoir déverser toute sa colère et sa mortification envers son père sur quelqu'un et Liam était celui qui se trouvait à portée de main.

Trop à portée de main.

Liam se frotta le menton. — Ce n'est pas grand-chose, Cassidy. J'ai la place, j'ai besoin d'aide, et tu as les compétences. Ça nous convient à tous les deux et, franchement, je ne supporte pas quand les gens profitent des autres. Ton père t'a vraiment tiré le tapis sous les pieds et c'est vraiment nul. Alors, si je peux donner un coup de main, je suis heureux de le faire.

Et voilà qu'une larme coulait.

Cassidy essaya de la retenir en tournant la tête pour qu'il ne la voie pas couler sur sa joue droite. Elle devait l'arrêter avant que la même chose ne se produise sur sa gauche. — Je vais tellement travailler que tu ne me verras jamais pour que je puisse préparer ces pièces à la vente et sortir de ta vie. Tu as été plus que généreux.

Il toucha son épaule.

Vraiment? Elle n'avait pas la force de supporter toute cette gentillesse alors que ses émotions partaient dans tous les sens.

Surtout ne l'embrasse pas à nouveau.

D'accord. Elle ne le ferait pas.

— Tout ira bien, Cassidy. Reste aussi longtemps que tu en auras besoin. Ne précipite pas ta peinture ; tu veux faire ton meilleur travail. Souviens-toi de ce que tu m'as dit : tout est une question de marque. Fais en sorte que tes meubles Cass Marie soient les meilleurs possibles.

— C. Marie.

— Quoi?

— C. Marie. C'est le nom de ma marque. Dès que j'y colle Cassidy — elle n'utiliserait jamais Cass — c'est le moment où le monde saura que je suis Cassidy Davenport. Je ne vais pas profiter du nom de mon père pour toutes les ventes du monde. Il pensera que je ne le fais pas parce qu'il me l'a interdit, mais c'est vraiment parce que je veux y arriver par mes propres mérites. Et je les ai. Cette première vente — bon sang, l'offre de les exposer dans la galerie — en était la preuve. Il ne va pas me détourner de mon rêve.

Liam serra doucement sa main. — C'est l'esprit. Tu peux y arriver.

Elle afficha ce sourire de façade et le regarda, les larmes parfaitement maîtrisées. — Pas sans toi, je n'y arriverais pas. Et je t'en suis plus reconnaissante que tu ne le sauras jamais.

Il ne voulait pas de sa gratitude. Il ne voulait pas des larmes qu'elle retenait, et surtout, il ne voulait pas qu'elle le regarde comme elle le faisait.

Retire ta main, Manley.

Oh. C'est vrai.

Il se retourna et remit fermement toutes les parties de son corps de son côté de la camionnette. — Alors, tu veux que je te dépose à ton nouvel appartement ou que je te ramène chez moi?

— Chez toi. C'est plus près et j'ai besoin de récupérer le camion, sinon tu devras faire un détour plus tard ce soir, et je ne suis pas sûre de l'heure à laquelle j'aurai fini. J'avais déjà une motivation avant, mais maintenant j'en ai encore plus. De plus, je dois récupérer Titania. Je la garderai avec moi pour que tu n'aies pas à t'inquiéter d'elle quand tu rentreras ce soir.

Deux choses le frappèrent d'un coup alors qu'il démarrait la camionnette. Premièrement, elle avait appelé sa maison *chez lui*, et deuxièmement, le petit cabot allait lui manquer quand elle partirait pour de bon.

Quand elle partirait. Cassidy *allait* sortir de sa vie dès qu'elle ferait une vente décente et c'était une réalité à laquelle il devait faire face. C'était une raison de ne pas s'impliquer avec elle. Il n'avait pas besoin d'un autre cœur brisé.

Chapitre Vingt-Quatre

Quand Cassidy avait dit qu'elle allait tellement travailler qu'il ne la verrait jamais, Liam n'avait pas pensé qu'elle le pensait littéralement, mais il s'avérait que c'était le cas. La seule façon pour lui de savoir qu'elle tenait effectivement sa part du marché concernant le ménage était qu'il mettait délibérément le désordre pour qu'elle ait quelque chose à nettoyer. Mais elle se levait et quittait la maison avant lui, et rentrait après qu'il soit allé se coucher. Il supposait qu'elle repassait pendant la journée pour faire le ménage et programmer le minuteur automatique du four pour que son dîner soit chaud quand il rentrait.

Il l'avait entendue rentrer tard la nuit dernière, mais ne s'était pas levé. Pas la peine de tenter le diable. Il devait garder ses distances.

Plus facile à dire qu'à faire.

Et, de manière agaçante, elle lui avait manqué. Et son petit chien aussi.

Son téléphone portable sonna et il répondit tout en fermant brusquement la porte de la camionnette et en démarrant le moteur. — Yo, Jared. Quoi de neuf?

Jared, ami de longue date et joueur de baseball professionnel, séjournait chez la meilleure amie de sa grand-mère, Mildred, pour se remettre d'un accident de voiture. — Salut, Lee. J'ai des billets pour le match de ce soir. Des places en loge. Ça t'intéresse?

Parfait. Ça l'empêcherait de fixer les quatre murs. — Cool. Ouais, compte sur moi.

— Et tes frères?

— Je vais les appeler et je te tiens au courant.

Ce serait bien de traîner avec les gars. Parler de sport, manger des hot-dogs, boire quelques bières. Une soirée virile sans aucune pensée pour quoi que ce soit de vaguement féminin.

Ouais, ça n'allait pas se produire. Il n'y avait aucun moyen d'échapper à Cassidy Davenport. Son père faisait beaucoup de publicité au stade et son magnifique visage était placardé partout dans ce foutu endroit.

Bryan lui donna un coup de coude. — C'est elle? Elle me dit quelque chose.

— Mis à part le fait que sa photo est partout, je suis sûr que tu as assisté aux mêmes soirées qu'elle. Liam ne put s'empêcher d'être sarcastique. Rachel l'avait harcelé pour obtenir des billets pour les mêmes événements auxquels son frère assisterait. Il n'était pas jaloux de Bryan, mais il avait un gros problème avec le fait que sa petite amie soit une groupie, alors il lui avait dit que les billets n'étaient pas disponibles même si Bryan aurait pu lui en obtenir autant qu'il voulait.

Bryan leva les yeux au ciel. — Je te l'ai dit, Lee, je dois aller à ces trucs. C'est bon pour l'image et pour les relations publiques. Et pour le soutien aussi. Ces riches types sont toujours à la recherche d'investissements et ils aiment l'idée de faire partie d'un film. Tu vois ce que je veux dire, Jare?

Jared se retourna dans son fauteuil roulant. — Ouais, et le traiteur et les alcools haut de gamme ne sont pas mal non plus.

— Hé, vous n'êtes pas Bryan Manley? Un gamin courut vers eux, tirant une adolescente gloussante à côté de lui.

Liam donna un coup d'épaule à Bry. — On dirait que c'est à toi, petit frère.

— Ne m'appelle pas comme ça, marmonna Bryan en tendant son porte-nourriture avant de s'arrêter pour parler au gamin. — Oui, c'est moi. Tu veux un autographe?

— Ouais. Sur le bras de ma sœur. Elle dit qu'elle ne le lavera plus jamais si vous le faites et je veux voir cette bagarre avec maman.

Liam tendit le porte-nourriture de Bry à Jared. — Tiens, rends-toi utile.

Cette fausse blessure ne va pas t'empêcher de faire un peu de travail. Il commença à pousser le fauteuil.

— Fausse? Si je pouvais sortir de ce foutu engin, je te montrerais ce qui est faux. Jared repositionna les trois porte-nourriture sur ses genoux, essayant de garder les bières droites. — Et crois-moi, je travaille ces jours-ci. Ta sœur... Il secoua la tête.

Liam sourit. Jared et Mac se prenaient la tête depuis toujours. — Ne me dis pas qu'elle t'a mis au travail.

Jared passa une main sur le fauteuil. — Elle essaie, bon sang. Désolé, Lee, mais c'est une vraie plaie même si c'est ta sœur.

— Hé, tu n'as pas à me le dire. Peut-être qu'il tâterait le terrain avec Jared pour voir comment Mac avait gagné la partie. Après tout, Mac faisait le ménage chez la grand-mère de Jared, où Jared se remettait.

Liam ne put s'empêcher de rire. Il paierait pour assister à ça. L'endroit était probablement un désastre avec tout le plâtre qui tombait des murs pendant leurs joutes verbales. Il ne savait pas pourquoi, mais Jared et Mac s'étaient mal entendus dès le premier jour.

Bryan les rattrapa. — Merci de m'avoir abandonné, les gars.

— Allez, tu adores ça. N'est-ce pas pour ça que tu t'es lancé dans le métier? Pour avoir toutes les femmes? Liam lui donna un coup de coude.

Bryan secoua la tête. — C'est juste pas correct. La gamine avait quinze ans.

— Longtemps pour ne jamais laver un bras.

— J'ai signé son t-shirt — celui qu'elle venait d'acheter, pas celui qu'elle portait. Pour quel genre de pervers me prends-tu?

Jared haussa les épaules. — Juste un pervers moyen, ordinaire, je suppose. Quelle est la différence?

Bryan frappa l'arrière de la casquette de baseball de Jared pour qu'elle lui tombe sur le visage. — Fais gaffe, toi. Je dis ton nom un peu plus fort et on aura une nuée de gens qui te tomberont dessus aussi.

La tête de Jared tourna si vite que la casquette pivota de l'autre côté. — N'ose même pas, Bry. Je n'ai pas besoin de ce cauchemar.

Bryan leva les mains et recula. — Je recule, Jare. Pas besoin de devenir psycho avec moi.

Jared redressa sa casquette. — Tu es tout pour la publicité ces jours-ci et je comprends ça, mais moi? Je suis tout pour la récupération depuis l'accident. Je n'ai pas besoin de caméras et de micros dans ma face me demandant comment ça se passe ou quand je reviendrai. Si je le savais, ils le sauraient, tu vois? J'en ai tellement marre de l'intrusion dans ma vie privée. Pensent-ils que j'*aime* devoir réapprendre à marcher? Que je *veux* me montrer dans un stade en fauteuil roulant? Ou entendre ce que fait mon ex-petite amie qui m'a fait ça ces jours-ci? Pourquoi diable tout cela est-il une nouvelle? Ne peuvent-ils pas simplement laisser un gars tranquille pour faire son boulot?

Bryan regarda Liam. Liam ne dit rien. Il n'était pas sur la roue de la publicité comme eux, et en voyant leur manque d'intimité, il ne voulait pas l'être.

Cassidy était tout autant un aimant à publicité que ces deux-là. Une raison de plus de rester loin de cette femme.

Pas qu'il le puisse parce qu'elle le regardait depuis encore *une autre* affiche alors qu'ils se dirigeaient vers leurs sièges. Jésus, son père avait-il dépensé tout son budget publicitaire au stade? Sérieusement, combien de gars venant ici pour un match étaient sur le marché pour des condos de luxe?

Puis il était finalement assis et elle le regardait *encore*. Cette fois depuis un énorme panneau d'affichage à côté du tableau des scores, habillée de pied en cap dans une tenue scintillante couleur chair (bon Dieu, pourquoi?). Même quand il *essayait* de s'éloigner d'elle, il ne le pouvait pas.

— Bon sang, quelle femme magnifique, lâcha Jared, sortant de sa mauvaise humeur assez longtemps pour l'apprécier.

Ouais, Cassidy pouvait avoir cet effet sur un homme.

Et ça énervait Liam que Jared l'ait remarqué. Jared n'était pas exactement le gars le plus monogame — pas qu'il ait un harem, mais il avait toujours une nouvelle femme. Les avantages du métier, supposait Liam, mais Cassidy n'allait pas être une autre encoche sur la ceinture de Jared.

Ni sur la tienne non plus, Don Juan.

— Reste à l'écart, Jare, dit Bryan, aidant Jared à se déplacer de la chaise à un siège. Une femme comme ça... Je ne sais pas si tu as assez d'argent pour la satisfaire. Et si tu en as, elle n'en veut qu'après ça. Pas le genre à se marier.

— Qui a dit que je cherchais à me marier? Jared posa sa jambe sur une autre chaise. Mais elle pourrait être la motivation parfaite pour me remettre sur pied.

— Ce n'est pas sur tes pieds que tu prévois d'être avec elle. Bryan prit une tasse. Lee? Voilà ta bière. Tu as l'air d'en avoir besoin. Je parie qu'elle est pénible comme patronne, non?

Liam prit la bière et les laissa penser que c'était tout. Il n'allait pas leur dire qu'elle s'était fait expulser et il n'allait certainement pas laisser entendre qu'elle vivait chez lui. Et il n'allait définitivement pas mentionner ce petit baiser.

Et ses très grands effets.

— Je plains le gars qui finira avec elle, dit Bry en tendant sa bière à Jared. On a appris à se tenir à l'écart des filles à papa. Pas vrai, Lee?

Liam but la moitié de sa bière d'un trait. Pourquoi diable Bry ne pouvait-il pas lâcher l'affaire? Il n'avait vraiment pas envie d'avoir cette discussion, alors il laissa sa consommation de bière parler pour lui.

— Tu vois comme c'est dur? demanda Bry. Il doit en descendre quelques-unes après avoir passé la journée à nettoyer ses trucs de frou-frou. Je parie que tout est rose et en dentelle, j'ai raison?

Liam s'essuya la bouche avec son bras. D'habitude, il était là avec les gars, faisant des trucs de mecs et frôlant parfois la connerie. Ce soir, pas vraiment. Il ne voulait pas parler de Cassidy et il ne voulait pas parler de Rachel. — Et l'endroit où tu travailles, Bry? Comment ça se passe?

— Comment? Eh bien, commençons par : Beth est veuve. Et mère. De cinq enfants. Il le dit comme si c'était un mantra.

— *Cinq*? s'étouffa Jared avec sa bière. Qui a cinq enfants de nos jours? Qui *voudrait* cinq enfants?

— Tu n'aimes pas les enfants? lui demanda Bryan.

Jared haussa les épaules. — J'aime assez les enfants, je suppose. Mais cinq? C'est un peu beaucoup.

— C'est une équipe de basket.

Jared prit un hot-dog et le barbouilla de ketchup. — Ce n'est pas assez pour une équipe de baseball, alors à quoi bon?

— Attends. Tu veux *neuf* enfants?

— Non. Je dis juste que si tu en as déjà cinq, qu'est-ce que ça fait d'en avoir quatre de plus? Il avala la moitié du hot-dog.

— Euh, beaucoup plus de bouches à nourrir. De couches à acheter. De frais de scolarité à payer. De stands de concession de matchs pour se ruiner. Je n'imagine même pas en avoir un seul.

Jared sourit et finit son hot-dog. — Ouais, mais une fois que tu dépasses deux, ce ne sont que des chiffres.

Liam regarda Bryan d'un œil nouveau. Bryan disait qu'il ne se marierait jamais parce qu'il était impossible de trouver quelqu'un qui pourrait supporter son style de vie. Apparemment, cela signifiait aussi qu'il n'aurait jamais d'enfants. Liam n'avait pas pensé que leur enfance avait été *si* mauvaise, alors il était surpris d'entendre que son frère ne voulait pas répéter ce qu'ils avaient vécu. Pas la partie parents-tués-dans-un-accident-de-voiture, mais tous les quatre avaient été proches. Et très aimés par Grand-mère. Il voulait définitivement une famille un jour. C'était dommage que Bryan n'en veuille pas.

— Mais une veuve, hein? demanda Jared, prenant son prochain hot-dog. Liam se demandait combien de temps il lui faudrait pour relever ce fait. Depuis combien de temps est-elle célibataire?

— Sérieusement? Les sourcils de Bryan touchaient presque ses cheveux. Tu ne m'as pas entendu? J'ai dit *cinq* enfants. Ai-je besoin d'en dire plus?

Tant qu'il ne parlait pas de Cassidy, Liam était d'accord pour mettre fin à la discussion avant qu'il ne le fasse. — Alors, quel est le pronostic, Jared? Quand est-ce que tu seras de retour dans le jeu?

Jared suça l'intérieur de sa joue et grimaça. — Dégâts importants. Je dois porter cette fichue attelle encore un moment et faire une tonne de rééducation. Le doc dit neuf mois. Je prévois que ce sera plus tôt.

Bryan intervint pour dire qu'il fallait écouter le médecin, ce qui le mena à parler d'une blessure qu'il avait subie en faisant une cascade au Sri Lanka et du manque de soins médicaux, et bientôt Cassidy fut oubliée.

Enfin, par tout le monde sauf Liam.

Liam entendait encore Bryan et ses « cinq enfants » et il se demandait si Cassidy voulait des enfants. Elle devrait en avoir pour maintenir la dynastie Davenport en vie et en bonne santé — il pouvait imaginer son père payant son gendre pour chaque héritier mâle. Faire cet héritier ne serait pas une corvée pour le chanceux qui épouserait Cassidy.

Il se demandait ce que ça ferait d'être ce gars.

Chapitre Vingt-Cinq

Cassidy était dans sa chambre. Dans son placard pour être précis. À quatre pattes, si on voulait être technique, avec son derrière couvert d'un short en nylon extensible qui remontait sur la courbe de ses fesses, se tortillant alors qu'elle reculait.

Liam secoua la tête et leva les yeux au ciel. Sérieusement? Il était quelqu'un de bien. Gentil avec les petites vieilles et les enfants. Aidait les princesses en détresse. Promenait occasionnellement des chiens de poche. Pourquoi était-il soumis à cette torture? Que diable faisait-elle dans sa chambre, dans son placard? Honnêtement, il aurait supporté la poussière si cela signifiait la faire sortir d'ici.

— Allez, Titania! Tu ne peux pas rester ici. Dieu sait ce que tu pourrais trouver là-dedans.

Cassidy reculait à genoux, tirant la petite boule de poils par les hanches tandis que celle-ci s'accrochait à... une de ses bottes. Voilà donc où elle était passée.

Le chien essayait de libérer ses pattes tout en étirant ses petites griffes roses — oui, Cassidy les avait peintes en rose — vers le tapis, apparemment pour tenter de s'agripper afin de ne pas avoir à abandonner son trophée, de petits grognements étouffés accompagnant chaque secousse de sa tête alors que la botte suivait le mouvement.

— Titania, non! Ce n'est pas à toi. Donne-moi ça.

Cassidy s'assit sur ses jambes, lâcha une des pattes du chien, mais Titania saisit l'opportunité, se précipitant sur le tapis et parvenant à annuler les quelques secondes de progrès — ou de recul? — précédentes.

Cassidy soupira, se remit à quatre pattes et rampa de nouveau dans le placard.

Il devrait partir maintenant. Pendant qu'il le pouvait encore.

Mais il avait besoin de son camion, alors il devait lui parler.

— Cassidy.

Son derrière s'immobilisa.

— Liam?

— À moins que tu n'attendes un autre gars?

Elle recula beaucoup plus vite cette fois, sans le chien.

— Je n'attendais personne.

— J'habite ici.

Si son père pouvait la voir maintenant. Si le prétendant-fiancé pouvait la voir —

Liam ne voulait pas penser au type que son père avait choisi pour qu'elle l'épouse.

Elle se leva.

— Je suis désolée d'être ici, mais Titania s'est enfuie quand je l'ai laissée sortir de son enclos et j'essayais juste de la faire sortir. Je sais que c'est une violation de l'accord des côtés opposés.

Il arqua un sourcil.

— Porter mon t-shirt en est une aussi.

— Euh...

Elle rejeta ses cheveux en arrière dans un geste sexy qu'il soupçonnait être délibérément conçu pour détourner son attention de la question, mais qui ne fonctionnerait pas sur lui. Et le pire, c'est qu'il ne pensait même pas qu'elle se rendait compte de ce qu'elle faisait. Jusqu'à présent, il n'avait pas vu la Cassidy peu sincère à laquelle il s'attendait lorsqu'il était entré dans son appartement pour la première fois.

En fait, il n'avait vu *aucune* des Cassidy auxquelles il s'attendait.

— Je suis désolée. Il était sur l'étagère dans la buanderie et il ne me reste qu'une tenue décente. Si on peut appeler ça comme ça.

— Tu *peux* faire la lessive, tu sais. J'ai une machine à laver et un sèche-linge parfaitement fonctionnels.

Elle grimaça et regarda Titania qui était assise là, sa petite queue remuant et un bout de cuir pendant du coin de sa gueule, les regardant tous les deux comme si elle avait un secret.

Liam eut soudain une révélation sur ce secret.

— Tu ne sais pas faire la lessive, n'est-ce pas?

— Non.

Il ne devrait pas être surpris. Les Davenport de ce monde avaient quelqu'un pour faire leur lessive.

— Allez. Prends tes affaires. Je vais te montrer.

— Tu n'es pas obligé.

— Pourquoi? Parce que tu vas les donner au majordome de ton père?

— Valet.

— Pardon?

— Son valet. Hendricks. Il s'occupe des vêtements et du linge.

— Bien sûr qu'il le fait.

Liam ne prit même pas la peine de cacher son sarcasme.

Cassidy soupira.

— Ça sonnait prétentieux, n'est-ce pas?

Liam sortit de sa chambre — le dernier endroit où il avait besoin qu'elle soit — et pria pour qu'elle le suive.

— Prétentieux? Non. Irréaliste pour le travailleur moyen — ce que je suis? Oui. Les gens n'ont tout simplement pas de majordomes et de valets.

— Tu serais surpris de voir combien en ont.

— Ma chérie, plus rien ne me surprend ces jours-ci.

Il mentait, bien sûr. Elle le surprenait. À chaque fois qu'il se retournait.

Comme maintenant, par exemple. Il se retourna et elle était juste derrière lui. Assez près pour que son brusque mouvement n'arrête pas son élan et la seconde d'après, il avait Cassidy Davenport plaquée contre lui.

Ses mains agrippaient ses biceps, ses cheveux chatouillaient son nez, son parfum lui faisait perdre l'équilibre, et le reste d'elle faisait des choses folles à son intérieur.

— Liam —

Il la poussa presque dans sa chambre.

— Reste loin de moi, Cassidy.

C'était un peu dur, certes, mais il ne pouvait pas s'empêcher de réagir ainsi. Il la désirait tellement qu'il ne pouvait pas supporter son contact *et* garder sa santé mentale. C'était l'un ou l'autre et il tenait plutôt à sa santé mentale.

— C'est toi qui t'es arrêté de bouger. J'allais juste chercher mon linge. Ce que *tu* m'as ordonné de faire, si tu te souviens.

— Je ne t'ai pas donné d'ordre.

— "Allez. Prends tes affaires. Je vais te montrer." Ce n'est pas un ordre, ça?

Il expira.

— D'accord, j'ai peut-être été un peu dur. Le truc, c'est que tu me fais quelque chose. Et je n'en veux pas. Je n'aime pas ça.

— Des conneries.

— Je... quoi?

— Des conneries. N'est-ce pas ce que tu m'as dit quand je t'ai embrassé? Tu as dit que je savais pourquoi je l'avais fait ; eh bien, je te dis la même chose. Tu *en* veux. Tu *aimes* ça. Mais pour une raison quelconque, tu ne veux pas y donner suite.

— On ne va pas faire ça.

— J'avais compris.

Il croisa les bras et s'appuya contre le cadre de la porte.

— Écoute, je ne serai pas ton jouet. Ton mec du centre-ville pour narguer ton père.

— Mon...?

Elle le fixa pendant quelques battements de cœur de trop et il faillit céder.

— Mon *mec du centre-ville*? Tu viens vraiment de dire ça?

— Tu ne peux pas le nier.

— Je le peux certainement. Je ne suis *pas* intéressée par toi.

— J'étais là pour ce baiser.

— Donc tu es canon.

Elle haussa les épaules en se détournant et Liam eut envie d'effacer ce regard désintéressé de son visage à coups de baisers.

— Ce n'est pas une nouveauté. Je suis sûre que tu as embrassé ta part de femmes.

À cet instant précis, il ne pouvait en trouver aucune. Le sang irlandais de Cassidy bouillonnait et c'était un spectacle sacrément agréable à voir.

Elle ramassa le t-shirt qu'elle portait la veille et le jeta sur son lit. — Je te l'ai dit, c'était quelque chose d'impulsif. Et à l'instant? La seule raison pour laquelle je t'ai touché, la seule raison pour laquelle j'étais même *assez proche* pour te toucher, c'est parce que tu t'es arrêté. J'allais chercher mon linge pour ce petit cours impromptu d'économie domestique que tu m'imposes et tu t'es arrêté. Elle saisit le short en jean dont il ne se souvenait que trop bien sur la chaise. — Peut-être que tu le *voulais* et que tu avais juste besoin d'une excuse commode pour ne pas avoir à assumer la responsabilité de l'avoir pris.

— Tu es folle.

— Je dois l'être pour rester ici. Elle froissa le short.

— Tu n'es pas obligée.

— Tu as raison. Elle leva le bras pour lancer le short sur le lit. — Je ne le suis pas.

Il arqua un sourcil.

Elle jeta le short sur le lit d'un geste nonchalant, puis rejeta ses cheveux en arrière. — Écoute, Liam. L'endroit est grand, mais pas à ce point. Même avec la règle des côtés opposés, on va se croiser. Alors peut-on faire un pacte pour ne pas automatiquement supposer que l'autre fait des avances? Que c'était un accident et que ça ne signifie rien? S'il te plaît? Malgré ce que tu penses, ce baiser était un geste de gratitude. Je ne te faisais pas d'avances. C'est juste arrivé.

Son ego n'appréciait pas cette explication logique, mais pour le bien de leur cohabitation, il allait l'accepter. — D'accord. Prête pour ta leçon?

Cela dépendait de la leçon qu'il voulait lui donner...

Cassidy soupira. Voilà qui en était pour le pacte. — Bien sûr.

Elle poussa un autre soupir en calant le panier à linge sur sa hanche et le suivit jusqu'à la buanderie. Il y avait *vraiment* du bon à vivre dans le monde de Papa, mais bon, si elle nettoyait les toilettes, elle ne pouvait sûrement pas se plaindre de laver les vêtements.

En fait, après que Liam eut fini d'expliquer le tri du linge, les différentes températures d'eau, les prétraitements, la javel, les températures et vitesses de séchage, si, elle pouvait s'en plaindre. Elle aurait dû donner un plus gros pourboire à son pressing pendant les fêtes.

— Alors, des questions? demanda Liam, fermant le couvercle du lave-linge alors que la machine se mettait en marche.

— Pas sur la lessive, non. Merci de m'avoir montré comment faire. Mais je me *demande* ce que tu fais ici. Je croyais que tu travaillais chez moi aujourd'hui.

— C'est le cas. Mais j'ai reçu un appel disant que la boîte à outils que j'ai commandée pour mon pick-up est arrivée et je veux l'installer. Alors je pensais te déposer où tu as besoin d'aller aujourd'hui d'abord, puisque tu ne peux pas conduire la camionnette de Mac.

— Je sais conduire une camionnette. Ce n'est pas parce que je n'ai jamais utilisé de machine à laver que je ne sais pas faire d'autres choses. Je suis surprise que tu m'aies fait confiance avec ton pick-up si tu penses que je ne peux pas conduire une camionn—

Il posa un doigt sur ses lèvres. — Je voulais dire que tu n'es pas assurée pour conduire la camionnette de Mac, donc tu ne peux pas prendre le volant. Je suis sûr que tu es tout à fait capable de la conduire. Il retira son doigt. — Alors, où as-tu besoin d'aller?

— En fait, nulle part. J'avais prévu de rester ici et de faire le ménage.

— D'accord. Si tu as besoin de quoi que ce soit, appelle-moi. Je serai dehors toute la journée mais je peux passer si tu as besoin de moi. Et j'ai un dîner de prévu ce soir donc je ne rentrerai pas avant tard.

Elle voulait demander avec qui mais ce n'était pas ses affaires. — Pas de problème. Je vais peindre la table de ta grand-mère. Je l'ai ramenée ici pour y travailler pendant mon temps libre. Tu sais, comme entre deux lessives? Elle visait le ton taquin et après quelques secondes, Liam comprit.

Ses yeux se plissèrent aux coins quand il sourit, ses yeux pétillèrent et son sourire la laissa bouche bée. Enfin, si elle avait porté des chaussettes, elles seraient tombées.

Cette histoire de non-contact allait être plus difficile à gérer que d'être mise à la porte de chez elle.

Chapitre Vingt-Six

Liam était perché en haut d'une échelle de quatre mètres en train de nettoyer l'imposte vitrée au-dessus des portes-fenêtres dans l'ancienne chambre de Cassidy lorsqu'il entendit Mitchell Davenport entrer dans l'appartement.

Merde. Il ne se souvenait pas qu'il n'était pas censé être là aujourd'hui. Liam sortit son téléphone et ouvrit l'application calendrier. Rien. Il vérifia ses messages. Rien non plus. Avec un peu de chance, Davenport ne prévoyait pas de faire visiter l'endroit car les produits de nettoyage étaient éparpillés sur toute la table de la salle à manger.

Liam termina rapidement l'imposte sur laquelle il travaillait — la dernière devrait attendre. Il descendit de l'échelle et la replia pour qu'elle repose devant les portes, puis se dirigea vers la salle à manger pour rassembler ses affaires.

— Burton, calmez-vous, dit Davenport en tirant sur le cordon pour ouvrir les rideaux sur la vue à un million de dollars pour laquelle il était connu, se tenant là comme s'il était le roi de tout ce qu'il contemplait. Cassidy peut jouer sa petite crise aussi longtemps qu'elle le souhaite, mais elle reviendra.

Liam se plaqua contre le mur. Soit Davenport n'avait pas vu les produits de nettoyage, soit il se fichait que Liam puisse l'entendre. Et étant donné que l'aspirateur était au centre du salon, là où se trouvait auparavant le parc de Titania, Liam penchait pour la seconde option. Davenport était le genre de type à avoir des majordomes, des valets et des femmes de ménage, et peut-être même quelqu'un pour lui essuyer le nez, alors il s'était probablement habitué à parler devant « le personnel ». Il les payait sûrement grassement pour qu'ils n'écoutent *pas* les conversations.

Mais celle-ci, Liam voulait l'entendre.

— Oui, je sais que ça fait plus d'une semaine. Elle a dû trouver une amie prête à l'héberger et elles se sont terrées quelque part. J'aurais pensé avoir de ses nouvelles après que *The Herald* ait publié l'article, et que toute cette aventure puérile serait terminée maintenant. Elle est vraiment en train de foutre en l'air mes plans.

Il avait probablement été celui qui avait fait fuiter l'histoire en premier lieu. Quelle chose ignoble à faire à sa fille ; essayer de la faire passer pour une gamine gâtée, égocentrique et écervelée devant tous ceux qu'elle connaissait. À l'échelle nationale, aussi, car Liam en avait aperçu un extrait dans l'une des émissions de potins sur les célébrités avant d'éteindre la télé dans sa chambre la nuit dernière.

— Non, elle n'est pas à l'étranger. J'ai son passeport. Davenport passa un doigt sur la table derrière le canapé et l'examina. Liam fut surpris de ne pas voir de gant blanc. Elle sera présente au dîner, Burton. Elle ne me décevra pas.

Mais lui pouvait la décevoir? Bon sang. Ce type était une vraie pièce.

— J'ai déjà bloqué toutes ses cartes et son téléphone. Ses bijoux sont dans mon coffre-fort, et tous mes banquiers savent qu'ils doivent me contacter si elle se présente. Vous connaissez Cassidy ; elle ne peut pas vivre une semaine sans ses cartes de crédit. Elle reviendra bientôt en rampant. Peut-être même aujourd'hui. Davenport contourna l'aspirateur comme s'il s'agissait d'une bombe. Je connais ma fille, Burton. Et vous feriez mieux d'apprendre comment fonctionne son esprit si vous voulez l'épouser. Elle n'est pas stupide, juste émotive. Elle tient ça de sa mère.

Personne d'autre que Liam ne saurait jamais que l'expression qui traversa le visage de Davenport à la mention de son ex-femme n'était pas de la colère, mais... de la douleur. — Vous devrez la maintenir sur un pied d'égalité. J'ai suggéré des médicaments, mais elle refuse de les prendre. Elle a dit que ça lui embrouillait l'esprit. Davenport renifla. J'aurais dû demander à sa nourrice de les écraser dans son petit-déjeuner tous les matins. Bon sang, j'aurais dû faire ça avec ma femme.

Liam avait envie de secouer l'homme jusqu'à ce que sa tête se remette en place. Droguer sa femme et son enfant? L'homme avait plus que de l'avidité obsessionnelle et de l'autoglorification contre lui. Il n'était certainement pas le père de l'année. Pas étonnant que Cassidy ne veuille rien de lui. Liam ne voulait même pas de son business, mais ce n'était pas à lui de décider. Et puisque Mac avait besoin des revenus de ce contrat, il garderait la bouche fermée et fournirait le type de service que Davenport — et Mac — attendaient de lui. Mais, bon sang, il aurait adoré lui casser la figure.

— Non, si elle se montre, laissez-la mariner. Pas besoin de faire votre demande tout de suite. Elle va apprendre à apprécier ce que mon argent peut faire pour elle. Davenport prit un bibelot en cristal sur la table d'appoint et l'examina. Il souffla dessus, l'essuya contre le revers de sa veste, puis le reposa.

Quel prétentieux connard. Liam avait poli chaque facette de ce truc, sachant que le type serait maniaque à ce sujet. Il n'y avait pas une seule trace ; il en était sûr. Il semblait que rien n'était jamais assez bien pour Mitchell Davenport.

Pauvre Cassidy. Liam savait que le type était dur en affaires, mais comment cela avait-il dû être de grandir avec lui comme père? Et sans une mère pour atténuer les dégâts émotionnels.

Liam jeta un coup d'œil à la chambre. Au cadre de lit où il avait trouvé ce bracelet et cette photo. Il devait les lui rendre. Peut-être qu'ils signifiaient vraiment quelque chose pour elle après tout, et en voyant à quel point Davenport était indifférent à ses sentiments, Liam pouvait comprendre pourquoi elle les avait gardés cachés.

— Oui, oui, Burton. Bien sûr que vous aurez votre bonus, peu importe quand elle se montrera. Je ne peux pas laisser mon futur gendre conduire une berline de milieu de gamme plus longtemps. Vous devez avoir l'air du rôle. Maintenant, mes avocats vous ont-ils contacté au sujet du changement de nom? On ne peut pas avoir Davenport Properties sans un Davenport, n'est-ce pas? Il inspecta également la cheminée. Liam serra les dents.

— Nous l'officialiserons le jour où vous l'épouserez. Davenport ajusta le nœud de sa cravate. Je suis sûr que Cassidy sera ravie de ne pas avoir à changer de nom. Après tout, Davenport ouvre des portes.

Liam eut envie de vomir face à ce jeu de mots sur le slogan de l'entreprise. « Une propriété Davenport ouvre des portes ». Tout n'était qu'une question de style de vie pour ce type. Tout n'était qu'une question d'apparence. Tout. Y compris sa propre enfant. Ce salaud ne savait pas la chance qu'il avait d'avoir encore une fille. Ce que Liam et ses frères et sœur n'auraient pas donné pour avoir eu toutes ces années avec leurs parents, et pourtant ce salaud jouait avec sa famille comme s'il s'agissait d'une négociation de contrat.

— Je vous le dis, Burton, je connais ma fille. Elle reviendra. Elle n'est pas stupide, juste têtue.

Non, c'était Davenport qui était stupide. Le type n'avait aucune idée de ce que cela signifiait d'avoir sa fille hors de sa vie. Il pensait toujours que c'était une question d'argent.

Liam comprenait. Comme il ne l'avait pas compris avant. Elle n'était *pas* comme Rachel. Cassidy voulait l'amour et l'acceptation de son père et tout son argent ne pouvait pas les lui acheter.

— Elle a fait une crise. Ça lui arrive de temps en temps. Un peu trop nerveuse comme sa mère. Mais on ne peut pas acheter sa fille comme on le fait avec une ex-femme, alors je dois supporter ses humeurs.

Liam se mordit la langue. Littéralement, car le faire au figuré ne l'aurait pas empêché de dire ce qu'il voulait dire. Ce type manquait totalement du gène *Père* et celui d'*Humain* était aussi discutable.

— Elle reviendra, Burton. Elle revient toujours. Les gens de *son espèce* reviennent toujours.

Si ce n'était pas exactement ce que Liam avait dit lui-même à son sujet, il se serait offensé de la condescendance suffisante de cet homme.

Maintenant, il trouvait simplement ses propres conclusions sur Cassidy condescendantes. Et erronées.

— Cassidy est habituée au meilleur dans ce monde, dit Davenport en réarrangeant un cadre photo sur le dessus du piano à queue. C'est tout ce qu'elle a connu. Ses amis ne peuvent pas espérer rivaliser avec ce que je peux lui offrir. Peu de gens le peuvent.

Ce type ne se taisait jamais. Bon sang, quelle arrogance. Qu'est-ce qui pourrait faire redescendre Davenport de son piédestal? Où en serait-il alors?

Ce que Liam ne donnerait pas pour avoir cette chance.

Mais... pourquoi? Pourquoi était-il si en colère pour Cassidy alors qu'il avait pensé la même chose d'elle?

C'était peut-être ça. Peut-être était-il en colère contre lui-même. Pour avoir eu tort. Pour l'avoir jugée. Pour ne pas l'avoir prise au pied de la lettre. Il donnait toujours une chance aux gens, mais il avait vu l'immeuble de luxe, avait entendu toute la couverture médiatique à son sujet, et, bon sang, avait *Rachel* comme modèle pour ce genre de relations... Il n'était pas étonnant qu'il ait tiré ces conclusions, mais cela ne voulait pas dire qu'il devait apprécier cela chez lui. Il s'était toujours vanté de donner une chance aux gens. De leur accorder le bénéfice du doute, mais il l'avait jugée. À tort, semblait-il.

— Oh, elle a commencé avec ces petites crises de colère il y a environ un an et elles sont devenues une vraie corvée. Cette fois, elle apprendra qui tient les cartes, et si elle veut continuer à porter les vêtements et les chaussures de grands créateurs qu'elle aime tant, si elle veut passer ses vacances dans les plus beaux complexes du monde, manger dans les restaurants les plus célèbres et avoir les meilleures places et rencontrer des célébrités, elle se contrôlera et rentrera à la maison. Ou elle devra apprendre comment vit l'autre moitié.

En tant que représentant de ladite *autre moitié*, Liam avait envie d'entrer là-dedans et de dire à ce pompeux connard que l'autre moitié ne s'en sortait pas si mal. Le type ne serait-il pas stupéfait s'il savait qu'en ce moment même, Cassidy vivait *effectivement* comme ladite autre moitié et qu'elle s'en sortait sacrément bien.

Mais ce n'était pas à Liam de l'éclairer, alors il se faufila dans la salle à manger et remit tout dans le sac à outils Manley Maids, enfonça une casquette de baseball sur sa tête, coinça la serpillière, le balai à franges, le nettoyant pour stores et la rallonge sous son bras, prit la boîte à outils de l'autre main, et pivota—

Et percuta Davenport en plein milieu.

Merde.

— Je suis désolé. Ça va? Je ne vous avais pas vu là—

Davenport leva la main. — Attends une seconde, Burton. Il appuya sur le bouton MUET de son téléphone. — Que faites-vous ici?

— Je nettoie.

— N'étiez-vous pas là la semaine dernière?

— Oui, mais la poussière revient. Comme vous vendez l'endroit, j'ai pensé que vous voudriez qu'il soit impeccable.

Davenport arqua un sourcil et l'étudia, les lèvres pincées. — Combien de ma conversation avez-vous entendu?

— Quoi? Moi? Écouter aux portes? Je suis désolé monsieur, mais ce ne serait pas professionnel. S'ancrant fermement dans la catégorie *larbin* de l'estimation de Davenport, Liam ajouta ce "monsieur". Grand-mère disait toujours qu'on attrapait plus de mouches avec du miel ; Liam était sûr que cela s'appliquait aussi aux rats. De plus, c'était le droit de Cassidy de dire à ce type où il pouvait se mettre sa condescendance.

— Hmmm. Davenport claqua de la langue, puis plongea la main dans la poche intérieure de sa veste et en sortit—

Son portefeuille.

Oh, c'était trop fort.

— Burton, je te rappelle. Il glissa le téléphone dans la poche de son pantalon, puis ouvrit son portefeuille et en sortit un billet de cent dollars. — J'apprécierais que vous ne disiez rien à personne. Il agita le poignet, présentant l'argent d'un geste fluide, comme s'il l'avait fait des dizaines de fois auparavant. — Un bon dîner, peut-être, pour vous changer les idées de mon petit problème?

Liam aurait dû vider les placards de Cassidy. Tout prendre. Ce connard, avec sa condescendance pieuse voulant donner une leçon à sa fille, méritait de perdre quelques milliers de dollars en perdant sa garde-robe. Les cent dollars n'étaient rien pour lui.

Mais Liam les prit quand même, bien que pas pour la raison que Davenport imaginerait. Cassidy pourrait en avoir besoin. Ce n'était pas comme s'il avait l'intention de raconter à qui que ce soit ce qu'il venait d'entendre ; *lui* essayait d'oublier l'avoir entendu.

Pour la première fois de sa vie, il éprouvait de la *pitié* pour une petite fille riche gâtée — qui n'était peut-être pas si gâtée, et certainement loin d'être aussi riche que lui et ses frères et sœurs en ce qui concernait ce qui était important dans la vie : avoir quelqu'un qui les aimait assez pour les accueillir.

Pas pour les mettre à la porte.

Chapitre Vingt-Sept

C'était une pensée qui accompagna Liam tout au long du dîner avec Gran et ses frères ce soir-là. Sean et Bryan se chamaillaient — au sens figuré, bien sûr. Tous les trois étaient aussi proches que possible, mais ils ne pouvaient pas s'empêcher de se taquiner à propos de tout et n'importe quoi.

Curieusement, ils savaient où tracer la ligne quand le sujet de Cassidy était abordé.

— Comment va Cassidy? demanda Gran, mettant efficacement fin à la conversation sur le problème du projet de Sean et focalisant leur attention sur lui. Elle aurait tout aussi bien pu dire Rachel, car la réaction aurait été la même. Ses frères avaient été son système de soutien quand cette relation avait viré au cauchemar et il savait qu'ils seraient là pour lui même s'il rechutait et finissait dans le lit de Cassidy.

Mais dommage qu'ils ne connaissent pas la Cassidy qu'il connaissait.

Cependant, il n'était pas prêt à partager cette Cassidy-là. Il voulait s'assurer qu'elle était bien ce qu'il commençait à penser avant de la présenter aux gars. Ils seraient naturellement méfiants et il avait déjà assez à gérer sans qu'ils regardent par-dessus son épaule. — Elle est Cassidy. Il espérait juste que Gran ne mentionne rien sur le fait qu'elle séjournait chez lui. Après tout, Cassidy ne lui avait pas donné son vrai nom, donc Gran n'était pas censée savoir qui était réellement son invitée.

— Voyons, Liam, ne la juge pas d'après ce que tout le monde dit d'elle. Je veux dire, regarde Bryan. Penses-tu vraiment que tout ce qu'ils ont écrit sur lui est vrai? Il n'est pas sorti avec toutes ces femmes.

Ce n'était pas à lui de détromper sa grand-mère sur le supposé manque de prouesses de Bryan. Parce que Bryan ne manquait pas de prouesses et les tabloïds en faisaient bon usage.

— Ne t'inquiète pas, Gran. Je laisse Cassidy faire ses preuves.

Et quelle surprise elle s'avérait être.

— Bien. Je suis contente de l'entendre. Gran agita son verre pour avoir un peu plus de vin, et Liam reconnut ce geste pour ce qu'il était : un changement de sujet. Gran ne prenait jamais deux verres de vin.

Sa tactique fonctionna et le reste du dîner fut consacré à Sean et l'héritière, Bryan et la veuve, et au dernier projet de Liam. Et au racquetball. Plus précisément, Sean le défiait pour une partie demain soir.

Se défouler sur le court et botter les fesses de Sean en même temps semblait être exactement ce qu'il lui fallait pour se détendre. Il imaginerait le visage de Davenport sur la balle. Un double gain selon lui.

— Tu sais, Liam, dit Gran après avoir servi le dessert, sa tarte aux pommes maison. Cela lui rappelait toutes sortes de souvenirs d'enfance — Gran était de celles qui mettaient leurs tartes sur le rebord de la fenêtre pour qu'elles refroidissent. Lui et Jared n'avaient volé une tarte qu'une seule fois. La raclée qu'elle leur avait donnée — verbale, pas physique — avait suffi à les dissuader de recommencer. Ça, et la menace qu'elle ne leur donnerait plus jamais une part de sa vie. Le truc, c'est que Gran l'avait pensé, alors il avait appris à respecter ses ordres.

Cassidy avait-elle déjà eu quelqu'un pour lui faire une tarte? Lui glisser une part quand elle était tombée de vélo ou s'était fait plaquer lors d'un grand match, ou peu importe la version pensionnat pour débutantes d'une chute pendant un moment crucial?

Il avait le sentiment que non. Son père, comme en témoignait cet appel téléphonique à l'homme qu'il avait choisi pour qu'elle l'épouse, n'avait aucune idée de comment élever un enfant. Aucune notion de famille.

Pas étonnant qu'elle ait vécu la vie qu'elle avait vécue. Avec un homme aussi superficiel que Davenport pour l'élever — ou la laisser élever par d'autres — quelle chance avait-elle eu?

Et le fait qu'elle essayait de changer... Ajoutez à cela toute cette histoire d'attirance et la situation ne faisait que se compliquer.

Gran n'aidait pas les choses. — J'ai rencontré ton invitée, Liam, dit-elle après que Bry et Sean soient partis.

Il était à deux pas de s'en sortir indemne. — Elle me l'a dit.

— Elle semble gentille. Gran allait faire durer le suspense.

— Oui.

— Elle peint un meuble pour moi.

— Elle me l'a dit.

— Ce serait bien si tu pouvais l'aider à le livrer. Je suis sûre que c'est trop lourd pour qu'elle le fasse toute seule.

Message reçu. Pourtant... — Oh, elle est plutôt douée pour faire les choses toute seule, Gran. En fait, elle y tient.

Gran lui tapota le bras. — Ce n'est pas parce qu'on peut faire quelque chose qu'on doit le faire, Liam. C'est une gentille fille et elle mérite d'être jugée sur ses propres mérites. Souviens-toi de ça.

Ce n'était pas quelque chose qu'il risquait d'oublier.

Chapitre Vingt-Huit

— Tu as amené *Cassidy*? chuchota Sean alors que Liam sortait sa raquette de son sac pour leur partie.

— Ce n'est pas comme si j'avais eu beaucoup de temps pour trouver quelqu'un d'autre, et elle a entendu.

Liam jeta un coup d'œil aux filles qui étaient de l'autre côté du court, faisant ce que les filles font habituellement lors d'une première rencontre. Et ça devait être la première fois qu'elles se rencontraient ; la Gitane de Sean ne fréquenterait jamais les mêmes cercles que Cassidy.

— Elle est en rose, murmura Sean à voix haute. Avec des strass.

— Ne m'en parle pas. Ils avaient dû courir acheter une paire de baskets grâce à l'argent du silence de Davenport, mais elle avait refusé de prendre de l'argent supplémentaire pour acheter une tenue. Elle ne voulait pas lui être redevable plus qu'elle ne l'était déjà, et Liam avait été prêt à lui *donner* l'argent parce qu'il ne pensait pas que quelque chose puisse être plus inapproprié pour une partie de racquetball que les strass. Mais ensuite, il avait vu la jupe perlée et le haut court dévoilant le ventre de Livvy, la partenaire de Sean, et il avait réalisé qu'il avait tort. La Gitane l'emportait.

Pourtant, malgré cela, Sean eut le culot de demander :

— Elle sait que c'est un sport, n'est-ce pas? Qu'on a chaud et qu'on transpire et que le maquillage va couler sur son visage?

— Si elle ne le sait pas, elle le saura bientôt. Ça pourrait rendre tout ça intéressant. Il pensait à la partie où on a chaud et on transpire. Ça ne le dérangerait pas de voir Cassidy comme ça...

Soudain, son short devint serré. Il croisa les bras avec la raquette pendante, espérant cacher les preuves.

— Du progrès avec la gitane ?

Sean leva les yeux au ciel.

— On suit des indices. Demain, on va chercher des berceaux.

Un frisson parcourut le ventre de Liam. Les bébés. Ça semblait être un thème récurrent ces derniers temps. Son assistante était en congé maternité, sa femme de ménage était en congé maternité, le père de Cassidy qui la vendait comme une jument reproductrice...

— Tu réalises que c'est une ligne de pensée dangereuse autour de n'importe quelle femme, non ?

— Crois-moi, dit Sean. Ce n'est pas un problème.

— Célèbres dernières paroles. Il ne parlait pas à Sean.

Il donna une tape sur la poitrine de son frère.

— Allez. Commençons. Il avait besoin de se concentrer sur autre chose que Cassidy dans ce short court qui moulait ses fesses d'une manière qui lui donnait envie de les caresser.

Il serra sa raquette. Au moins, il pourrait faire un bon entraînement pour que les pensées d'elle, juste de l'autre côté du couloir, ne perturbent pas son sommeil.

Cinq minutes après le début du jeu, et c'était peine perdue. En fait, *deux* minutes après le début du jeu, avec le corps mince et athlétique de Cassidy qui parcourait le court, ses cheveux qui volaient dans tous les sens, et le grognement déterminé qu'elle faisait chaque fois qu'elle renvoyait la balle... Liam allait avoir toutes sortes de rêves et probablement rester éveillé toute la nuit. Dans tous les sens du terme. Bon sang, même avec ces folles lunettes de protection incrustées de strass qu'elle utilisait pour peindre, cette femme le rendait fou.

— Youhou ! Un point pour moi ! La Gitane, euh, Livvy tapa dans la main de Sean, ramenant Liam à la réalité du jeu. Pas question qu'il perde celui-là. La dernière partie qu'il avait perdue était celle de poker, et voyez où ça l'avait mené.

— Ne vous réjouissez pas trop vite avec un point d'avance. Cass et moi allons vous mettre la pâtée. Il regarda Cassidy en lançant la balle à Sean.

Elle rejeta sa queue de cheval par-dessus son épaule.

— Cass-i-dy, Liam. Je n'aime pas Cass.

Lui, si. Ça lui allait bien : dure, directe, prête à affronter le monde et à en sortir gagnante.

Il aimait ça chez une femme.

Concentre-toi sur le jeu, Manley.

— Sers, Sean.

Il resta concentré pendant un moment en fait. Cassidy était aussi bonne joueuse que lui. Et Livvy n'était pas en reste non plus. Les deux femmes auraient pu avoir besoin d'aide dans le domaine des vêtements de sport, mais elles avaient leur visage de joueuses. Le match était aussi serré que s'il n'y avait eu que lui et Sean.

— Tu as besoin d'une pause, Cass?

Elle lui lança un regard noir mais ne répondit pas.

Il cacha son sourire. Il aimait la taquiner.

Il aimait beaucoup de choses chez elle.

Eh, Manley, du calme. Ce n'est pas parce qu'elle semble *être différente de Rachel qu'elle l'est. Ça fait quoi, deux semaines? Pas exactement le plus long des historiques. Ralentis, mec.*

Sa conscience avait raison. Rachel n'avait pas montré son vrai visage au début. Ou peut-être qu'il n'avait pas regardé d'assez près.

Il regardait cependant très attentivement Cassidy.

— Sean, tu vas servir ou la regarder? Je n'ai pas toute la nuit, tu sais. Il se balança d'un côté à l'autre, faisant tourner sa raquette dans sa paume, les nerfs à vif. Il était temps de finir cette partie et de retourner chez lui où elle aurait son côté et lui le sien et où il pourrait réfléchir avant de faire quelque chose qu'il regretterait.

— Allez, Sean, dit Livvy en lui souriant. Je suis prête.

Wow. Quand cette femme souriait... Sean aurait dû être mort pour ne pas le remarquer.

Et vu la façon dont son service tomba court... Il l'avait remarqué.

Ha. Son frère avait un point faible. Bien. Maintenant, tant qu'il ne réalisait pas que Liam en avait un aussi. *Et* que ça n'affectait pas leur investissement.

— Encore un, Sean, le taquina-t-il. Tu perds le service et tu peux dire adieu à cette partie.

— Tu n'as pas autant de chance, Lee. Sean smasha le service, et lui et Livvy réussirent à prendre deux points d'avance, bon sang, avant que le service ne change de mains.

— Les dames d'abord. Liam fit rebondir la balle vers Cassidy. Montrons à ces deux-là comment on fait, Cass.

Et ensuite, il pourrait lui montrer comment *lui* le faisait...

Merde, il avait failli manquer le retour de Sean. Il devait se concentrer sur le jeu pour qu'ils ne perdent pas le match. Sean ne le laisserait jamais l'oublier.

Heureusement, Livvy leur céda leur cinquième point consécutif, et après cela, elle et Sean ne purent rien faire contre lui et Cassidy. Le service passa de l'un à l'autre, mais Cassidy réussit à marquer autant de points que Liam. Ils étaient bien assortis.

Doucement, Manley. Doucement.

Il essayait, mais la regarder bondir sur le terrain... Ce t-shirt moulant et ce short ne laissaient rien à son imagination et il devait vraiment se concentrer, se focaliser totalement sur chaque point, sinon Sean aurait la preuve physique du regard interrogateur qu'il ne cessait de lancer à Liam. Un regard auquel Liam n'allait certainement pas répondre.

Il serra les dents et leva la main au-dessus de sa tête, se préparant au service. Sean avait un point faible sur la gauche et Livvy était trop loin pour le couvrir.

Cassidy le regarda, fit un signe de tête vers le coin où il avait l'intention de servir, puis se tourna face au mur, sa raquette passant d'une main à l'autre tandis qu'elle sautillait d'un pied sur l'autre, son adrénaline la maintenant littéralement sur la pointe des pieds.

Il jeta un coup d'œil à Sean, essayant de le faire douter de l'endroit où il allait servir. Puis il regarda Livvy tout en gardant le point faible de Sean dans son champ de vision, et servit.

La balle toucha le sol, frappa le mur et dévia exactement comme il le voulait, hors de portée de Sean et de Livvy.

— Score! s'exclama Liam en levant les bras en V. Tu vas mordre la poussière, Sean, dit-il, se permettant de fanfaronner après avoir tapé dans la main de Cassidy. Prêt à pleurer comme un bébé?

— Amène-toi, frangin.

Sean était tout à fait sérieux, aligné et prêt.

Cassidy leur fit gagner un point avec un autre service diabolique, puis ce fut à nouveau le tour de Liam. Il frappa fort, envoyant Sean dans tous les coins du terrain et Livvy plonger pour sauver un tir.

C'était la distraction du *boum* de son épaule heurtant le sol que Liam attendait. Il frappa la balle si fort qu'il l'entendit siffler.

Malheureusement, Sean l'entendit aussi et réussit à faire un retour solide.

Cassidy alla la chercher avec un coup puissant qui faillit passer Livvy, mais encore une fois, la fille gitane se jeta sur la balle, claquant ses mains sur le sol en atterrissant. Cette tenue n'était pas la meilleure pour plonger.

Liam reprit le tir, le frappant si fort qu'il passa Sean, de sorte que le rebond l'aurait touché s'il n'avait pas bougé—

Mince. Sean fit un demi-tour et réussit à en attraper un morceau, suffisamment pour la renvoyer au mur pour le tour de Cassidy.

Cassidy, préparée pour un smash, dut s'ajuster rapidement pour atteindre la balle avant le second rebond, la lobant magnifiquement. Ce n'est pas qu'un lob leur rapporterait le point, mais sa forme pour le tir était incroyable.

En fait, sa forme pour *tout* était incroyable.

Livvy renvoya la volée, et Liam suivit la trajectoire, calculant la logistique tout en courant vers le coin droit. À un point de remporter la partie et avec Sean derrière son épaule gauche, il pouvait faire le tir facile vers le centre avant pour garder la balle en jeu, ou la faire rebondir sur le mur latéral et tenter la victoire.

Il tenta le coup, frappant la balle sur le côté et, oui! Sean l'avait manquée!

— Victoire! cria Liam en jetant sa raquette au sol et en soulevant Cassidy dans ses bras, la faisant tournoyer.

— On a gagné! Elle rejeta ses cheveux en arrière, riant tandis qu'elle enroulait ses bras autour de son cou et—

La célébration devint sérieuse en un battement de cœur. En fait, il pouvait *entendre* son cœur battre. Ou peut-être était-ce le sien.

Il arrêta de tournoyer.

Elle arrêta de rire.

Il ne la lâcha pas.

Elle non plus.

Il la reposa cependant sur ses pieds.

Dans une longue et lente glissade le long de son corps.

Il n'y avait plus rien à imaginer. Pour elle non plus si elle faisait attention.

L'assombrissement de ses yeux disait qu'elle faisait attention.

Le rapide coup de langue sur ses lèvres disait qu'elle faisait attention.

Le durcissement de ses seins contre sa poitrine disait qu'elle faisait attention.

— Alors, Lee. Toi et Cassidy voulez—

Ouais, lui et Cassidy voulaient et la phrase interrompue de Sean disait que ce n'était un secret pour personne.

Liam s'éclaircit la gorge et recula tandis que Cassidy trébuchait presque en s'éloignant au même moment.

— Vous voulez aller manger un morceau? Sean le fusilla du regard, voulant probablement qu'il dise que rien ne se passait. Que ce que Sean venait de voir n'était pas vrai ; que lui et Cassidy n'avaient pas presque échangé un baiser ici au milieu du terrain de racquetball où n'importe qui passant par là pouvait les voir.

Ce n'est pas qu'il y avait quoi que ce soit que Liam puisse dire. Un homme mort aurait su ce qu'il avait en tête quelques secondes plus tôt et Sean n'était pas mort. C'était aussi un gars plutôt intelligent et il avait été là pour l'enfer après Rachel.

— Merci, mais je dois rentrer chez moi. Il n'avait pas besoin du sermon ou des regards. La facturation s'accumule avec mon assistante en congé maternité, et si les factures ne sortent pas, l'argent ne peut pas rentrer. Il n'osa pas regarder Cassidy. Un seul regard et Sean saurait qu'il mentait comme un arracheur de dents. L'argent n'était pas ce qu'il avait en tête.

Sean le fixa quelques secondes de trop. — Si c'est ce que tu veux... Il lui lança sa raquette. Appelle-moi quand tu auras un moment. J'ai besoin de te rappeler quelques trucs.

— Ouais, bien sûr. Pas de problème. Il ne voulait pas entendre les *trucs* de Sean. Il savait ce qu'ils étaient, mais il n'allait pas discuter de cette situation avec son frère avant d'avoir décidé ce qu'il voulait faire.

Il attrapa son sac de sport et regarda Cassidy — qui avait l'air d'un million de dollars et pas à cause de l'argent de son père. Un vrai entraînement avec de la sueur la faisait rayonner. Pas de maquillage, de la sueur brillant sur sa peau, des cheveux en désordre dans lesquels il voulait passer ses doigts, et des lèvres si damnablement pulpeuses et embrassables qu'il avait le sentiment qu'une nuit avec elle ne serait jamais suffisante.

Mais... peut-être... Peut-être que ça suffirait à la sortir de son système.

# Chapitre Vingt-Neuf

— Belle partie.

Cassidy gardait les yeux fixés sur la route. — Oui.

— Tu es vraiment douée.

— Merci.

— Tu t'es bien amusée?

— Oui.

— Est-ce que je vais obtenir plus qu'une réponse d'un mot de ta part?

— Bien sûr.

Liam lui jeta un coup d'œil et Cassidy réalisa ce qu'elle venait de dire.

— Oh. Je veux dire, oui. Tu en auras. C'est mieux comme ça? Elle divaguait. Mais au moins, elle était cohérente. Elle était surprise de l'être parce que, bon sang... Que s'était-il passé là-bas?

Une minute plus tôt, elle sautait de joie, ravie de leur victoire durement gagnée, et la suivante... La suivante, elle était dans ses bras, écrasée contre son corps chaud et en sueur, son odeur l'appelant comme le chant d'une sirène, et elle avait oublié où ils se trouvaient. Qu'ils étaient dans un gymnase public où n'importe qui pouvait les voir, avec son frère debout à moins de deux mètres. Mais dès qu'elle avait plongé son regard dans ses yeux et senti ses bras l'entourer, elle avait fait abstraction de tout sauf de ce qui se passait entre eux. C'était différent de la fois où elle l'avait embrassé auparavant. Plus fort.

Réciproque.

Elle l'avait su même avant qu'il ne presse son érection contre elle. Ou peut-être était-ce elle qui s'était pressée contre lui, mais quoi qu'il en soit, Liam ne pourrait pas nier cela.

Il l'avait désirée et elle le désirait.

La question était, qu'allaient-ils faire à ce sujet?

— Tu veux manger quelque chose?

Elle secoua la tête. — Pas comme ça. J'ai besoin d'une douche.

Oh, mon Dieu. Les images défilèrent dans son esprit et elle ne pouvait pas s'en débarrasser. Elle, nue et mouillée sous le jet d'eau, et Liam écartant le rideau, tout aussi nu mais pas du tout mouillé... jusqu'à ce qu'il entre dans la cabine avec elle. La pressant contre le carrelage frais et commençant à lui mordiller le cou.

Elle agrippa la poignée de la portière du camion et serra. Fort. Elle devait serrer quelque chose et elle ne pouvait pas exactement serrer les jambes quand il la regardait.

Ce qui ne faisait qu'intensifier la douleur entre ses cuisses. Et lui donnait envie que ce fantasme devienne réalité.

— Je ne pense pas que ça aura d'importance, Cass. On est tous les deux assez en sueur.

— Hé, je m'offusque de ça. Je ne transpire pas. Je brille.

Il arqua un sourcil, et mon Dieu, c'était sexy. — Briller? Bien essayé, ma chérie, mais c'est de la sueur. De la bonne sueur, bien méritée.

Les mots eux-mêmes n'étaient pas sexy, mais les images qu'ils évoquaient...

Alors qu'allait-elle faire à ce sujet? Son instinct lui disait de foncer ; son cerveau lui disait de *reculer*. Elle logeait chez lui et n'avait nulle part ailleurs où aller. S'ils s'impliquaient et que les choses devenaient bizarres, que se passerait-il? Ils avaient déjà tenté le destin une fois avec ce baiser ; n'était-ce pas de cela qu'il s'agissait avec cette histoire de "côtés opposés"? Ce n'était pas une bonne idée de risquer davantage la tentation.

Cette pensée fonctionna jusqu'à ce que Liam se gare dans le garage et coupe le moteur. Ils fixèrent le mur du fond jusqu'à ce que la lumière de l'habitacle s'éteigne.

— Liam.

— Cass.

Quelqu'un fit le premier pas. Ça aurait pu être elle. Ça aurait pu être lui.

Ça n'avait pas vraiment d'importance parce que la seconde d'après, elle était sur les genoux de Liam, ses mains emmêlées dans ses cheveux, ses mains à lui encadrant son visage, et il la renversait en arrière, l'embrassant jusqu'à ce qu'elle ne puisse plus voir droit.

Étant donné qu'elle avait les yeux fermés et qu'il faisait sombre dans le garage, ce n'était pas vraiment une surprise, mais la façon dont sa tête tournait avec le goût, la sensation et l'odeur de lui... Des couleurs et des lumières flamboyaient derrière ses paupières comme des feux d'artifice.

Oh wow. Liam lui donnait des feux d'artifice.

Puis il plaqua sa paume sur le côté de son visage et tira ses cheveux en arrière tout en lui tenant la tête, déposant des baisers le long de sa mâchoire, et les feux d'artifice furent rejoints par des papillons. Des millions d'entre eux, voltigeant dans son ventre au point qu'elle aurait juré les entendre bourdonner.

Oh, c'était elle.

— On avait dit qu'on ne ferait pas ça. Liam lécha un endroit incroyablement sensible sous son oreille.

— Je sais. Elle haleta alors que des frissons irradiaient de cet endroit, et elle enfonça ses ongles dans son épaule, ne voulant jamais qu'il s'arrête.

— On était tous les deux d'accord. Il ne montrait aucun signe d'arrêt.

Bien. — Je sais.

Ses dents effleurèrent son lobe d'oreille, provoquant une nouvelle vague de frissons. — Ce n'est pas une bonne idée.

Elle saisit l'arrière de sa tête et laissa ses doigts s'enrouler dans ses cheveux, le serrant plus fort contre elle. — Je sais.

— On devrait arrêter. Il mordilla son chemin le long de sa mâchoire vers sa bouche.

Elle inclina sa tête juste assez et le regarda dans les yeux. — Je sais.

— Cassidy, je-

Elle l'embrassa. Suça ses lèvres, balaya l'intérieur de sa bouche avec sa langue, et ne voulut jamais reprendre son souffle.

Elle gémit quand il le fit.

— Allons à l'intérieur, Cass.

— Mmmm hmmm, fut tout ce qu'elle put gérer. Au moins l'un d'eux était cohérent.

En fait, Liam était plus que cohérent ; il était étonnamment compétent étant donné ce qui avait explosé entre eux. Mais il réussit à ouvrir la porte, à la porter dans ses bras à travers la porte de la buanderie et dans le couloir, ne s'arrêtant que lorsque Titania devint folle dans son enclos.

— Ne me dis pas que le chien a besoin de sortir, gémit-il.

Oh merde. Les feux d'artifice s'estompèrent. — Le chien a besoin de sortir.

— Et comment ça va se passer?

Cassidy mordilla sa mâchoire. — Pose-moi. J'ouvrirai la porte, elle sortira puis rentrera tout de suite. Elle veut être près de moi.

Il embrassa son cou en la remettant sur ses pieds. — Je connais ce sentiment.

Titania aboya et sautilla autour d'eux, manquant presque de faire trébucher Cassidy alors qu'elle la laissait sortir faire ses besoins.

Elle se tenait dans l'encadrement de la porte, essayant de reprendre son souffle et de réfléchir. Était-ce une bonne idée? Ou cela allait-il simplement inviter le désastre?

Liam l'entoura de ses bras par derrière et posa son menton sur son épaule. — Je peux t'entendre réfléchir.

Elle pencha sa tête contre la sienne. — Ce n'est pas possible.

— Ce n'est pas vrai. Tu poussais des soupirs assez profonds que je pouvais clairement entendre.

— On soupire pour différentes raisons, pas seulement quand on réfléchit.

— Je sais. Tu soupirais pour d'autres raisons dans mon camion. Tu gémissais aussi.

Il enfouit son visage dans son cou.

Elle allait recommencer à faire les deux s'il continuait comme ça.

Il continua.

— Je te veux, Cassidy, murmura-t-il contre sa gorge, les vibrations de sa voix la parcourant. Ce n'est pas un secret et ce n'est pas une surprise, et je suis fatigué de lutter. On s'occupera des conséquences plus tard. Dis-moi que tu veux ça autant que moi.

— C'est le cas.

Heureusement, Titania revint à ce moment-là. Ils l'enfermèrent et Liam conduisit Cassidy à sa chambre.

Il s'allongea à côté d'elle sur son lit. — Dernière chance d'arrêter si tu ne veux pas aller plus loin, dit-il en l'embrassant le long de sa poitrine, caressant son décolleté aussi bas que possible.

— Ne t'arrête pas. Elle se tortilla sous lui pour attraper le bas de son t-shirt. Elle voulait l'enlever. Maintenant.

Ces fichues strass n'arrêtaient pas de s'accrocher à sa chemise, puis de s'emmêler dans ses cheveux. — Déchire-le. C'était soit ça, soit ses cheveux, et elle pouvait toujours acheter une autre chemise.

— Tu n'as pas beaucoup de vêtements, Cassidy.

— Alors je porterai les tiens. Ou rien du tout. Enlève-le moi, c'est tout.

— Rien, hein? Le sourire de Liam alluma un feu lent en elle, qui devint rageur quand il déchira *vraiment* la chemise.

Les strass qui ne s'envolèrent pas étaient toujours accrochés dans ses cheveux, mais elle s'en fichait parce qu'il baissa la tête vers son mamelon et les strass devinrent la *dernière* chose à laquelle elle pensait.

— Ah, mon Dieu, oui. C'est tellement bon.

— Tu es magnifique. Et tu as si bon goût, dit-il sans jamais quitter son mamelon des lèvres, sa langue le caressant jusqu'à ce qu'il soit aussi dur et tendu que lui contre elle.

Elle glissa sa main entre eux et caressa toute sa longueur.

— Ah, Cassidy, gémit-il contre sa peau, la vibration la faisant frissonner de nouveau. Attention, ma belle. Je ne semble pas avoir beaucoup de contrôle quand il s'agit de toi.

Elle sourit et passa ses ongles le long de son membre à travers le short de basket soyeux. — Tant mieux. C'est pour mieux te torturer, mon cher.

Il la regarda, son mamelon toujours entre ses lèvres, et il tira dessus, une lueur malicieuse dans les yeux. — Et ceci est pour mieux te goûter, ma chère. Sa langue fit un mouvement rapide de va-et-vient et *oh mon dieu...* Cassidy enfonça ses talons dans le matelas et agrippa la couverture pour ne pas s'envoler du lit.

Il n'y avait aucun endroit où elle préférerait être et elle n'avait pas l'intention de quitter ce lit avant que la terre ne tremble.

Ses doigts glissèrent le long de son ventre, sur ses hanches, jusqu'à l'endroit exact où elle avait besoin qu'il soit.

La terre trembla.

Les cieux chantèrent.

Les oiseaux pleurèrent, les lions rugirent, et quelque part dans ses pensées éparpillées, Cassidy sut qu'elle était impuissante à faire quoi que ce soit d'autre que de se laisser emporter par la vague de plaisir que les doigts et les lèvres de Liam lui procuraient.

— Liam. Elle le gémit. Ou peut-être qu'elle le souffla. Ou peut-être qu'elle le murmura... Possiblement les trois ; Cassidy n'était pas sûre. Tout ce qu'elle savait, c'était que Liam lui donnait le plaisir le plus intense de sa vie et qu'elle ne voulait jamais que ça s'arrête.

Et puis ça s'intensifia. Il prit son sein en coupe, la laissant douloureuse, humide et palpitante entre ses cuisses, un état dont elle aurait pu se plaindre sauf que lorsqu'il prit son sein en coupe, son pouce glissa sur son mamelon avec un plaisir si tortueux que chaque terminaison nerveuse de son corps se concentra sur ce point, toute l'énergie, tout le désir, focalisés là - puis se déplaça quand il lécha l'autre à nouveau.

Elle attrapa sa tête, le maintenant là, s'arquant vers lui, des supplications muettes le suppliant de ne jamais s'arrêter, de lui donner ce plaisir intense pour le reste de sa vie...

Il bougea, se plaçant au-dessus d'elle, pressant son érection - merci mon Dieu - contre son centre douloureux, et elle voulait juste le tirer en elle et le garder à l'intérieur assez longtemps pour combler ce vide qui était là depuis si longtemps qu'elle n'avait jamais vraiment su ce que c'était que de *ne pas* l'avoir. Mais Liam pouvait faire disparaître ce vide. Le faire disparaître pour de bon.

Elle ne s'était jamais jetée sur quelqu'un. N'avait jamais ressenti l'envie irré-pressible de le faire. Elle n'avait jamais eu à le faire parce que les hommes l'avaient toujours draguée et qu'elle avait été celle qui disait non. Dieu merci, Liam disait oui parce que c'était comme si l'acte même de vivre dépendait de son contact.

Ça lui faisait peur, cette profondeur de ce qu'elle ressentait pour lui. Donner tant de pouvoir à quelqu'un... C'était exactement l'opposé de ce qu'elle avait dit vouloir faire de sa vie maintenant.

Mais ça ne l'empêchait pas de le vouloir. De vouloir ses mains partout sur elle. Ses lèvres, ses dents, sa langue partout sur sa peau. Alors elle allait suivre ça et s'occuper du reste plus tard.

Elle fit glisser ses mains le long de son dos, appréciant la sueur sous ses paumes, son odeur sur lui, la façon dont elle rendait leurs corps glissants pour qu'ils puissent se frotter l'un contre l'autre avec juste la bonne quantité de friction —

— Mon Dieu, Cassidy. Je te veux.

Dieu soit loué et passez le pop-corn. Cassidy attira son visage vers le sien et l'embrassa avec tout ce qu'elle avait.

Sa langue dansa sur la sienne, ses dents mordillèrent ses lèvres et sa langue... Bon Dieu, il avait une langue talentueuse. Que serait-ce s'il descendait plus bas...

Elle agrippa son short, voulant le découvrir. Voulant savoir ce que c'était que d'être unie à quelqu'un de façon si intime - et elle ne parlait pas physiquement. Elle avait déjà eu des rapports sexuels, mais ça, ce que Liam pouvait lui faire... elle n'avait jamais connu ça.

— Enlève ton short, marmonna-t-elle, essayant de le pousser le long de ses hanches, et abandonnant, glissant ses mains sous la ceinture pour les poser sur ses fesses à la place.

Mon Dieu, il avait de belles fesses. Si fermes et musclées... Parfaites à agripper ou à serrer contre elle alors qu'il pousserait en elle...

— Je te veux, Liam. En moi. Maintenant.

— Tu es autoritaire, n'est-ce pas? Il n'avait pas l'air agacé. — Donne-moi une seconde, ma chérie.

Il rampa un peu plus sur elle, son bas-ventre maintenant au niveau de sa poitrine.

Cassidy mordilla sa hanche.

— Bon sang! Liam tomba sur le lit. — Cassidy, chérie. Laisse-moi une chance. Si tu fais ça, je n'aurai pas le temps d'en mettre un.

Elle regarda « ça ». Ah. Des préservatifs. Bien. — Prends-en plusieurs.

Il arqua un sourcil. — Définis « plusieurs ».

Elle lui sourit. — Autant que tu penses pouvoir en utiliser, mon grand. Puis ajoutes-en trois.

Il rit et secoua la tête, le côté presque désespéré s'était estompé. Oh, elle le désirait toujours, mais au moins maintenant elle pouvait réfléchir.

Et puis il se tint debout à côté du lit et laissa tomber son short.

La réflexion s'envola par la fenêtre.

— Mon Dieu, Liam. Tu es magnifique.

— C'est ma réplique ça. Il ne bougea pas, se contentant de la fixer.

Cassidy s'observa. Ses tétons étaient deux cailloux durcis, il y avait quelques marques de frottement sur sa poitrine, son short était à moitié baissé sur ses hanches, et elle portait encore ses chaussettes et ses baskets. Oh, et son t-shirt était toujours emmêlé dans ses cheveux. Elle n'avait pas de maquillage, avait transpiré comme un bœuf, et ses lèvres étaient probablement gonflées par son baiser. — Je suppose que la beauté est vraiment dans l'œil de celui qui regarde. Elle se tortilla pour sortir de son short et se débarrassa de ses baskets d'un coup de pied.

— Bébé, tu es magnifique. Depuis la première fois que je t'ai vue, tu n'as fait que devenir plus belle.

S'il lui avait fallu autre chose pour faire fondre ses os, ça aurait pu être ça, mais ce n'était pas nécessaire. Elle voulait Liam non pas à cause de ce qu'il lui disait mais à cause de qui il était. *Comment* il était. Ces deux dernières semaines, elle avait appris à connaître qui *il* était. Comment *il* pensait. Sa générosité, sa compassion, son talent, son intelligence et son cœur. Son amour pour sa famille et son altruisme en l'aidant. Et puis il y avait cette alchimie et c'était comme si Liam était trop beau pour être vrai.

— S'il te plaît, Liam. Elle tendit la main, l'invitant à la rejoindre. À ne faire qu'un *avec* elle. À être avec elle dans ce moment.

— Je suis là, Cass.

Il se glissa à côté d'elle, posa sa main sur sa hanche et la fit rouler pour lui faire face, et elle ne s'offusqua pas du surnom. Pas venant de lui. L'entendre le dire... C'était différent de quand Maman l'appelait comme ça. Différent. Un terme affectueux. Quelque chose que seul lui pouvait l'appeler. Ça la faisait se sentir chaleureuse et désirée et chérie et précieuse.

— Tu es sûre? Liam effleura sa joue du bout des doigts.

Elle attrapa sa main et l'amena à ses lèvres. Elle embrassa ses doigts. Une fois. Puis elle suça son index dans sa bouche et roula sa langue autour. — Ça répond à ta question?

Ses yeux s'assombrirent et ce sourire sexy glissa sur ses lèvres. — Oh que oui.

Et puis il la fit rouler sur le dos et se retrouva sur elle, pas un bout de tissu — eh bien, à part le préservatif — entre eux.

Liam prit son visage en coupe et écarta quelques mèches de cheveux de son front du bout des doigts. — Tu es incroyablement belle, Cassidy. Et je ne parle pas seulement du physique. Dieu t'a donné une belle structure, mais il y a une lumière en toi qui brille. Elle éclipse tous les autres autour de toi. Et tu n'en es même pas consciente. Tu ne sais même pas comment tu affectes les autres.

Mon Dieu, les mots étaient agréables, et elle détestait vraiment le détromper de son fantasme, mais la réalité était... Il ne reconnaissait pas ce qu'il voyait quand il voyait cette supposée lumière.

— Cette lumière, c'est l'attrait d'être une Davenport, Liam. Rien à voir avec moi et tout à voir avec mon nom de famille.

Liam secoua la tête. — C'est ce que tu penses, mais ce n'est pas vrai. La même lumière ne brille pas de ton père et il a eu le nom plus longtemps. C'est toi, Cassidy. C'est ce qu'il y a en toi, la bonté de la personne que tu es, qui brille et attire les gens vers toi comme des papillons vers une flamme. Ne te laisse pas devenir si blasée que tu ne vois pas ta propre valeur. Je sais que ton père t'a bernée, mais tu restes toi-même. Dans cet appartement, dans ma maison, dans ton atelier... C'est toujours toi et c'est avec toi que je suis maintenant. Pas une Davenport, pas une mondaine, pas quelqu'un qui a rencontré des gens dont j'ai seulement entendu parler aux infos, mais Cassidy Marie Davenport. Restauratrice de meubles, artiste, et une assez bonne femme de ménage après deux semaines de travail. Il frotta son nez contre le sien. — C'est *toi* que je veux, Cassidy. Toi. Personne d'autre.

On aurait presque dit qu'il essayait de se convaincre lui-même ou de faire une sorte de déclaration sur quelque chose, mais Cassidy allait le prendre au mot. Liam était l'une des rares personnes qu'elle avait rencontrées qu'elle *pouvait* prendre au mot.

Elle posa sa paume sur sa joue. — Alors prends-moi, Liam. Fais disparaître le reste du monde.

Liam n'avait pas besoin de plus d'encouragement. Il s'était à peine contenu en la sentant sous lui, sa peau douce enveloppant son corps dur et tendu, prêt à exploser de désir.

Une nuit. C'est tout ce dont il avait besoin. Une nuit avec elle.

Mais qu'en est-il de toutes ces jolies choses que tu viens de lui dire? Était-ce simplement pour entrer dans son pantalon?

Il ferma cette porte dans son esprit. Il ne les avait pas dites pour entrer dans son pantalon. Bon sang, il était déjà *dans* son pantalon. Il les avait dites parce qu'elles étaient vraies.

Et il n'allait pas l'analyser plus que ça. Pas ici. Pas maintenant.

Il remua les hanches et elle s'ouvrit pour le laisser entrer. — Bon sang, Cass, tu es incroyable. Il serra les dents pour s'empêcher de plonger directement en elle. Il voulait savourer ce moment, sentir chaque centimètre alors qu'elle l'accueillait dans sa chaleur humide, ses muscles se resserrant autour de lui, le relâchant seulement pour se resserrer à nouveau, l'incitant à continuer.

— Oh, mon Dieu, oui, haleta-t-elle en arquant le cou alors qu'il glissait en elle.

Liam ne put s'en empêcher ; il suça cette chair exposée. Bon Dieu, elle avait si bon goût. Se sentait si bien.

Il se retira, souriant à son halètement, puis plongea à nouveau, allant plus profondément.

— Oui, Liam, comme ça.

Ses ongles griffèrent son dos et elle verrouilla ses chevilles sur ses fesses et fit une chose incroyable qui faillit le faire décoller comme une fusée.

Il tira sur la peau de son cou avec ses dents. — Bon sang, Cass. Tu vas me faire jouir avant qu'on ait eu du plaisir.

Elle fit glisser ses mains le long de son dos, ses doigts lui donnant des frissons tout du long, et attrapa ses chevilles. — Il y a beaucoup plus de plaisir d'où ça vient.

Elle s'arqua et Liam n'avait pas cru possible d'aller plus profondément. De sentir plus, mais la façon dont elle le prenait en elle...

Il la pénétra. Son corps ne lui laissait pas le choix. Il ne pouvait pas lutter contre cette pulsion et recommença. Encore et encore. Une fois de plus. Deux fois, et il commença à le sentir. À sentir la tension dans ses testicules qu'il ne pouvait pas arrêter. Elle continuait de bouger sous lui, de le faire basculer en avant, de le serrer, et Liam, qui avait toujours été si fier de son fameux self-control, le perdit. Complètement. Il devint un être de sensations, bougeant, pilonnant, poussant, affamé d'amour, voulant prendre tout ce qu'elle avait et même plus.

— Bon sang, Cass... Je ne peux pas... Je...

— Jouis pour moi, Liam, chuchota-t-elle contre sa mâchoire. Laisse-moi te sentir jouir.

— Mais toi... Il essaya de reprendre son souffle, mais n'y parvint pas. La sueur coulait sur son front, entre ses omoplates, et dans le creux de son dos où les talons de Cassidy le poussaient en elle.

— Jouis, c'est tout. On a toute la nuit. Tu pourras t'occuper de moi après.

C'était totalement égoïste de sa part, mais Liam ne pensait honnêtement pas — quand il avait quelques secondes pour réfléchir — qu'il pouvait s'arrêter. Il y avait quelque chose chez Cassidy —

Son orgasme balaya cette pensée et toutes les autres dans un éclair aveuglant. Il se cambra, cria peut-être, et laissa le plaisir le submerger, presque trop intense à supporter.

Mais il le supporta. Et en prit encore. En extirpa jusqu'à la dernière goutte, bougeant même un peu pour le prolonger.

Puis elle fit glisser ses doigts sur son torse, les enroula dans le tourbillon de poils sur son sternum et tira.

Il s'effondra sur elle en glissant hors d'elle, se souvenant à peine au dernier moment de retenir son poids sur ses coudes.

— Ça t'a plu, on dirait? murmura-t-elle avec un sourire contre son oreille.

Il rit. Enfin, si un souffle haletant et un éclair de sourire pouvaient être qualifiés de rire. Vu le fait qu'il était capable ne serait-ce que de *penser* à ce mouvement, l'action en elle-même était monumentale. — Ouais. On peut dire ça.

Et quatre mots. Il n'aurait pas cru en être capable. Pas après ça. Pas après Cassidy.

— Je suis trop lourd pour toi. Il essaya de forcer ses membres à bouger, mais la léthargie les envahissait.

— Non, tu ne l'es pas. Tu es parfait là où tu es. Elle caressa ses flancs et d'autres frissons le parcoururent — et remirent une autre partie de lui dans le jeu.

— Mmmmm. Il était de nouveau incohérent. Bah, l'incohérence avait beaucoup pour elle.

Surtout quand elle fit tourner ses doigts sur ses omoplates puis les enfouit dans ses cheveux.

— Embrasse-moi, Liam.

Pour ça, ses muscles bougèrent. Pour ça, la léthargie s'envola et l'énergie revint en rugissant, et il se redressa sur ses coudes et l'embrassa.

C'était plus qu'un baiser. C'était la rencontre de deux âmes. Un moment où la physicalité de leur contact était éclipsée par le sens et les sentiments qui le sous-tendaient. Quand tout dans sa vie semblait converger vers ce point de contact, et qu'il ne pouvait jamais en avoir assez. D'elle.

Il inclina la tête, plongeant sa langue dans sa bouche comme il l'avait pénétrée quelques instants plus tôt. N'était-ce que quelques instants? Cela semblait une éternité.

Eh, mec? Tu t'entends parler?

Liam chassa cette voix importune de sa tête. Oui, il s'entendait. Comme il aurait dû s'écouter depuis le début.

Cassidy n'était pas Rachel. Elle n'était même pas *comme* Rachel. Et il avait été stupide d'essayer de la forcer dans le même moule alors qu'ils auraient pu avoir ça depuis le début s'il avait été capable de dépasser son passé.

Il quitta ses lèvres et mordilla sa mâchoire, puis descendit vers ce point sensible derrière son oreille pour voir s'il pouvait lui envoyer des frissons dans tout le corps comme elle l'avait fait pour lui.

— Liam —

— Chut. Il attira son lobe d'oreille dans sa bouche. Fais-moi confiance, Cass. Je vais te faire du bien.

— Mmm, oui, gémit-elle quand il passa sa langue sur le contour de son oreille.

Voilà les frissons.

Il traça un chemin de baisers le long de sa gorge et sur ses seins, prenant un temps incroyablement doux avec eux, la faisant gémir et se tortiller sous lui.

— Liam... Je veux... Sa tête s'agitait sur l'oreiller, ses mains agrippant ses cheveux, le maintenant en place.

Ça n'allait pas.

— Attrape la tête de lit, ma belle.

— Mmmmm... qu... quoi? Ses yeux s'entrouvrirent et sa lèvre inférieure, humide et gonflée, fut aspirée entre ses dents.

Il sourit. — Mets tes mains au-dessus de ta tête et attrape la tête de lit. Il lécha son mamelon. Je te promets que ça va te plaire.

Son sourire faillit l'achever, si sexy et entendu et très excité.

— Comme ça? Elle fit glisser ses mains le long de son corps, cambrant son dos en les levant au-dessus de sa tête pour saisir la traverse.

Oh oui, ça lui plaisait.

— Mon Dieu, Cassidy, tu es magnifique. Il dut reprendre son souffle. À l'intérieur comme à l'extérieur.

Cette pensée aurait dû l'effrayer ; elle avait le pouvoir d'anéantir les progrès qu'il avait faits depuis Rachel — mais ça valait le risque. *Elle* valait le risque.

— Fais-moi l'amour, Liam.

Faire l'*amour*... Les mots, leurs implications, menaçaient de le faire flancher — c'était donc une bonne chose qu'il ne s'en serve pas pour se soutenir.

Pas encore.

— J'en ai bien l'intention.

Il l'embrassa durement sur les lèvres. Glissa sa langue entre elles pour taquiner la sienne, la suça à peine une seconde, puis s'écarta d'elle.

— Hé —! Elle tendit la main vers lui, mais Liam l'attrapa.

— Ah ah ah. Ça — il tapota sa main — est censé rester où c'était. Et ça... Il fit glisser un doigt humide le long de sa clavicule puis l'inclina vers un de ces seins parfaits qu'il embrassait. Est censé être ici.

Il encercla son mamelon, durcissant encore plus en le sentant se tendre et en l'entendant haleter.

Elle remit sa main sur la tête de lit.

— Ça t'a plu? lui renvoya-t-il ses propres mots.

— Ouais. Elle expira longuement quand il répéta l'action sur son autre sein.

Il passa ses ongles sur sa peau, sachant par expérience ce que ça faisait, ce que les frissons faisaient ressentir.

Il caressa plus bas, les faisant glisser légèrement sur sa cage thoracique, aimant pouvoir lui faire ça. Voulant être le seul à pouvoir le faire.

Il recula sur ses genoux, faisant tournoyer ses doigts sur son ventre, souriant lorsqu'il frémit et qu'elle inspira brusquement.

Puis ses hanches bougèrent sous lui.

Il se mordit la lèvre mais ne put s'empêcher de sourire. Ses hanches allaient bouger, ça c'était sûr.

Il recula à nouveau, cette fois-ci s'installant sur ses cuisses.

Elle était prête pour lui. Elle le voulait.

Il fit glisser un doigt depuis son nombril, jusqu'à la partie d'elle qu'il voulait connaître intimement.

— Oui, Liam, haleta-t-elle. S'il te plaît.

— S'il te plaît quoi? Il fit tourner son doigt.

— Ça! s'exclama-t-elle, ses hanches tressautant.

— Tu es sûre? Il donna un petit coup de doigt.

— Oui. Sa voix était rauque, sa respiration s'accélérant.

— Ou préférerais-tu ceci? Il glissa un doigt en elle puis un second et la sentit se resserrer autour d'eux. Oh non, elle n'allait pas l'avoir aussi facilement.

Il retira ses doigts, sourit à son gémissement, puis glissa jusqu'à ses pieds.

Puis sur le sol.

Elle releva la tête, ses yeux verts mi-clos, ses lèvres gonflées et humides.

Il tira sur ses chevilles, l'amenant vers le bas du lit. — Tu es prête?

Elle gémit et sa tête retomba en arrière. Ses mains étaient trop loin de la tête de lit, mais elle ne les ramena pas à ses côtés, les tordant plutôt dans la couverture au-dessus de sa tête.

Bon sang, il avait hâte de lui donner le même plaisir qu'elle lui avait procuré.

Il prit son temps, savourant chaque mouvement de son corps, apprenant ce qu'elle aimait, ce qui faisait se bloquer sa respiration, ce qui la faisait haleter.

Ce qui la faisait gémir.

Il caressa et suça, et glissa à l'intérieur, sa langue et ses doigts l'amenant à ce même plaisir frémissant qui l'avait fait perdre la tête. Il la voulait là. Voulait qu'elle oublie tout, tout le monde, tout sauf lui.

— Oui, Liam, oui! Sa tête s'agitait, ses mains agrippant tout ce qu'elles pouvaient trouver, et son corps était submergé par la rougeur du désir qui était si érotique alors qu'elle se cambrait et se contractait, tremblant au bord du gouffre jusqu'à ce qu'elle le supplie, si bien qu'il dut finalement la faire basculer.

Elle cria son nom. Littéralement cria, le faisant se réjouir de vivre assez loin de ses voisins pour que personne n'appelle la police, car il n'allait pas arrêter ça pour qui que ce soit.

Elle jouit à nouveau, ses cuisses essayant de se refermer contre le plaisir, mais il ne les laissa pas faire. Il garda ses jambes écartées et lui donna chaque once de plaisir qu'il pouvait, la goûtant jusqu'au dernier tremblement.

Il embrassa sa cuisse, puis juste sous son nombril, remontant le long de son corps alors qu'elle frissonnait dans les suites de l'orgasme, chaque baiser provoquant un nouveau frisson.

Il remonta en l'embrassant jusqu'à ses seins, les aimant une fois de plus. Ils étaient vrais et ils étaient parfaits.

Elle ouvrit les yeux quand il prit le second dans sa bouche, sa langue faisant des cercles paresseux autour de son mamelon.

— Tu aimes ça, n'est-ce pas? imita-t-elle, un doux sourire courbant ses lèvres.

— Ne te détends pas trop, bébé. La nuit est jeune. Il attrapa les préservatifs qu'il avait laissés tomber sur le lit à son défi et roula sur le côté pour en mettre un nouveau. — Le deuxième round est sur le point de commencer.

Chapitre Trente

Elle avait perdu le compte du nombre de fois, mais le chiffre n'avait pas vraiment d'importance. Ce qu'il lui avait fait ressentir, ce qu'il lui avait donné... Comment était-ce possible que l'un des pires moments de sa vie ait été le début de tout cela ? De sa rencontre avec Liam et de leur rapprochement au point qu'elle avait non seulement envisagé de coucher avec lui, mais l'avait fait ? Et qu'elle voulait y rester ?

C'était presque drôle que l'expulsion par son père lui ait offert cela. Ce moment, cet endroit, cet homme. Sans cet événement, Liam et elle n'auraient été que des voisins se croisant dans le couloir, échangeant un poli « Bonjour, bonne journée ».

Elle voulait *cette* relation. Elle le voulait, lui.

Se trouver était la raison pour laquelle elle avait voulu quitter la maison de son père ; trouver Liam était un cadeau dont elle n'avait jamais rêvé.

Elle se blottit plus près de lui, adorant la sensation de sa présence à ses côtés. Il ne l'avait pas lâchée ; son bras était sous ses épaules et il faisait rouler quelques mèches de ses cheveux entre son pouce et son index. La légère traction sur son cuir chevelu était agréable. Cela la faisait se sentir désirée. Convoitée.

— Tu es silencieuse, dit-il.

— Je pense avoir largement compensé il y a quelques minutes.

Elle sentit son rire. — C'est vrai.

— Pourquoi? Il y a quelque chose dont tu veux parler? Soudain, elle s'inquiéta. Il avait dit qu'ils géreraient les conséquences plus tard. Était-ce ces conséquences? Ne ressentait-il pas la même chose qu'elle?

— En effet. Liam se tourna sur le côté, mais garda son bras autour d'elle et ses cheveux dans sa main.

Elle aimait ça. Elle aimait qu'il veuille jouer avec. Elle aimait qu'il ne veuille pas la lâcher.

— Qu'est-ce qui t'a rendue comme tu es, Cassidy?

Ce n'était pas une question à laquelle elle s'attendait. — Que veux-tu dire? Je suis juste moi.

Il inspira et lui chatouilla la joue avec ses cheveux. — C'est ce que je veux dire. Toi. Comment es-tu devenue celle que tu es en grandissant avec lui?

— Ah. Maintenant elle comprenait. Mais elle n'était pas sûre de vouloir y répondre. Pas honnêtement en tout cas.

Mais elle ne voulait pas d'une relation sans honnêteté entre eux. S'il n'aimait pas la vérité, il valait mieux qu'elle le sache maintenant.

— Je n'ai pas toujours été comme ça. Avant, j'étais prise dans la vie mondaine. J'aimais aller aux soirées, acheter des vêtements et partir en vacances dans des stations exclusives. Je veux dire, qui n'aimerait pas ça, pas vrai?

— Ça semble être une existence superficielle.

Si elle était encore dans ce monde, ses mots l'auraient blessée. Ou peut-être pas, puisqu'elle aurait été trop superficielle pour s'en soucier.

Le fait qu'il ressente cela, cependant, était encourageant. Le premier homme à voir au-delà des apparences et à la vouloir pour elle-même, *pas* pour l'argent de son père.

Tu en es sûre?

Cassidy chassa cette pensée. Liam n'était pas comme ça. C'était un homme intègre. Il était honnête et travailleur, et elle parierait qu'il n'accepterait jamais d'aumône de qui que ce soit. Liam était le genre d'homme à réussir par lui-même.

Contrairement à la femme qu'elle était autrefois.

— Je ne suis pas fière de qui j'étais à l'époque, Liam. Mais c'est ainsi que j'ai été élevée et c'est ainsi que mon monde fonctionnait. Puis j'ai rencontré Franklin.

Liam se raidit contre elle. Et pas d'une bonne manière. — Franklin?

Elle passa une main sur sa poitrine. Elle sentit son cœur battre sous sa paume et elle laissa sa main là. S'il savait à quel point c'était symbolique pour elle.

— Franklin était un garçon de treize ans avec beaucoup de problèmes de santé. Des problèmes qui auraient pu le rendre méchant, amer et désagréable. J'étais assise à côté de lui lors d'un des dîners de charité de l'hôpital.

— Ils l'ont fait venir en fauteuil roulant pour solliciter des dons? La mâchoire de Liam se crispa.

— Non. Rien de tel. C'était l'un des souhaits de vie de Franklin. C'est ainsi que la fondation qui le parrainait les appelle plutôt que derniers vœux ou vœux de mourant. Ils préfèrent se concentrer sur ce qu'il reste de la vie de quelqu'un plutôt que sur la finalité qui approche. Elle retira sa main de la poitrine de Liam et la replia sur elle-même. Elle avait du mal à parler de Franklin sans avoir les larmes aux yeux.

— Franklin voulait porter un smoking avant de mourir et aller à un événement chic. Le dîner tombait au moment parfait et il est venu en tant qu'invité. Il s'est assis à ma table. Je connaissais tout le monde sauf lui, et j'étais devenue blasée. Ce n'était qu'un autre événement pour moi où je présentais le don de mon père avec beaucoup de fanfare et où je souriais et faisais la belle pour les caméras. Je faisais la conversation avec les acolytes de Papa et ses aspirants associés. Le même vieux gala du mardi soir qui se produisait trop souvent dans l'année. Et j'avais une nouvelle robe pour chacun d'entre eux.

— Puis est arrivé Franklin pour qui tout était nouveau, brillant, étincelant et joyeux. Il était comme Cendrillon au bal, voyant du glamour dans ce dont nous étions tous devenus si blasés. Le voir dans son fauteuil roulant, avec sa bouteille d'oxygène et sa tête chauve qui contrastait tellement avec son grand sourire et ses yeux écarquillés, avec son intérêt pour tout et tout le monde... Je ne pouvais *pas* ne pas vouloir apprendre à le connaître. Mais les autres à notre table ne s'en souciaient pas. Il était un étranger et, pire encore, défavorisé et malade. J'avais honte pour eux. Mais le truc, c'est que s'il l'avait remarqué, il s'en fichait. Il était juste heureux d'être là et dans l'instant présent. Et c'est ce qui m'a touchée. Ce qui m'a ouvert les yeux. Pour moi, il n'était pas une curiosité à cause de son état de santé, mais à cause de son optimisme, de son acceptation et de son bonheur pur à faire quelque chose que j'avais commencé à considérer comme acquis et même à détester.

Elle renifla en se souvenant comment ses yeux s'étaient écarquillés quand le personnel de service avait apporté le dessert. Pour elle, c'était un morceau de gâteau au chocolat qui irait directement sur ses hanches, alors elle l'avait repoussé. Pour Franklin, c'était de l'ambroisie. Une récompense si douce et si précieuse qu'il avait dû lutter contre lui-même pour ne pas l'engloutir en une bouchée parce qu'il ne voulait pas manquer d'en savourer le goût.

Elle lui avait donné sa part et cela avait scellé leur amitié.

— Franklin avait une vision de la vie tellement incroyable. Et de la mort aussi. Il n'en avait pas peur. Il n'en voulait évidemment pas, mais quand elle est finalement venue l'appeler, il était prêt à l'embrasser.

Elle, cependant, ne l'était pas et cela la bouleversait encore de se souvenir comment il lui avait tapoté la main et souri du mieux qu'il pouvait avec le peu de force qu'il lui restait. — Il avait vécu intensément pendant ces mois où je l'ai connu, et il m'a appris ce qui était important dans la vie. Pas l'argent, pas les choses, pas l'admiration réticente des autres à cause de ce que tu as ou de ton nom de famille ou de qui est ton père. Même quand sa famille l'a abandonné pour le placer dans un foyer de groupe et laisser la société payer son traitement, Franklin n'était pas amer. Il a choisi de se concentrer sur le positif.

— Ils l'ont abandonné? Malade? Mourant?

Elle hocha la tête. — Mais il ne les jugeait pas et il m'a appris à ne pas le faire. Elle expira. — C'était difficile de ne pas le faire.

— Comme quand ta mère t'a quittée.

— Tu es au courant de ça?

— Il n'y a pas grand-chose à ton sujet qui n'ait pas fait la une des journaux au fil des années.

Elle était partagée entre le fait d'apprécier qu'il ait été suffisamment intéressé pour y prêter attention et s'en souvenir, et la tristesse qu'il ait entendu parler de son linge sale.

Il lui toucha la joue. — Hé, ne laisse pas les actions de tes parents te définir. Tu es ta propre personne. Tu prends ton indépendance, non? Tu n'as pas à être ce qu'ils sont.

C'était la chose parfaite à dire. — Merci.

— Tout le plaisir est pour moi.

Pour elle aussi. L'une des choses qu'elle s'était promis à la mort de Franklin était de répandre son message d'acceptation, d'amour et de lâcher prise sur un passé douloureux.

— Franklin était riche en amis sinon en famille. Et ils sont devenus sa famille. Tout le monde l'aimait parce qu'il aimait tout le monde. Il les acceptait tels qu'ils étaient, même ceux qui l'ignoraient. Il n'avait jamais rien de méchant à dire sur quiconque et avait toujours une blague ou un compliment. Parce que, comme il le disait, chaque personne qu'il rencontrait faisait partie de son voyage, et comme son voyage n'allait pas être long, il n'y avait aucun intérêt à se concentrer sur le négatif ou à s'attarder sur la méchanceté. C'était sa seule chance de connaître le bonheur. Pour le peu de mois qui lui restaient, il allait profiter de chaque minute, de chaque personne, et de chaque chose.

Franklin avait toujours prôné la transmission du bien, de vivre pleinement la vie qui lui avait été donnée, et il avait été son inspiration. Son catalyseur de changement. Sa nouvelle vision du monde sur le peu de sens qu'avait eu sa vie jusqu'à ce qu'elle le rencontre.

Elle déglutit, sa gorge se nouant avec les larmes qu'elle essayait tant bien que mal de retenir. *Des sourires, pas des larmes.* C'est ainsi qu'il voulait qu'elle se souvienne de lui.

— Il était ravi quand les gens ont commencé à lui apporter des plantes en cadeau plutôt que des fleurs. Elle n'avait jamais dit à Franklin que c'était son idée parce que les plantes duraient plus longtemps que les fleurs. Ni que c'était *elle* qui avait approvisionné la boutique de cadeaux et qu'elle avait sollicité l'aide du personnel pour que des visiteurs au hasard les déposent pour Franklin. — On faisait des recherches sur chaque plante en ligne et il décidait où il voulait la planter dans le parc. Il voulait que quelque chose lui survive.

Elle perdit alors la bataille contre quelques larmes, se souvenant à quel point il avait été solennel quand il avait compris que les plantes lui survivraient.

— Attends une minute. Liam lui releva le menton. — Les hôpitaux ont des services paysagers et des conseils d'administration. Il aurait dû obtenir une autorisation pour ça, et ça aurait pris du temps. N'importe qui ne peut pas planter ce qu'il veut dans le parc d'un hôpital.

Elle expira. — On le peut si on est soutenu par un don des Davenport.

— Tu as utilisé la position et l'argent de ton père pour aider Franklin? Il faut reconnaître les avantages d'être une Davenport.

Elle se crispa. Les gens pensaient toujours ça. Toujours que l'argent faisait disparaître les problèmes. Ce n'était pas le cas. Il y avait juste des problèmes différents. Par exemple : son père. Et Burton. Des gens qui voulaient ce qu'ils pouvaient obtenir d'elle, qui voulaient l'utiliser pour leur propre bénéfice.

C'était la beauté de sa relation avec Franklin ; elle avait été fondée sur sa présence pour lui en esprit et en amitié, pas sur ce que son argent pouvait lui apporter.

— Ça m'a permis de réaliser le rêve de Franklin. Il a été autorisé à planter ce qu'il voulait où il voulait. À sa mort, j'ai fait faire des plaques pour chaque arbre, arbuste, buisson et fleur pour que tout le monde sache. Pour qu'il ne soit jamais oublié.

Liam essaya de respirer malgré la boule dans sa gorge. Il avait raison ; elle ne pourrait jamais être comme Rachel. Il aurait parié que, même avant Franklin, Cassidy avait eu un cœur et une âme qu'elle ne voulait pas admettre. Ils s'étaient probablement cachés pour ne pas être écrasés par les gens superficiels qui peuplaient son monde. — Qu'a dit ton père?

— Il... euh... Elle se mordit la lèvre et détourna le regard.

— Il n'est pas au courant.

— Oh, il sait que j'ai fait faire des plaques. Il pense même que l'important don que j'ai fait à l'hôpital provenait du compte de dons caritatifs de l'entreprise.

— Ce n'était pas le cas?

Elle secoua la tête. — C'était de mon compte bancaire, pas des caisses de l'entreprise. C'était important pour moi que *je* le fasse, pas l'entreprise, pour que ce soit entièrement à propos de Franklin, pas du don. C'est pourquoi les plaques ne mentionnent nulle part Davenport. Papa sera furieux quand il prendra enfin le temps de les regarder *vraiment*.

Son argent. Voilà pourquoi elle n'en avait plus. Pas parce qu'elle l'avait dépensé en défilés de mode ou en fêtes ou en destinations exotiques.

Était-il possible que Cassidy *soit* la femme qu'il lui fallait? Qu'elle ait — mis à part son père — ce qu'il recherchait?

Mais il y avait encore des différences entre eux. De grandes différences. Des différences flagrantes. Des différences à plusieurs millions de dollars.

Pour l'instant, les choses pouvaient être simples puisqu'ils n'étaient que tous les deux, mais une fois que le vieux Mitch reviendrait dans le tableau — et ce serait le cas ; la presse se régalerait si cette brouille continuait — la donne changerait.

Il lui releva le menton et le brillant des larmes lui serra le cœur. Il ne voulait pas que ça change. Il la voulait exactement comme ça. — Alors comment on fait, Cassidy? Toi une Davenport ; moi... pas. Je ne suis pas de ton monde. Où allons-nous à partir de là?

Le changement qui s'opéra en elle le choqua. Une minute elle était toute souple et fondait contre son côté, son bras nonchalamment posé sur son abdomen, ses doigts caressant légèrement son flanc, et la suivante... Elle se débattait pour s'éloigner de lui et évitait son regard.

— Je pense à une douche et puis un petit-déjeuner. Elle descendit de l'autre côté du lit. — Je te vois dans vingt minutes.

Elle quitta presque en courant sa chambre — dans toute sa splendeur nue. Mais tout ce qu'il pouvait voir, c'est qu'elle le quittait.

Qu'avait-il dit? Tout ce qu'il avait demandé était ce qui les attendait et elle avait fui son lit comme si elle ne pouvait pas s'éloigner de lui assez vite.

Merde. Les disparités dans leurs vies venaient-elles de la frapper à l'instant? Était-ce ça? Elle réalisait qu'il ne pourrait jamais lui donner ce que des hommes comme Burton et son père pouvaient, alors cette nuit devenait une aventure sans lendemain?

Avait-il complètement mal jugé la situation *encore une fois*?

Chapitre Trente-Et-Un

Cassidy refoula ses larmes sous le jet brûlant de la douche. Il avait *fallu* qu'il souligne les différences entre leurs modes de vie, n'est-ce pas? Il avait dû le remarquer. Il avait dû lui poser des questions sur son père, mentionner son nom de famille. Juste au moment où elle pensait que sa vie pourrait être différente...

Mais elle restait la fille de son père, ce qui faisait naître une pensée désagréable dans son esprit : Liam l'avait-il accueillie par pure bonté ou pour une éventuelle récompense financière? Y avait-il un gain pour lui dans cette histoire? Était-il comme Burton, mais avec une approche différente? Espérait-il entrer dans les bonnes grâces de son père pour que celui-ci aide son entreprise? Et comment pourrait-elle jamais connaître la vérité?

Elle détestait ça. Détestait remettre en question sa générosité, mais il ne fallait pas être un génie pour comprendre que quiconque l'épouserait aurait une chance de décrocher le gros lot, et elle n'était pas stupide. Peut-être un faire-valoir, mais elle avait un cerveau, et une fois que les hommes commençaient à emprunter le chemin du compte en banque pour leur bonheur éternel, elle les écartait généralement. Elle n'avait certainement pas laissé l'un d'entre eux s'immiscer suffisamment sous sa peau pour coucher avec lui sans mettre les choses au clair au préalable. Eh bien, elle allait sûrement le faire maintenant. Si Liam voulait vraiment que cette relation mène quelque part, il allait devoir lui prouver que c'était pour les bonnes raisons.

Aucune d'entre elles n'ayant de rapport avec son nom de famille.

Liam la confronta à la table du petit-déjeuner. Elle n'avait pas le droit de bouleverser son monde puis de se défiler avec un traitement silencieux. Pas quand il avait besoin de savoir quel genre de femme elle était.

Tu sais quel genre de femme elle est. Le genre à rendre les derniers jours d'un petit garçon malade exactement comme il le souhaitait. Et à ne pas s'en attribuer le mérite. Une femme qui préfère commencer au bas de l'échelle plutôt que de céder aux exigences de son père. Une femme qui a tant perdu, mais qui a encore tant à donner. Il plaça une assiette d'œufs brouillés devant elle et en mit une petite portion pour Titania après l'avoir laissée sortir de son enclos.

— Tu veux bien me dire ce qui s'est passé là-bas? demanda-t-il en tapotant sa fourchette sur son assiette, les œufs n'ayant pas grand attrait pour le moment.

Elle enfourna une bouchée puis leva les yeux vers lui.

— Euh, on a couché ensemble?

— Je sais qu'on a couché ensemble. Je me demande pourquoi tu es partie dès que j'ai mentionné l'idée de continuer.

— Oh. Tu sais. Ça peut devenir gênant.

— Gênant? Allez, Cassidy. J'étais dans ce lit avec toi. Ce n'était *pas* gênant et tu ne peux pas me dire qu'une seule nuit sera tout ce qu'il y aura.

Elle cligna des yeux et se pencha pour caresser Titania. Il l'entendit inspirer une fois de plus, puis elle leva les yeux vers lui avec ce faux sourire qu'il ne voulait plus jamais voir à sa table de petit-déjeuner.

— D'accord, Liam, supposons que nous nous impliquions. Où, exactement, vois-tu ça mener?

— Pourquoi devrais-je avoir un plan détaillé? Pourquoi ne pourrions-nous pas simplement voir où ça nous mène?

— Parce que tout le monde a un plan détaillé quand il s'agit de moi. Mais mon père ne va pas te récompenser pour être avec moi. Il n'acceptera que quelqu'un qui est allé dans une université de l'Ivy League et qui a les mêmes relations que lui, ou un pedigree qui surpasse celui des Rockefeller.

— Tu te *moques* de moi? Liam laissa tomber sa fourchette sur son assiette avec un cliquetis agaçant. Peut-être qu'il s'était *vraiment* trompé sur elle après tout. Tu penses que la nuit dernière était à cause de qui est ton père? De tous les pu... euh, trucs tordus... Il suça l'intérieur de sa joue. Je ne pense pas avoir jamais été plus insulté de ma vie.

Ou blessé, bon sang.

Et cette remarque sur l'Ivy League... Bon sang, il s'était *démené* pour se payer ses études *et* lancer son entreprise. Si elle savait ne serait-ce que la moitié de ce qu'il avait fait pour en arriver là aujourd'hui, elle s'étoufferait avec son Ivy League.

Il se leva de table et alla vers l'évier, regardant par la fenêtre sans rien voir. Bon sang. Voilà qu'il s'était laissé espérer, avait cru en une autre femme, et elle pensait que *lui* se servait *d'elle*. Ouais, ouais, c'était ironique. Il l'avait mal jugée au début et maintenant elle faisait la même chose avec lui.

Il prit une inspiration et se retourna.

— Je n'en ai pas, tu sais.

Ses yeux se plissèrent.

— Tu n'as pas quoi?

— Je n'ai aucun motif ultérieur concernant l'entreprise de ton père ou son argent ou ton compte en banque.

— C'est parce que nous savons tous les deux que je n'*ai pas* de compte en banque.

— Tu sais ce que je veux dire.

— Non, en fait, je ne sais pas. Elle bougea sur sa chaise puis poussa quelques œufs avec sa fourchette.

Titania posa son derrière sur le sol et les regardait alternativement, lui et Cassidy, comme s'ils jouaient encore au racquetball.

Ils avaient formé une bonne équipe sur le court. Et en peignant son bureau. Et définitivement dans la chambre. Elle ne pouvait pas avoir feint tout cela.

C'est cette dernière pensée qui le fit revenir à la table. Il prit la chaise en diagonale par rapport à elle et lui retira la fourchette qui ne cessait de bouger. Puis il lui releva le menton du doigt.

Il y avait une lueur dans ses yeux qui venait de larmes refoulées.

Ou — alors que son pouce remontait sur sa joue — de larmes versées.

— Je ne suis pas comme les autres, Cass.

— Ne m'appelle pas comme ça.

— Ça ne te dérangeait pas il y a un moment.

— Il y a un moment, j'avais perdu la tête.

— De plaisir.

— De folie. Elle se leva de sa chaise et prit son assiette, avec l'intention de passer devant lui pour aller à l'évier.

Il attrapa son bras.

— Ne fais pas ça, Cassidy.

Elle regarda son bras.

— Lâche-moi, Liam. Tu ne me possèdes pas. Elle s'éclaircit la gorge et redressa les épaules. Personne ne me possède. Et ça va rester comme ça.

Il la laissa partir parce que c'était si important pour elle. Il pouvait le voir maintenant, sa fierté d'être sa propre personne. Elle n'aimait pas être la petite poupée de son père.

Tout comme lui n'aimait pas être mis dans le même sac que les lèche-bottes de son père.

Il se leva et se dirigea vers elle. — Je ne suis pas comme ces autres hommes, Cassidy. Je ne cherche pas à profiter de toi. Ni de ton père.

— Tant mieux, parce qu'en ce moment, je ne vaux pas grand-chose pour lui.

La douleur derrière ses mots le toucha. Elle ne le repoussait pas parce qu'elle ne voulait pas de lui ; elle le repoussait parce qu'elle en voulait. Parce qu'elle avait peur d'être blessée. Bon sang, le seul homme au monde qui n'était pas censé lui faire de mal, celui sur qui elle aurait dû pouvoir compter pour tout, l'avait laissée tomber. En beauté. Il n'était pas surprenant qu'elle soit méfiante quant à *ses* intentions.

Il posa une main sur le comptoir de chaque côté d'elle. — Tu vaux beaucoup pour moi.

Une autre larme glissa sur sa joue et elle l'essuya rapidement. — Arrête de dire des choses comme ça.

Il essuya l'humidité résiduelle. — Comme quoi? Que je tiens à toi? Que j'aime être avec toi? Il prit une profonde inspiration et se lança. — Que je ne veux pas que tu partes après avoir vendu tes œuvres?

— Pourquoi? Cassidy essuya la larme suivante puis croisa les bras et décala sa hanche sur le côté, repoussant le bras de Liam du comptoir. — Un bon rapport sexuel n'est pas une invitation automatique à emménager.

— C'était un rapport sexuel extraordinaire et tu avais déjà l'invitation. Il lui glissa une mèche de cheveux derrière l'oreille.

Elle repoussa sa main. — Je suis sérieuse, Liam.

— Tu crois que je ne le suis pas? Tu ne comprends pas, Cass. Crois-moi, je ne demande pas à n'importe qui d'emménager ici.

— Ce n'est pas vrai. Tu me l'as demandé et tu ne me connaissais même pas.

— C'était pour une raison complètement différente. Et maintenant, je te connais.

— Tu *crois* me connaître. Ça, elle fit un signe de tête vers sa chambre, ce n'est pas qui je suis.

Bon sang. Il aurait presque souhaité qu'elle soit comme Rachel. Rachel l'aurait pris au mot et aurait emménagé ses affaires avant qu'il n'ait prononcé un mot de plus.

Mais il ne voulait pas de quelqu'un comme Rachel. C'était ce que Sean avait voulu lui rappeler hier soir—

Merde. Sean. Il était censé l'avoir appelé.

— Je suis plus que quelqu'un avec qui s'amuser, Liam.

Il s'occuperait de Sean plus tard. Pour l'instant, la femme devant lui avait plus besoin de lui.

Il saisit ses bras et fut soulagé qu'elle ne le repousse pas. — Je sais, Cass. Mais ça, il répéta son geste vers sa chambre, fait partie de qui tu es. C'est une partie de ce qui me fait te désirer. Je ne vais pas le nier. Je te veux. Mon Dieu, oui. — Mais pas seulement sexuellement. Je t'apprécie. Je veux mieux te connaître. Je veux explorer cette chose entre nous et voir où ça peut nous mener. Ça n'a rien à voir avec qui est ton père et tout à voir avec qui *tu* es.

Voilà. Tu vois? Tu n'es pas obligée d'imaginer le pire scénario avec ce type. Donne-lui une chance. Donne une chance à ça. Ne lui fais pas porter tes démons, bon sang. Tu n'arriveras jamais à rien avec personne si tu le fais.

Cassidy prit une profonde inspiration et laissa les picotements que son toucher provoquait faire leur magie. Peut-être avait-elle tiré des conclusions hâtives. De mauvaises conclusions. Liam avait une entreprise prospère ; il n'avait pas *besoin* de son argent ou de son nom.

Pas qu'elle ait l'un ou l'autre en ce moment...

En effet. Elle n'avait rien. Il n'y avait aucune garantie que son père la reprendrait un jour — et aucune garantie qu'elle y retournerait. Papa s'y attendait peut-être, mais il ne la connaissait pas.

Liam, si. Ou, du moins, il voulait la connaître.

Elle était paranoïaque. Liam ne lui avait donné aucune indication qu'il aspirait à devenir le gendre de son père. C'était un type bien. Il travaillait dur, aimait sa famille et sa grand-mère. Aidait les demoiselles en détresse. Promenait les petits chiens sans craindre pour sa masculinité.

Des frissons parcoururent sa peau. Liam n'avait rien à craindre concernant sa masculinité.

— Alors, est-ce qu'on peut s'il te plaît dépasser ce matin et aller de l'avant?

Elle prit une profonde inspiration et fit un saut dans l'inconnu. — Je ne veux pas dépasser ce matin.

Il lâcha ses bras et laissa retomber ses mains. — Tu ne veux pas.

L'air anéanti sur son visage en disait long — et *pas* en dollars.

C'était ce qu'elle avait besoin de voir. — Eh bien, les vingt dernières minutes, si. Mais le reste de ce matin était plutôt spectaculaire.

Son sourcil s'arqua et il pencha la tête. — Tu dis que tu veux donner une chance à ça?

Elle hocha la tête, un peu effrayée de le dire à voix haute. Tant de gens l'avaient déçue dans sa vie... Et si elle s'exposait à une nouvelle chute? Et si Liam lui brisait le cœur?

Parce qu'il en avait le pouvoir.

Il saisit ses hanches et l'attira plus près. — Mon Dieu, Cassidy. Je n'arrive pas à croire que tu aies pensé—

Elle posa un doigt sur ses lèvres. — J'avais tort, d'accord? Tu n'as jamais eu tort au sujet de quelqu'un auparavant?

Il embrassa le bout de son doigt. — Tu n'as pas idée.

— Alors... Elle traça ses lèvres. *Pouvons-nous* dépasser ça?

— Oui. Nous le pouvons. Il mordilla son doigt. — Tant que ça signifie que tu ne vas nulle part.

Elle posa sa paume sur sa joue. — Pas à moins que tu ne le veuilles.

Elle poussa un cri quand il la souleva dans ses bras.

— Le seul endroit où je veux que tu ailles, ma belle, c'est dans ma chambre.

La pauvre Titania dut finir son petit-déjeuner toute seule.

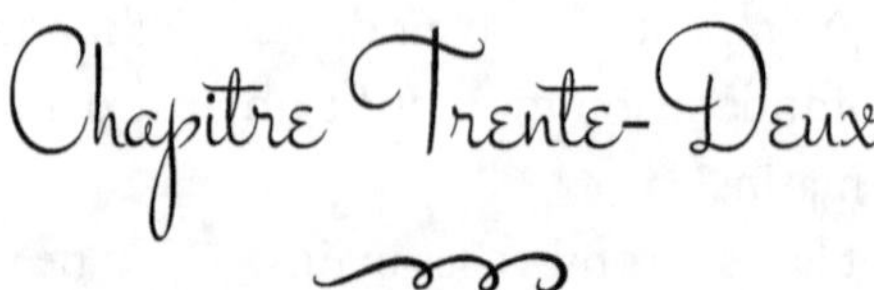

Chapitre Trente-Deux

Cassidy et Liam ont passé le week-end à travailler sur son projet de bureau... enfin, pendant la journée. Les nuits se passaient chez lui. Dans son lit. Et sous sa douche. Elle avait enfin eu l'occasion de réaliser ce fantasme, et honnêtement, le fantasme n'était qu'un pâle substitut à la réalité.

— Alors, qu'est-ce qu'on va faire aujourd'hui? demanda-t-elle en s'étirant à côté de lui dans le lit, savourant le contact des poils de ses jambes et de sa poitrine contre sa peau.

Sa main lui caressa le sein. — Que dirais-tu de ne rien faire? Juste rester ici et voir ce qui se présente.

Elle se tourna sur le côté et glissa une main sous les draps. — J'ai une assez bonne idée de ce qui va se présenter, Liam. Oui, en effet, c'était bien le cas.

— Mon Dieu, Cassidy. Je crois que je ne me lasserai jamais de toi.

Ces mots lui réchauffèrent le cœur. Et quelques autres endroits. Des endroits qui avaient été bien sollicités ces dernières trente-six heures.

Elle retira sa main. — Autant j'aimerais accepter cette offre très impressionnante, nous avons tous les deux beaucoup à faire aujourd'hui.

— À ce propos. Il cala un oreiller sous sa tête d'une main et saisit la sienne de l'autre, entrelaçant leurs doigts. — J'y ai réfléchi et, eh bien, tu as raison.

Elle arqua les sourcils. — À propos de?

Il tira et elle bascula à côté de lui, se rattrapant sur son coude. Il posa leurs mains jointes sur sa poitrine et elle pouvait sentir son cœur battre, fort et régulier. — Le bureau pourrait utiliser un peu de couleur.

Elle ne put s'empêcher de sourire. Ni de s'en vanter. — J'ai raison.

Il leva les yeux au ciel. — Au risque de créer un monstre, oui, tu as raison. Il lâcha son oreiller et lui caressa la tête de cette main. — Alors, tu veux bien peindre les murs?

Ce fut à son tour de lever les yeux au ciel. — Est-ce juste une ruse pour éviter d'avoir à peindre?

Il se pencha et l'embrassa rapidement. — Désolé, ma chérie, mais je ne l'ai proposé que parce que ta suggestion était bonne. Mais, comme je ne suis pas prêt à te laisser partir, ça me donne l'occasion de t'avoir près de moi tout en préparant l'endroit. En plus, tu es vraiment mignonne sur une échelle.

— Tu matais mes fesses?

— Eh bien, oui. Ce sont de jolies fesses. Poursuivez-moi en justice.

Elle se retourna à moitié et se laissa tomber sur le dos à côté de lui. Elle fixa le plafond, le sentiment que Liam faisait confiance à son jugement la rendant euphorique. — Tu es sûr que tu ne dis pas ça juste parce qu'on... tu sais?

— Tu penses que je te laisserais transformer mon bureau en monstruosité à cause du sexe? Cass, c'est génial, mais j'ai quand même des factures à payer.

Oui, elle le taquinait, mais seulement en apparence. Intérieurement... Pourquoi était-il si difficile pour elle d'accepter que quelqu'un croyait vraiment qu'elle avait quelque chose à apporter? — Je suis désolée de t'avoir remis en question, Liam. Je ne suis juste pas habituée à...

— Tu n'es pas habituée à ce que les gens te veuillent pour toi-même. Il se tourna sur le côté cette fois et écarta ses cheveux de son visage. — Eh bien, habitue-toi, Cassidy. Tu as beaucoup de potentiel et je crois en toi. Tu peux faire tout ce que tu te mets en tête.

Il se pencha et l'embrassa, et Cassidy eut du mal à reprendre son souffle. Le baiser en était en partie responsable, mais le reste... Ses mots. Leur signification. Son intention. Si elle n'y prenait pas garde, elle renoncerait volontiers à son indépendance pour passer le reste de sa vie avec Liam Manley.

— Cass, tu peux me lancer ce chiffon, s'il te plaît? Liam était en haut de l'échelle, finissant de gratter l'étagère qui avait été son cauchemar ces derniers jours. Elle lui avait dit de ne pas s'inquiéter pour le haut — personne ne le verrait — mais il avait juste haussé un sourcil et dit : « L'image de marque ».

Cela l'avait fait sourire à nouveau. Son travail chez Davenport Properties avait été fondé sur le fait qu'elle était la fille de Mitchell — elle aurait pu suggérer de peindre les murs en noir — les fenêtres aussi, d'ailleurs — et personne n'aurait rien dit contre elle. L'information serait très certainement remontée à son père, et il l'aurait étouffée, mais personne n'aurait été honnête avec elle en face.

Liam était plus que content de lui dire quand il n'était pas d'accord avec elle. Comme pour le dîner de ce soir. Il voulait des hamburgers sur le grill ; elle voulait le ragoût de sa grand-mère.

— Je ne peux pas manger toute la nourriture qu'elle prépare, Cassidy. Je finis toujours par jeter la plupart parce que ça se gâte.

— Liam Neil Manley, ne jette *jamais* ce que ta grand-mère te prépare. Les enfants du foyer de groupe de Franklin *adoreraient* avoir ça. Si tu ne vas pas le manger, tu dois l'emmener là-bas et laisser ceux moins fortunés que toi en profiter. Elle donna le dernier coup de pinceau sur le dernier mur puis lui lança le chiffon.

Il l'attrapa juste avant qu'il ne le frappe au nez, en riant. — L'endroit a fière allure.

Elle repoussa avec son biceps quelques mèches de cheveux qui s'étaient échappées de sa queue de cheval et sourit. — Je te l'avais dit.

— En effet. Maintenant que tu as fini, j'ai décidé que j'allais te laisser faire le buffet et le vaisselier dont tu parlais.

— Tu vas me *laisser*?

Il grimaça. — Désolé. Mauvais choix de mots. Je serais honoré si tu peignais le buffet et le vaisselier comme tu l'as suggéré. Mais ils ne sont que prêtés, bien sûr.

Elle posa son pinceau dans son bac à peinture. — C'est mieux. Et je serais ravie de le faire pour toi. Prêtés, bien sûr.

— Bien. Merci.

— Tout le plaisir est pour moi.

— Ah vraiment? Il jeta son chiffon sur le dessus du chevalet et la taquinerie dans la pièce disparut en l'espace d'un battement de cœur soudainement triplé face à l'éclat dans ses yeux. — Tu veux venir ici?

— Venir... ici?

— Oui. Ici. Il descendit d'un échelon.

— Dans quel, euh, but?

— Tu sais dans quel but. Il descendit d'un autre échelon.

Mon Dieu, quand il disait ça... *Comme* ça...

— Liam, il fait grand jour et il n'y a pas un seul store aux fenêtres.

— Je me fiche des rideaux.

Il était descendu de son échelle — et avait perdu la tête aussi, s'il pensait qu'elle ferait... ça... devant une fenêtre où n'importe qui pourrait les voir. Surtout quelqu'un avec un smartphone et une connexion internet.

Néanmoins, elle ne serait pas contre l'idée de voir ce qu'il avait en tête. Ça ne voulait pas dire qu'ils devaient faire quoi que ce soit digne des tabloïds, mais elle pourrait avoir un aperçu...

Elle expira et resserra sa queue de cheval avant de descendre de l'échelle. C'était amusant, ces taquineries. Pouvoir être elle-même, que ce soit loufoque, sexy, couverte de peinture ou autre. Liam l'aimait telle qu'elle était.

Elle était sur le point de descendre du dernier barreau quand la porte d'entrée s'ouvrit brusquement.

— Liam! Une petite boule d'énergie se précipita par l'ouverture. J'ai un problème. Il faut que je te parle.

— Mac. Liam jeta un coup d'œil à Cassidy et la lueur taquine dans ses yeux fut remplacée par du regret. Euh, je te présente Cassidy. Davenport. Cassidy, voici ma sœur, Mac.

Mac s'arrêta net. — Oh. Euh, salut. Mac plaqua un sourire sur son visage en quelques secondes. Un exploit impressionnant, étant donné que ce n'était pas un sourire de façade mais un sourire *sincère* d'après ce que Cassidy pouvait dire. C'est un plaisir de vous rencontrer. Nous nous sommes parlé au téléphone, je crois.

— En fait, c'était Deborah. L'assistante de mon père. Parce que Deborah s'occupait toujours des problèmes avec "le personnel". Mon Dieu, la première fois que Cassidy avait entendu une amie parler de quelqu'un de cette façon après avoir rencontré Franklin, elle avait été horrifiée. Les gens étaient des gens, peu importe ce que disaient leurs comptes bancaires, et entendre ce mépris ouvert...

Elle s'essuya les mains et en tendit une. — Bonjour. Oui, je suis Cassidy. Ravie de vous rencontrer.

— Liam m'a raconté ce qui s'est passé, mais je ne pensais pas qu'il vous ferait faire du travail manuel pour le rembourser.

— Oh, ce n'est pas...

— Mac, ce n'est pas du tout ça. Il posa une main dans le dos de sa sœur.

Viens. Allons dans la cuisine et tu pourras me dire ce dont tu as besoin. Cassidy doit en fait se mettre au travail sur ses propres projets. Il la regarda en se dirigeant vers l'autre pièce. Ça ne te dérange pas, Cass?

— Non. Tu as raison. J'ai du travail à faire. Et elle n'allait pas lui en vouloir de passer du temps avec sa sœur.

Jusqu'à ce qu'elle entende ce que Mac disait.

— J'ai reçu un appel de Davenport, Lee. Cette femme, Deborah, dont Cassidy a parlé. Davenport est intéressé pour me confier la gestion de tous ses immeubles dans la région des trois États.

— Hé, c'est super! Félicitations!

Cassidy avait le sentiment que ce n'était pas aussi génial que Liam le pensait. Elle ne croyait pas aux coïncidences quand il s'agissait de son père. Il préparait quelque chose.

— Non, Lee, tu ne comprends pas. Je ne peux pas signer le contrat en sachant que tu as Cassidy chez toi.

— Et pourquoi diable pas? Qu'est-ce que ça peut faire ce que ton frère fait de sa vie quand il s'agit de Davenport qui t'engage?

— Tu n'es pas si naïf, Lee. Il agite cette carotte parce qu'il sait où elle est.

— Et alors? Cassidy est une femme adulte ; elle peut vivre où elle veut. Ce n'est pas comme s'il allait mettre quelque chose dans le contrat à propos de sa fille.

Oh, il pourrait très bien le faire. Papa obtenait toujours ce qu'il voulait en affaires. Il savait comment exploiter une faiblesse, et avoir les propriétés Davenport placerait l'entreprise de Mac dans une toute autre catégorie et Papa le savait. Une femme d'affaires intelligente ne refuserait pas.

Mac soupira. — En y réfléchissant, peut-être que tu *es* vraiment si naïf. Il n'aura *pas besoin* de mettre quoi que ce soit à son sujet dans le contrat ; s'il veut la récupérer, tout ce qu'il aura à faire sera de menacer de dénigrer mon entreprise. Le type a de l'influence. Je n'ai pas besoin que mon entreprise ait une mauvaise publicité, et je n'ai certainement pas besoin que mes clients remettent en question mon éthique. Je ne peux pas tout risquer pour ce seul contrat.

— Et bien sûr, tu le veux.

— Tu ne le voudrais pas, toi?

Liam soupira bruyamment. — Tu veux que je la mette dehors.

L'estomac de Cassidy se serra. Liam devait choisir entre elle et sa sœur, et bien qu'elle aurait aimé gagner, elle ne pouvait pas lui reprocher de choisir sa famille en premier. Surtout face à son père.

— Eh bien, non. Évidemment, je ne veux pas que tu aies à faire ça, mais combien de temps va-t-elle encore rester chez toi? Je ne veux pas avoir à continuer de faire semblant de ne pas savoir. C'est une très grande opportunité pour moi, Lee. Ça pourrait faire décoller mon entreprise.

Mais Cassidy faisait obstacle.

Son père était vraiment un salaud manipulateur et contrôlant pour lui faire ça. Sa propre chair et son sang. Elle ne comprenait pas comment ni pourquoi ses parents l'avaient abandonnée. *Tous les deux.* Elle se souvenait à peine du départ de sa mère, sauf pour les larmes et l'incroyable sentiment d'abandon et de solitude. Papa avait été vraiment bien à l'époque, lui achetant des poneys et l'emmenant à Disneyland et en croisière, passant toutes sortes de temps avec elle pour qu'elle ne manque pas trop de Maman. Elle avait gardé cette fichue photo avec elle pendant si longtemps. Celle d'elle et Maman sur la plage. Et le bracelet qu'elles avaient fait ensemble. Elle avait pensé que Maman les avait laissés derrière pour que Cassidy ne l'oublie pas, mais quand elle n'avait même pas appelé — pas une seule fois — Cassidy avait réalisé qu'elle les avait laissés derrière parce qu'elle s'en fichait. Et elle, idiote qu'elle était, les avait gardés.

Eh bien, tant mieux. Maintenant, elle était contente de les avoir laissés dans l'appartement. Mettre fin à tout ça d'un seul coup. Il était temps d'aller de l'avant.

Avec Liam?

Évidemment pas. C'était une chose pour elle de tenir tête à son père et de partir, mais elle ne pouvait pas mettre en péril l'entreprise de Mac.

Elle avait besoin de son argent de libération maintenant. Et il n'y avait qu'une seule façon pour elle d'y arriver.

Elle sortit et ferma doucement la porte derrière elle.

Le conte de fées était terminé. Liam était peut-être le Prince Charmant, mais c'était à *elle* de le sauver du père maléfique.

Chapitre Trente-Trois

Au studio encore. Je rentrerai tard. Ne m'attends pas. ~C.

Cela devenait ridicule. Liam reposa le mot que Cassidy avait laissé sur le comptoir de la cuisine *encore une fois*. Cinq jours d'affilée maintenant. C'était comme s'ils ne vivaient pas ensemble, comme s'ils n'avaient pas commencé quelque chose ensemble.

Elle avait dormi dans son lit ; ça, il le savait parce que son parfum s'attardait sur l'oreiller, et il avait peut-être imaginé un baiser ou deux, mais c'était tout. Elle emmenait même Titania avec elle quand elle partait.

Elle avait entendu le problème de Mac et travaillait autant que possible pour se retirer de la table de négociation de son père en tant que moyen de pression.

Il aimait ça chez elle. Mais les conversations rapides — « Je travaille. » « La peinture sèche. » « Je dois filer. » — ne lui suffisaient pas.

Il froissa le mot et rit de lui-même. Il ne pouvait certainement pas dire qu'elle profitait de lui.

Néanmoins, il fit apparaître son numéro sur son téléphone juste pour entendre sa voix et s'apprêtait à appuyer sur APPELER lorsqu'un autre appel arriva. — Liam Manley.

— Manley, Mitchell Davenport. J'ai deux acheteurs potentiels qui viennent cet après-midi et il y a une couche de poussière partout dans cet appartement. Soyez là dans dix minutes.

L'appel se termina avant que Liam n'ait eu la chance de répondre.

Ce qui était une bonne chose parce que ce que Liam voulait dire à l'homme aurait tué le contrat de Mac en deux mots pas très gentils.

Cassidy entendit le téléphone mais ne put pas décrocher. Elle était en train de relier les vignes d'une porte à l'autre et avait besoin d'une main stable pour terminer le trait, et parler à Liam la rendait moins que stable. Ça avait été une torture de devoir s'endormir à côté de lui chaque nuit et de ne pas le réveiller. Mais deux heures du matin était un moment pourri pour réveiller quelqu'un, surtout quand elle se levait trois heures plus tard de toute façon. Elle ne savait pas combien de temps elle pourrait maintenir ce rythme, mais au moins elle avait terminé quelques-unes des pièces.

Mais pas assez.

Elle avait finalement rassemblé le courage — ou plutôt, le désespoir — d'appeler Jean-Pierre et, heureusement, il était prêt à lui donner une autre chance — *si* elle pouvait lui apporter les pièces d'ici mardi.

Comme il avait eu un artiste qui s'était désisté d'une exposition — ce gars ne travaillerait plus jamais dans cette ville — elle avait compris que Jean-Pierre était désespéré. Elle l'était aussi, alors même si c'était un délai insensé, elle n'allait pas gâcher cette opportunité. Liam serait toujours là une fois l'exposition terminée.

Elle sourit. Oui, il le serait. Elle le savait aussi sûrement qu'elle savait qu'elle voulait qu'il le soit.

Alors elle travaillait quinze, dix-huit, vingt heures par jour pour tout terminer. Le temps de séchage était un problème parce que c'était la seule chose qu'elle ne pouvait pas contrôler. Elle avait trouvé un ventilateur dans les ordures de quelqu'un — son père adorerait entendre *ça* — pour aider au processus de séchage, mais c'était une pauvre imitation d'un ventilateur industriel. Néanmoins, les mendiants ne pouvaient pas être exigeants. Et c'est ce qu'elle pourrait devenir si cela ne se passait pas bien.

Ça *devait* bien se passer. Pas seulement pour elle, mais pour Liam aussi. Et Mac. Cassidy devait réussir par elle-même pour pouvoir sortir de leurs vies afin de protéger leurs entreprises de son père.

Titania grogna lorsque la porte de derrière s'ouvrit.

— Titania, chut! Cassidy essuya la tache que son pinceau avait faite quand elle avait été surprise par le bruit, puis s'essuya les mains et se leva. — Il y a quelqu'un?

— *Bonjour, ma chérie.* Jean-Pierre entra dans le studio, son regard en disait long alors qu'il jetait un coup d'œil autour de lui.

Ce n'était pas l'endroit le plus agréable, mais au moins ce n'était pas en désordre. Elle était devenue plus organisée maintenant qu'elle était seule. — Je sais que ce ne sont pas les meilleurs locaux, mais la lumière est bonne et l'espace aussi. Sans parler du prix.

— C'est la pièce dont tu m'as parlé? Jean-Pierre pencha la tête et fit le tour du buffet, tapotant le côté de sa bouche. — J'aime la composition. Le design est assez éclectique pour plaire à un large public, et le savoir-faire est impeccable. Il l'embrassa sur les deux joues. — Tu as du talent, *ma belle*. Dommage que ton père ne puisse pas sortir sa tête de son cul assez longtemps pour s'en rendre compte.

Quoi? Cassidy n'en crut pas ses oreilles. Jean-Pierre pensait ça de son père? Il n'y avait pas beaucoup de gens qui exprimeraient leur aversion pour Mitchell Davenport. Si elle avait su qu'il pensait comme ça, elle l'aurait appelé il y a des semaines.

— Alors où est le reste? J'ai toujours celles d'avant, mais ce n'est pas du tout assez pour une exposition. Tu en as d'autres, *oui*?

Elle le conduisit derrière le paravent japonais que quelqu'un avait mis sur le trottoir. Tant de gens jetaient des pièces de qualité alors qu'il suffirait de remplacer un assemblage à queue d'aronde ou de la quincaillerie ou des charnières et de faire quelques retouches. Mais Cassidy n'allait pas partager ce secret avec le monde ; cela lui donnait des « toiles » peu coûteuses — gratuites.

— *Excellent!* Ce miroir, *c'est merveilleux.* Jean-Pierre passa ses doigts à un millimètre au-dessus du « miroir magique » qu'elle avait créé. — Ça va se vendre. Je connais déjà quelqu'un à appeler. Elle cherche une pièce spéciale pour la chambre de sa fille. *C'est parfait.* Il fit le geste français par excellence de baiser ses doigts. Cassidy pensait que Jean-Pierre en rajoutait parfois sur sa nationalité juste pour le drame.

— Et cette armoire. Je l'aime. J'ai quelques personnes en tête pour elle. Comme j'en avais pour cette commode galbée que ton père a insisté pour racheter. Le mot qui suivit était l'un des plus grossiers de la langue française.

Mais ensuite il expira, la prit par les bras et lui fit des bises. — L'exposition, elle sera *magnifique*, Cassidy. J'aurai tout installé comme il faut pour mardi soir. Nous vendrons chaque pièce que tu feras, et peut-être... Il regarda autour du studio et trouva quelques pièces sur lesquelles elle n'avait pas encore travaillé. *Oui*. Tu apporteras celles-ci telles quelles. Non finies. Nous ferons une vente aux enchères silencieuse pour la personnalisation par le plus offrant. Tu seras une sensation.

Et elle aurait son argent pour partir.

— Ça semble bien, Jean-Pierre. Je préparerai deux pièces pour la vente aux enchères.

— *Magnifique*! s'exclama-t-il en lui faisant à nouveau la bise. Je vais donc vous laisser à votre peinture. Autant que possible d'ici mardi matin. Cela me laissera à peine le temps de les mettre en scène, mais nous ferons de notre mieux à la dernière minute. Dieu merci, vous étiez disponible. Tout s'est bien arrangé.

— Oui, en effet. Presque *trop* bien, mais peut-être que Franklin avait mis un bon mot pour elle auprès de saint Pierre ou quelque chose comme ça.

Ce serait sa chance. Son grand jour. Elle allait montrer à son père.

Pas qu'il se montrerait. Il n'assistait jamais à ces événements ; c'était sa responsabilité à elle. Mardi soir, cela jouerait en sa faveur. Son art se vendrait pour ses propres mérites, pas pour son nom, et il n'y aurait rien que son père puisse faire sans que cela ne lui retombe dessus - très publiquement.

Il était grand temps que quelque chose le fasse.

Jean-Pierre épousseta quelques traces de poussière de bâtiment abandonné sur sa manche en soie pure et réprima un frisson en retournant vers son Aston Martin. Mitchell Davenport pouvait bien pleurer dans les tabloïds à propos de l'événement de mardi, mais *personne* ne rachetait une œuvre que Jean-Pierre avait vendue, peu importe *combien* d'argent on offrait. Jean-Pierre avait trimé et fait des sacrifices pour bâtir sa réputation et sa galerie, et un nouveau riche grossier comme Davenport n'allait *pas* les ternir. Qu'il cause publiquement un problème à sa fille, et ce serait lui qui passerait pour un imbécile. La fille avait du talent, comme le monde allait bientôt le découvrir.

Il sourit au ronronnement de sa voiture adorée. Une voiture payée par le travail acharné des artistes qu'il avait aidés à lancer. Mitchell Davenport n'avait aucune idée à qui il s'était frotté, mais il allait le découvrir.

Jean-Pierre prit son portable et composa un numéro qu'il connaissait par cœur. C. Marie allait avoir un nom plus grand dans le monde de l'art que son père dans le sien. Jean-Pierre y veillerait.

Chapitre Trente-Quatre

Quelqu'un lui léchait les orteils.

Liam se tortilla dans cet état entre le sommeil et l'éveil, la sensation de la langue sur sa peau s'enregistrant instantanément.

Tout comme l'érection sous ses couvertures.

Puis de petites dents mordillèrent son orteil et il se redressa brusquement dans son lit, retira son orteil, et fut sacrément soulagé que son érection se soit rétractée quand il vit que c'était *Titania* qui lui léchait les orteils.

— Qu'est-ce que tu fais là, le clebs?

— Titania?

Le chien plongea sous son oreiller quand le murmure rauque de Cassidy résonna depuis le couloir.

— Elle est ici, dit Liam en arrangeant les couvertures sur ses genoux avant de se demander pourquoi. Cassidy l'avait déjà vu. Bien que c'était il y a trop longtemps.

Elle passa sa tête par l'encadrement de la porte, de douces vagues brunes cascadant sur son épaule, et il eut envie de la prendre dans ses bras et de la familiariser à nouveau avec ce qui se trouvait sous les couvertures.

Sauf qu'il devait aller travailler.

Pour son père.

— Je suis désolée. Je ne voulais pas qu'elle te réveille.

Il saisit son portable et vérifia l'heure. — Il est sept heures et tu es encore là? Tu prends ta journée?

— J'aimerais bien, mais non. Jean-Pierre compte sur moi.

— Il vend encore ton travail?

— Mieux que ça. Elle s'affala sur son lit à côté de lui et oh ce qu'il aimerait faire avec elle s'ils avaient le temps. — J'ai une exposition demain soir.

— Une exposition! C'est fantastique! Je suis vraiment heureux pour toi.

Et pour lui. Cassidy le faisait ; elle mettait son argent là où elle parlait — ou, plus précisément, ses actions là où son argent allait être.

Cassidy réussissait par elle-même.

C'était drôle comme, quand il trouvait une femme qui le ferait, il ne voulait pas qu'elle ait à le faire. Il voulait partager les fardeaux avec elle. Et ses triomphes. Et bien plus encore.

— Merci. C'est pour ça que j'ai travaillé sans arrêt. Je dois y retourner maintenant aussi ; j'ai presque fini. Mais cette petite Houdini — elle chercha sous les oreillers le clebs qui reculait vers la tête de lit — a réussi à s'échapper de son collier et est revenue te voir.

Dieu merci pour le clebs. — Ça ne me dérange pas si ça nous donne quelques minutes pour parler. Il caressa son bras. — Tu m'as manqué.

Elle rejeta ses cheveux en arrière, et le regard qu'elle lui lança était à quelques degrés de mettre le feu à ses draps. — Tu m'as manqué aussi.

La tension monta entre eux et Liam était sur le point de se pencher et d'envoyer valser le boulot pour avoir Cassidy à la place, quand Titania sortit son nez froid de sous l'oreiller, droit dans le creux de son dos.

— Bon sang! Liam se tortilla jusqu'au bord du lit si vite qu'on aurait dit qu'il avait reçu une décharge électrique. — Jésus. Le nez de ce chien est *glacé*!

Cassidy attrapa la petite terreur. — Tu sais ce qu'on dit à propos des nez froids et des cœurs chauds.

— C'est mains froides et cœur chaud.

Cassidy toucha sa main. — Hmm, j'espère vraiment que cet adage n'est pas vrai ou je n'ai aucune chance en ce qui te concerne.

Il caressa sa joue. — Pas question, bébé. Tu n'auras jamais de problème de ce côté-là.

— Bien. Garde cette pensée. Une fois que demain soir sera passé, on verra si ma chance tient toujours.

C'était ça avec la chance ; parfois on pouvait lui donner un coup de pouce.

Liam posa le seau de produits de nettoyage pour déverrouiller la porte de l'ancien appartement de Cassidy. L'endroit n'avait plus besoin d'être nettoyé depuis le petit coup de fil de mise en scène de Davenport, mais au cas où quelqu'un le verrait ici, il devait avoir l'air légitime.

Pendant qu'il prenait plus de vêtements de Cassidy.

Elle avait besoin de quelque chose à porter demain soir et il pouvait dire d'après son cerveau concentré sur le travail ce matin qu'elle n'en était pas encore là. Son connard de père avait créé ce bordel ; il pouvait bien cracher une robe et une paire de chaussures pour la grande soirée de sa fille.

Tant qu'il ne se montrait pas pour la gâcher.

La porte s'ouvrit et Liam saisit le seau. Il fit ce premier pas fatidique dans l'endroit quand, soudain, sa journée partit en enfer.

— Ma fille est hors limites et je veux qu'elle soit hors de chez vous d'ici la fin de la semaine. Mitchell Davenport se tenait près de la cheminée, un bras appuyé sur le manteau comme s'il était Daddy Warbucks. — Et ne pensez pas une seconde que vous mettrez la main sur mon argent.

— Eh bien, bon lundi à vous aussi. Liam souleva le seau de produits et se dirigea vers la droite. — Je suppose que je vais commencer par la salle de bain. Puisqu'il traitait déjà avec de la merde.

— Je n'ai pas fini de vous parler.

Liam haussa un sourcil. — Je suis engagé pour nettoyer, pas pour écouter. Et puisque je suis payé à l'heure, je ferais mieux de me mettre au travail.

— Ne me tournez pas le dos. Ce que je veux, je l'obtiens. Et je veux que vous sortiez de la vie de Cassidy.

— En quoi ça vous concerne?

Le connard laissa tomber son bras du manteau et s'avança vers Liam, les yeux plissés. — Ma fille est mon affaire, pas la vôtre, et si vous ne voulez pas voir l'entreprise de votre sœur couler sous une pluie de mauvaise publicité, je vous suggère de suivre mes ordres. J'obtiens toujours ce que je veux. Souvenez-vous-en.

Ouais, eh bien après demain soir, il obtiendrait ce qu'il méritait : Cassidy réussissant par elle-même sans l'aide de ce type.

Mais il devait protéger Mac ainsi que donner à Cassidy le temps pour que tout se mette en place.

— D'accord. Très bien. J'ai compris. Cassidy dehors. On a fini?

Davenport sourit et Liam eut vraiment envie de grimacer. Il n'y avait aucune chaleur, aucun amusement, rien d'autre que du calcul froid dans ce sourire.

— Si elle n'est pas partie d'ici vendredi, *vous* serez fini. Compris? Et votre sœur aussi. Je veux que ma fille revienne là où est sa place.

Liam avait sur le bout de la langue d'envoyer le type en enfer — là où était *sa* place — mais cela ne le satisferait que pour quelques secondes. Voir Cassidy réussir demain soir et avoir de l'argent à jeter à la figure de son père? Cette satisfaction durerait pour toujours.

Parce qu'il prévoyait de faire partie de ce pour toujours.

Chapitre Trente-Cinq

— J'ai l'air bien? demanda Cassidy en tripotant ses fausses boucles d'oreilles en diamant pour la cinquième fois depuis qu'elle était montée dans son camion.

— Tu es magnifique, Cassidy. Cette robe te va à merveille.

Il avait sorti une demi-douzaine de robes de son placard avec les chaussures assorties, les emballant dans un sac poubelle, ce qui l'avait fait rire. Surtout quand il avait vu la voiture de Davenport toujours garée à sa place réservée quand il était parti. Emportant la marchandise juste sous le nez du type. Davenport ne s'en apercevrait jamais, et s'il le faisait, il ne ferait pas de scène en public. Mais Cassidy allait avoir l'air d'un million de dollars — en espérant qu'elle en *gagne* un million.

Il voulait lui dire qu'elle n'avait pas besoin de l'argent. Qu'il en avait suffisamment pour qu'ils commencent ensemble et qu'elle en gagnerait plus une fois que son travail se vendrait régulièrement. Il n'allait pas lui demander de le rembourser pour son séjour chez lui — il allait lui demander de rester définitivement. Mais pas ce soir. Ce soir était son soir à elle. Sa chance de réussir par elle-même, de prouver qu'elle en était capable. Il avait attendu jusque-là ; il pouvait attendre un peu plus longtemps.

— Allez, ma chérie. On ne veut pas être en retard pour ta grande soirée.

Il ouvrit sa portière puis tira sur les manches de sa veste de smoking. Ça faisait un moment qu'il n'avait pas eu à s'habiller aussi élégamment. Le dernier événement en cravate noire auquel il avait assisté était avec Rachel.

C'était bien mieux d'y aller avec Cassidy.

— D'accord, je suis prête, dit-elle en prenant quelques respirations profondes et en remontant légèrement le décolleté de sa robe bleu nuit.

Mince. Il l'aimait plus bas. Cela dit, il ne voulait pas que quelqu'un d'autre l'aime plus bas.

— Mais rappelle-toi, dit-elle en glissant sa main dans le creux de son coude, ce n'est pas *ma* grande soirée. C'est celle de C. Marie et elle n'est pas là. Un peu introvertie, apparemment. Mais j'ai entendu dire qu'elle faisait un travail magnifique.

Il ferma la portière du camion et couvrit sa main de la sienne. — J'ai entendu ça aussi. Peut-être qu'on devrait en acheter une pour lancer le processus.

Il plaisantait, mais quand elle posa sa main sur sa poitrine et le regarda, il n'y avait plus rien de drôle.

S'ils n'étaient pas en train de se tenir de l'autre côté de la rue face à la galerie et si elle n'avait pas passé une heure à se coiffer et se maquiller — ce dont elle n'avait pas besoin — il l'aurait embrassée à lui faire perdre la tête.

— Merci, Liam, mais non. Tu ne dois rien acheter. J'ai besoin que d'autres personnes le fassent pour qu'elles puissent les avoir chez elles et en parler quand des amis viennent leur rendre visite. Le bouche-à-oreille et le fait de voir réellement mon travail, c'est ce qui intéressera les gens. J'espère juste en vendre *quelques-unes*.

— Pas celle de Grand-mère.

— Non. J'ai demandé à Jean-Pierre de la marquer comme VENDUE.

— Et le buffet et le bahut? Je sais que tu as besoin d'argent, donc s'ils ne se vendent pas, je te les louerai.

— Tu ne me paieras rien pour eux. Tu en as déjà fait plus qu'assez.

Il voulait faire tellement plus.

Il dut rire de lui-même. Il avait failli la laisser lui échapper, mais quand Cassidy Davenport s'était-elle glissée sous sa peau et avait-elle touché son âme? Quand cette femme dont il avait pensé le pire était-elle devenue celle en qui il pouvait voir le meilleur? Quand était-il tombé amoureux d'elle?

— Liam? Tu es prêt?

— Je le suis. Pour bien plus qu'elle ne le savait.

Cassidy prit une profonde inspiration, serra un peu plus fort le bras de Liam et entra dans la galerie.

C'était bondé. Cassidy n'avait pas réalisé que l'autre artiste qui était censé être là ce soir avait un si grand nombre de fans. Si tous ces gens étaient venus voir *son* travail, il n'y aurait aucune chance qu'elle se retire de l'événement, tempérament artistique ou pas.

— Cass, un peu de champagne? Liam agita le verre sous son nez. — Ça pourrait t'aider à te calmer, chuchota-t-il, son souffle sur sa peau ne faisant *rien* pour la calmer.

Elle prit le verre et en but environ un tiers parce que les flûtes à champagne étaient trop petites et qu'elle était *survoltée*. La frénésie pour tout finir tout en maintenant la qualité...

Il y avait deux pièces qu'elle avait refusé d'inclure. Elles n'étaient pas à la hauteur de ses standards et, comme elle l'avait dit à Liam, le branding consistait à offrir aux gens une certaine expérience. Si son travail ne répondait pas aux normes C. Marie qu'elle s'était fixées, elles n'étaient pas montées dans le camion de déménagement de Jean-Pierre.

— Cassidy? C'est bien toi. Que fais-tu ici? Je ne pensais pas que tu, eh bien, que tu représentais encore Davenport Properties.

Carolina Hutchinson faisait partie de son « cercle » ; quelqu'un qui allait à tous les mêmes événements, faisait ses achats dans les mêmes magasins, avait fréquenté le même pensionnat. Cassidy ne les appellerait pas exactement des amies, et avec la spéculation dans les yeux de Carolina vis-à-vis de l'article dans *The Herald*, Cassidy opterait pour *frénemies* pour décrire leur relation.

Mais elle plaqua ce sourire de façade et travailla le moment comme elle en avait l'habitude. — Oh tu sais comment est la rumeur, Carolina. Elle tira Liam à ses côtés. Rien ne pouvait changer l'attention de Carolina plus rapidement qu'un homme séduisant. — Carolina, je te présente mon cavalier, Liam Manley. Liam, voici Carolina Hutchinson. Nous étions à l'école ensemble.

La lèvre inférieure de Liam tressaillit et elle pria pour qu'il ne rie pas. Il avait immédiatement compris sa relation avec Carolina.

Comme prévu, Carolina s'accrocha à Liam et le sujet de la vie de Cassidy fut oublié face à la tentative de détacher ensuite la femme de lui au sens figuré. Carolina avait assisté à bien trop de cours d'étiquette pour faire ce genre de spectacle d'elle-même, mais Liam était sexy et Carolina n'était pas aveugle. Elle était cependant opportuniste, et Cassidy dut se retenir de lui dire ce que Liam faisait dans la vie. Bien que cela n'ait aucune importance pour elle, Carolina aurait une attaque en se voyant parler à un entrepreneur général. Dans leur monde, on *engageait* des entrepreneurs généraux, on ne les *fréquentait* pas.

Cassidy regarda autour d'elle. Il y avait beaucoup de visages familiers. Des gens de sa vie d'avant qui étaient absorbés par le fait d'être sortis et d'être vus. Un rassemblement typique du mardi soir comme ceux qu'elle en était venue à détester.

Intéressant de voir comment être de l'autre côté n'était pas si abominable. Non, c'était en fait palpitant. Amusant. Excitant. Les gens apprécieraient-ils son travail? L'aimeraient-ils assez pour l'acheter? Serait-ce son unique et seule exposition, ou cela ferait-il connaître son nom, euh, celui de C. Marie, pour que son rêve d'être indépendante et de subvenir à ses besoins de cette manière se réalise vraiment?

Elle souriait, elle parlait, elle commentait le travail de C. Marie, tout en étant suprêmement consciente qu'elle n'était pas la même personne qui avait assisté à la dernière exposition d'art ici. Son cavalier non plus.

Liam était à ses côtés tout le temps. C'était peut-être parce qu'il ne connaissait personne, mais Burton avait toujours été occupé à réseauter, à nouer des contacts pour correspondre à l'image que son père voulait qu'il ait. C'était agréable d'avoir un homme à ses côtés qui était à l'aise dans sa peau et qui n'essayait pas d'être ce que quelqu'un d'autre voulait qu'il soit.

Jean-Pierre a fait son discours de bienvenue et a parlé de l'artiste, puis il a fait le tour de la salle comme d'habitude avant de se glisser à côté d'elle et de lui mettre un autre verre de champagne dans la main, donnant l'impression à tout le monde qu'elle n'était qu'une simple invitée.

Le murmure à son oreille racontait une autre histoire.

— Tu es un succès, *ma belle*. Les pièces se vendent. Les enchères sont plus élevées que je ne l'aurais pensé, et la soirée ne fait que commencer. Tu es une sensation. Il y aura une demande pour les meubles de C. Marie pendant des années à venir. Félicitations. — Il l'embrassa sur la joue. — Et je peux te dire que je te l'avais bien dit.

Elle cligna des yeux pour chasser les larmes. Pas besoin de faire un spectacle. Cassidy Davenport ne devrait pas avoir les larmes aux yeux lors de cet événement. — Merci, Jean-Pierre. Je te dois tout.

— *Non, ma chérie.* Tu le dois à ton talent et à ton travail acharné. Je ne suis que le vecteur par lequel ton message est transmis à tes admirateurs. À de nombreuses autres expositions ensemble.

Il fit *tinter* son verre contre le sien et pendant un moment, elle s'autorisa à ressentir la joie et la satisfaction. Elle allait s'en sortir.

Mais alors son père entra.

— Que fait-il ici? Elle chercha Liam du regard, mais il était à quelques pas, essayant une fois de plus de se libérer des griffes de Carolina.

— Qui? Jean-Pierre leva son verre et regarda autour de la galerie. — Ton père? Il a été invité, bien sûr. Comme toujours.

— Mais il ne vient jamais à ces choses-là. Il ne pouvait pas savoir qu'elle serait là.

Elle essayait de ne pas hyperventiler. C'était une chose de dire à son père qu'il avait tort, de savourer le moment où elle pourrait lui jeter les chiffres de vente à la figure et lui dire qu'elle se débrouillait seule, mais c'en était une autre de le faire dans une galerie bondée où tout le monde pouvait les entendre.

Elle s'efforça d'afficher ce fichu sourire, mais pour la première fois de sa vie, elle n'était pas sûre d'y arriver. Pourquoi fallait-il qu'il vienne ce soir? Pourquoi, de toutes les expositions de Jean-Pierre, avait-il décidé de se montrer à celle-ci? Était-ce parce que c'était la sienne? Et si oui, comment l'avait-il su?

— Cassidy. Son père s'avança vers elle avec le pauvre Burton à sa suite, et Cassidy aurait pu jurer que le niveau sonore dans la salle avait baissé de plusieurs milliers de décibels.

— Papa. Burton.

— Cassid-

— Comment as-tu pu, Cassidy? Son père coupa Burton. Burton ferait mieux de s'y habituer s'il prévoyait d'avoir un avenir chez Davenport Proper-ties — et ce serait le seul avenir qu'il aurait avec Davenport attaché à son nom. — Je t'avais spécifiquement dit de ne pas le faire.

Cassidy glissa son bras sous celui de son père pour dissuader la meute de loups avides de potins et essaya de l'éloigner de la foule. Elle n'allait pas avoir cette conversation devant tout le monde. — Peut-être pourrions-nous discuter de cela ailleurs?

Il ne bougeait pas. — Pourquoi? Tu as quelque chose à cacher?

Elle ne savait pas quoi dire. C'était la première fois qu'elle se souvenait l'avoir vu interpeller non seulement elle, mais *qui que ce soit*, en public. D'habitude, il le faisait avec un tel panache que la personne qui recevait sa colère ne s'en rendait compte que lorsqu'il était trop tard.

Était-ce trop tard? Était-ce la fin de son nouveau départ? Son père allait-il causer une telle scène que les gens repenseraient leurs achats? Qu'ils auraient trop peur de l'influence de Mitchell Davenport pour ne pas acheter son travail simplement pour le garder content?

Oh non. Pas cette fois. Il n'allait pas lui faire ça maintenant. Elle n'avait pas eu le choix quand il l'avait retirée de l'équipe de design parce que c'était son entreprise, mais maintenant, ça, ce soir... c'était *à elle*.

— Non, je n'ai rien à cacher. Y compris le fait que C. Marie et moi-

Son père lui saisit le bras, la fit pivoter de cent quatre-vingts degrés et l'entraîna vers le bureau de Jean-Pierre — avec Burton à leur suite. Encore une fois. — Ne dis pas un mot.

— Mais tu m'as posé une question et j'y répondais.

Son père la poussa presque dans le bureau. — Burton, ferme la porte.

Elle fut rouverte à peine deux secondes plus tard et Liam entra d'un pas décidé. — Laissez-la tranquille, Davenport.

— Oh, bon sang. Son père leva les yeux au ciel. — Tu t'es trouvé un autre toutou, et pourtant tu jettes un homme infiniment plus acceptable sur le trottoir. Qu'est-ce qui ne va pas chez toi, Cassidy?

Lui parlait d'*elle* qui collectionnait les toutous? De toutes les accusations ridicules...

— Écoutez, espèce de fils de pute arrogant. Liam remonta les manches de sa veste. — Vous n'avez plus le droit de lui parler comme ça. Plus maintenant. Pas après le coup que vous avez fait avec *The Herald*. Ça s'est retourné contre vous, n'est-ce pas?

— *The Herald*? De quoi parle-t-il, Papa?

Son père ne lui répondit pas, mais il remonta ses manches également. — Tu ne sais pas de quoi tu parles.

Cassidy dut s'interposer entre eux. Son père porterait plainte si Liam ne faisait que l'effleurer, et Liam ne pourrait pas battre — ni se payer — les avocats de son père.

— Ah non? Liam fit un pas de plus.

— Papa, Liam, arrêtez. Elle poussa les deux hommes par la poitrine pour les séparer. Celle de Liam se soulevait, mais Papa restait Mr Cool. Ça l'avait toujours énervée au plus haut point de ne pas pouvoir le faire sortir de ses gonds, même quand elle avait fait quelque chose de mal intentionnellement. Non, Mr L'Analytique la laissait piquer sa crise et ne lui parlait que lorsqu'elle avait « évacué la pression ». Il n'y avait aucun moyen de gagner contre lui si quelqu'un s'emportait émotionnellement.

— Liam, j'apprécie que tu me défendes, mais je peux gérer ça. C'est mon père, après tout. Elle redressa les épaules et regarda son père dans les yeux. — Comment as-tu su pour ce soir? Je n'arrive pas à croire que tu aies soudainement décidé de soutenir les arts ce soir précisément.

— Il t'a probablement fait suivre. Liam fit un pas vers elle et, bon sang, c'était agréable d'avoir quelqu'un qui la soutenait.

Son père ajusta sa veste, soi-disant l'incarnation du style.

Le style prenait de nombreuses formes et le sien laissait cruellement à désirer.

— Tu aimerais bien le croire, n'est-ce pas? Mais la vérité, Cassidy, c'est que ton copain Manley ici présent a vendu la mèche quand il est sorti de l'appartement avec un sac de tes robes. Il fusilla Liam du regard. — Pensais-tu vraiment que je ne remarquerais pas que tu les avais volées? Ou *voulais*-tu que je vienne après toi pour que je puisse te la reprendre? Papa fit ce petit sourire narquois qu'elle avait toujours trouvé si irritant. — Incroyable. Tu avais le gros lot entre les mains et tu la donnes.

— Un anneau de cuivre? Liam trouvait manifestement cela irritant aussi. — Un *anneau de cuivre*? Tu as perdu la tête ou quoi? Elle n'est pas un trophée à gagner. Ni un prix à mettre aux enchères au plus offrant. Ou dans ce cas, au plus malléable.

Burton semblait sur le point de dire quelque chose, mais heureusement, il se ravisa. Son père avait choisi Burton pour une raison et ce n'était pas pour son courage.

— Tu veux dire comme ce coup de publicité bon marché qui se déroule là-bas? Mettre ses services aux enchères comme une... eh bien, je n'ai pas besoin de le dire. Son père la regardait comme si elle était exactement ce qu'il insinuait. — À quel moment, Cassidy, comptes-tu révéler qui est C. Marie? Je te recommande de le faire avant la clôture des enchères. Le nom Davenport fera considérablement monter les enchères.

— Elle est assez douée pour avoir cette exposition par ses propres mérites, Davenport. Cassidy dut retenir Liam par le bras avant qu'il ne frappe son père. Non qu'elle ne l'aurait pas applaudi, mais ni l'un ni l'autre n'avait besoin du cauchemar que cela entraînerait. — Elle n'a pas besoin de ton nom pour se faire un nom.

— Ah vraiment? Papa croisa les bras, l'air si suffisant que *Cassidy* voulait le frapper elle-même. — Alors explique-moi l'invitation que j'ai reçue aujourd'-hui. Celle qui dit que tu allais vendre ta marchandise comme un vulgaire vendeur de rue.

— Une invitation? Cela lui coupa le souffle. Quelqu'un avait intentionnel-lement dit à son père ce qu'elle faisait? *Avec une invitation?* — Quelle invita-tion? Je ne t'ai pas envoyé d'invitation.

— Eh bien, Deborah m'en a remis une.

— Où l'a-t-elle eue?

— Je n'ai pas demandé. Je suppose du directeur d'ici.

— Mais ce n'est pas possible. Jean-Pierre n'a pas envoyé d'invitations avec mon nom dessus. C'était une exposition de dernière minute.

— Je savais que cet immigré opportuniste ne tarderait pas à essayer de capi-taliser sur ton nom. Il s'attend probablement à ce que je rachète chaque pièce que tu vendras ce soir au prix exorbitant auquel j'ai acheté la dernière.

— N'y pense même pas. Cassidy se planta devant lui et ne recula pas. Pas à ce sujet. Elle n'avait plus à se plier à ses exigences. — Je veux que tu partes, Papa. Tu ne feras que créer une scène et aucun de nous ne veut ça.

— Tu crois qu'ils ne parlent pas déjà là-bas? *Le Herald* s'en est chargé il y a des semaines.

— Et tu ne fais qu'alimenter les ragots. Pourquoi, Papa? Est-ce que tout cela vaut le nettoyage que tu devras faire *si* je faisais ce que tu veux?

Liam posa sa main sur sa taille et elle la serra. Il n'était pas question qu'elle fasse ce que son père voulait. Et *pas* parce qu'elle avait Liam. Mais il était une raison de plus de ne pas le faire.

— Tu dois partir, Papa. Sans faire de scène. Laisse tomber. Je ne vais pas épouser Burton. Elle regarda Burton. — Je suis désolée, Burton. Tu es un type bien, mais je ne suis pas amoureuse de toi.

Elle était, cependant, amoureuse de Liam.

Cette pensée traversa son esprit et à cet instant, Cassidy sut que c'était vrai. Il n'y eut pas de grandes fanfares, juste un sentiment chaleureux et picotant d'acceptation. Elle était amoureuse de Liam et son père ne pourrait jamais lui enlever ça.

— Réfléchis bien à ce que tu fais, Cassidy. Si je franchis cette porte, je ne te donnerai pas d'autre chance. Burton sera parti.

Oh, elle réfléchissait bien. À un avenir avec Liam. Un avenir où elle pourrait être celle qu'elle était devenue.

— Papa, ne le prends pas comme ça. Accepte que je ne vais pas épouser Burton et laisse tomber. Tu dois faire du contrôle des dégâts puisque tout le monde là-bas parle du fait que tu m'as mise à la porte. Je n'arrive pas à croire que tu ne l'aies pas vu venir.

— Tu n'étais pas censée partir. Et tu n'étais certainement pas censée rester dehors. Tu étais censée revenir. N'importe quelle femme saine d'esprit et rationnelle serait revenue.

— Mitchell, que se passe-t-il ici? Que fais-tu à ma fille?

Tout le monde se tourna vers la porte de derrière où se tenait une femme en robe de soirée.

Une femme qui ressemblait beaucoup à une version plus âgée de Cassidy.

— *Maman*? Cassidy chercha une chaise pour s'asseoir avant que ses genoux ne cèdent.

Il n'y en avait pas, mais Liam était la meilleure chose à côté. Il posa ses deux mains sur sa taille et la fit s'appuyer contre lui. — Reste forte, ma belle, chuchota-t-il à son oreille. Tu peux le faire.

Elle n'en était pas si sûre. Elle avait des sentiments mitigés envers sa mère. Quand elle avait appris de Deborah que sa mère était, en effet, vivante – et en bonne santé – elle s'était demandé pourquoi il n'y avait eu aucun contact. Pourquoi cette femme n'avait rien voulu avoir à faire avec elle.

La voir maintenant... C'était trop. Toute cette soirée était trop. Ce qui avait commencé comme son triomphe se transformait rapidement en un cauchemar de proportions épiques.

— Je suis venue dès que j'ai pu, Cass. Sa mère s'avança vers elle, les larmes aux yeux. — Quand j'ai appris que tu étais enfin sortie de sa maison et que tu vivais seule, je suis venue aussi vite que possible. Il ne peut plus te toucher, ma chérie. Il ne peut plus nous séparer.

Son père fit un pas en avant. — Elizabeth...

Liam se tendit derrière elle, et Maman leva la main. — Non, Mitchell. C'est fini. Ma fille a pris sa décision. Elle est partie. Tu n'as plus d'emprise sur moi.

— Emprise? Cassidy avait vraiment besoin de s'asseoir. Les choses allaient

trop vite. C'était comme si tous ses mondes convergeaient en même temps. —
De quoi parles-tu?

— Il…

— Ne fais pas ça, Elizabeth. Son père claqua des talons et se redressa, ce
ton exigeant que Cassidy avait entendu pendant des années encore plus tran-
chant maintenant. Plus létal.

Sa mère releva le menton. — Tes menaces ne marcheront plus, Mitchell.
Tu ne peux plus rien me faire maintenant.

— N'en sois pas si sûre.

— Est-ce que l'un de vous va enfin me dire de quoi vous parlez? Qu'est-ce
qui s'est passé qui était assez important pour envoyer ma mère à l'autre bout
du monde pour s'éloigner de moi?

Maman s'éclaircit la gorge et fusilla Papa du regard. — C'est fini, Mitchell.
Je vais lui dire. Je te suggère d'envoyer ton petit larbin hors de la pièce si tu ne
veux pas que le monde entier soit au courant.

Pour la première fois de sa vie, son père recula réellement. — Burton, si ça
ne te dérange pas.

— Pas de problème, monsieur.

Cassidy leva les yeux au ciel tandis qu'il partait. *Monsieur.*

— Toi aussi, Manley. Cette conversation est privée.

Liam lui serra la taille. — Cass?

Elle y réfléchit. Elle devrait leur faire face seule. Après tout, c'était sa vie et
ils n'avaient pas encore défini la place de Liam dans celle-ci. Mais elle ne voulait
pas qu'il parte. Elle voulait qu'il soit là. C'était aussi simple que ça.

— Liam reste. Il pourrait aussi bien connaître le mauvais comme le bon.

Maman applaudit réellement. — Bravo, Cass. Tiens-lui tête. Sois ta propre
personne.

Cassidy regarda sa mère. Un peu plus âgée, mais toujours exactement
comme Cassidy s'en souvenait. Cassidy l'avait cherchée en ligne au fil des
années, mais n'avait jamais trouvé aucune mention d'elle après le divorce.
C'était comme si elle avait disparu. Cassidy ne savait pas si elle était morte, si
elle avait une autre famille, ou si elle avait déjà essayé de la contacter.

Eh bien, de toute évidence, elle ne l'avait pas fait. Avec toute la publicité
que son père avait eue au fil des années et le fait que son entreprise était
toujours dans le même bâtiment, Cassidy aurait été facile à trouver. Pourtant,
sa mère n'avait jamais cherché.

— Je m'appelle Cassidy. Tu n'as pas le droit de m'appeler autrement. Pourquoi es-tu partie? Qu'est-ce qui t'a poussée à abandonner ta fille de quatre ans?

Sa mère prit une profonde inspiration et expira. — Je ne voulais pas. Je voulais t'emmener avec moi. Mais Mitchell a menacé de me détruire si je le faisais.

Cassidy croisa les bras et regarda son père. — Tiens, quelle surprise.

Papa fronça les sourcils et, pour une fois, il n'était pas l'homme arrogant, dominateur et alpha qu'elle avait toujours connu. — Ne fais pas ça, Elizabeth. Il suppliait presque.

L'estomac de Cassidy se noua. Peut-être qu'elle ne *voulait pas* savoir de quoi ils parlaient.

Mon Dieu, ce qu'elle ne donnerait pas pour retrouver son ancien style de vie superficiel et hédoniste. Peut-être que c'était pour ça que ce monde était ainsi, pour que personne n'ait à gérer des émotions.

— J'ai eu une liaison et pour me punir, ton père m'a interdit de te voir.

Des émotions comme la trahison. Qui empêchait une enfant de voir sa mère?

— Bon sang, Elizabeth! Je t'avais prévenue que si tu revenais un jour, je-

— Quoi, Mitchell? Tu me couperais les vivres? Tu l'as fait de toute façon. De la seule chose qui ait jamais compté pour moi. Ma fille.

— Tu étais plus que disposée à partir avec un joli chéquier bien garni, si ma mémoire est bonne.

— Je n'avais pas le choix.

— Tu avais tous les choix. Tu avais le choix de ne pas coucher avec ce... cet homme.

Ils se disputaient, mais Cassidy n'arrivait pas à dépasser le fait que son père l'avait empêchée de voir sa mère comme *punition*. Et pas seulement la punition de sa mère, mais la sienne aussi.

— J'avais besoin d'une mère, Mitchell. Elle ne pouvait pas l'appeler Papa. Pas maintenant. Elle n'était pas sûre de pouvoir le faire à nouveau. Pas après l'expulsion et pas après ce qu'il lui avait fait subir quand elle avait quatre ans. Et cinq ans. Et six ans. Et toutes les autres fois où une fille avait besoin de sa mère. Tout ça pour son fichu orgueil.

— Écoutez, je comprends que vous ayez divorcé, mais quelqu'un peut-il m'expliquer pourquoi *j'ai* dû en payer le prix? Le divorce ne suffisait pas?

Mitchell agita la main comme si elle était un moucheron agaçant – un sentiment qu'elle avait eu bien trop souvent au fil des ans. — Tu ne comprendrais pas, Cassidy-

— Ne me dis pas que je ne comprendrais pas. J'étais une enfant. Une *enfant*. Et tu m'as enlevé ma mère. Tout comme tu essaies de m'enlever le reste de ma vie en me forçant à épouser quelqu'un que je n'aime pas. Qui *es-tu* ? Quel genre de maniaque du contrôle fait ça à une personne ? J'étais innocente. Et effrayée. Et seule. Et tu m'as refilée à des nounous, tout ça parce que ton ego avait été blessé parce qu'elle voulait quelqu'un d'autre que toi.

— Et toi. Elle fit face à sa mère. Elle n'allait pas s'en tirer si facilement. — Tu l'as laissé faire. Avec ton gros règlement de divorce, tu aurais certainement pu te permettre de venir me voir. Ce n'est pas comme s'il t'avait expédiée démunie dans une colonie pénitentiaire. Alors où étais-tu pendant toutes ces années ?

Elle était près de craquer. La colère ne pouvait la soutenir que jusqu'à un certain point, mais bon sang, toutes ces années gâchées où elle avait demandé sa mère et avait été ignorée.

Eh bien, merde, elle allait se faire entendre. Pour la première fois de sa vie, Mitchell Davenport allait l'écouter.

Liam l'avait manifestement compris car il l'attira contre lui et enroula ses bras autour de sa taille, lui transmettant sa force.

Maman tira la chaise de derrière le bureau de Jean-Pierre et s'assit. — Mitchell et moi n'aurions jamais dû nous marier. Je voulais une famille ; il voulait un empire. Devine qui a gagné cette bataille ?

Mitchell ne dit rien.

— Il a eu son empire et moi, je me suis sentie seule. Je n'en suis pas fière, mais oui, j'ai eu une liaison.

— Avec mon chef de la sécurité. Le mépris suintait des paroles de Mitchell.

— C'était un homme bien, Mitchell.

— Ne me sers pas ces conneries, Elizabeth. Je construisais notre avenir et tu l'as jeté aux orties.

— Tu construisais ton empire, Mitchell, et j'étais la jolie petite femme qui était censée organiser tes soirées. J'étais censée tenir ta maison et aller à des garden-parties et des événements caritatifs et chanter tes louanges.

Tout cela sonnait tristement familier. Cassidy s'entoura de ses bras. Il l'avait transformée en sa mère – puis avait déversé sa colère envers sa mère sur elle.

— Je te détestais pour ça, Mitchell. Je détestais ta froideur, ta façon de me faire sentir *inadéquate*. De me faire sentir comme si tu avais atteint ton potentiel et que j'étais toujours la même fille de province que tu avais épousée. Tu me regardais de haut et je le savais. Maman s'éclaircit la gorge et sa voix s'adoucit. — Jim... Il ne me regardait pas de haut. Il m'aimait bien. Et puis, il m'a aimée.

— Ça n'excuse pas ce que tu as fait, Elizabeth. Pourquoi tu as déchiré cette famille.

— Je-

— Ça suffit. Cassidy quitta le refuge des bras de Liam. Elle voulait tenir sur ses propres jambes, bon sang, elle allait le faire. — Vous auriez dû avoir cette conversation il y a vingt-cinq ans et me donner la famille que je méritais. Alors quelqu'un peut-il me dire pourquoi diable j'ai dû grandir sans mère?

— Je voulais te voir, Cassidy, mais-

— Mais si elle l'avait fait, je t'aurais coupé les vivres. Mitchell fit un signe de tête vers Maman sans la quitter des yeux. — Elizabeth est bien consciente de la façon dont tu as grandi. Des choses et des opportunités que je pouvais t'offrir et qu'elle n'aurait jamais pu. Elle n'allait pas t'en priver.

— C'est pour ça que tu m'as laissée avec lui? Pour des *choses*? Si Cassidy n'avait pas eu la révélation qu'elle avait eue avec Franklin, cette déclaration à elle seule l'aurait fait. Quel genre de personnes l'avaient créée?

— Ce n'est pas pour ça que je ne t'ai pas emmenée, Cass. Si tu me laisses t'expliquer-

Mitchell déboutonna sa veste et mit ses mains sur ses hanches. — Au diable les politesses, Elizabeth. Ne tournons pas autour du pot. Tu as eu une liaison et tu as essayé d'avoir le beurre et l'argent du beurre. Seulement je ne jouais pas le jeu. Tu m'as pris ma famille ; je te prenais la tienne.

— As-tu déjà pensé que tu me prenais la mienne aussi? Cassidy avait envie de vomir. Il parlait d'elle comme si elle était un bien comme sa voiture ou sa maison. — Non seulement j'ai perdu ma mère, mais j'ai aussi perdu mon père.

Son père semblait réellement ne pas avoir la moindre idée de ce dont elle parlait. Ce qui ne faisait que souligner le fait qu'elle avait raison.

— Je t'ai donné une vie dont les autres ne peuvent que rêver, Cassidy. Je t'ai donné tout ce que l'argent peut acheter.

Son rêve avait été son cauchemar à elle. — Exactement. Tout ce que l'argent peut acheter. Mais pas l'amour. Pas la famille. Pas le sentiment d'être jamais assez bien. Regarde-la. Chaque fois que tu me regardais, tu la voyais, elle. Pas étonnant que tu m'aies expédiée en pension dès que j'ai été en âge. Et tous ces camps d'été. Je suis surprise que tu m'aies gardée dans l'entreprise, mais après tout, j'avais son poste, n'est-ce pas? L'hôtesse de soirée.

— Et vous. Elle regarda sa mère et détesta utiliser ce terme en lien avec la femme qui aurait dû l'aimer par-dessus tout. — Vous m'avez abandonnée pour de l'argent? Vous m'avez *vendue*?

— Non, ma chérie. Ce n'était pas comme ça. Je ne pouvais pas te donner ce que Mitchell pouvait t'offrir toute seule. J'avais aussi ma mère à charge, et il exigeait que je reste à l'écart, sinon il arrêterait de payer la maison de retraite de ma mère et couperait ma pension alimentaire. Je ne pouvais pas m'occuper d'elle, chercher un travail et t'élever. Je ne voulais pas te faire subir ce genre de vie. Pas quand tu avais la chance de vivre comme ça.

Comme si *ça*, c'était un grand prix. — Il faut que je sorte d'ici.

— Cass, ma chérie...

— Non. Elle leva la main. — Tu m'as abandonnée ; je me fiche des raisons. Elles t'ont peut-être semblé logiques à l'époque et peut-être qu'un jour elles auront un sens pour moi, mais pour l'instant, j'ai besoin de m'éloigner de vous deux. J'ai besoin de réfléchir. Elle tendit la main vers Liam. — On peut y aller?

— Bien sûr, ma chérie. Rentrons à la maison.

Chapitre Trente-Six

Chez elle.

Liam l'avait ramenée *chez elle*. Pas dans *sa* maison, pas chez *lui*, mais *chez elle*.

Et c'était le cas. C'était l'endroit qui ressemblait le plus à un foyer dans lequel elle ait jamais vécu. Et c'était avec quelqu'un qu'elle connaissait depuis moins d'un mois. N'était-ce pas triste?

— Tu veux en parler? dit enfin Liam lorsqu'ils furent dans sa cuisine et qu'il sortit deux verres à vin du placard.

Elle ricana. — Que dire de plus? J'ai les parents les plus égoïstes et les plus inconscients de la planète et je pleure leur perte.

Il posa les verres sur le comptoir devant elle. — C'est compréhensible, Cass. J'ai perdu mes parents, alors je sais à quel point ça fait mal.

— Mais les tiens n'ont pas choisi de te quitter. Et tu avais ta grand-mère.

— Je sais. Dieu merci. Je n'imagine pas ce qu'aurait été ma vie sans elle.

— Solitaire. Triste. Froide. Elle fit tourner le pied du verre à vin entre ses paumes. Dommage qu'il n'y ait rien dedans. Elle aurait bien besoin d'un bon remontant en ce moment. — Et c'était quand ils *étaient* là. Enfin, quand mon père était là. Je me souviens à peine de ma mère.

Liam s'assit en face d'elle. — Au moins, ils essayaient de te donner une meilleure vie.

— Vraiment? Cassidy reposa le verre, un peu inquiète de casser le pied avec cette conversation. — C'étaient deux personnes qui pensaient d'abord à elles-mêmes. Ma mère a eu une liaison parce qu'elle ne se sentait pas aimée. Vraiment? M'a-t-elle déjà prise dans ses bras? A-t-elle déjà vu la joie dans les yeux de son enfant? Les bébés ne voient pas les signes dollar ; ils voient l'amour. Comment peut-on tourner le dos à ça? Et mon père... Ce n'est pas surprenant qu'il ait pensé à son ego en premier. Qu'il ait cherché à la punir en la privant de ce qu'elle aimait soi-disant tant. Dieu nous garde qu'il pense à ce que je voudrais. Ce dont j'aurais besoin. Elle reposa le verre. — Égoïstes, tous les deux.

— Alors, que vas-tu faire? Ce sont toujours tes parents.

Elle soupira. — Je ne sais pas. Il va me falloir du temps pour y réfléchir.

— Eh bien. Il sortit quelque chose de sa poche arrière et le posa sur le comptoir.

Une enveloppe.

— On dirait que tu auras ce temps.

— Qu'est-ce que c'est?

Il la fit glisser vers elle. — Jean-Pierre m'a donné ça en partant.

Cassidy ouvrit le rabat, sortit un chèque et se mit à pleurer. — Oh mon Dieu.

— Sympa, hein?

Elle regarda Liam. — Tu sais combien?

Il secoua la tête et sortit une bouteille de champagne du réfrigérateur à vin. — Jean-Pierre n'a pas voulu me le dire. Il a dit que ce n'était pas mes affaires, ce qui, techniquement, je suppose, est vrai puisqu'une partie de cet argent est à moi, mais j'ai pensé que je ne discuterais pas avec lui quand il a dit que ça te ferait pleurer. Il lui fit un clin d'œil. — Donc je suppose que je te dois un dîner pour notre pari sur le buffet.

Cassidy prit une inspiration tremblante, ne sachant pas trop ce qu'elle était censée ressentir à ce moment-là. La journée avait été riche en émotions de toutes sortes et elle était encore sous le choc. Maintenant, avec ce chèque...

— Je paierai le dîner, Liam. Et je peux te rembourser. Avec intérêts.

— C'est vrai. Liam fit sauter le bouchon et remplit son verre. — Mais je ne veux pas de tes intérêts. Il remplit le sien et le pencha vers elle. — Pas ceux de nature monétaire.

Elle prit son verre et le fit *tinter* contre le sien, attendant qu'il clarifie cette dernière partie.

Il but une gorgée de champagne.

— De quel autre type parles-tu? Elle n'avait pas la patience pour les devinettes. Pas après tout ce qu'elle avait vécu ce soir.

Le verre était à ses lèvres pour une autre gorgée quand il s'arrêta. Ses yeux bleus la fixèrent par-dessus le bord, allumant plusieurs milliers de feux dans tout son corps.

Comment faisait-il ça avec un seul regard?

— Tu ne sais pas, Cass?

Sa bouche s'assécha et son rythme cardiaque s'emballa. Ah. Elle avait compris. Mais elle voulait l'entendre le dire.

Elle prit rapidement une gorgée de champagne, attrapant les dernières gouttes sur ses lèvres avec sa langue. — Pourquoi ne me le dis-tu pas?

Liam prit son verre et posa le sien sur le comptoir à côté. Puis il fit le tour de l'îlot et s'assit sur le tabouret de bar à côté d'elle. Il le fit pivoter pour lui faire face, tournant le sien suffisamment pour qu'elle lui fasse face.

Et puis il prit son visage en coupe et l'attira pour le plus léger et le plus doux des baisers. — Ce genre-là, murmura-t-il. C'est l'intérêt que je veux de toi. Pour toujours.

Il s'approcha pour un autre baiser, mais ses mots lui avaient déjà coupé le souffle.

— Pour toujours? murmura-t-elle alors que ses lèvres effleuraient à peine les siennes.

Il sourit et, mon Dieu, c'était le plus beau des sourires. — Oui, Cass. Pour toujours. Je me dis que puisque ton père t'a coupé les vivres, tu ne peux pas m'accuser de te vouloir pour ton argent, alors peut-être que tu verras que ton argent n'a jamais été ce qui m'attirait. C'est toi que je veux, bébé. Toi seule. Cassidy Marie, Cass, C. Marie... Peu m'importe ton prénom, mais j'aimerais ajouter mon nom à cette liste.

— Je ne pense pas avoir l'air d'un Liam, Liam. Elle s'efforça de garder le sourire. Elle savait où cela menait et elle allait profiter du voyage.

Il grimaça et se frotta les tempes. — Je suppose que je ne m'y prends pas très bien.

Elle posa sa main sur la sienne. — Je pense que tu t'en sors très bien.

— Tu crois?

Elle sourit alors. — Y a-t-il quelque chose que tu veux me demander, Liam?

Il lui rendit son sourire et ce sourire — le regard dans ses yeux — effaça tous les événements cauchemardesques de la soirée.

Il prit son visage entre ses mains. — Oui, Cassidy, il y a quelque chose que j'aimerais te demander. Voudrais-tu prendre mon nom de famille comme le tien? Pour le meilleur et pour le pire, dans la santé et dans la maladie. Et dans les moments de bouleversements émotionnels extrêmes comme les vernissages dans les galeries d'art, le nettoyage d'appartements et le réaménagement de bureaux?

— Liam, es-tu en train de...

— Oui, femme, oui. Je te demande de m'épouser.

— J'avais compris. Mais je veux m'assurer que tu es sûr. Tu ne me connais pas depuis longtemps.

— Je te connais, Cass. Je te connais, *toi*. C'est là, juste là.

Il toucha son cœur.

— Ça a toujours été là. *Tu* es là. Et je t'aime.

Ses doigts glissèrent dans ses cheveux et s'y accrochèrent.

Parfait. Elle ne voulait jamais qu'il la lâche.

— Dis oui, Cass. Dis que tu veux m'épouser.

— Bien sûr que je le veux, Liam, parce que moi aussi, je t'aime.

C'est un peu plus tard, lorsqu'ils reprirent leur souffle — sur le canapé, avec une petite Maltaise très contrariée qui les fixait depuis le pouf à l'autre bout de la pièce — que Cassidy caressa la joue de Liam, son sourire reflétant le sien.

— Comment ai-je pu avoir autant de chance?

— La chance n'a rien à voir là-dedans, Cass. Tu as un homme qui te donnera la famille que tu désires et qui t'aimera pour le reste de ta vie, ce qui est exactement ce que tu mérites.

Épilogue

Le centre communautaire était en pleine effervescence le dernier samedi du mois suivant, avec la salle communautaire intérieure abritant un buffet qui s'étendait sur toute la longueur de la scène, et un espace de restauration rempli à capacité. Des entreprises locales avaient fait don de boissons et de vaisselle en papier ; tous les autres avaient apporté un plat ou un dessert à partager – ou les repas gastronomiques de Gran, décongelés et réchauffés. Il y avait une mini-ferme – gracieuseté de Livvy, l'ancienne cliente de Sean devenue sa petite amie – et des promenades à poney sur la pelouse de droite, avec une laiterie locale distribuant de la glace maison. Des événements sportifs en équipe se déroulaient sur la pelouse de gauche, une version réduite des Jeux olympiques d'été avait lieu autour de la piscine à l'arrière, et une fête foraine avec des manèges, des camions de nourriture et des jeux de stand occupait la pelouse avant.

Le stand de fléchettes aux ballons était l'attraction principale pour les Manley et leurs amis, puisque la partie de poker de la veille avait été annulée. Ayant besoin d'assouvir leur esprit compétitif – ainsi que les postes désormais vacants de « mâles » de ménage de Mac – Liam, Sean et Jared avaient entraîné quelques copains pour plusieurs parties endiablées de fléchettes aux ballons, paris inclus.

Cooper Wexford déposa ses cinq dollars et prit ses six fléchettes. — Dernière manche. Liam a quatorze points, Sean vingt, Jared onze, Kellan dix,

"

Kirk neuf, et moi je suis à dix. Le perdant paie les tournées ce soir chez O'Grady.

Liam tendit la main devant Coop avant que le gars ne puisse tirer. — Rendons ça un peu plus intéressant, les gars.

Sean ricana. — Et c'est parti. Il ajusta sa nouvelle casquette officielle de Manley Maids et les salua. — Je vous retrouve quand ce sera fini puisqu'il n'y a aucune chance que je sois dernier. Livvy a besoin d'aide. Rhett essaie d'entrer dans l'enclos de Scarlett et le lama n'aime pas qu'on lui dise non. Pas vraiment quelque chose que vous voulez que les enfants voient, vous savez?

— Sacré obsédé, marmonna Jared, en attirant Mac contre lui.

— C'est toi qui dis ça. Sean fit tomber la casquette de Jared et donna un petit coup à sa sœur en passant.

Liam fit un clin d'œil à Cassidy et articula silencieusement : « Plus tard. » Elle lui rendit son clin d'œil. Les choses n'avaient fait que s'améliorer entre eux. Il n'avait pas pensé que ce pouvait être encore mieux, mais la vie était belle.

Les préparatifs du mariage battaient leur plein pour le week-end avant Noël, son immeuble de bureaux avait reçu trois offres au-dessus du prix demandé, et Cassidy était en plein mode travail dans son nouveau studio, ce qui, grâce à Gran, l'aidait lui aussi, car c'était sa propriété dont elle avait eu la clé. Et la demande pour le travail de Cassidy avait explosé après l'incident lors de l'exposition.

Cassidy essayait encore d'accepter les actions de ses parents. Il lui avait donné la photo et le bracelet un soir où ils parlaient de ce qu'elle devrait faire. La photo était apparue quelques jours plus tard dans un cadre à côté de leur lit, donc Liam espérait qu'elle et sa mère arrangeraient les choses. Ils avaient l'aide de Deborah, l'ancienne assistante de Davenport qui, à l'insu de Mitchell, avait très mal pris qu'il coupe une mère de la vie de sa fille, et avait pris sur elle de tenir Elizabeth au courant de la vie de sa fille toutes ces années. Y compris une invitation à l'exposition d'art. Quand il l'avait découvert, eh bien, Cassidy lui avait dit qu'elle avait été surprise de voir à quel point son père s'était senti trahi. Il y avait eu une certaine justice pour elle, mais cela allait prendre du temps pour qu'elle guérisse.

C'était d'accord ; Liam serait avec elle à chaque étape du chemin.

Il avait appris que Jean-Pierre avait envoyé l'invitation à Davenport afin de lui frotter le succès de Cassidy au nez. Même si la soirée ne s'était pas déroulée comme prévu, Liam lui avait quand même envoyé une bouteille de champagne. Il fallait beaucoup de courage pour tenir tête à Mitchell Davenport et ceux qui le faisaient devaient rester solidaires.

— Alors, c'est quoi la partie intéressante, Lee? Cooper posa ses fléchettes et fit craquer ses doigts.

— Eh bien, c'est...

— C'est comme ça. Mac se dégagea du bras de Jared. Les affaires d'abord avec Mac. Toujours. Ce serait intéressant de voir comment ça se passerait avec Jared. — Le perdant me doit un mois de services de nettoyage.

— Tu es folle ou quoi? demanda Cooper. Je travaille à plein temps, minus.

Mac le fusilla du regard. Cooper la connaissait depuis toujours et savait qu'elle détestait ce surnom. C'était probablement pour ça qu'il l'avait appelée comme ça. — Je n'ai pas dit que ça devait être à plein temps, Coop, mais un client pendant un mois.

"Je ne te vois pas jouer", a déclaré Kellan. « Pourquoi devrions-nous parier quelque chose à votre avantage? »

"Je joue pour elle." Jared se tenait un peu plus grand sur sa jambe blessée.

Liam dut hocher la tête. Jared n'était pas celui qu'il aurait choisi pour sa sœur – il le connaissait trop bien – mais si le gars voulait voler droit et faire ce qui était bien envers Mac – et Mac était tout à fait d'accord – Liam ne pouvait rien dire. Toujours... intéressant. Il adorerait entendre cette histoire.

«D'accord», dit Kirk. « Alors, qu'obtenons-nous si nous gagnons? »

"Un mois de services de nettoyage", répondirent Liam, Cassidy, Jared et Mac à l'unisson.

Coop a remis ses fléchettes à Kellen. "Désolé les gars, mais un mois de service de nettoyage ne vaut pas le risque de perdre."

Kellen renifla. "C'est parce qu'il ne nettoie que tous les deux mois."

"Cul." Coop lui a fait un doigt d'honneur.

"Poulet." Kellen tendit les fléchettes.

Cooper secoua la tête. "Queue."

"Perdant." Kirk, le jumeau de Kellen, s'est lancé dans l'action. Les gars se soutenaient toujours.

Cooper les regarda tous. "D'accord. Bien." Il retira les fléchettes de la paume de Kellen. "Je suis un bon tireur, et quand je gagne, je veux que vous portiez un costume de femme de chambre sérieux."

Liam lui tapa dans le dos. « Oh, ne t'inquiète pas, Coop, nous les avons. Et ils sont vraiment mignons.

Comme Cooper allait le découvrir de première main puisqu'il était arrivé bon dernier.

~ fin ~

Merci de nous avoir lu ! Aidez d'autres lecteurs à découvrir les livres de Judi en laissant votre avis ! Pour en savoir plus sur la série, tournez la page !

Quelle Femme!

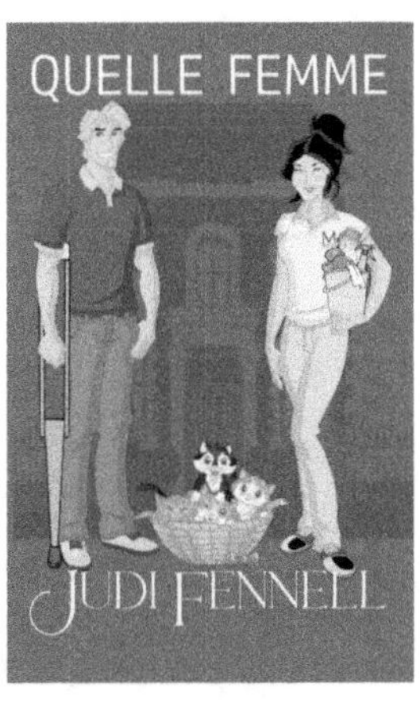

Après avoir fondé son entreprise de nettoyage, Manley Maids, une femme est déterminée à réussir par elle-même. Et quelle femme... Maintenant que Mary-Alice Catherine Manley — Mac — a ses frères costauds qui travaillent pour elle, elle peut se détendre et regarder les affaires prospérer. Mais sa dernière mission bouleverse rapidement ce plan. Mildred, la meilleure amie de sa grand-mère, a besoin que sa maison soit nettoyée et Mamie a volontairement proposé Mac pour le travail. Le problème, c'est le petit-fils arrogant de Mildred. Il pense que Mac est à sa disposition, mais elle a quelques petites choses à lui dire... sans parler du fait qu'elle le trouve terriblement séduisant.

Jared Nolan se fait actuellement discret, soignant quelques os cassés — et un ego meurtri. Ce joueur de baseball professionnel blessé s'est laissé manipuler par une femme, et cela pourrait bien lui coûter sa carrière. Aucune femme ne lui dictera plus jamais sa conduite, c'est pourquoi, quand l'autoritaire Mac se présente, il va lui montrer qui commande vraiment. Il n'est simplement pas préparé à l'indéniable attirance entre eux.

Et avec ces deux-là sous le même toit, impossible de prédire qui sortira vainqueur...

Soirée entre mecs... Plus une

Trois beaux gosses en tablier étaient la meilleure publicité au monde pour un service de ménage. Quand l'un d'eux était une star de cinéma hollywoodienne, il n'y avait aucune chance que Mary-Alice Catherine Manley ne réussisse pas à obtenir la publicité dont son entreprise naissante avait besoin.

Quand les trois étaient ses frères, le tableau n'en était que meilleur.

— Tu as vraiment gagné? demanda Gran en agrippant les accoudoirs recouverts de napperons et en se penchant en avant lorsque Mac revint de la partie de poker décisive avec ses frères. Oh, Mary-Alice Catherine! J'aurais aimé être là.

— Moi aussi, Gran. Mais c'était déjà un coup de maître d'obtenir un « tu peux jouer » de leur part ; il n'y avait aucune raison de pousser pour une invitation pour toi aussi. Cela aurait éveillé trop de soupçons et peut-être révélé notre plan. Tu aurais dû voir leurs têtes quand je leur ai dit qu'ils devraient tous être équipés d'uniformes Manley Maids. J'aurais aimé avoir un appareil photo.

Elle s'assurerait qu'il y ait plein d'appareils photo quand ses frères commenceraient à travailler lundi.

— Alors, avec qui vas-tu les associer? demanda Gran, qui adhérait au plan dans l'espoir de marier les frères. Peu importe la méthode. Mac voulait juste la publicité. Il faut planifier soigneusement. Tu sais le genre de folies qui suivent Bryan partout.

Bryan était la star de cinéma hollywoodienne et Mac ne pensait pas que la folie le dérangeait. Il s'était adapté à ce style de vie comme un poisson dans l'eau. Bien sûr, il fallait apprendre à nager à un canard, aussi étrange que cela puisse paraître, alors peut-être qu'elle et Gran pourraient apprendre une chose ou deux à Bry sur les femmes, vu que ses choix récents étaient aussi écervelés que des canards.

Mac se laissa tomber sur le canapé qui était au même endroit depuis les vingt-six ans qu'elle vivait avec Gran après la mort de leurs parents dans l'accident de voiture, le creux usé accueillant ses fesses comme d'habitude. — Je pensais leur dire quand ils viendront chercher leurs uniformes. Ça te donnera plus de temps pour décider où tu les veux. Cela dit, Sean a déjà réclamé le domaine Martinson. Je n'ai pas vu de raison de m'y opposer.

Gran tapota ses lèvres en arc. — Le domaine Martinson? Mais il est vide. Il ne rencontrera personne comme ça, Mary-Alice Catherine.

Mac laissa passer son nom complet. Gran était la seule à l'utiliser depuis qu'elle s'était surnommée Mac, à l'époque où elle faisait tout pour ressembler à ses frères, y compris avoir un nom masculin. Vu que la partie de poker de ce soir était sa tentative de propulser son entreprise vers le même genre de succès que ses frères avaient obtenu pour eux-mêmes, elle n'avait pas encore surmonté cette compétitivité, n'est-ce pas?

Mais ce soir était sa victoire, loyale et méritée. Enfin, peut-être pas si loyale que ça. Elle *avait* passé beaucoup d'heures à apprendre à jouer au poker en ligne et à compter les cartes pour améliorer ses chances, mais ses frères jouaient ensemble tous les mois. Elle devait équilibrer les chances.

Ce soir, elle les avait battus à leur propre jeu et elle allait savourer chaque minute de sa victoire et les possibilités que cela signifiait.

Et Bry avait dit qu'elle n'avait rien de comparable à ce que lui, Sean et Liam avaient à miser sur la partie? De toute évidence, il n'en avait aucune idée. Oui, elle allait définitivement savourer la victoire.

— En fait, Gran, la maison Martinson ne sera pas vide. La petite-fille de Merriweather va y emménager. De plus, Sean a spécifiquement demandé cet endroit. Ça aurait paru bizarre si j'avais dit qu'il ne pouvait pas l'avoir. Peut-être qu'il tombera amoureux de la petite-fille. Et peut-être que les poules auront des dents, mais si cela maintenait le moral de Gran et créait suffisamment de bouche-à-oreille, cela valait bien tout son dur travail.

— La petite-fille, hein? Gran tapota ses index l'un contre l'autre. Ça pourrait marcher. Mais qu'en est-il de Bryan? On ne peut pas l'affecter n'importe où. Il faudra que ce soit quelqu'un qui ne verra pas d'inconvénient à avoir M. Star de Cinéma dans les parages.

Gran le disait avec plus d'amour que les autres quand ils taquinaient Bryan sur sa célébrité. Depuis qu'il avait décroché un rôle aux côtés de l'une des plus grandes actrices de l'industrie, ils n'avaient pas pu s'empêcher de le taquiner, et Bryan n'avait pas pu s'empêcher de sourire. Jusqu'à ce soir.

— Je pense vraiment qu'il devrait aider cette veuve dont tu viens d'avoir un appel. Celle avec tous ces enfants.

— Tu veux que j'envoie Bryan dans une maison avec cinq enfants? Gran, ça va le rendre fou.

— Ou lui apprendre la tolérance. On ne veut pas qu'il prenne la grosse tête, n'est-ce pas?

Gran n'avait pas tort. Et Mac *aimerait* voir Bryan essayer de nettoyer une maison envahie par cinq enfants. Aucun de ses frères n'était du genre à abandonner, mais cela mettrait le courage de Bryan à l'épreuve. Elle lui devait bien plus que ça pour les farces qu'il lui avait faites au fil des ans.

— D'accord, et pour Lee alors, Gran?

— Oh, je connais l'endroit parfait pour Liam. Cette gentille fille Cassidy. Elle va se sentir seule quand Sharon partira pour avoir son bébé. Liam pourra lui tenir compagnie.

— Qu'est-ce que tu as contre Liam? Cassidy Davenport était aussi gâtée et capricieuse qu'on pouvait l'être. Plus le genre de Bry, mais si Bryan y allait, la seule chose qu'il finirait par nettoyer serait les draps de Cassidy. Et la cabine de douche. Et le dessus de la table...

— Allons, Mary-Alice Catherine Manley.

Mac grimaça. La première fois que Gran avait prononcé ses quatre noms sur ce ton, elle n'avait pas senti la couche de peau que ça lui avait arrachée pendant environ une heure. L'effet ne s'était pas atténué au fil des années.

— Cette Cassidy a simplement besoin que quelqu'un lui prête attention. Et notre Liam a besoin de sortir la tête de son... enfin, de penser à autre chose qu'à lui-même et de s'intégrer au reste de la société. As-tu remarqué à quel point il était préoccupé depuis qu'il a rompu avec Rachel? Ce n'est pas bon, et s'il y a quelqu'un qui peut sortir Liam de lui-même, c'est cette Cassidy.

Le problème était que Cassidy était exactement comme Rachel, mais à une bien plus grande échelle : tout n'était que designer-ci et événement-célébrité-là. Rachel avait fait passer Liam à la moulinette et Mac n'était pas sûre que lui mettre sous le nez une réplique sous stéroïdes soit si gentil. Pourtant, il ne tomberait certainement pas amoureux de Cassidy, donc elle rendrait en fait service à Liam en contrecarrant les tentatives de matchmaking de Gran.

Elle avait de la peine pour le gars. Il était le seul de ses frères à s'être approché de l'autel et les retombées avaient été difficiles à observer.

— D'accord, mais s'il veut me passer un savon, tu devras l'en dissuader.

— N'aie crainte, ma chérie. Ton frère va adorer.

Mac n'en était pas si sûre, mais elle n'allait pas contredire Gran. Sa grand-mère avait élevé quatre petits-enfants avec de maigres économies, de l'amour et pas grand-chose d'autre. Cette femme avait du cran.

— Oh. J'ai oublié de mentionner quelque chose.

— Quoi, Gran? Mac dissimula son inquiétude. Sa grand-mère oubliait beaucoup de choses ces derniers temps. C'était l'une des raisons pour lesquelles elle avait accepté le plan farfelu de Gran d'essayer de marier ses frères tout en les faisant travailler pour Manley Maids, même si les chances étaient aussi minces que... eh bien, que Mac puisse remporter une victoire ce soir. Et la foudre frappait rarement deux fois au même endroit. Néanmoins, cela donnerait à Gran quelque chose pour occuper son esprit.

— Le petit-fils de Mildred est revenu à la maison cette semaine. Mildred était l'amie d'enfance de sa grand-mère, dont le récent déménagement dans une résidence assistée avait incité Gran à faire de même. — Tu te souviens de Jared? Celui qui a été blessé dans cet accident de voiture?

— Oui, Gran. Je me souviens de Jared. Comme si elle pouvait l'oublier. En plus d'être un joueur de baseball professionnel qui avait subi des blessures mettant fin à sa saison dans un grave accident de voiture, et d'être le meilleur ami de son frère aîné depuis toujours, Jared avait été son premier béguin. Et son plus long. Et son plus embarrassant. Elle l'avait suivi partout comme une adolescente en admiration. Et ça, c'était *avant* qu'elle ne soit adolescente. Mon Dieu, elle était même tombée de la cabane dans l'arbre une fois alors qu'elle l'espionnait, pour atterrir *sur* lui et sa petite amie et, eh bien, ça n'avait pas été son meilleur moment.

Ce n'était pas non plus, malheureusement, son pire.

— Eh bien, Mildred et moi discutions et il est apparu que maintenant que Jared est revenu, il pourrait avoir besoin d'aide, avec la maison qui est si vieille et ses blessures. Ça a été difficile pour elle de tout gérer, et, bon, une chose en entraînant une autre, elle veut t'engager pour la nettoyer. N'est-ce pas merveilleux? J'ai trouvé du travail pour toi et tu peux aider Jared aussi.

C'était bien sa grand-mère : le cœur le plus généreux de ce côté-ci de la Fondation Make-A-Wish. Dommage que ce soit avec son *pire* cauchemar.

Mac serra les dents. Refuser serait puéril et mesquin — et cela pousserait Gran à poser trop de questions. De plus, ce n'était pas comme si *elle* devait faire le nettoyage. Elle n'aurait même pas à voir Jared. — Oui, Gran, c'est sûr. Quand veut-elle quelqu'un?

— Pas *quelqu'un*, ma chérie. Toi. Je lui ai dit que tu viendrais. Mildred ne veut pas n'importe qui chez elle.

Génial. Tant pis pour cette idée.

Elle ne pouvait pas faire ça. Elle ne pouvait pas. Voir Jared... Toute cette humiliation qui lui reviendrait en pleine figure...

Mais discuter avec Gran était inutile ; elle gagnerait de toute façon à la fin. Mac avait appris cela tôt dans son adolescence, ce qui leur avait épargné à toutes les deux beaucoup d'angoisse.

Elle espérait juste avoir assez de chance pour que Jared ne se souvienne pas de cette nuit qu'elle n'oublierait jamais.

Cela dit, elle avait peut-être épuisé toute sa chance dans la partie de poker.

Elle soupira. — Quand suis-je censée être là-bas, Gran?

— Mardi, ma chérie. Ce mardi.

Ce qui lui donnait trois jours pour se préparer à le revoir.

Ce ne serait pas suffisant.

Mais elle était une grande fille ; elle pouvait le faire. Après tout, elle n'était plus cette même fille qui pensait que Jared était le seul homme au monde. Et considérant que ses relations restaient à la hauteur de ses coups de circuit, elle n'était pas la seule à le penser. Et s'il y avait une chose que Mac Manley ne pouvait jamais supporter, c'était d'être l'une parmi tant d'autres. Jared ne l'excitait plus du tout.

— D'accord, Gran. Ce sera mardi. J'y serai sur mon trente et un.

Voici Judi !

Auteure primée et à succès, Judi Fennell adore rire et adore l'amour. Il n'est donc pas surprenant de retrouver un peu des deux dans chacun des livres qu'elle écrit. Découvrez ses contes de fées revisités pour avoir un avant-goût de ses comédies paranormales et romantiques, légères et pleines d'ironie. Des tritons au large des côtes de la Jersey Shore, aux génies et leurs tapis volants, en passant par les strip-teaseurs à la Magic Mike et les domestiques virils dont la devise est *Satisfaction garantie*, rires et amour sont toujours au rendez-vous.

Et, durant ses (très ?) nombreux moments de temps libre, elle aide d'autres auteurs sur tous les aspects de l'écriture et de l'autoédition avec son entreprise de mise en page, de création de couvertures et de supports promotionnels, de relecture, de conseil et de livres audio, www.formatting4U.com.

Judi vit dans la banlieue de Philadelphie avec une ménagerie de compagnons à quatre pattes, et le jour où ces créatures commenceront A) à chanter, B) à coudre des vêtements, ou C) à faire le ménage, sera aussi le jour où elle prendra sa retraite d'écrivaine... !

Livres de Judi Fennell

Royally Sunk

Les tritons et les sirènes ne sont qu'un mythe, n'est-ce pas?

Essayez de dire ça à ces humains qui ne se doutent de rien et qui tombent éperdument amoureux de ceux qui n'ont pas toujours de talons...

Par-dessus la Tête

Reel est un triton sans queue, et Erica est terrifiée par l'océan. Une seule chose pourrait la faire entrer dans l'eau: un pistolet. Et une seule chose pourrait l'y retenir: le séduisant triton qui lui sauve la vie, au risque de perdre la sienne.

Le Grand Bleu Sauvage

Valerie est une princesse sirène coincée au cœur du pays. Rod est le prince qui part à sa rescousse. Mais parviendront-ils à déjouer le complot d'un usurpateur et à regagner l'océan avant que sa queue—et sa prétention au trône—ne disparaissent à jamais?

La Prise de sa Vie

Logan a fui le cirque; tout ce qu'il souhaite, c'est mener une vie normale. La femme nue qui débarque sur son bateau est tout *sauf* normale. Surtout quand Angel se révèle être une sirène, poursuivie par un monstre marin en colère.

L'amour sur les Rochers
La princesse Mariana n'a rien d'une frimeuse; c'est une véritable artiste, et elle est sur le point de le prouver avec la statue qu'elle sculpte sur une île déserte. Le problème, c'est que Jace se cache là-bas. Ainsi, la seule chose qui libérera Mariana de sa prison dorée est aussi celle qui vaudra la mort à Jace. Une romance, c'est déjà assez compliqué, mais quand un tsunami est annoncé, l'amour est vraiment sur les rochers.

Faire des Vagues
Découvrez l'Incident qui a rendu Erica terrifiée par l'océan, la raison pour laquelle Valerie, la princesse disparue, a été retrouvée, et comment Michael, le jeune fils de Logan, a trouvé une sirène. Les histoires *avant* les histoires.

Bottled Magic

Faites attention à ce que vous souhaitez... cela pourrait bien se réaliser!

C'est ce que ces humains découvrent lorsqu'un génie leur tombe littéralement dans les bras... avant d'être emportés dans la plus magique des aventures: tomber amoureux.

Je Rêve de Génies
La chance de Matt a enfin tourné lorsque Eden, la génie, s'échappe de sa bouteille et lui tombe littéralement sur les genoux. Et elle jure de ne jamais y retourner. Malheureusement pour eux deux, l'homme qui l'y a enfermée veut la récupérer, et il ne reculera devant rien pour y parvenir.

Génie a Toujours Raison
Samantha hérite du domaine de son père, ainsi que d'un génie qui n'a plus

qu'un dernier maître à servir avant la fin de sa servitude. Sam est plus que disposée à libérer Kal, jusqu'à ce que son ex avide décide que s'il ne peut pas avoir Sam, personne ne l'aura.

Ma Belle Génie
Zane a hérité du manoir familial et il a hâte de s'en débarrasser pour mettre fin aux rumeurs sur le passé extravagant de sa famille. Dommage que la génie à l'origine de ces rumeurs a été libérée et sème à nouveau la zizanie. Seulement, cette fois, c'est avec son cœur qu'elle joue.

Vos Désirs sont ses Ordres
Découvrez comment Kal a été emprisonné dans sa lanterne et pourquoi il doit servir 1001 maîtres. C'est l'histoire avant l'histoire...

Once-Upon-A-Time Romance

Il était une fois» c'est bien joli dans les contes de fées, mais la vraie vie, ce n'est pas comme ça.

À moins que...?
Avec l'aide d'un ange gardien en formation, ces couples chanceux découvriront que tomber amoureux est le plus beau des contes!

La Belle et Le Meilleur
Le jour, Jolie est chef à domicile; la nuit, elle écrit des romans d'amour. Alors, quand elle décroche un contrat pour Todd, un artiste séduisant et reclus, elle tient le héros parfait pour son livre. Jusqu'à ce que Todd le découvre et la chasse de sa cuisine, de sa maison, *et* de son cœur.

Si la Chaussure Vous Va
Il était une fois, il y a bien longtemps, dans un pays lointain, très lointain, une jeune fille nommée Cendrillon. Ceci n'est pas son histoire. *Ceci* est l'histoire de Lucinda Isabella Casteleoni, qui, comme son homonyme, a une méchante belle-mère, deux belles-sœurs vulgaires et d'innombrables heures de dur labeur qui l'attendent (ou pas). Mais contrairement à cette princesse de conte de fées, le Prince Charmant de Bella est introuvable. Jusqu'à ce qu'un petit vieil

homme aux yeux verts pétillants ouvre une boutique de chaussures au bout de la rue. Alors la magie commence...

De L'autre Côté du Vitrail
Un voyage accidentel dans l'Angleterre médiévale pousse Kate, responsable de publicité, à chercher un moyen de rentrer chez elle... Mais pourra-t-elle ramener avec elle le séduisant chevalier en armure étincelante dont elle est tombée amoureuse?

BeefCake, Inc.

La soirée entre filles n'a jamais été aussi savoureuse!

Magic Mike peut aller se rhabiller.

Installez-vous confortablement, détendez-vous et profitez du spectacle pendant que Gage, Bryan, Tanner, Dare et tous les autres vous montrent comment on s'y prend...

Beaux Gosses et Petits Gâteaux
Lara veut que ses cupcakes soient un succès. Gage, danseur exotique, ne serait pas contre les goûter, mais son emploi du temps pour payer les factures d'hôpital de son neveu ne lui en laisse pas le loisir. Jusqu'à une fête où les gros bras rencontrent les cupcakes et, *oh*, que c'est délicieux!

Beaux Gosses et Grand Bévues
Quand Bryan prend Jenna pour une prostituée et qu'elle réalise qu'il est le père de son fils adoptif, les erreurs et les malentendus commencent à s'accumuler. Mais quelque chose d'autre grandit aussi entre eux. Parfois, une mauvaise décision peut s'avérer être la bonne...

Beaux Gosses et Nouvelles Prises
Tanner veut que son ex-femme sorte de sa vie pour de bon, mais quand la grand-mère de celle-ci a une attaque et qu'il doit prétendre être toujours

amoureux de Juliet, peut-il risquer une seconde chance avec la seule femme qui n'a jamais cessé de l'aimer?

Beaux Gosses et Flocons de Neige
Gina a le béguin pour Darien depuis toujours—jusqu'au jour où il l'a humiliée à l'école. Quinze ans plus tard, il la laisse de marbre. Darien, danseur exotique, est revenu en ville pour régler quelques affaires. L'une d'elles est le bazar qu'il a provoqué pour Gina des années auparavant... et *peut-être* raviver la flamme qu'ils avaient autrefois. Mais la seule façon de faire fondre la glace autour du cœur de Gina est de faire monter la température, au travail... et en dehors.

Manley Maids

Que se passe-t-il lorsque trois frères irrésistiblement sexy perdent un pari au poker contre leur sœur entreprenante? Ils se retrouvent engagés pour son entreprise de nettoyage. Désormais, les Manley Maids sont à votre service. Satisfaction garantie.

Ce Qu'une Femme Veut
Sean, propriétaire d'un complexe hôtelier, prévoit d'acheter un domaine historique, se faire un nom et gagner des millions. Il emménage donc sous le prétexte de nettoyer l'endroit pour contrecarrer l'unique condition de l'héritage. Mais l'héritière Olivia et sa ménagerie lui entrent dans la peau, et il découvre que le pari au poker qui l'a mis dans ce pétrin n'est pas le seul à changer la donne.

Ce Qu'une Femme A Besoin
La star de cinéma Bryan veut la gloire et la fortune, pas une répétition de son enfance «normale» et sans le sou. Après la publicité entourant la mort de son mari, Beth a besoin d'une vie normale pour elle et ses enfants, et la star de cinéma qui a perdu un pari l'obligeant à nettoyer sa maison—avec des paparazzis sur les talons—n'en fait pas partie. Mais alors que le flirt se transforme en séduction, Bryan doit convaincre Beth qu'il est plus qu'un homme de ménage.

Ou qu'un acteur. Parce qu'il joue le rôle principal dans une version inversée de Cendrillon, et cela pourrait bien être le rôle de sa vie.

Ce Qu'une Femme Mérite

Liam n'a aucune patience pour les femmes qui dépensent l'argent d'un homme sans penser une seule seconde à travailler. Mais pour honorer son pari, Liam doit non seulement tolérer Cassidy, une femme du monde, mais il devra aussi nettoyer derrière elle quand son père lui coupera les vivres. Sans argent et sans maison à nettoyer pour Liam, Cassidy n'a d'autre choix que d'accepter une offre d'emploi—comme nouvelle femme de ménage de Liam. Mais quand des étincelles jailliront entre eux, s'agira-t-il du grand amour ou juste d'une autre liaison compliquée?

Quelle Femme

MaryAlice Catherine est prête à nettoyer la maison de l'amie de sa grand-mère, mais elle découvre que le petit-fils arrogant de la femme, pour qui elle avait le béguin en grandissant—et il le savait pertinemment—y vit, et elle est morti-fiée. Jared se souvient des choses différemment; Mac a toujours été une petite chose autoritaire, mais il ne va pas la laisser mener la danse maintenant. Mais avec eux deux vivant dans la même maison, impossible de dire qui en sortira vainqueur.

Ce Qu'un Homme Veut

Beckett est prêt à payer sa dette après avoir perdu son pari au poker. Il n'avait juste pas réalisé qu'il devrait le faire avec son cœur. Jennifer est celle qui lui a échappé et maintenant, elle est juste là, devant lui. Dans sa maison. Qu'il est venu nettoyer. Jennifer n'arrive pas à croire que le bad boy du lycée pour qui elle avait un énorme béguin est dans sa maison, mais s'il y a une chose que son ex-mari lui a apprise, c'est qu'elle ne peut pas compter sur les bad boys. Jusqu'à ce que Beckett abatte toutes ses cartes et se révèle être quelqu'un sur qui Jennifer peut miser, après tout.

www.ingramcontent.com/pod-product-compliance
Lightning Source LLC
Chambersburg PA
CBHW072027220726
48293CB00016B/477